SARINA BOWEN

Never Let Me Down

Sarina Bowen

NEVER LET ME DOWN

Roman

Ins Deutsche übertragen von
Wiebke Pilz und Nina Restemeier

LYX

LYX in der Bastei Lübbe AG
Dieser Titel ist auch als E-Book erschienen.

MIX
Papier aus verantwortungsvollen Quellen
FSC® C014496

Die Originalausgabe erschien 2018 unter dem Titel
»The Accidentals«.

Textredaktion: Nicola Härms
Umschlaggestaltung: © Zero Werbeagentur, München
unter Verwendung eines Motivs von © Number1411 / shutterstock
Satz: Greiner & Reichel, Köln
Gesetzt aus der Adobe Caslon
Druck und Verarbeitung: GGP Media GmbH, Pößneck
Printed in Germany
ISBN 978-3-7363-1300-2

1 3 5 7 6 4 2

Sie finden uns im Internet unter www.lyx-verlag.de
Bitte beachten Sie auch: www.luebbe.de und www.lesejury.de

OUVERTÜRE

Ouvertüre: Instrumentalkomposition zur Eröffnung eines Bühnenwerks, zum Beispiel einer Oper oder eines Balletts. Die Ouvertüre besteht traditionell aus Themen und Motiven, die im Verlauf des Stückes weiterentwickelt werden.

1

Als ich in der dritten Klasse war, fand ich heraus, dass der Mann aus dem Autoradio, der »Wild City« sang, derselbe war, der meiner Mutter jeden Monat einen Scheck schickte. Die Namen waren nicht völlig identisch; auf den Schecks stand Frederick Richards, und die Radiomoderatoren nannten ihn Freddy Ricks.

Aber schon damals hatte ich ein gutes Gehör. Der Seufzer, den meine Mutter ausstieß, wenn sie seine Umschläge öffnete, war genau der gleiche, wie wenn sie das Radio ausschaltete.

Sie redete nie über ihn, obwohl ich sie anflehte. »Er ist ein Fremder, Rachel. Er hat dich nicht zu interessieren.«

Aber alle anderen interessierte er brennend. Als ich zehn Jahre alt war, war Freddy Ricks für einen Grammy nominiert, und sein zweites Album führte monatelang die Charts an. In meiner Kindheit hörte ich seine Songs in Werbespots für Luxusautos oder wenn ich im Drogeriemarkt in der Kassenschlange wartete. Ich las seine Interviews in *People* und im *Rolling Stone.*

Ich lernte seinen Wikipedia-Artikel auswendig. Mein Name kam nicht darin vor. Der meiner Mutter auch nicht.

Und dennoch war mein Interesse ungebrochen. Von dem Geld, das ich als Babysitterin verdiente, kaufte ich seine CDs und sammelte alle Artikel über ihn, die ich in die Finger bekam. Ich war sein größter Fan, und da kannte ich kein Pardon.

Jedes Mal, wenn ich mit meiner Mutter stritt, hängte ich ein weiteres Poster von ihm an meine Zimmerwand. Oder ich stopfte mir die Kopfhörer in die Ohren und ignorierte den Elternteil, der neben mir saß, um dem zu lauschen, den ich nie kennengelernt hatte.

Ihr Schweigen machte mich so zornig. Heute würde ich alles dafür geben, noch einmal ihr Gesicht zu sehen.

Alles.

Aber ich werde nie wieder die Gelegenheit haben, die Musik auszuschalten und stattdessen die Stimme meiner Mutter zu hören. Und so wie es aussieht, sitzt der Kerl, der es fast achtzehn Jahre lang nicht für nötig gehalten hat, sich blicken zu lassen, jetzt vermutlich im Büro der Sozialarbeiterin, um mich zu treffen.

Mir ist schlecht, als der Van vor dem Jugendamt zum Stehen kommt. Meine Hände sind beinahe zu schwitzig, um den Sicherheitsgurt zu lösen. Nachdem ich sie mir an meinem Jeansrock abgewischt habe, fummle ich an dem schmierigen Türgriff herum.

Jedes Mal, wenn ich in diesem klapprigen Fahrzeug sitze, mit dem vermutlich sonst Kinder aus Chrystal-Meth-Küchen abgeholt werden oder was Sozialarbeiter sonst so machen, denke ich: *Das ist nicht mein Leben.*

Und dennoch: Seit einer Woche ist es das.

Es ist schrecklich, in einem kirchlichen Kinderheim zu leben. Aber es ist längst nicht so schlimm, wie den Arzt sagen zu hören, meine Mutter spreche zwar gut auf die Chemotherapie an, aber das sei leider zweitrangig, weil sie sich eine Infektion zugezogen habe, die sie möglicherweise das Leben kosten könne.

Er hatte recht. Sie starb, und nichts wird je wieder so sein, wie es war.

»Ich hole dich in einer halben Stunde wieder ab«, sagt der Fahrer, während ich wie betäubt in die schwüle Orlando-Nachmittagshitze hinaustrete.

»Danke«, murmle ich. Einsilbige Antworten sind das Einzige, was ich dieser Tage herausbringe.

Mit dem Geschmack von Galle in der Kehle sehe ich den Van davonfahren. Aber noch habe ich die Wahl. Auch wenn der Staat Florida in letzter Zeit einige Entscheidungen in meiner Angelegenheit getroffen hat – und einige davon sind echt der Hammer –, bin ich mir ziemlich sicher, dass mich das Gesetz nicht dazu zwingen kann, dieses Gebäude zu betreten.

Ich muss den Mann nicht treffen, der mich schon vor meiner Geburt verlassen hat. Anstatt hineinzugehen, bleibe ich auf dem heißen Bürgersteig stehen und versuche nachzudenken.

Tausende Male habe ich mir vorgestellt, wie es sein würde, Frederick Richards kennenzulernen. Aber niemals hätte ich erwartet, dass es im gleißenden Neonlicht des Jugendamts von Florida sein würde.

Ich drehe mich um und denke über meine Optionen nach. Der angrenzende Parkplatz gehört zu einem Einkaufszentrum. Es gibt eine Smoothiebar, ein Geschäft für Videospiele und ein Nagelstudio. Ich könnte dort hinüberschlendern und mir einen Smoothie und eine Maniküre gönnen, anstatt meinen Vater zu treffen. Wäre ich mutiger, würde ich das tun. *Nimm das, Frederick Richards.* Mein Leben kann weitergehen, ohne dass ich ihn jemals kennenlernen muss. In einem Monat werde ich achtzehn. Damit ist dieser Jugendamt-Albtraum sowieso vorbei.

Dann sitzt er da in Hannahs Büro und schaut alle paar Minuten auf die Uhr, während ich auf der anderen Straßenseite meinen Smoothie schlürfe.

Okay. Ich mag überhaupt keine Smoothies. Getränke sollten nicht so dickflüssig sein.

Während ich also diese kleine mentale Rundreise durch Crazytown mache, brennt die Sonne Floridas auf mich herab.

Ein Schweißtropfen rinnt mir über den Rücken. Und am Straßenrand sehe ich einen Mann hinter dem Steuer eines schwarzen Viertürers, der mich beobachtet. Ein nervöses Kribbeln schießt mir durch die Brust. Aber es verschwindet genauso schnell wieder, als mir klar wird, dass der Mann hinter dem Steuer ganz sicher nicht Frederick Richards ist. Es ist ein Latino mit grau meliertem Haar.

Ich werfe ihm einen bösen Blick zu.

Er lächelt breit.

Gruselig. Ich wende mich ab und reiße die Tür zum Jugendamtsgebäude auf. Ein erfrischend kühler Luftzug begrüßt mich. Aber die funktionierende Klimaanlage ist auch das einzig Angenehme hier. Alles im Raum ist grau, inklusive der billigen Büromöbel aus Metall und der schmuddeligen Wände, die vermutlich schon länger einen neuen Anstrich nötig haben, als ich auf der Welt bin.

»Hi, Rachel«, begrüßt mich die faltige Rezeptionistin. »Setz dich. Hannah kommt zu dir, sobald sie so weit ist.«

Ich beäuge argwöhnisch Hannahs Bürotür. *Ist er wirklich da drin?* Ich stelle die Frage aber nicht, denn auf einmal ist mein Mund so trocken wie eine Scheibe Toastbrot. Eine weitere Welle der Übelkeit überkommt mich, als ich mich in den ramponierten Stuhl neben Hannahs Bürotür fallen lasse.

Aus Gewohnheit ziehe ich meinen iPod Classic aus der Tasche. Das Stahlgehäuse liegt kühl in meinen feuchten Fingern. Musik war schon immer die Droge meiner Wahl. In meiner Handfläche halte ich die Welt, geordnet in Playlists für jede Lebenslage. Tausende Beispiele musikalischer Perfektion auf Knopfdruck verfügbar.

Einige der Stücke darauf hat der Mann geschrieben, der nun auf der anderen Seite von Hannahs Tür sitzt. Schon so lange trage ich meinen Vater in der Tasche mit mir herum.

»Du hast Monate deines Lebens damit verschwendet, an ihn zu denken«, beschwerte sich meine Mutter häufig, während sie mit ihrem Laserblick den CD-Stapel in meinem Zimmer betrachtete. »Aber er hat keine fünf Minuten an uns gedacht, das kann ich dir versichern.«

Ich stopfe den iPod zurück in meinen Rucksack und ziehe den Reißverschluss zu.

Mom hatte recht mit alledem, und es tut mir weh, dass ich niemals die Gelegenheit haben werde, mich bei ihr zu entschuldigen. Alles tut weh, die ganze Zeit. Ich bin Angry Rachel. Ich erkenne mich selbst kaum wieder. Selbst jetzt, als ich mich in dem schäbigen kleinen Vorraum umsehe, möchte ich am liebsten alles niederbrennen.

Als neben mir die Tür aufgeht, zucke ich zusammen wie eine von diesen schreckhaften Katzen in so vielen YouTube-Videos. Ich wirble herum, sehe aber nur Hannah, die mich ruhig mit ihren braunen Augen ansieht. Mit einem besorgten Blick tritt sie vor, wobei sie die Tür hinter sich fast zuzieht. »Rachel«, flüstert sie. »Möchtest du Frederick Richards kennenlernen?«

Ja?

Nein.

Manchmal.

Oh Gott!

Beim Aufstehen fühlen sich meine Knie an wie Schwämme. Hannah öffnet die Tür wieder, es sind nur drei Schritte bis in ihr Büro.

Und da sitzt er, nach all den Jahren, auf einem hässlichen Stuhl mit Metalllehnen. Ich würde ihn überall erkennen, das Gesicht, das auf Albumcovern und in den Klatschspalten von Zeitschriften berühmt geworden ist. Ich sehe Videos von ihm vor mir, wie er in Los Angeles oder Rom auftritt. Ich weiß, wie er aussieht, wenn er in New Orleans durch die Straßen schlendert oder in New York in eine U-Bahn steigt. Das können Instagram und ein paar Tausend Stunden YouTube für ein Mädchen tun.

Und jetzt weiß ich auch, wie er aussieht, wenn er ein Gespenst sieht.

Er holt scharf Luft, als ich das Zimmer betrete. Für einen kurzen Augenblick bin ich im Vorteil. Ich starre ihn seit Ewigkeiten an, aber für ihn ist mein Gesicht eine Überraschung. Vielleicht sieht er meine Mutter. Von ihr habe ich die dunkelblonden Haare und die braunen Augen.

Oder vielleicht erinnert er sich auch gar nicht mehr daran, wie meine Mutter ausgesehen hat.

Schließlich steht er auf. Er ist *riesig*. Ich bin verblüfft, wie groß er in Hannahs kleinem Büro wirkt. Wer hätte gedacht, dass Musikvideos die Proportionen nicht naturgetreu wiedergeben?

Ich stehe immer noch wie angewurzelt neben der Tür, mein Mund ist trocken. Er weiß auch nicht, was er machen soll. Er tritt vor, nimmt meine schweißnasse Hand in seine kühlere. »Das mit deiner Mutter tut mir so leid. Es tut mir leid …« Er räuspert sich. »Tja, mir tut eine Menge leid. Aber vor allem tut es mir leid, dass du deine Mutter verloren hast.«

Ich blicke hinab auf seine große Hand, die meine festhält, auf die langen Finger. Ich bringe kein Wort heraus. Seit einer Woche sagen mir die Leute Variationen dieser Worte, und normalerweise bringe ich immerhin ein »Danke« heraus. Aber diesmal nicht.

»Rachel«, sagt Hannah hinter ihrem Schreibtisch. »Warum setzt du dich nicht?«

Hannahs Stimme ist wie kühles Wasser. Ich lasse die Hand von Mr Frederick Richards los und nehme gehorsam auf einem Stuhl Platz, während er auf seinen zurückkehrt.

»Das ist eine ungewöhnliche Situation«, sagt Hannah und faltet die Hände.

Noch immer starren wir einander an. Er hat Fältchen um die Augen und Mundwinkel. Er hat gerade seinen vierzigsten Geburtstag gefeiert, das weiß ich von Wikipedia. In den zehn Jahren, in denen ich ihm nun schon folge, ist er gealtert, aber er sieht immer noch gut aus. Vor all diesen Jahren hat meine Mutter für ihn geschwärmt. Das war ihr Wort – geschwärmt. Aber sie betonte es genau so, wie ihr Arzt »bösartig« ausgesprochen hat.

»Rachel, Mr Richards möchte dir helfen. Aber er hat kein Sorgerecht für dich. Seine Unterschrift steht nicht auf deiner Geburtsurkunde, was die Sache ein wenig vertrackt macht. Deshalb hat er eine DNA-Probe abgegeben und einen Anwalt hinzugezogen, der ihm vor dem Familiengericht helfen wird. Aber die Mühlen mahlen langsam. Es ist unwahrscheinlich, dass ihm das Sorgerecht zugesprochen wird, bevor du nächsten Monat ohnehin volljährig wirst.«

Offenbar erwartet sie irgendeine Antwort von mir. »Okay«, flüstere ich. Was bedeutet das? Geht er jetzt einfach wieder?

»Hören Sie, kann ich mit Rachel reden?«, fragt er.

»Sie meinen allein?«, konkretisiert Hannah.

»Das meine ich.« Er antwortet knapp, wie ein Mann, der es gewohnt ist, dass man ihm zuhört.

»Heute nicht«, sagt Hannah. »Dies ist ein beaufsichtigtes Treffen zwischen einem Kind in staatlicher Obhut und einem Fremden. Ich verstehe, dass das schwer für Sie sein muss, Mr Richards, und ein Publikum hilft auch nicht gerade. Aber in diesem Büro finden jedes Jahr Hunderte Gespräche statt, und ich kann Ihnen versichern, dass Sie es überleben werden.«

Hannah ist immer geradeheraus. In einer kurzen Zeit musste sie mir eine Menge schlechter Nachrichten überbringen, und immer ohne jedes Blabla.

Hannah hat die Tatsache, dass ich ins Kinderheim musste, nicht schöngeredet. »Es ist nicht das Plaza Hotel«, gab sie zu, »aber es wird von anständigen Leuten geführt, und wenn es irgendwelche ernsten Probleme gibt, rufst du mich sofort an.«

Mr Frederick Richards seufzt auf seinem Stuhl, seine Hände fahrig. Auf den meisten Fotos von ihm hält er eine Gitarre in der Hand.

»Da Sie nun schon einmal nach Florida gekommen sind, um Rachel Ihre Unterstützung anzubieten«, sagt Hannah, »warum erzählen Sie uns nicht, was Sie im Sinn hatten? Wenn ich das richtig verstehe, war Ihre Unterstützung bislang lediglich finanzieller Natur.«

Er nickt. »Das stimmt. Ich habe immer …« Er presst sich die Finger auf die Lippen. »Bisher habe ich immer angenommen, finanzielle Unterstützung wäre die einzig nötige.« Er schaut mich direkt an. »Ich wusste nicht, dass deine Mutter krank war. Das hat mir niemand gesagt.«

Wieder weiß ich, dass ich etwas sagen sollte, aber ich finde einfach keine Worte. Mein Vater muss glauben, seine Tochter sei stumm.

»Also …« Er wendet seine Aufmerksamkeit wieder Hannah zu. »Sie sagten, Rachel gehe ab Herbst ins Internat.« Seine Augen huschen zu mir. »So, wie es sich anhört, wird sie einen Ort brauchen, wo sie bleiben kann, wenn sie nächsten Monat achtzehn wird.«

»Eigentlich fällt sie im August aus unserem System«, bestätigt Hannah. »Aber sie wird vermutlich noch etwas länger in dem Heim bleiben können, bis sie aufs Internat geht.«

Ich schließe die Augen, mein Magen verkrampft sich beim Gedanken daran, eine Sekunde länger als nötig dort zu bleiben. Als ich sie wieder öffne, sieht er mich an. Er dreht sich ein wenig auf dem zu kleinen Stuhl, sodass er mir zugewendet ist. »Rachel, ich möchte dir helfen. Mein erster Gedanke war, dich einfach hier wegzuholen.« Er wedelt mit der Hand und bezieht sich damit entweder auf das Jugendamt oder den ganzen Staat Florida. Ich weiß es nicht. »Aber wenn das nicht möglich ist, werde ich zumindest dafür sorgen, dass du gut behandelt wirst.«

»Okay«, flüstere ich.

Er wendet sich wieder an Hannah. »Es muss doch eine Möglichkeit für mich geben, sie zu sehen. Sie ist schließlich keine *Gefangene.*«

»Nun ja.« Hannah trommelt auf ihren Schreibtisch. »Das ist Rachels Entscheidung. Sie besucht den Ferienkurs, und am Abend hat sie Ausgangssperre. Wenn sie Zeit mit Ihnen verbringen möchte, kann sie es Ihnen selbst sagen. Ich bin nicht befugt, Ihnen ihre Kontaktdaten zu geben, aber ich kann Rachel *Ihre* Telefonnummer geben.«

»Tun Sie das bitte«, sagt er, ohne mich aus den Augen zu lassen.

In meinen Ohren dröhnt es. »Pine Bluff High School«, platze ich heraus und überrasche damit uns alle. »Um halb drei habe ich Schluss.«

Ich werfe Hannah einen verstohlenen Blick zu, um zu sehen, ob sie meinen Vorstoß missbilligt. Aber die Sozialarbeiterin sieht ungerührt aus. »Um halb acht muss ich im Heim sein.«

»In Ordnung«, sagt er, zückt ein Notizbuch und einen Stift aus seiner Hemdtasche. Ich bemerke, dass seine Hände zittern, als er etwas auf das Deckblatt kritzelt.

Hannah wirft einen Blick auf die Uhr. »Wir haben noch ein paar Minuten. Ich könnte Kopien der Dokumente machen, die Mr Richards vorgelegt hat. Soll ich das jetzt machen, Rachel? Ich könnte auch damit warten.«

Ich nicke. »Machen Sie nur.«

Hannah steht auf und blockiert die Tür beim Hinausgehen mit einem Türstopper aus Gummi.

Frederick lehnt sich auf seinem Stuhl zurück, legt den Kopf an die Wand. »Ich weiß, dass …« Er beendet den Satz nicht. »Ich erwarte nicht, dass du das verstehst. Aber ich möchte, dass du weißt, wie sehr ich mich freue, dich zu sehen.«

Ich nicke nur, weil ich mir nicht zutraue zu sprechen. Mein ganzes Leben lang habe ich darauf gewartet, diese Worte zu hören. Und dennoch würde ich sie im Handumdrehen eintauschen, wenn ich damit den letzten Monat ungeschehen machen könnte.

»Wenn es für dich in Ordnung ist, hole ich dich morgen um halb drei an der Schule ab.«

»Okay.« Ich lecke mir über die trockenen Lippen. »Ich muss Hausaufgaben machen.« Das ist so eine dämliche Ergänzung. Als wären Hausaufgaben gerade wichtig.

»Ich bleibe nur, solange du willst.«

In der darauf folgenden Stille rauscht Hannah wieder herein. »Hat einer noch Fragen?«

»Ich möchte bloß, dass Sie mich anrufen, wenn ich irgendwie helfen kann«, sagt er. »Sie haben meine Handynummer, und ich wohne im Ritz-Carlton.«

In diesem Augenblick klopft Ray, der Fahrer des Vans, an den Türrahmen. »Hey, Rachel. Bist du so weit?«

Ich stehe auf, bereit zur Flucht.

»Rachel?« Hannahs sanfte Stimme stoppt mich, bevor ich gehen kann. »Ich habe dir heute drei Nachrichten hinterlassen. Lass uns zur Sicherheit jetzt gleich unser nächstes Treffen vereinbaren.«

»Mein Handy geht nicht mehr«, sage ich. »Es muss …« Ich möchte nicht zugeben, dass es gesperrt worden ist. Bevor meine Mutter gestorben ist, lag sie wochenlang im Krankenhaus. Einige Rechnungen sind nicht bezahlt worden. Von all den Dingen, die in meinem Leben gerade schieflaufen, schafft es eine unbezahlte Handyrechnung nicht einmal in die Top 50. Trotzdem ist es mir peinlich.

»Oh«, sagt Hannah und sieht mich mitfühlend an. »Kann ich dir dann die Daten für unseren nächsten Termin mailen?«

Ich nicke.

»Nimm das hier«, sagt sie und reicht mir eine Visitenkarte. Darauf lese ich *Freddy Ricks.* Hannah hat mir gerade etwas gegeben, das ich vorher noch nie gefunden habe. Seine persönliche Nummer und E-Mail-Adresse.

Ich sehe ihn noch einmal an, nur um ganz sicherzugehen, dass er wirklich echt ist. Er erwidert den Blick. Seine Augen sind gerötet. »Bis dann«, flüstert er. Der Mann, den der *Rolling Stone* als »tanzbare Eloquenz« bezeichnet, presst die Lippen zusammen und wendet den Blick ab, zu Hannahs Wand.

Es ist ein warmer, stickiger Abend in Florida, so wie die Abende hier im Juli immer sind. Für die nächsten drei Monate wird es in Orlando unerträglich heiß sein. Wenn es kühler wird, habe ich vor, weit, weit weg von hier zu sein.

Ich sitze auf der kratzigen Überdecke und versuche, eine Algebra-Aufgabe zu wiederholen. Auf dem Bett nebenan versteckt sich meine Zimmergenossin Evie unter zu langen Stirnfransen und monströsen Kopfhörern. Die Musik, die aus ihnen herausplärrt, ist so laut, dass ich mir nicht erklären kann, warum Evie nicht schon längst vollkommen taub ist.

Evie lebt seit vier Jahren im Heim. Vielleicht macht es ihr nichts aus, wenn sie taub wird.

Heute ist meine siebte Nacht hier. Hinter diesen Mauern verändert die Realität ihre Form. Ich habe gesehen, wie meine

Mutter starb. Und obwohl ich danebenstand, als ihr Sarg in die Erde hinabgesenkt wurde, rechne ich ständig damit, dass sie zur Tür hereinkommt und sagt: »Rachel, pack deine Sachen, wir gehen. Und warum hast du eigentlich deine Abschlussprüfungen noch nicht gemacht?«

Ich blättere eine Seite in meinem Mathebuch um. Claiborne Prep – wo ich nächstes Jahr zur Schule gehen werde – wird ein Zeugnis voller »Ungenügend« nicht akzeptieren. In der Woche, in der meine Mutter starb, habe ich alle meine Abschlussprüfungen verpasst. Die Schule hat dafür gesorgt, dass ich sie während der Sommerferien nachholen darf. Und nun sitze ich hier fest, in diesem Zimmer, mit diesen Hausaufgaben und einem schwirrenden Kopf. Ich versuche ein letztes Mal, die Gleichung auf der Seite zu verstehen. Doch dann höre ich draußen ein Auto hupen.

Ich lasse meinen Bleistift fallen und renne aus dem Zimmer. Die Treppenstufen sind mit einem Teppich ausgelegt, dessen Braunton versucht, den Dreck von Tausenden Füßen über Dutzende von Jahren zu kaschieren, was ihm jedoch misslingt.

Draußen wartet eine wohlbekannte blaue Klapperkiste am Straßenrand. Als ich aus dem Haus trete, steigt Haze aus dem Wagen. Ich hocke mich auf die schmuddelige Treppenstufe, und er setzt sich neben mich, schlingt die tätowierten Arme um seine Knie und stützt das Kinn auf seinen Bizeps. »N'abend«, sagt er.

»Hi!«

»Du hast mich hinterher gar nicht angerufen. Ich wollte doch wissen, wie es war.«

»Mein Telefon geht nicht mehr.« Und selbst wenn, ich hätte nicht gewusst, was ich hätte sagen sollen.

»Mochtest du ihn?« Er schaut mich von der Seite an.

Ich zucke mit den Achseln. *Ich mochte ihn schon immer.* »Es war wirklich schwierig. Wir hatten beide Angst.«

»Wovor muss er denn Angst haben? Außer vor mir?«

»*Haze*«, warne ich ihn. Seit der zweiten Klasse sind wir Freunde, seit ich Adam Lewis in den Hintern gekniffen habe, damit er Haze in Ruhe ließ. Seitdem ist Haze mein treuer Freund, auch wenn er meinen Schutz mittlerweile nicht mehr nötig hat. Mit der neunzehnjährigen Ausgabe von Haze möchten sich die Adam Lewisse dieser Welt nicht anlegen.

Heute bin ich diejenige, die den Schutz braucht. Als meine Mutter ins Krankenhaus kam, saß Haze neben mir. Als ich ihre Hand hielt, hielt er meine andere. Zusammen sahen wir dabei zu, wie meine Mutter immer kränker wurde, jeden Tag an neue Schläuche und zuletzt an ein zischendes Beatmungsgerät angeschlossen wurde. Während ihres dreiwöchigen Leidens kutschierte er mich zum Krankenhaus und zurück nach Hause. Wenn ich zu erschöpft und zu verängstigt war, um allein zu bleiben, schlief er bei mir auf dem Sofa und schwänzte die Schule.

Haze muss jetzt auch in die Nachprüfungen, und das ist im Grunde genommen meine Schuld.

Und schließlich, am Ende, als ich vor der Beerdigung wie betäubt in seinem Auto saß, hat er mich in seine Arme gezogen und zum ersten Mal geküsst. Wir haben danach nicht darüber gesprochen, aber diese Veränderung sitzt jetzt zwischen uns, hier auf der schmuddeligen Stufe. Auch früher schon hat Haze mir ständig den Arm um die Schultern gelegt oder mir den Rücken getätschelt. Aber inzwischen spüre ich, dass er eine bestimmte Art von Hitze ausstrahlt, wenn wir zusammen sind.

In diesem Augenblick merke ich, wie seine Fingerspitzen auf mein nacktes Knie schlüpfen. Und ich weiß wirklich nicht, was ich davon halten soll.

»Ich verstehe nicht, warum Daddy glaubt, er könne helfen«, sagt Haze. »Der Mann ist siebzehn Jahre zu spät dran.«

Ich weiß. Angry Rachel stimmt ihm insgeheim zu. Natürlich bin ich sauer auf Frederick. Trotzdem möchte ich mich nicht gegenüber Haze dafür rechtfertigen müssen, dass ich ihn getroffen habe.

Ich sehe zu, wie Haze mit den Fingerspitzen sanft über mein Knie streichelt. Seine Berührung ist liebevoll, was ich wirklich zu schätzen weiß. Aber sie ist auch erwartungsvoll. Ich greife nach seiner Hand und drücke seine Finger, damit sie beschäftigt sind. Und dann wechsle ich das Thema. »Hast du schon was von Micky Maus gehört?« Haze bewirbt sich gerade auf Jobs in allen möglichen Vergnügungsparks und hofft, er kann anfangen, wenn wir endlich unseren Abschluss in der Tasche haben.

»Noch nicht. Aber ich frage mich ... Was meinst du, was ist wohl der schlimmste Job da?«

»Kann Micky schon aufs Töpfchen gehen? Was ist mit Goofy?«

Ein Grinsen breitet sich auf seinem Gesicht aus. »Weißt du, dass das Personal einen Geheimcode für die ganzen üblen Sachen hat? ›Code K‹ steht für Kotze. Die wird mit ›Feenstaub‹ weggemacht, und das ist eigentlich Sägemehl mit Aktivkohle.«

»Igitt! Sieh zu, dass du nicht bei Space Mountain eingesetzt wirst.«

»Wem sagst du das? Rachel, du musst in zwei Minuten drinnen sein.«

»Stimmt.«

»Wir können uns morgen nach der Schule treffen.«

Ich schüttle den Kopf. »Frederick kommt mich abholen.« Sein Name fühlt sich komisch in meinem Mund an. So formell. Aber ich kann ihn auch nicht »mein Vater« nennen, denn soweit ich weiß, hat er mich nie seine Tochter genannt.

Haze sieht enttäuscht aus. »Warum das denn, Rae? Du kannst diesen Bullshit nicht brauchen. Was würde deine Mutter dazu sagen?«

Haze und meine Mutter haben sich immer hervorragend verstanden – selbst nachdem Haze kein niedlicher Grundschüler mehr war, sich Tattoos zulegte und einmal sitzen blieb. »So ist Haze eben«, seufzte sie, wann immer sie von seinem neuesten Schlamassel erfuhr. »Er musste eine Menge durchmachen.« Mir gegenüber war Jenny Kress stets eine strenge Zuchtmeisterin. Aber für Haze hatte sie eine Schwäche. Das war eines der fortdauernden Rätsel in meinem Leben.

»Jenny hätte gesagt, dass dieser Mann dir nichts bedeuten sollte«, fährt Haze unnachgiebig fort.

Ich starre auf die Risse im Betonboden. Die Wahrheit ist, dass meine Mutter das ziemlich oft gesagt hat. Bis zu jenem Abend, an dem sich alles änderte.

»Es war ihre Idee«, sage ich langsam.

»Was war ihre Idee?«

Schon jetzt verkrampft sich mein Magen. Die Erinnerung an die letzte Woche meiner Mutter tut noch viel zu weh. Wenn ich diese Tage hier überstehen will, darf ich nicht an diese hektischen Stunden denken, in denen die Ärzte sich abmühten, ihren Verfall zu stoppen, und das Pflegepersonal – Moms Kollegen – mit besorgten Gesichtern kam und ging.

»Es war der Abend, an dem du Milchshakes holen gegangen bist, weil sie gesagt hatte, davon würde sie etwas trinken.« Allein die Erinnerung an ihr Krankenhauszimmer drückt mich unter die Wasseroberfläche dieses tiefen Beckens aus Angst, in dem ich seitdem schwimme. »Völlig unvermittelt sagte sie: ›Wir müssen deinen Vater anrufen.‹«

Damals versuchte ich, die Idee beiseitezuschieben. »Jetzt ist nicht der richtige Zeitpunkt«, antwortete ich ihr.

Aber sie erwiderte: »Der richtige Zeitpunkt ist schon *längst* verstrichen.« Und dann stieß sie den traurigsten Seufzer aus, den ich je gehört hatte.

Das war exakt der Augenblick, in dem ich verstand, wie schlimm es stand. Bis dahin hatte ich es irgendwie geschafft, optimistisch zu bleiben, obwohl ich sie noch nie so krank erlebt hatte. Obwohl sie fast die ganze Zeit über schlief und sich ihre Haut wie heißes Pergament anfühlte. Obwohl Hannah, die Sozialarbeiterin, angefangen hatte, ihrem Krankenzimmer regelmäßige Besuche abzustatten.

Bis zu diesem Augenblick konnte ich mir noch einreden, alles würde wieder gut. Aber dann ließ sie die Blase platzen. *Wir müssen deinen Vater anrufen.* Das war das Erschreckendste, was sie jemals zu mir gesagt hatte.

»Wir werden ihn nicht anrufen«, widersprach ich erneut und fühlte mich, als müsste ich mich jeden Moment übergeben.

»Wen anrufen?«, fragte Hannah von der Türschwelle.

Und das war's.

»Oh scheiße«, sagt Haze und klingt überrascht. Er packt mich am Handgelenk und zieht mich sanft auf die Füße. »Das heißt aber nicht, dass es eine gute Idee war. Was, ähm, ist eigentlich zwischen den beiden gelaufen?«

»Ich habe keine Ahnung. Mal abgesehen vom Offensichtlichen.« Bei der Andeutung von Sex kriecht mir Hitze den Hals hinauf.

Aber Haze lächelt bloß. »Das habe ich mir schon gedacht. Was glaubst du: War es eine Affäre, oder waren sie ein Paar?«

Ich kann nur den Kopf schütteln. »Immer wenn ich ihr Fragen gestellt habe, sagte sie bloß, sie habe ihn nicht besonders gut gekannt. Dass er ein Fremder sei.« Auch wenn ich ihr das nie ganz abgekauft habe. Mom wirkte so wütend auf ihn, wie es ein Fremder niemals verdient hätte. Oder war das bloß Wunschdenken von mir?

Ich hasste den Gedanken, die Folge eines One-Night-Stands zu sein. Ein Unfall.

An diesem schrecklichen Abend, als meine Mutter Hannah auftrug, ihn zu benachrichtigen, öffnete sich möglicherweise ein Fenster – für die seltene Gelegenheit, Fragen zu stellen. Aber ich tat es nicht. Ich hatte Angst, das Siegel aufzubrechen, so als würde mein schlimmster Albtraum wahr werden, wenn ich ihn nur zur Kenntnis nähme.

Aber er wurde trotzdem wahr. Die letzten Worte meiner Mutter waren: »Es ist okay, Rachel.«

Haze streicht mir auf eine Weise über den Rücken, die mich in Alarmbereitschaft versetzt. »Rae, du brauchst diesen Typen nicht wiederzusehen, wenn dir nicht danach ist.«

»Ich weiß.«

»Wir fahren morgen bei dir zu Hause vorbei und holen die Sachen, die du brauchst.«

Das ist noch etwas, wovor ich Angst habe. »Das kann warten.«

»Okay«, flüstert er, seine Augen werden sanft. Ich weiß, was jetzt kommt. Er umfasst mein Gesicht mit beiden Händen, und ich halte den Atem an. Langsam neigt Haze sein Gesicht zu meinem und bringt unsere Lippen zusammen. Ich bin mir seiner Handflächen auf meinen Wangen, seinem Atem auf meinem Gesicht und dem leisen Schmatzen seines Kusses allzu bewusst.

Ich löse mich von ihm, sobald ich kann, ohne unhöflich zu sein.

»Wir sehen uns morgen früh«, sagt er. Dann dreht er sich um und joggt zu seinem Auto.

2

Die erste Minute des Tages ist immer die schlimmste.

Wenn ich die Augen öffne, ist der rissige Deckenputz normalerweise der erste Hinweis. Wenn mir dann immer noch nicht klar ist, dass das alles nicht bloß ein Albtraum war, sorgt das graue Licht, das durch die Vorhänge hereinfällt, für die Erkenntnis. Oder der Klang von Schwester Mary Ruths zwitschernder Stimme auf dem Flur.

Meine Mutter ist fort und wird nicht wiederkommen.

In diesem Moment steigt diese Übelkeit in meinem Magen auf, und sie hört auch dann nicht auf, wenn die Dusche frei ist. Nicht einmal wenn Evie niemanden im Flur schubst. Selbst wenn niemand meinen Toast klaut, bevor er aus dem Toaster springt – der Schmerz ist immer da.

Bevor meine Tortur hier begann, wusste ich nicht, dass es solche Orte wirklich gibt. Selbst von den Ferienkursen hatte ich nur eine verschwommene Vorstellung, denn ich hatte noch nie jemanden kennengelernt, der im Sommer büffeln musste, außer vielleicht für die Fahrschule.

Es ist, als wäre an dem Tag, an dem meine Mutter starb, ein höllisches Paralleluniversum erschaffen worden, in dem ich jetzt gefangen bin. Mit klopfendem Herzen wasche und ziehe ich mich an so schnell ich kann.

»Guten Morgen, meine Liebe«, sagt die diensthabende Nonne, als ich in die Küche eile. Sie reicht mir ein winziges Glas Orangensaft, den sie austeilt, als wäre es flüssiges Gold.

»Danke«, flüstere ich und stürze ihn hinunter. Dann schultere ich meinen Rucksack und renne nach draußen, wo ein wohlbekanntes altes blaues Auto am Straßenrand wartet.

Es ist eine Riesenerleichterung, mich auf Haze' Beifahrersitz sinken zu lassen. Er verschwendet keine Zeit mit Small Talk. Er sagt nicht »Guten Morgen« oder fragt mich, wie ich geschlafen habe. Er rutscht einfach rüber und nimmt mich in die Arme. Ich lege ihm das Kinn auf die Schulter und atme zitternd aus.

»Noch einen Monat«, flüstert er und meint damit die Zeit bis zu meinem Geburtstag. Ich ziehe die Nase hoch und kämpfe gegen die Tränen an. Ein Monat dauert ewig. Und ich habe erst acht Tage geschafft. »Was würde passieren, wenn du einfach nicht zurückgehen würdest?« Er löst sich von mir und mustert mich mit seinen dunklen Augen.

»Die Sozialarbeiterin würde nach mir suchen. Und sie würden mich sowieso in der Schule finden.«

»Unvorstellbar, dass du mal *einen Tag* schwänzt«, sagt Haze und legt den Gang ein.

Ich mache mir nicht die Mühe, es zu erklären, denn Haze sollte es eigentlich wissen. Ich brauche gute Noten, sonst kann ich im September nicht auf die Claiborne Preparatory Academy wechseln. Und das Internat ist das Einzige in meinem Leben, das sich an dem Tag, als meine Mutter ins Krankenhaus kam, nicht in Luft aufgelöst hat.

Abgesehen von Haze. Gott sei Dank habe ich Haze.

Er lässt das Thema fallen und schaltet stattdessen das Radio ein. Sam Smith schmachtet aus den Lautsprechern und erfüllt das Auto mit dem Klang des Liebeskummers von jemand anderem.

Später an diesem Vormittag sitze ich gerade im Medienzentrum der Schule und lerne, als eine E-Mail in meinem Posteingang landet. Der Name des Absenders ist mir völlig unbekannt. Aber der Betreff lautet: »Herzlich willkommen in Claiborne«.

Liebe Rachel,
hi! Ich schätze, das Letzte, was du brauchst, ist eine E-Mail von einem Fremden, der dich daran erinnert, dass die Schule in sieben Wochen wieder anfängt. Aber du wirst vier davon bekommen.
Tut mir leid, aber ich halte mich nur an die Regeln.
Mein Name ist Jake, und ich habe gerade die elfte Klasse auf der Claiborne Prep abgeschlossen. Herzlichen Glückwunsch zur Aufnahme und so. Claiborne ist super, und das sage ich nicht nur, weil du die Schulgebühren schon bezahlt hast. Es ist ziemlich klasse hier. Offensichtlich wirkt die Gehirnwäsche bei mir. Wahrscheinlich haben sie mich deshalb gebeten, dir zu schreiben.
Jeder neue Schüler bekommt vier Mails von einem Paten, und du wurdest mir zugeteilt. Meine E-Mail-Adresse ist talknerdy@ClaibornePrep.edu, aber du bekommst eine normale mit deinem Namen, also Rachel.Kress@ClaibornePrep.edu. Es ist ziemlich leicht, sich ein Alias auf dem Server einzurichten, wenn man so ein Nerd ist wie ich und Spaß an solchen Sachen hat.
Juchhu! Lustige Zeiten im Internat! Ich weiß, wie man feiert. ;)
Als ich mich hingesetzt habe, um diese E-Mail zu schreiben, habe ich mich gefragt, ob ich wie ein cooler Typ rüberkommen könnte. Aber nach nur vier Absätzen sieht man schon das fette L auf meiner Stirn.
Egal.
Alles, was sie mir über dich erzählt haben, ist Folgendes: deinen Namen, deine Adresse, deine ehemalige Schule und dein

Schuljahr. Du kommst also aus Orlando, Florida? Ist es nicht seltsam, direkt neben Disney World zu wohnen? Gehst du immer noch gern dorthin, oder wäre es dir lieber, man würde es in Schutt und Asche legen? Ich war ein paarmal mit meiner Familie dort, wie jedes Kind in Amerika. Und ich war das Kind, *das sich nach einer Fahrt im Teetassenkarussel übergeben musste.*

Ehrlich. Zu meiner Verteidigung muss ich sagen, dass es ziemlich schwül war, da wir im August hingefahren sind, weil es dann billiger ist. Ich schiebe es auf die Hitze und zu viel Limonade. Meine Familie wird es mir bis in alle Ewigkeit unter die Nase reiben. Zehn Jahre danach kriege ich immer noch zu hören: »Weißt du noch, wie Jake sich in Disney World übergeben musste?«

Wenn du also aus Florida kommst, musst du dir Wintersachen kaufen. Und Stiefel. Die darfst du auf keinen Fall vergessen. Hier gibt's nicht nur fluffigen Neuschnee und Regenbogen. Das Wetter in New Hampshire bringt uns auch jede Menge Matsch und Eis. Und es dauert ewig, bis der Frühling endlich mal kommt. Im März und April gibt's hier nichts anderes als matschige Wege, kahle Bäume und übrig gebliebene Schneehaufen, die sich weigern zu schmelzen.

Jetzt verkaufe ich es aber richtig gut, was? Claiborne Prep: das Land des fiesen Wetters und unnatürlich langer Betten. Für fünfzig Riesen im Jahr könnte all das dir gehören. Komm zu uns!

Wenn du noch Fragen hast, was du mitbringen sollst oder wie du dich für die Kurse anmelden kannst, dann schreib mir. Geheimtipp: Das mit den extralangen Bettlaken ist kein Witz. Normale zwei Meter lange Laken kriegst du nicht über die Ecken. Deshalb ist es sinnvoll, die langen im Katalog zu bestellen. Und wenn du eine komische Farbe oder ein komisches

Muster nimmst, findest du deine Sachen leichter wieder, wenn sie jemand im Wäscheraum aus dem Trockner nimmt. Meine sind mit Schneemännern. (Danke, Mom!)
Schreib mir, wenn du magst.
Jake Willis

Jakes Brief zu lesen ist, als würde ich meine Realität für ein paar Minuten verlassen. Ich lache sogar laut, als ich lese, dass er auf dem Karussell kotzen musste.

Dass ich im Herbst auf die Claiborne Prep gehen werde, kommt mir noch völlig unwirklich vor.

Seit der zehnten Klasse liege ich meiner Mutter in den Ohren, mich dorthin zu schicken. Staunend saß ich vor der Website und verliebte mich in den Glockenturm und die efeuberankten Ziegel. Alles sah aus wie aus einem Film. Ich wollte durch echte Blätterhaufen stapfen (in Florida gibt es die nicht) und mit diesen ernsthaften Schülern verkehren, wie ich sie mir auf einem Internat vorstellte.

Meine Mutter blieb unnachgiebig. »Das können wir uns nicht leisten«, sagte sie die ersten zehn Male, als ich davon sprach. »Das ist viel zu versnobt.«

»Und wenn ich ein Stipendium bekommen würde?«, bohrte ich weiter. Auf diese Weise hatte auch meine Mutter ihr Jahr dort bezahlt. *Oder wenn du meinen Vater um das Geld bitten würdest?* Auch wenn ich diese Bitte nicht laut aussprach, hing sie immer zwischen uns in der Luft.

Diese Diskussion führten wir tausendmal. Wir beide taten so, als wäre das Geld die große Hürde. Aber es steckte noch viel mehr dahinter. Als sie so alt war wie ich, verbrachte meine Mutter auch ein Jahr auf der Claiborne Prep. Sie war in Claiborne, New Hampshire, aufgewachsen.

Und dort war sie mit mir schwanger geworden.

Meine Mutter hat nie viel über ihre Zeit in Claiborne geredet. Und schon gar nicht über meinen Vater. Aber ich wusste, dass ihr der Gedanke nicht gefiel, ihre kleine Tochter könnte so weit weg gehen. Außerdem wollte sie nicht, dass meine Teenagerzeit so endete wie ihre. Erst zu viel Freiheit und dann ein Baby.

Aber ich gab nicht auf. Ich bearbeitete sie weiter. Ein Jahr auf dem Internat würde sich gut auf meinen Collegebewerbungen machen, und die waren Mom sehr wichtig.

Schließlich willigte sie ein. Eines Tages legte sie mir einen Scheck mit der Anmeldegebühr auf den Tisch, ausgestellt für die Claiborne Prep. Ohne zu fragen, warum sie ihre Meinung geändert hatte, setzte ich mich hin und fing mit der Onlinebewerbung an.

Eine Woche nachdem ich alle Bewerbungsunterlagen abgeschickt hatte, sagte Mom mir, der Krebs sei zurück.

Während ich mir vorstelle, wie sich eine ehrliche Antwort auf Jakes freundliche Nachricht wohl anhören würde, schweben meine Finger über der Tastatur. *Hi, Jake! Direkt nachdem ich mich an deiner Schule beworben habe, verwandelte sich mein Leben in eine totale Katastrophe. Meine Mutter wollte nicht, dass ich nach Claiborne gehe, und ich glaube, sie hat nur nachgegeben, weil sie wusste, dass sie sterben würde.*

Das kann man aber nicht in einer E-Mail an einen Fremden schreiben.

Lieber Jake,
vielen Dank für deinen Brief. Ich kann mir kaum vorstellen, nächsten Winter in Claiborne zwischen Schneehaufen herumzulaufen. Seit meinem dritten Lebensjahr habe ich keinen Schnee mehr gesehen. Und Disney World mag ich immer noch. Die Touristenströme können ziemlich nerven, aber das alles hat

auch seine Vorteile. Mein Freund Haze und ich sind ziemlich gut darin, uns in Hotels reinzuschleichen und den Swimmingpool zu nutzen. Wir haben einen ganzen Stapel herrenloser Schlüsselkarten, die wir zeigen können, falls jemand danach fragt.

Und du bist nicht der Einzige, der sich jemals auf dem Teetassenkarussell übergeben hat. Mein Informant sagt, das passiert ständig.

Ich habe ungefähr eine Million Fragen zu Claiborne. Meine Erfahrung mit Internaten beschränkt sich auf die Lektüre von Harry Potter. *Was, wenn der Sprechende Hut mich nach Slytherin schickt? Sind die Hauselfen nett? Ist der Zaubertränke-Unterricht so schwierig, wie er aussieht?*

Mal im Ernst – ist es verrückt, dass ich nur für das letzte Schuljahr komme? Vielleicht war das eine blöde Entscheidung für jemanden, der ziemlich introvertiert ist. Werde ich mir das Zimmer mit jemandem teilen? Davor habe ich ein wenig Angst.

Was noch? Ich habe jede Menge Fragen zu den verschiedenen Musikgruppen. Ich weiß, dass es einen Glee Club und einen Chor gibt. Ist das nicht dasselbe? Außerdem interessiere ich mich für die A-cappella-Gruppen. Aber dafür muss man bestimmt vorsingen, oder? Grusel.

Meine E-Mail-Adresse in Claiborne sollte lauten:
Siehatlampenfieber@ClaiborneP rep.edu.

Danke, dass du mir geschrieben hast. Immerhin kenne ich jetzt schon einen in Claiborne.

Viele Grüße
Rachel Kress

Nachdem ich auf »Senden« gedrückt habe, widme ich mich wieder meiner Aufregung darüber, nach der Schule meinen

Vater zu treffen. Die letzte Stunde meines Schultages verbringe ich damit, immer auf dieselbe Seite meines Politikbuchs zu starren. Als es klingelt, habe ich feuchte Hände.

Auf der Mädchentoilette bürste ich mir die Haare. Mit acht Jahren träumte ich einen Monat lang davon, dass Frederick zum Vater-Tochter-Essen in der Schule kommen würde. Selbst vor zwei Monaten habe ich mir noch vorgestellt, wie er während meines Solos beim Frühlingskonzert meines Chors hinten in der Aula steht.

Ein Treffen mit meinem Vater habe ich mir immer in den schönsten Farben ausgemalt. Aber jetzt gibt es nur diese eine Version von mir – die zerknitterte, mit den rot geweinten Augen und den nicht ganz sauberen Klamotten. Ich stecke die Bürste in meine Tasche und verlasse die Toilette, wenigstens entkomme ich so meinem Spiegelbild.

»Hey!« Haze wartet vor der Tür. Im Gleichschritt steuern wir auf den Haupteingang zu. »Und du bist dir ganz sicher?«

»Ja.« *Nein.*

Die Anspannung, die ich gestern in Hannahs Büro gespürt habe, verdoppelt sich, als Haze mir die Tür aufhält. Und ich weiß nicht, ob ich mehr Angst davor habe, dass mein Vater nicht auftaucht oder dass er auftaucht.

Aber dort steht er, an ein Auto in der Schlange gelehnt, mit Sonnenbrille und Baseballcap. Schon von Weitem sieht man ihm an, dass er ein Promi ist, der unerkannt bleiben will. Aber wie sollte er auch sonst aussehen? Er kann wohl kaum mit einem Konzert-T-Shirt und seiner Gitarre hier aufkreuzen.

Mir ist schwindlig, als ich auf ihn zugehe.

Haze legt mir die Hand auf den Arm und hält mich auf. »Du musst ihn nicht treffen, weißt du? Du musst nicht höflich sein. War er schließlich auch nie.«

Natürlich hat Haze recht. Und trotzdem werde ich freundlich sein. Das sind brave Mädchen immer. »Ich muss da jetzt durch, okay?«

Haze sieht mich unter einer Strähne glänzenden schwarzen Haares hervor an. Sein Gesicht ist wie gemacht für Drama, mit schweren Lidern und kohlrabenschwarzen Wimpern. »Bist du nicht wütend?«

Natürlich bin ich wütend. Sogar stinksauer. Aber ich kann Frederick nicht zeigen, wie ich mich fühle, sonst wird er nach Kalifornien verduften, bevor ich eine Chance habe ... Ja, zu was eigentlich? Ihn kennenzulernen? Meinen Standpunkt darzulegen? Die Wahrheit zu erfahren?

Ihn dazu zu bringen, es zu bereuen?

»Sei bitte vorsichtig, Rae«, sagt Haze schroff. »Du kannst mich immer anrufen. Ich komme und hol dich ab.« Er gibt mir schnell einen Kuss auf die Wange. Dann stapft er davon, direkt an Frederick Richards vorbei, den er die ganze Zeit mit Blicken durchbohrt.

Ich schaue ihm hinterher. Dann hole ich Luft und gehe weiter auf den Mann zu, der mein Vater ist.

Frederick Richards nimmt die Sonnenbrille ab und steckt sie sich in die Brusttasche. »Alles in Ordnung?«

»Ja«, sage ich und bleibe stehen, weil ich mir nicht sicher bin, ob ich ins Auto einsteigen soll.

Mit den Augen folgt er Haze bis zum Parkplatz. »Also gut. Es ist zwar heiß, aber hättest du Lust, ein Stück zu gehen?«

»Warum nicht?«

»Wenn du willst, kannst du deinen Rucksack im Auto lassen.« Er streckt die Hand aus.

»Okay.« Ich reiche ihm den Rucksack.

Er öffnet die hintere Tür und legt ihn auf den Sitz. Dann schließt er die Tür und dreht sich zu mir um.

»Du kannst hier nicht stehen bleiben«, muss ich ihn belehren. »Hier wird man abgeschleppt.«

»Oh, ist schon gut. Carlos fährt den Wagen weg, wenn es sein muss.« Er öffnet die Beifahrertür. »Bleib cool, Mann. Ich ruf dich an.«

»Okay, Boss«, sagt eine Stimme im Auto.

Mein Vater nimmt zwei Flaschen Wasser vom Sitz und reicht mir eine. Dann schließt er die Wagentür und deutet mit dem Kopf zu dem Weg, der zu den Sportplätzen führt. »Sollen wir?«

Während ich mit ihm Schritt halte, fummle ich am Verschluss der Flasche herum.

»Das ist also deine Schule. Wie ist sie so?«

Das ist eine leichte Frage. Das krieg ich hin. Ich nehme einen Schluck Wasser. »Nicht schlecht. Aber Florida ist nicht gerade bekannt für seine exzellenten Schulen.«

»Auf mich macht sie einen guten Eindruck. Meine Highschool sah aus wie ein Gefängnis, was ich für eine passende Metapher hielt.«

»Kein großer Schulfan, was?«

Meine muntere Antwort erschreckt uns beide. Er lächelt mich kurz an. »Nicht besonders. Ich war ungeduldig. Dachte, es gäbe wichtigere Orte, an denen ich sein sollte.«

Wir unterhalten uns tatsächlich. Das Gehen ist gut – viel besser als auf Plastikstühlen im Büro der Sozialarbeiterin zu sitzen. Vielleicht war ihm das klar, als er gefragt hat, ob ich ein Stück gehen will.

»Ich habe gehört, du hast große Pläne für nächstes Jahr«, sagt er.

»Ja, Claiborne Prep.« Die Aufnahmebestätigung hat mir einen Monat lang alles bedeutet. Und dann konnte meine Mutter eines Morgens nicht mehr aus dem Bett aufstehen, und die Hölle brach los. Wie von Sinnen habe ich die 112 angerufen. Ein paar Wochen später war sie tot.

»Das ist ein großer Schritt«, sagt er vorsichtig. Der Fußweg erstreckt sich bis zur Baseballanlage.

»Ja …« Die wahren Gründe, warum ich dort hingehen will, kann ich ihm nicht verraten. Ich kann ihm nicht erklären, dass ich, abgesehen von der außergewöhnlichen Schulbildung, unbedingt den Ort sehen will, an dem meine Geschichte begann. »Mein, äh, Beratungslehrer hat mir geraten, auf eine Privatschule zu gehen. Hier gibt es zu wenig Leistungskurse.«

Das stimmt. Aber es ist nicht die ganze Wahrheit.

»Das ist toll. Claiborne ist eine schöne Stadt. Ich bin dort aufs College gegangen.«

Natürlich weiß ich das schon. Das steht bei Wikipedia. »Auf den Bildern sieht es nett aus«, sage ich lahm.

Er bleibt stehen. »Du warst noch nie dort?«

»Nicht, seitdem ich ein Baby war. Und nachdem ich mich beworben habe … Es war kein gutes Jahr zum Reisen.« Meine Mutter hat den Winter auf dem Sofa verbracht, sie wurde immer dünner und hat ihre Haare verloren. Aber das hatte mich nicht in Alarmbereitschaft versetzt, weil die Tumore durch die Chemo kleiner wurden.

Er atmet geräuschvoll ein. »Klar.« Wir gehen weiter den Weg entlang. Das Baseballteam trainiert, aber die Tribüne ist leer und liegt im Schatten. Er geht hinüber und setzt sich, also setze ich mich auch. Die Spieler führen eine komplizierte Wurfübung aus, und überall fliegen Bälle durch die Luft. Alle paar Sekunden bläst der Trainer in seine Pfeife.

»Rachel …«

Es ist komisch, ihn meinen Namen sagen zu hören. Wenn er spricht, klingt seine Stimme genauso rau wie wenn er singt, und ich habe mir den Klang eingeprägt, seit ich denken kann.

»Ich kann mir kaum vorstellen, was für ein Jahr du hinter dir hast. Und ich weiß nicht, was unhöflicher wäre: dich danach zu fragen oder dich nicht zu fragen.«

Auf gar keinen Fall kann ich mit Frederick über den Tod meiner Mutter sprechen. Allein daran zu denken fällt mir schwer. Deshalb sage ich nichts.

»Aber ich muss dich unbedingt nach dem Heim fragen, in dem du gerade lebst. Fühlst du dich dort sicher?«

Ich sehe ihn nicht an. »Es ist dort nicht gefährlich. Es ist ein bisschen eklig, aber niemand versucht, mir wehzutun. Und ich bin die Älteste dort.«

»Warum ist es eklig?«

Ich schaue ihn ganz kurz an, aber das macht mich nervös. »Es ist einfach schmuddelig. Und die Kinder, die dort leben, deprimieren mich.«

»Aber sie lassen dich in Ruhe?«

»Meistens. Sie durchwühlen meine Sachen, wenn ich nicht da bin. Ich wollte mehr Sachen von zu Hause holen. Aber jetzt glaube ich, dass das Unsinn wäre. Ich hatte mein eigenes Shampoo, und es ist verschwunden. Solche Sachen eben. Es sind … nur Kleinigkeiten.«

»Was, wenn du eine abschließbare Truhe hättest?«

»Das ist nicht erlaubt.«

Er reibt sich das Kinn. »Na, das hört sich ja richtig scheiße an. Und du fühlst dich wahrscheinlich nicht wie du selbst.«

»Nein, nicht so richtig.« Soweit ich sagen kann, werde ich mich nie wieder wie ich selbst fühlen, und das liegt nicht am Heim. »Es gibt viele kleine Demütigungen. Marken für kostenloses Mittagessen. Nicht genug Zeit unter der Dusche.« Ich fahre mir mit den Fingern durch die Haare. Sie sind struppig und furchtbar.

»Was passiert mit dem Haus am Pomelo Court?«, fragt er.

Dass er unser Haus erwähnt, überrascht mich. Natürlich weiß er, wo wir gewohnt haben – er hat uns jeden Monat einen Scheck dorthin geschickt. Die Postleitzahl kann er wahrscheinlich auswendig.

Es ist nur so, dass er kein einziges Mal vorbeigekommen ist.

Mir fällt auf, dass er auf eine Antwort wartet. »Ähm, eine Freundin meiner Mutter kümmert sich um alles. Mary.«

»Mary …«, wiederholt er. Seine Augen sind von einem warmen Grau. Das konnte ich auf den Fotos nie richtig erkennen. »Vertraust du ihr?«

»Ja, klar. Sie war Moms beste Freundin. Sie hat einen Friseursalon in South Eola.«

»Na gut«, sagt er und sieht nachdenklich aus. »Hör mal. Die Sozialarbeiterin und der Anwalt haben gesagt, dass ich nur wenig für dich tun kann, bevor du nächsten Monat achtzehn wirst. Wenn du deine Sachen wiederbekommen oder zu Marys Salon fahren und ein neues Shampoo kaufen willst, kann ich dir helfen.«

Ich fahre mir mit der Hand durch die strähnigen Haare. »Ich würde Mary sehr gern sehen.« Genau genommen hätte ich selbst darauf kommen können, sie zu besuchen. »Aber wahrscheinlich muss sie arbeiten.«

Er zuckt mit den Schultern. »Komm, wir fahren hin. Wenn sie heute zu beschäftigt zum Reden ist, kannst du morgen wiederkommen.« Er steht auf, und ich folge ihm.

Ich war mal eine Person, die Probleme in Angriff genommen hat. Jetzt bin ich eine Person, die vom Leben herumgeschubst wird.

3

Als wir beim Auto ankommen, öffnet Frederick die Tür zum Fond und rutscht durch. Ich setze mich neben ihn.

Der Chauffeur dreht sich zu uns um, und da erkenne ich ihn. Es ist der Mann, der mich gestern auf dem Parkplatz vor Hannahs Büro aus dem Auto heraus angelächelt hat. »Hi, Rachel«, sagt er. »Ich bin Carlos.«

»Hi, Carlos.«

»Wohin?«

»East Washington Street.«

»Alles klar.« Er streckt die Hand nach dem Navi aus, obwohl ich ihm auch erklären könnte, wo es langgeht. »Hey, Boss«, sagt er, während er Frederick über die Schulter ein Handy reicht. »Das tanzt schon die ganze Zeit Macarena.«

»Das ist ungünstig.« Das Auto gleitet vom Bordstein weg, während Frederick durch die Nachrichten auf seinem Handy scrollt.

Dann klingelt es auf einmal in seiner Hand. Er tippt aufs Display und hält sich das Telefon ans Ohr. »Henry. Was gibt's?« Er hört vielleicht zwei Sekunden lang zu, bevor er dem Anrufer das Wort abschneidet. »Ich weiß, dass Unsicherheit dich nervös macht. Aber ich bin seit über zehn Jahren ein unkomplizierter Klient. Du musstest mich noch nie aus dem Gefängnis holen oder in eine Entzugsklinik einweisen lassen. Und jetzt brauche ich einmal deine Hilfe, und du tust so, als würde ich dir sonst was schulden.«

Ich starre aus dem Fenster, während ich mir so vorkomme, als würde ich ihn belauschen.

»Ich habe noch keine Antworten für dich. Und ich verstehe, dass mich alle für ein Arschloch halten werden, bevor das hier vorbei ist. Aber so ist es nun einmal. Ich muss Schluss machen.« Frederick beendet das Gespräch.

Er wirft das Handy auf den Sitz. »Also, Carlos. Wie schlagen sich die Dodgers?«

»Nicht besonders gut, Boss«, antwortet der Fahrer und stellt das Radio ein wenig lauter. »Das wird heute wieder eine Demütigung.«

»Das scheint heute das Tagesmotto zu sein.«

Das Türglöckchen klingelt, als ich den Salon betrete. Die junge Frau hinter dem Tresen kenne ich nicht. Aber Mary steht an ihrem üblichen Platz am Fenster, im Stuhl vor ihr sitzt eine ältere Frau. Ich bleibe auf der Türschwelle stehen, und Mary blickt auf.

»Rachel!« Sie legt ihre Schere ab und kommt zu mir. »Ach, Süße. Warum bist du denn nicht bei deiner Tante in Atlanta?«

Die Frage ist nicht leicht zu beantworten, aber das muss ich auch nicht. Denn Marys Blick wandert aufwärts, an meinem Kopf vorbei, und dann schnappt sie nach Luft.

Als ich mich umdrehe, sehe ich Frederick vor einem Regal mit Haarpflegeprodukten stehen. Ungerührt hebt er eine Hand und winkt uns beiden zu.

Mary reißt sich zusammen. »Komm mit, Süße. Ich habe gerade eine Kundin, aber Megan wird dir schön die Haare waschen, und du brauchst Conditioner. Und danach schneide ich dir die Haare, während wir uns unterhalten, okay?« Sie legt mir die Hände auf die Wangen und mustert mich besorgt. »Du siehst schrecklich erschöpft aus.«

Ich lasse mir einen Frisierumhang umlegen und mich zu einem Waschbecken führen. Dann lege ich meinen Kopf auf die Nackenstütze.

»Sag mir Bescheid, wenn es zu heiß ist«, sagt das Mädchen.

»Okay.« Ich schließe die Augen, während mir beim Haarewaschen der Kopf massiert wird. Das ist ein edler Salon, und Mom und ich können ihn uns nur leisten, weil Mary uns einen Freundschaftspreis macht. Das Mädchen lässt sich Zeit, reibt mir mit den Daumen über die Schläfen, massiert mir den Kopf. Die sanfte Berührung hat den unerwarteten Nebeneffekt, dass ich weinen möchte. Jede ihrer Handbewegungen durch den Schaum droht mich zu zerbrechen.

»Nur noch einmal ausspülen«, sagt sie. Und als ich mich schließlich wieder aufsetze, sehe ich mich um. Frederick hat sich auf einen pinken Divan mit einem flauschigen Fußhocker gesetzt. Eine Zeitschrift liegt aufgeschlagen auf seinen Knien, und er tippt mit einem Finger auf seinem Handy herum.

»Jetzt schnell«, sagt Mary. »Meine nächste Kundin kommt immer zu spät, das schaffen wir noch.«

»Danke«, sage ich und setze mich in den Stuhl.

Mary dreht den Stuhl herum, und das Gesicht, das mir aus dem Spiegel entgegenblickt, ist so ausgezehrt, dass ich zurückzucke.

Es ist mein eigenes.

»Ach, Süße. Geht es dir gut? Du musst mir erzählen, was los ist. Und du bist so *dünn* geworden, Rachel.«

Ich schließe die Augen. »Mir geht es gut … Es ist bloß schwer.«

»Ist das dein Vater?«

Ich nicke. »Ich habe ihn gestern kennengelernt.«

»Himmel! Deine Mutter hat mir mal erzählt, wer er ist, aber danach hat sie das Thema nie wieder angeschnitten. Entschuldigung, das muss sich schrecklich anhören. Aber ich war mir nie sicher, ob sie das ernst gemeint hat.«

So ernst wie ihre Krankheit.

Im Spiegel sehe ich Marys Blick zur Seite wandern, während sie Frederick begutachtet. »Ein hübscher Kerl. Kein Wunder, dass deine Mutter …« Sie lässt den Satz ersterben.

Ich mache Mary keinen Vorwurf, weil sie das sagt. Ich habe selbst schon versucht, es mir vorzustellen – der zwanzigjährige Freddy und meine neunzehnjährige Mutter. Sie vertrieb sich die Zeit in New Hampshire, während sie fürs College sparte. Und er war vielleicht schon ein lokaler Star, der gerade sein Musikstudium beendet hatte und kurz vor seinem nationalen Durchbruch stand.

Irgendwie haben sie sich eines Abends kennengelernt, vielleicht nach einem seiner Auftritte. Sie haben einander die Kleider vom Leib gerissen und ein Baby gemacht. Und dann brach er zu seiner ersten Tour auf und ließ Mom zurück, bevor sie auch nur wusste, was passiert war.

Die Mutter, die ich kannte, war ganz anders. Sie war das typische brave Mädchen – ging zur Krankenschwesternschule, während sie in Vollzeit arbeitete, und schob schließlich Doppelschichten, um sich die Überstunden auszahlen zu lassen. Meine Mom konnte nicht gemachte Hausaufgaben oder schmutziges Geschirr aus einem Block Entfernung riechen.

Die Mutter, die ich kannte, hatte ein müdes Lächeln und schwärmte für niemanden.

»Wenn du schon mal hier bist, sollten wir über das Haus reden«, schlägt Mary vor, während ihre Schere hinter mir klappert. »Der Strom ist das Einzige, was ich angelassen habe. Und die Miete ist bis zum fünfzehnten August bezahlt.«

»Bis zum fünfzehnten August«, wiederhole ich.

Mary legt die Schere ab und kommt um den Stuhl herum, damit ich sie ansehen kann. »Wenn du noch einen Monat länger brauchst, können wir dem Vermieter Bescheid sagen. Aber ich dachte, du würdest dein Geld sicher nicht für ein Haus ausgeben wollen, in dem du nicht wohnst.«

»Nein, ich …« Kurz danach bin ich sowieso auf dem Weg nach Claiborne. »Das klingt gut.«

»Ich packe dort alles zusammen«, flüstert Mary. »Du brauchst das nicht zu machen. Aber in deinem Zimmer gibt es bestimmt noch ein paar Sachen, die du durchsehen möchtest, solange du noch hier bist. Gehst du jetzt überhaupt nach Atlanta?«

Ich antworte zögerlich. »Ich glaube nicht.« Meine Tante Lisa war zur Beerdigung gekommen. Die Erinnerung an jenen Tag ist lückenhaft. Es war voll in der Trauerhalle, vor allem mit Kolleginnen und Kollegen aus dem Krankenhaus, in dem meine Mutter arbeitete. Meine Chorfreunde waren auch da, aber mit ihnen habe ich nicht geredet. Ich saß wie betäubt in der ersten Reihe, zwischen Haze und meiner Tante, die ich kaum kannte.

Moms Schwester wohnt sieben Stunden von Orlando entfernt, und die beiden standen einander nicht sonderlich nahe, also hatte ich sie nur ein paarmal getroffen. Nach der Beerdigung und einem Mittagessen, das Mary organisiert hatte und bei dem ich nichts hinunterbekam, fuhr meine Tante Lisa ohne mich nach Atlanta zurück. Sie überließ es Hannah Reeves, mir alles zu erklären.

»Du hast nur noch ein paar Wochen Schule vor dir«, sagte Hannah in ihrer stets so ruhigen Stimme. »Ich weiß, dass es dir sehr wichtig ist, auf dem Internat angenommen zu werden, und dazu brauchst du gute Noten. Und Lisa hat mir erklärt, dass sie nicht bei dir in Orlando bleiben kann, ohne ihre Stelle zu verlieren.«

Es hörte sich einigermaßen nachvollziehbar an, bis ich Hannahs Blick erhaschte. Es war das einzige Mal, dass ich sie nicht vollkommen selbstbeherrscht erlebte. Für einen winzigen Moment wurden Hannahs braune Augen feucht.

Da schaute ich aus Hannahs Autofenster und sah zum ersten Mal das Kinderheim.

Hannah hatte tief durch die Nase eingeatmet. »Rachel, so etwas kommt häufig vor. Deine Mutter hat nicht damit gerechnet, dass es so schnell zu Ende gehen würde. Niemand rechnet damit. Sie hat nicht geglaubt, dass sie sterben würde, bevor du achtzehn wirst. Deine Tante steht unter Schock. Ich lasse ihr eine Woche Zeit, und dann rufe ich sie noch einmal an und frage, ob du zu ihr nach Georgia kommen kannst, wenn du mit der Schule fertig bist.«

Aber stattdessen machte Hannah Frederick ausfindig, der uns beide damit überraschte, dass er ein paar Tage später auftauchte. Und ich weiß immer noch nicht, was das für mich bedeutet.

Während Mary mir die Haare föhnt, kommt die nächste Kundin herein. Ihre Handtasche ist ein kunstvoll gestepptes Ungetüm. »Nur noch eine Minute«, ruft Mary, dann flüstert sie mir zu: »Pass auf, du kannst mich jederzeit anrufen. Ich komme immer um sieben nach Hause. Im Ernst, ich möchte hören, wie es dir geht.«

»Danke.«

Mary winkt ab, als Frederick bezahlen will.

»Wie wäre es mit einem Trinkgeld?« Während ich zusehe, steckt er fünf Zwanziger in einen kleinen Umschlag und hinterlässt ihn an Marys Platz. »Hast du nicht gesagt, du brauchst Shampoo?«, fragt er und deutet mit dem Daumen auf die Produktauslage.

»Na ja …« Die Produkte in Marys Salon kosten fünfundzwanzig Dollar die Flasche. Meine Mom und ich haben unser

Shampoo immer im Drogeriemarkt gekauft, wie alle anderen Leute auch.

Mary nimmt eine Flasche aus dem Regal und drückt sie mir in die Hand. Dann schaut sie Frederick durchdringend an. »Sie muss mehr essen«, sagt sie. Und dann zu mir: »Ruf mich an, Süße. Jederzeit.«

Eine Stunde später sitze ich auf einem Liegestuhl unter einem Sonnenschirm am Hotelpool vom Ritz-Carlton. Mit meinem Mathebuch auf dem Schoß und dem Bleistift in der Hand könnte ich beinahe lernen.

Wenn Frederick, der ein paar Schirme weiter sitzt, nicht in sein Handy brüllen würde.

Wer auch immer Henry ist, Frederick ist unzufrieden mit ihm. »Pass auf, ich verstehe, dass der Promoter deine Eier in einem Schraubstock hat. Sonst würdest du nicht so herumjammern wie ein verdammtes Mädchen. Aber bevor es besser werden kann, wird es erst noch schlimmer.«

Stille tritt ein, und ich glaube schon, ihre Diskussion sei beendet. Aber noch nicht. »Alter«, sagt Frederick mit angespannter Stimme, »ich brauche Platz in meinem Terminkalender, und du musst dich um die Konsequenzen kümmern. Reiß das Pflaster ab, Henry. Tue es jetzt, oder ich stelle jemanden ein, der es für dich tut.«

Ach du Schande!

Und wenn Frederick Platz in seinem Terminkalender braucht, liegt das an mir?

Eine Kellnerin kommt und lächelt mich mit ihren perfekten, strahlend weißen Zähnen an. »Hallo, wie geht es dir?«

»Danke, gut«, sage ich automatisch. Auf ihrem Namensschild steht *Heidi*. Was würde Heidi tun, wenn ich zugäbe, dass es mir ganz und gar nicht gut geht?

»Kann ich dir irgendetwas bringen? Ein Glas Limonade? Oder einen Eistee?«

»Nein danke.« Das hier ist ein viel schickeres Hotel als die, in die Haze und ich uns hineinschleichen, um im Swimmingpool zu schwimmen. Ein Glas Tee kostet hier bestimmt sechs Dollar.

»Gib mir einfach ein Zeichen, falls du es dir anders überlegst.« Sie schenkt mir ein weiteres strahlendes Lächeln und geht weiter.

Und wie es der Zufall will, bestelle ich den Tee eine Stunde später schließlich doch noch.

»Was können wir bestellen, was schnell geht?«, fragt Frederick eine weitere lächelnde Kellnerin, nachdem wir uns an einen Cafétisch gesetzt haben. »Wir sind ein wenig in Eile.«

»Dann würde ich Ihnen von der Pizza abraten«, antwortet sie. »Salate und Burger brauchen nicht ganz so lange.«

»Alles klar. Pizza in einem Hotel ist sowieso ein ziemlich gewagter Vorschlag. Also, ich nehme einen Burger, medium. Und Pommes.«

Ich bestelle einen gemischten Salat. Und als sie sich von unserem Tisch entfernt, verfallen wir in Schweigen. Frederick fummelt an seiner Besteckrolle herum. Ich beobachte einen jungen Vater im Swimmingpool. Er steht am flachen Ende und feuert seine kleine Tochter an. »Du schaffst das. Paddeln!«

Das Kind trägt rosa Schwimmflossen und einen Micky-Maus-Badeanzug. Frederick bemerkt sie auch. Der Schwimmdaddy hebt das kleine Mädchen aus dem Wasser und wirbelt es herum. »Huiiii!«, macht er. »Huiiii!« Und dann macht er es noch zehnmal.

Ich habe Lust, meinen überteuerten Eistee nach ihnen zu werfen.

In diesem Moment tritt Carlos mit einer kleinen schwarzen Einkaufstüte an unseren Tisch. Er stellt sie vor Frederick ab.

»Fährst du in fünfzehn Minuten den Wagen vor?«, bittet Frederick. »Wir essen noch, dann müssen wir los.«

»Kein Problem.« Carlos lächelt mich breit an, dann wendet er sich ab.

Frederick greift in die Tüte, holt ein Smartphone heraus und reicht es mir. »Das ist für dich. Damit ich dich erreichen kann.«

Ich blicke auf das schicke Gerät in meiner Hand. Es ist ein brandneues iPhone mit einem fröhlich orangefarbenen Gehäuse. »Wenn du deine alte Nummer behalten möchtest, kann mein Assistent sich darum kümmern«, sagt er.

Ich wische über das Display, und es leuchtet auf, die Apps funkeln wie kleine Juwelen. Mom und ich hätten niemals so viel Geld für ein Telefon ausgegeben, nicht in einer Million Jahren.

Auf einmal überkommt mich eine irrationale Abneigung. Ich frage mich, was Frederick machen würde, wenn ich ihm sagte, dass es nicht die richtige Farbe hat. Oder wenn ich mich umdrehen und es in den Pool werfen würde.

Würde er mich anschreien und eine Szene machen? Seine Reaktion könnte mir etwas über ihn verraten, was ich durch sorgfältig zusammengeschnittene YouTube-Videos niemals erfahren würde.

Ich streiche mit dem Daumen über das glänzende neue Gerät und frage mich, ob Frederick Richards sofort die Biege machen würde, wenn sich seine Tochter als verwöhnte Göre herausstellte. Ich hätte Hummer und Champagner bestellen sollen, nur um seine Reaktion zu testen. Haze hat recht, ich *muss* nicht nett sein.

Aber ich spüre den Blick meines Vaters auf mir, und ich weiß, ich werde nichts davon tun, denn so bin ich nicht. Ich werfe keine Gegenstände für siebenhundert Dollar in Chlorwasser, und ich stelle auch keine Forderungen.

Und das liegt nicht an meinen guten Manieren. Ich möchte, dass Frederick mich mag.

Und ich hasse mich dafür, dass ich mir das wünsche.

»Danke«, flüstere ich. Dann hebe ich den Kopf und sage es noch einmal. »Danke! Für alles heute.«

Er wendet den Blick ab, die Lippen zu einem schmalen Strich zusammengepresst. »Nichts zu danken.«

Unser Essen kommt, und ich esse ein wenig, aber hauptsächlich schiebe ich meinen Salat auf dem Teller hin und her.

»Ich bringe dich vor der Ausgangssperre nach Hause«, sagt Frederick und legt eine Pommes zurück auf den Teller. Er hat offenbar auch keinen großen Hunger. Nachdem er den Scheck unterschrieben hat, steht er auf und greift nach meinem Rucksack. Wir haben gerade erst wenige Schritte Richtung Lobby gemacht, da kommt ein braun gebrannter Mann in einem Poloshirt auf uns zu, den Arm um seinen Sohn gelegt. »Entschuldigung«, sagt er lächelnd. »Aber wir sind große Fans. Könnten wir wohl ein Autogramm bekommen?«

»Ähm, klar«, sagt Frederick und sucht in seiner Tasche nach einem Stift.

Der Junge, der aussieht, als ginge er in die Mittelstufe, nimmt sein Baseballcap ab und reicht es Frederick. »Danke«, sagt er mit zitternder Stimme. Er wirkt peinlich berührt.

Aber Frederick auch. Eine Furche bildet sich mitten auf seiner Stirn. »Wer ist das«, fragt er und deutet auf eine Unterschrift an einer Seite des Schirms der Mütze.

Der Vater lacht. »Ryan Braun.«

Frederick nickt. »Sind Sie Fans der Brewers? Na, immerhin

nicht der Cubs.« Er setzt rasch seine Unterschrift auf die Mütze und gibt sie zwinkernd zurück. »Wir haben es ein bisschen eilig.«

»Vielen Dank«, sagt der Vater und entfernt sich. Sein Lächeln sieht aus wie aus einer Zahnpasta-Werbung.

»Sorry«, flüstert Frederick mir zu, als wir mit großen Schritten die Lobby durchqueren. »Da draußen wartet schon Carlos.«

»Also …«, sagt Frederick, als der Wagen vor dem Heim anhält.

Also … Ich umklammere den Saum meines Jeansrockes und frage mich, was jetzt wohl passiert. Bestimmt sagt er mir, dass er den nächsten Flug nach L.A. gebucht hat. Und ein Teil von mir wird damit einverstanden sein, denn jede Minute in seiner Gegenwart ist so stressig wie das Vorsingen für ein Solo im Chor.

»Morgen um die gleiche Zeit?«, fragt er stattdessen.

In meiner Brust löst sich ein Knoten, und es verblüfft mich, wie erleichtert ich auf einmal bin. Ich weiß nicht einmal, warum. Ich habe es auch ohne ihn so weit geschafft. Ich brauche ihn überhaupt nicht. »Ich muss nach der Schule noch ein bisschen in der Bibliothek für Mathe lernen«, höre ich mich sagen.

»Kein Problem«, erwidert er rasch. »Wenn ich dich später abhole, kann ich immer noch dafür sorgen, dass du Abendessen bekommst.«

»Sie lassen mich hier nicht hungern, weißt du.« Die undankbaren Worte platzen einfach aus mir heraus. Obwohl ich mein ganzes Leben lang darauf gewartet habe, dass er mich zum Essen einlädt.

Frederick schaut an mir vorbei auf die graue Vinylverkleidung des Gebäudes und die schmutzigen Fenster. Er versucht nicht einmal, seine Missbilligung zu verbergen.

Mein Gesicht wird heiß, als wäre das schäbige Gebäude meine Schuld.

Er richtet seine grauen Augen auf mich. »Geh morgen mit mir essen«, sagt er. »Am Samstag habe ich schon etwas vor.«

Ich knicke schneller ein als ein kaputter Regenschirm. »Okay. Danke. Bis morgen.« Ich öffne die Tür.

»Schreib mir, wann«, ruft er mir nach. »Carlos hat meine und seine Nummer schon in dein Handy eingespeichert.«

»Okay!« Es ist 19 Uhr 32, als ich von seinem Auto zur Tür des Heims renne. Aus der hellblauen Klapperkiste am Straßenrand ertönt ein wütendes Hupen, aber mir läuft die Zeit davon.

Es ist gegen die Regeln, nach der Ausgangssperre das Handy zu benutzen, und Evie würde mich nur zu gerne anschwärzen. Aber später, unter der Decke, meine Haare riechen noch nach Friseursalon, fummle ich an meinem neuen Spielzeug herum. Ich logge mich bei Instagram ein, und die Fotos erscheinen gestochen scharf und hell auf dem glänzenden Bildschirm.

Und das ist seltsam – Freddy Ricks hat vor ein paar Stunden ein Foto vom Pazifik gepostet, genau als wir im Hotel schweigsam zu Abend gegessen haben, mehr als zweitausend Meilen vom Pazifik entfernt. *Der perfekte Tag für einen Lauf am Strand*, soll mein Vater geschrieben haben. Die Hashtags lauten #oceanlover und #californiadreaming.

Ein seltsames Prickeln kriecht mir über den Schädel. Ich folge seinem Instagram-Account schon seit einer Ewigkeit. Und er pflegt ihn nicht einmal selbst?

Auswendig tippe ich Haze' Nummer in mein neues Telefon und schreibe ihm eine Nachricht: *Tut mir leid wegen heute Abend. Hatte keine Zeit mehr.* Ich muss mit R.K. unterschreiben, weil Haze die neue Nummer noch nicht kennt.

Seine Antwort kommt sofort. *Hab auf dich gewartet. Alles in Ordnung?*

Es geht mir gut. Das ist eine knappe Antwort, also füge ich noch ein Herzchen hinzu. Aber mehr schreibe ich nicht, denn ich bin zu müde, um mit ihm schon wieder über das Thema Zeit mit meinem Vater zu diskutieren.

Mein Telefon piept eine Minute später. *Ich vermiss dich.*

Ich schließe die Messenger-App und bringe ein paar Minuten damit zu, auf meinem schicken neuen Handy meinen E-Mail-Account einzurichten. Er quillt über von einer beachtlichen Zahl an Nachrichten, viele davon Beileidsbekundungen von Lehrern, die ich im Laufe der Jahre hatte. Ich kann das im Moment nicht lesen. Wenn sie etwas Nettes über meine Mutter schreiben, werde ich mich am Ende in den Schlaf weinen.

Nur eine Nachricht ist fröhlich. Sie ist von Jake, dem Jungen aus Claiborne.

Hey, Rachel!
Es ist gar nicht so ungewöhnlich, dass du nur im letzten Jahr auftauchst. Viele Leute kommen nur für die elfte oder die zwölfte Klasse, weil sich CPrep auf Collegebewerbungen gut macht. Und CPrep-Schüler haben es leichter, aufs Claiborne-College hier um die Ecke zu kommen. Meine Eltern sind dort beide Professoren, wenn ich also abgelehnt werde, wird es peinlich.
Meine Eltern verbringen das Jahr in Glasgow, also werde ich zum ersten Mal im Wohnheim übernachten. Ich bin auch ein wenig nervös wegen der Mitbewohner. Aber die Zimmer für die Zwölfer sind ziemlich groß, das ist ganz hilfreich.
Musikgruppen … Ich könnte einen Glee Club ums Verrecken nicht von einem Chor unterscheiden. Aber ich weiß, dass die A-cappella-Gruppen Vorsingen abhalten. Sie tun fast so, als wäre es eine Studentenverbindung. Man singt nicht einfach nur vor, man muss sich richtig bewerben.

Das weiß ich auch nur von ihren übermäßig süßen kleinen Flyern auf den Tischen im Speisesaal. Du wirst schon sehen.
Ich hoffe, du hast einen schönen Sommer. Ich bin diesen Monat mit meinen Eltern auf Cape Cod und jobbe in einer Fischbude. Die Bezahlung ist gut, aber ich rieche die ganze Zeit nach frittiertem Fisch. Ich wasche das Uniform-T-Shirt immer wieder und versuche, den Geruch herauszubekommen. Aber er hat sich einfach in die Baumwolle eingebrannt. Sexy.
Dazu kommt noch, dass es auf Cape Cod nicht so dunkel ist wie in New Hampshire. Ich bin verrückt nach Astronomie. (Nerd powers, activate!) Ich habe extra mein Teleskop mit hierhergenommen, aber es gibt hier mehr Lichtverschmutzung, als ich erwartet habe. Ich kann die schwächeren Sterne nicht immer sehen, nicht einmal bei Neumond.
Luxusprobleme. Ich weiß.
Also immer her mit den Fragen.
Grüße,
Jake

Es kommt mir vor, als wäre es eine Ewigkeit her, seit ich seine erste Mail gelesen habe. Dabei sind es bloß ein paar Stunden. Ich tippe eine Antwort.

Lieber Jake,
es ist nett von dir, dass du meine Fragen beantwortest. Ich muss immer noch wissen, was ich mitbringen soll. Bekomme ich eigentlich eine Packliste?
Astronomie, soso. Ich kenne sonst keinen Astronomiefan. Klar, ich war schon mal beim Schulausflug in Cape Canaveral, und ich habe auch schon mal einen Raketenstart gesehen (man kann die aus hundert Meilen Entfernung sehen). Aber das ist nicht ganz das Gleiche.

Durch ein Teleskop zu schauen, stelle ich mir friedlich vor. Stimmt es eigentlich, dass alles, was wir nachts am Himmel sehen, in Wirklichkeit eine Million Jahre alt ist? Das ist eigentlich ein ziemlich tröstlicher Gedanke. In der letzten Zeit verläuft mein Leben in Warp-Geschwindigkeit, und ich wünschte, es wäre nicht so.
Tschüss für heute!
Rachel

Mehr Wahrheit kann ich nicht in eine Mail an einen Fremden packen. Ich klicke auf »Senden«, schiebe das neue Handy unter mein Kopfkissen und versuche zu schlafen.

4

Am nächsten Nachmittag sitze ich mit meinen Matheaufgaben in der Bibliothek, bis sie um halb sechs schließt. Die einzige Ablenkung ist Haze, der neben mir sitzt und schmollt.

In ungefähr einer Woche habe ich alle Prüfungen hinter mir, und dann muss ich auch nicht mehr in der Bibliothek büffeln. Der Rest meines Sommers wird eine gähnende Leere sein, nur unterbrochen von meinem achtzehnten Geburtstag.

Mein erster Geburtstag ohne Mom. Darüber darf ich jetzt gar nicht nachdenken.

Ich bekomme eine neue E-Mail von Jake, das hilft.

Rachel,
wie nett von dir, dass du Astronomie »friedlich« nennst, die meisten würden wohl eher »langweilig« sagen. Ich finde sie aufregend, aber ich bin ja auch seltsam. Astronomie ist für jeden zugänglich (einfach raus und den Himmel anschauen) und gleichzeitig völlig unerreichbar. Das gefällt mir.
Wie es sich für einen absoluten Nerd gehört, erlaube ich mir, dich zu korrigieren, was das Alter der Himmelskörper angeht. Wie du gesagt hast, sind einige Dinge, die wir sehen können, wirklich Schnee von gestern. Es gibt einen roten Überriesen mit dem Namen Beteigeuze (der eigentlich Betelgeuse heißt), der ungefähr 640 Lichtjahre entfernt ist. Was wir heute von ihm sehen, ist also schon 640 Jahre alt.
Dieser Stern ist vermutlich schon tot. Ehrlich gesagt hoffe ich,

dass er vor sagen wir mal 639 Jahren explodiert ist, denn dann könnte ich die Explosion mit eigenen Augen sehen.
Sirius hingegen (nicht zu verwechseln mit Harry Potters Patenonkel) ist nur 8,6 Lichtjahre entfernt. Unser Bild von diesem Stern ist also aus einer Zeit, als die Nintendo Wii gerade total angesagt war.
Wenn du nach oben zu den Sternen siehst, bekommst du einen Blick auf einen Mix aus Uraltem und Neuem. Als hätte jemand den Himmel mit Photoshop bearbeitet.
Deine letzte Nachricht klang so, als wäre dein Sommer nicht so toll. Ich hoffe, das ändert sich bald.
Im August bekommst du eine Packliste. Einige Leute bringen auch Kaffeekannen oder Popcornmaschinen mit, obwohl das gegen die Regeln ist. Allerdings werden viele Claiborne-Regeln nicht befolgt oder durchgesetzt.
Jetzt wird es Zeit für mich, Betrunkenen frittierte Muscheln zu verkaufen.
Cheerio!
J.

»Wer ist dieser Typ?«, fragt Haze hinter mir, der mir beim Lesen offensichtlich über die Schulter geschaut hat.

»Er ist …« Ich versuche, mich daran zu erinnern, wie Jake es in seinem ersten Brief genannt hat. »Ein Pate. Oder so. Aus dem Internat. Er soll mir meine Fragen beantworten.«

Obwohl ich eine Erklärung hervorstottere, wird Haze' Gesichtsausdruck mürrisch. »Der ist ja ganz schön freundlich, was?«

»Sollte er nicht?«, frage ich herausfordernd. »Wäre es besser, wenn die Leute an meiner neuen Schule Arschlöcher wären?«

»Nein.« Haze grinst, weil er es witzig findet, wenn ich fluche. »Wohl eher nicht. Trotzdem, ein Haufen Snobs. Die sind bestimmt total langweilig. Astronomie?« Er verzieht das Gesicht.

Gereizt klappe ich meinen Laptop zu. Irgendwo an einem Strand in Massachusetts steht ein Junge namens Jake, der darauf wartet, dass ein Stern explodiert. Ich sehe ihn förmlich vor mir, wie er zum Himmel hinaufsieht, die Hände tief in den Hosentaschen vergraben.

Mein Unterbewusstsein hat ihn süß gemacht, auf eine harmlose Art und Weise. Mit blonden Haaren und blauen Augen. Wahrscheinlich könnte ich in seinen Accounts in den sozialen Medien Fotos von ihm finden. Aber ich glaube, das möchte ich nicht. Es macht mehr Spaß, es nicht zu wissen.

Haze klappt das Buch zu, das er angeblich gelesen hat, und steht auf. Es ist halb sechs – Zeit, Frederick zum Abendessen zu treffen.

Wir verlassen das Gebäude, und langsam werde ich wieder nervös.

»Du weißt«, sagt Haze, »heute könntest du ihn versetzen. Was soll er schon sagen, wenn du einfach nicht auftauchst? ›Hey, Rachel! Ich habe auf dich gewartet.‹ – ›Oh, tut mir leid, Dad. Wenn ich das an tausend Tagen hintereinander mache, sind wir quitt.‹«

Sechstausend Tage, korrigiere ich. *Oder sechstausendfünfhundert.* »Ich glaube, das kann ich dir nicht erklären.«

»Stimmt, kannst du nicht.«

»Jetzt ist er da und will mir helfen.« Das hört sich besser an als die Wahrheit, die ein ziemlich kompliziertes Durcheinander ist aus brennender Neugier und dem fünfzehn Jahre alten Wunsch, wahrgenommen zu werden.

»Rachel, *ich* helfe dir.«

»Das stimmt«, gebe ich zu. »Und am Samstag hängen wir ab, nach deiner Schicht in der Werkstatt.«

Er läuft neben mir, bis Frederick in unserem Blickfeld erscheint, der wieder am Auto wartet. Haze starrt ihn an und geht weg.

»Ein Freund von dir?«, fragt Frederick, als ich bei ihm ankomme.

»Ja. Schon ewig lange.«

»Er sieht ungehalten aus.«

Ich steige ins Auto und lächle wegen der Untertreibung. »Du hast recht. Er ist nicht sonderlich … gehalten.«

Auf dem Fahrersitz lacht Carlos.

»Ist das nicht verrückt?«, höre ich mich selbst losplappern. »Manche Wörter klingen, als wären sie das Gegenteil eines anderen Worts, aber das stimmt gar nicht.«

Frederick kratzt sich am Kinn. »Du meinst wie … unverfroren.«

»Genau. Nicht zu jedem Negativ gibt es ein Positiv.«

Er knurrt. »Gibt es doch. Es ist nur nicht das Positiv, das du erwartest.« Er nimmt sein kleines, abgewetztes Notizbuch aus der Tasche, klappt es auf und schreibt etwas hinein. »Aber das ist eine lustige Idee. Ich liebe Idiosynkrasien.«

»Was machst du mit den Notizen?« Kaum habe ich es ausgesprochen, fällt mir auf, dass es die erste persönliche Frage ist, die ich ihm stelle. Dabei ist die einzige Frage, die mich interessiert: *Wie hast du es hingekriegt, meine Mutter zu schwängern?*

Aber ich fürchte, diese Frage würde ihm nicht gefallen. Und ich fürchte, mir würde die Antwort nicht gefallen.

»Normalerweise nichts«, sagt er und schreibt weiter in das kleine Buch. »Aber ab und an entsteht daraus ein Songtext.«

Und dann klingelt sein Handy, und ich lausche einem weiteren einseitigen Gespräch mit Henry. »Bezahlen wir nicht Presse-Becky dafür, dass sie sich so einen Scheiß ausdenkt?«, fragt mein Vater. »Ihr zwei sucht euch einfach irgendwas aus, mir ist es egal. Einen Magen-Darm-Infekt. Ein Drogenproblem. Erzählt ihnen, dass ich von Aliens entführt wurde. Ich lege jetzt auf.«

Er beendet das Gespräch, aber den gesamten Weg bis zum Restaurant hat er die Hände im Schoß zu Fäusten geballt.

Heute Abend essen wir thailändisch. Wieder einmal sitze ich draußen an einem Restauranttisch und bemühe mich, nicht herumzuzappeln. Frederick sitzt mir gegenüber, und ich frage mich immer noch, ob er echt ist. Das hier ist unser drittes Treffen. Es gibt zwei Möglichkeiten, wie es weitergehen könnte – vielleicht wird es eines Tages normal für mich sein, in einen Raum zu kommen und Frederick dort zu sehen. Aber wahrscheinlicher ist wohl, dass er wieder verschwinden wird.

Wenn mich in zehn Jahren jemand nach meinem Vater fragt, werde ich vielleicht sagen: »Als ich siebzehn war, habe ich ihn dreimal getroffen. Wir haben Pad Thai an einem Tisch gegenüber von einem Golfplatz gegessen, und ich habe mich nicht getraut, ihn zu fragen, wie ich entstanden bin.«

Frederick hat sich ein neutrales Thema zurechtgelegt. »Welche Kurse willst du in Claiborne nehmen?«

»Ähm …« Darüber habe ich schon seit Wochen nicht mehr nachgedacht. »Die Literaturkurse hören sich gut an. Es gibt einen über russische Literatur. Ich glaube, als Fremdsprache nehme ich Spanisch.« *Und Musik.* Aber ich bin noch nicht bereit, ihm davon zu erzählen.

Was lustig ist, denn ich habe mir immer vorgestellt, wenn ich meinen Vater treffen würde, würden wir *nur* über Musik sprechen. In meiner Fantasie war er gerührt zu erfahren, dass wir so viel gemeinsam haben. Und er war am Boden zerstört, weil er so viel Zeit verschwendet hatte.

Aber jetzt? Meine musikalischen Ambitionen sind das Letzte, worüber ich mit ihm sprechen will. Wenn ich ihm erzähle, dass ich einen seiner Lieblingssongs – »You Can't Always Get What You Want« von den Stones – für mein Chorprojekt in der Elften arrangiert habe, vierstimmig mit Kontrapunkt, könnte er darauf kommen, wie tief meine Heldenverehrung geht.

Wie peinlich.

»Ich war nicht so fleißig wie du«, sagt mein Vater. »Im ersten Jahr wäre ich fast vom College geflogen.«

»Echt jetzt?« Aber das weiß ich schon, weil ich es in einem Interview in *Spin* gelesen habe.

»Die Pflichtfächer hätten mir fast das Genick gebrochen. Aber ich habe lange genug durchgehalten, bis sie mir erlaubt haben, alle Musikkurse zu belegen. Ich habe es gerade so geschafft.«

Ich weiß schon so viel über ihn – dass er alte Filme und frisch gepressten Orangensaft mag. Ich habe gelesen, dass er auf einer Obama-Wahlkampfveranstaltung gespielt hat und allergisch gegen Koriander ist. Ich weiß, dass sein Künstlername – Freddy Ricks – entstanden ist, weil sein Freund Ernie glaubte, das klinge »weniger nach Stock im Arsch« als Frederick Richards.

»Ich wünschte, ich hätte gewusst, dass Ungeduld nichts bringt«, sagt er. »Ich wünschte, ich könnte die Schule noch einmal machen. Das und eine Menge anderer Dinge.«

Zum Beispiel? Ich warte darauf, dass er es erklärt.

»Wie ist das Hühnchen?«, fragt er stattdessen.

Angry Rachel stößt einen stillen Schrei aus.

»Zwei Dinge noch«, sagt Frederick, nachdem unsere Teller abgeräumt worden sind. »Ich muss heute Abend nach New Orleans.«

Mir verkrampft sich der Magen. »Okay.«

»Meine Güte«, sagt er. »Ich komme wieder.« Er hebt das Kinn und sieht zum Himmel auf. »Nicht dass du einen Grund hättest, mir zu glauben.«

Mein Gesicht fühlt sich heiß an. Ich trinke noch einen Schluck Limo.

»Hör mal«, sagt Frederick und greift nach seinem Bier. »Ich habe schon eine Menge Gigs abgesagt. Aber bei diesem würde es zu viele wichtige Leute verärgern. Aber ich glaube, dass sie Sonntagabend genug von mir haben.«

Ein Konzert?, frage ich mich. *Hauptact auf einem Musikfestival?* Später kann ich das auf seiner Website nachschauen, so wie ich es schon immer getan habe. Und dafür kann ich sogar das schicke neue Handy benutzen, das er mir geschenkt hat.

Mit einem Anflug von Mut stelle ich ihm eine Frage. »Warum hast du die Auftritte abgesagt?«

Er nimmt einen Schluck. »Damit ich für ein paar Wochen hier in Orlando bleiben kann.«

»Ja, aber *warum?*« Diese Frage kommt schließlich aus dem Mund von Angry Rachel. Ich presse die Zähne fest zusammen, damit nicht noch jede Menge weitere Fragen folgen. *Interessiert es dich wirklich, was mit mir passiert? Kanntest du meine Mutter überhaupt, bevor ihr einen One-Night-Stand hattet? Warum hast du uns fast achtzehn Jahre nicht angerufen?*

Frederick betrachtet seine Bierflasche, als stünde die Antwort dort geschrieben. »Letzte Woche hat Hannah bei dir einen Abstrich …«

»Für einen DNA-Test.« Es hatte mich gewundert, dass man dafür nur mit einem Wattestäbchen innen an der Wange reiben musste. Wie unspektakulär.

»Das war für den Richter. Ich habe einen Rechtsanwalt eingeschaltet, um das Sorgerecht zu beantragen.«

Mein Herz schlägt heftig gegen meine Rippenbögen. »Aber Hannah hat gesagt, das würde nicht funktionieren.«

»Vielleicht irrt sie sich. Du willst doch weg aus dem Heim, oder?«

»Ja klar.«

»Mein Anwalt wird es sehr gern versuchen.« Er holt etwas aus seiner Gesäßtasche. Ein gefaltetes Blatt Papier.

»Es ist keine Überraschung, aber ich dachte, du möchtest den Laborbericht vielleicht sehen.« Er streicht das Papier auf dem Tisch glatt.

Der Bericht trägt den Titel: »Vaterschaftstest der Halbwaise Rachel Kress.«

Halbwaise.

»Das ist die entscheidende Zahl«, sagt Frederick und zeigt auf das untere Ende der Seite. *Wahrscheinlichkeit = 99,998.* »Das bedeutet also …«

»Ich weiß, was eine Wahrscheinlichkeit ist.« Die Antwort klingt ein bisschen zickig.

»Natürlich weißt du das«, sagt er sanft.

Er braucht mir nicht zu sagen, dass es eindeutig ist. Ich brauche den Test überhaupt nicht. Wenn meine Mutter – egal wie widerwillig – zugegeben hat, dass er mein Vater ist, dann stimmt das auch.

»Also …« Ich räuspere mich. »Falls du nicht zufällig einen eineiigen Zwilling hast …« Fast hätte ich hinzugefügt: *Dann hast du mich jetzt am Hals.* Aber das stimmt natürlich nicht. Er kann jederzeit wieder verschwinden.

Er faltet den Zettel wieder zusammen und steckt ihn weg. »Das ist nur für das Gericht, Rachel. Ich habe nie daran gezweifelt.«

Wirklich nicht? Und warum nicht? Und wo warst du dann die ganze Zeit?

Und – die wichtigste Frage in meinem Herzen – *wie lange wirst du hierbleiben?*

Carlos kommt an unseren Tisch. »Zehn nach sieben, Boss.«

Wie ein braves Mädchen bedanke ich mich bei Frederick für das Abendessen.

5

Ich verbringe den halben Sonntag bei Starbucks und lerne, während ich darauf warte, dass Haze mit seiner Schicht in der Autowerkstatt fertig ist. Es ist die zivilisierteste Flucht aus dem Heim, die ich mir ausdenken konnte. Leider musste ich einen Rucksack voller Bücher und eine riesige Mülltüte voll schmutziger Wäsche mitbringen.

Ich habe mich noch nie so sehr wie eine Obdachlose gefühlt wie im Augenblick, und ich verstecke den Wäschesack unter dem Tisch. Um mich aufzuheitern, tippe ich eine Antwort auf Jakes E-Mail.

Lieber Jake,
du hast da etwas geschrieben, was mich ein wenig durcheinanderbringt – dass manche Regeln eingehalten werden und andere nicht. Wie soll jemand mit einem Braves-Mädchen-Komplex wissen, was man tun darf?
R.

Ich habe erst ein paar Seiten in meinem Buch gelesen, da taucht eine neue Nachricht in meinem Posteingang auf. Als ich Jakes Namen lese, durchströmt mich ein winziges Glücksgefühl. Und es ist schon ziemlich lange her, seit ich mich zuletzt so gefühlt habe. Nachdem ich rasch einen Blick aus dem Fenster geworfen habe, um sicherzugehen, dass Haze noch nicht da ist, lese ich sie.

Hi noch mal, Rachel,
sorry, wenn ich dich verwirrt habe. Aber so kompliziert ist es eigentlich gar nicht.
Die akademischen Regeln sind wirklich wichtig, und die bricht auch niemand. Man muss einen Kodex unterschreiben, was Schummeln und Abschreiben und so was alles angeht. Betrug ist eine echt große Sache hier, also macht man es nicht.
Die sozialen Regeln sind schwammiger. Die Zimmerregeln werden die ganze Zeit gebeugt. Zum Beispiel: Die Schlafenszeiten werden nicht eingehalten.
Wenn man spätabends noch in einem fremden Zimmer erwischt wird, sagt man einfach, man hätte noch an einem Gruppenprojekt gearbeitet, denn die Hausaufgaben sind heilig. :)
Diese Regeln gibt es nur (nehme ich an), damit die ganz Unverschämten und Verantwortungslosen bestraft werden können. Wie die Lacrosse-Spieler letztes Jahr, die so dämlich waren, ihre Fassbierparty im Keller ihres Wohnheims über den schulinternen Messenger anzukündigen, als ihr Trainer zur Hochzeit seines Bruders gefahren war.
Meiner Meinung nach muss man sich schon richtig blöd anstellen, um in ernsthafte Schwierigkeiten zu geraten. Alle, die zumindest ein bisschen aufpassen (oder aussehen wie ein braves Mädchen), haben nichts zu befürchten.
J.

PS: Ich beneide dich um deinen Zugang zu Cape Canaveral. Aber das Eldorado für Astronomie-Nerds wäre irgendwo in New Mexico mit seinen ganzen riesigen Teleskopen und den Meteoritenkratern. Wusstest du, dass in ganz New Hampshire noch nie ein Meteorit gefunden wurde? Auch wenn ich schon ungefähr eine Million Steine in der Hand hatte.

Ich korrigiere mein mentales Bild von Jake am Strand. Jetzt hebt er Steine auf, untersucht sie und schleudert sie in die Wellen.

Seine Mails sind wie ein Notausstieg aus meinem Leben. Sie lassen Claiborne Prep echt erscheinen. Und wenn ich seine Nachrichten lese, kann ich beinahe glauben, dass sich die Erde immer noch um die Sonne dreht und dass ich wirklich im Herbst auf eine tolle neue Schule gehen werde.

Um ein Uhr fährt Haze endlich draußen vor und erlöst mich. Ich stopfe meinen Wäschesack in seinen Kofferraum und lasse mich neben ihn auf den Beifahrersitz fallen.

Er bewegt sich schnell, greift über die Mittelkonsole hinweg, um mich an sich zu ziehen. Der Kuss überrascht mich. Und vielleicht, weil ich so froh bin, ihn zu sehen, hat das Gefühl seiner Lippen auf meinen eine vollkommen neue Wirkung auf mich: ein unerwartetes Ziehen in meiner Brust.

Haze vertieft den Kuss, und sein Geschmack ist warm und vertraut. Je länger der Kuss andauert, umso weniger nervös werde ich.

Doch dann stößt Haze einen Laut aus. Es ist ein kehliger, erregter Laut tief aus seiner Brust. Sofort verschwindet mein Behagen. Seine Arme fühlen sich mehr wie ein Schraubstock als eine Umarmung an, und ich versteife mich.

Da lässt Haze mich los, und wir atmen beide tief durch. »Ich rieche nach Motoröl«, sagt er und schaut an sich herab auf das Arbeitshemd, das er immer noch von seiner Schicht in der Werkstatt trägt. »Tut mir leid.«

Auf einmal bin ich verlegen, lehne mich zurück und schnalle mich an. Gleich darauf rollt das Auto vom Straßenrand los.

Ich habe Haze gebeten, mit mir zum Waschsalon zu fahren, weil ich den Waschtag im Heim verpasst habe. Er hat seine

Wäsche auch mitgebracht. Nebeneinander laden wir unsere Wäsche in die Waschmaschinen.

Haze zieht sich das Hemd direkt hier im Waschsalon aus. Und auf einmal weiß ich nicht, wo ich hinschauen soll. Früher war Haze ein mageres Kind mit Pickeln im Gesicht. Aber irgendwann, während ich nicht aufgepasst habe, hat er sich einen unglaublichen Waschbrettbauch zugelegt. Jede Menge Muskeln und glatte, kupferfarbene Haut.

»Wo ist Daddy heute?«, fragt er und stopft sein Hemd in die Waschmaschine.

»Ich habe ihm gesagt, ich habe keine Zeit.« Die Lüge geht mir ganz leicht über die Lippen. Wenn ich mit Haze über Frederick rede, kommt nie etwas Gutes dabei heraus.

»Ich kapiere den Typen einfach nicht. Siebzehn Jahre lang ist er sich zu fein für dich. Und auf einmal möchte er jeden Nachmittag mit dir verbringen? Gibt es einen Grund dafür, dass er so lange gewartet hat, bis Jenny aus dem Weg war?«

»Haze! Er wusste überhaupt nicht, dass sie krank war.«

Er verdreht die dunklen Augen in meine Richtung. Für einen Jungen hat er unglaublich lange Wimpern. »Er wusste es nicht, weil er nie *gefragt* hat. Und auf einmal bist du der Mittelpunkt seines Universums? Also, für mich ist da irgendetwas faul.«

»Was willst du damit sagen, Haze? Dass Frederick irgendwie unheimlich ist? Das ist er nicht.«

»Bist du sicher?«

»Okay.« Ich schlage die Tür meiner Waschmaschine zu. »Erstens … Igitt! Wie kommst du denn auf die Idee? Und zweitens ist es auch irgendwie beleidigend für mich, wenn du behauptest, ich würde es nicht merken.«

Haze hebt abwehrend die Hände. »Ganz ruhig. Niemand ist so schlau wie du, Rachel. Aber für mich wirkt er eben ein bisschen wie ein Fremder, der einem kleinen Mädchen Süßigkeiten anbietet. Denn das ist er – ein Fremder, meine ich.«

Tja, damit hat er auf deprimierende Weise recht.

»Er ist sich sogar zu fein, selber Auto zu fahren.« Haze lacht. »Was soll das? Und überhaupt, was will er eigentlich von dir?«

Ich gehe hinüber zum Wechselgeldautomaten, damit ich nicht zugeben muss, dass ich es nicht weiß.

Haze hat sowieso keine gute Meinung von Vätern. Seiner hat sich das Leben genommen, als Haze zwölf war und ich elf. Eines Tages fuhr sein Vater mit dem alten blauen Auto zur Sunshine Skyway Bridge, stellte es ab und sprang.

Danach hat meine Mutter eine Woche lang geweint. »Wenigstens hat er es nicht zu Hause getan«, sagte sie. Aber sie sagte auch: »Männer stehlen sich einfach immer aus der Verantwortung. Und dann überlassen sie es den Frauen, die Scherben aufzusammeln.«

Haze' Mutter hat sie leider nicht besonders gründlich aufgesammelt. Die Zeit, die Haze bei uns zu Hause verbrachte, stand im direkten Zusammenhang mit der Menge an Wein, die seine Mutter trank.

Das alte blaue Auto wartete vier Jahre lang aufgebockt darauf, dass Haze alt genug war, es zu fahren. Im Handschuhfach bewahrt er immer noch den Abschiedsbrief auf, den sein Vater ihm dort hinterlassen hat. Darauf steht: *Hazario, es ist nicht deine Schuld. Lass dir das von niemandem einreden. Papa.*

Der Wechselgeldautomat frisst den ersten Dollarschein, den ich eingebe, ohne etwas auszuspucken. Ich drücke mit dem Daumen auf den »Abbrechen«-Knopf, ohne Erfolg. Eine ganze Minute lang starre ich die Maschine an und frage mich, ob es bescheuert wäre, noch einen Dollarschein einzugeben. Aber da ich offensichtlich keine andere Wahl habe, versuche ich es.

Auf wundersame Weise klimpern vier Vierteldollarmünzen in die Münzausgabe.

Während sich unsere Waschmaschinen und später die Trockner drehen, warten Haze und ich auf Plastikstühlen. Mein Mathebuch liegt die ganze Zeit aufgeschlagen auf meinen Knien, aber ich kann mich nicht konzentrieren. Seit meine Mutter vor drei Wochen ins Krankenhaus gekommen ist, verlangt jede Minute des Tages von mir zwei Dollar für vier Vierteldollar.

»Jetzt schwimmen zu gehen wäre toll«, sagt Haze, als unsere Sachen endlich trocken und zusammengelegt sind. »Wollen wir uns ins Sheraton schleichen? Ich hab die Schlüsselkarte im Auto.«

»Ich habe keinen Badeanzug dabei.«

»Wo ist der?«

»Bei mir zu Hause.«

Er legt einen Gang ein und biegt vom Waschsalon-Parkplatz rechts ab in Richtung unserer Wohngegend.

Seit zehn Tagen war ich nicht mehr in diesen Seitenstraßen. Ich sehe die niedrigen Dächer und die vertrockneten Vorgärten an uns vorbeiziehen. Sie sind mir so vertraut wie meine Westentasche. Aber als er vor unserem Haus anhält, kann ich es nur anstarren.

»Du hast doch einen Schlüssel, oder?«

Ich hole ihn hervor, dann schaue ich wieder das kleine graue Haus aus Vinyl an, das meine Mutter immer »eine halbe Stufe über einem Trailer« genannt hat. Die Fenster und Türen sind fest verschlossen, wie ein Grab. Auf der Veranda vermodern Prospekte vom Discounter, und der Briefkasten ist mit einem Stück gelben Klebebands zugeklebt.

Ich verspüre ein Brennen im Hals. Da drinnen warten die

Überreste meines Lebens. An den zwei Haken in der Küche hängen immer noch unsere Lieblingskaffeebecher. Ich könnte jetzt die Straße überqueren und hineingehen. Aber ich würde erwarten, dass eine vertraute Stimme aus der Küche ruft: »Hi, Liebling.«

Und sie würde nicht kommen.

»Lass uns einfach nicht schwimmen gehen«, flüstere ich und wende mich vom Fenster ab. »Ich glaube, ich will doch nicht.«

Haze' Blick wird sanft. Er streckt die Hand aus und legt sie mir auf die Schulter. »Komm her!«

Ich lasse mich von ihm umarmen, presse das Gesicht an seinen warmen Hals, und er reibt mir über den Rücken. Ich lehne mich an ihn, seine starke Gestalt hält mich aufrecht und gibt mir Kraft, alles durchzustehen, was schiefläuft.

Haze küsst mich auf die Schläfe. »Wie wäre es, wenn ich reingehe und deinen Badeanzug hole?«

»Okay. Ich glaube, ich kann das nicht.«

Er nimmt mir den Schlüssel aus der Hand. »Wo ist er?«

Ich setze mich auf. »Oberste Schublade von meiner Kommode.«

»Bin gleich wieder da.«

Der Pool im Sheraton ist riesig, und ich schlüpfe in eine der zahlreichen Toiletten, um mich umzuziehen. Haze hat mir einen knappen Bikini mitgebracht. Was sonst.

»Zimmer 305.« Haze zeigt seine Schlüsselkarte dem gelangweilten Typen, der uns zwei Badetücher reicht.

»Schon besser«, sagt Haze, als er die Handtücher und seinen Autoschlüssel auf einen der Liegestühle wirft. Ich verstaue meine Sachen auf dem Liegestuhl daneben und folge ihm zum Rand des Pools. Wir springen beide hinein und tauchen rasch unter, um einander nicht anzulächeln.

»Okay«, stimme ich zu. »Das war eine gute Idee.« Ein Schaumstoff-Football treibt in der Nähe. Ich greife danach und schaue mich nach seinem Besitzer um. Niemand scheint ihn zu vermissen. »Haze, duck dich!«

Eine ganze Stunde vergesse ich alles, außer im Wasser zu spielen. Der Pool verengt sich in der Mitte, wo vier Betonlöwen Wasserfontänen in den Kanal speien. Ich habe mich über dieses Design immer gewundert, schließlich sind Löwen nicht gerade dafür bekannt, Wasser zu speien. Als Haze einem der Löwen nah genug ist, gebe ich seiner Schulter im richtigen Moment einen Schubs. Er bekommt ein Ohr voll Wasser.

»Na warte!« Er lacht und spritzt mich nass.

»Es ist bloß Löwenspucke!« Zur Antwort taucht er unter und packt mich von unten am Fuß.

Als er wieder auftaucht, nimmt er mich in beide Arme. Er schüttelt sich das Wasser aus den Haaren wie ein Hund, bis ich lache. »Na, wer geht jetzt unter die Löwenspucke, hm?«

»Nein!«, kreische ich, während er mich unter den ersten Löwen schiebt und dann unter einen weiteren.

Dann küsst er mich auf den Mund, und der Kuss zeigt, dass er es ernst meint. Er zieht mich an seine Brust, und seine Hände graben sich in meinen Po. Ich fühle mich gefangen, das gefällt mir nicht.

Überfordert schiebe ich ihn so sanft ich kann von mir. »Ich möchte keine Aufmerksamkeit erregen«, sage ich als Erklärung.

Er atmet aus. »Würde mich nicht stören.«

Wir sitzen zum Trocknen auf unseren Liegestühlen, als Haze sich räuspert. »Ich möchte dich etwas fragen.«

»Hm?« Meine Konzentration gilt noch immer dem Mathebuch.

Haze legt mir eine Hand aufs Knie. »Rachel, schau mich an.«

Ich blicke auf und sehe in seine nachdenklichen Augen. »Was?«

Er drückt bedeutungsvoll mein Knie. »Wenn du achtzehn wirst, möchte ich, dass du bei mir einziehst.«

Ich blinzle. »Wo?«

»Bei mir. So lange, bis du zu der neuen Schule gehst.«

Ich versuche mir das vorzustellen. Haze lebt mit seiner alkoholkranken Mutter in einem winzigen Haus. Wo sollte ich schlafen? Auf dem Sofa, wo seine Mutter den lieben langen Tag lang rumhängt?

Haze blickt mich durchdringend an und streicht mir mit dem Daumen übers Knie. Nein, die Couch ist in seinem Plan nicht vorgesehen. »Haze, ich glaube nicht, dass ich das kann.«

»Du kannst alles, was du willst«, flüstert er.

Also, das ist ein beängstigender Gedanke.

»Es wäre doch nur für ein paar Wochen, bis du nach New Hampshire gehst.« Er steht von seiner Liege auf und hockt sich auf den Rand von meiner. »Bitte.« Er nimmt meine Hand zwischen seine.

Eine Sekunde lang sehen wir einander bloß an. Nichts in meinem Leben wird je wieder so sein, wie es war, aber er ist immer noch da und hält meine Hand. »Ich denke darüber nach«, flüstere ich. Und wie ich das werde.

Und für ein paar Herzschläge hält mich die leuchtende Aufmerksamkeit, die er mir entgegenbringt, gefangen. In seinen Augenwinkeln sehe ich Fältchen, als wäre er kurz davor zu lächeln.

Doch stattdessen beugt er sich vor und küsst mich noch einmal.

Als ich am Sonntagabend im Heim in mein schäbiges Bett steige, fällt es mir schwer einzuschlafen. Meine Gedanken rasen wie im Astro Orbiter im Magic Kingdom von Disney World – viel zu schnell für mich. Meine Mutter, Frederick, Haze und unser kleines grünes Haus, sie alle wirbeln an mir vorbei und fordern mich auf, bei ihnen zu verweilen.

Und morgen ist meine Matheprüfung.

Auf der anderen Seite des Zimmers fängt Evie an zu schnarchen, also hole ich meinen alten iPod unter meinem Kopfkissen hervor und stopfe mir die Kopfhörer in die Ohren.

Ich stelle die Zufallswiedergabe ein und drücke auf »Play«.

Seit jeher liebe ich den Moment der Stille, bevor ein Song beginnt – ein Augenblick voller Erwartung. Es liegt eine gespenstische Intimität darin, sich einen Song durch die Ohren direkt in den Kopf zu stöpseln. Manchmal kann ich sogar hören, wie der Sänger oder die Sängerin vor dem ersten Ton Luft holt. Es ist so, als wäre ich mit ihnen im selben Zimmer.

Mit geschlossenen Augen warte ich. Und als der erste Gitarrenakkord durch die dünnen Kabel in meine Ohren dringt, bin ich überhaupt nicht überrascht, dass es ein Song von Frederick ist. Seit der fünften Klasse läuft das Lied bei mir in Dauerschleife. Das Intro zu »Wild City« ist mir so vertraut wie die Luft zum Atmen.

Dann setzt seine Stimme ein, tief und traurig.

She liked to turn the amp up louder
Her hips would sway and I'd forget the chords.
Nobody else could wield that power
I drank it down and begged for more

Diese Musik war immer meine einzige Verbindung zu ihm. Und auf eine seltsame Weise hat er mich nie enttäuscht. Wenn ich »Play« drücke, taucht mein Vater jedes Mal auf.

Und nun? Ich weiß nicht, was passieren wird. Ich weiß nur, wenn Frederick morgen nach der Schule nicht auftaucht, wird der Refrain für mich nie wieder so klingen wie früher.

Late nights in the Wild City
My ears would ring for years
Bright lights in the Wild City
We paid for it in tears

6

Am Montagnachmittag kriege ich eine Eins in meiner Matheprüfung. Die Erleichterung hält ganze fünfzehn Minuten an. Dann gehe ich nach draußen, um nachzusehen, ob Frederick wirklich wie versprochen wiedergekommen ist.

Ich glaube, selbst wenn Frederick Teil meines Lebens bleibt, wenn ich auf die neue Schule gehe, werde ich mir darüber immer Gedanken machen. Etwas in mir wird immer auf der Bank vor der Schule sitzen bleiben und sich fragen, ob heute der Tag ist, an dem er sich überlegt, dass ich es doch nicht wert bin.

Drei Autos stehen in der Abholzone. Und keins davon ist ein schwarzer Viertürer.

Okay. Carlos steckt vielleicht im Stau.

Ich checke noch einmal mein Handy. Keine verpassten Anrufe. Keine Nachrichten. Aber ich entdecke einen Google-Alert zu »Freddy Ricks«. Als ich ihn antippe, überrascht mich die Überschrift. *Freddy Ricks sagt neun Konzerte seiner Tour ab, auch die ausverkaufte Show im Madison Square Garden.*

Ernsthaft? Ich klicke auf den Link zum Artikel und lese:

Wegen einer Sehnenscheidenentzündung im Daumen und zwei weiteren Fingern seiner rechten Hand erstattet der Singer-Songwriter seinen Fans das Geld für die Tickets zurück. »Er wird ärztlich behandelt und bekommt Physiotherapie«, sagte seine Pressesprecherin Rebecca Showers den Medien. »Bis Oktober sollte Freddy wieder wie neu sein.«

Das ist alles.

Aus dem Augenwinkel sehe ich jemanden winken.

Ich schaue hoch, und neben einem hellbraunen SUV, den ich noch nie gesehen habe, entdecke ich Carlos, der wild in meine Richtung gestikuliert. Ich stehe auf und renne zum Wagen.

Er ist wiederaufgetaucht. Zum vierten Mal. Aber ich werde mich wohl nie daran gewöhnen.

Als ich die Autotür öffne, höre ich Fredericks Telefonstimme. »Henry, ich hätte ja mehr Zeit, um mit dir zu sprechen, wenn der Anwalt, den du für mich engagiert hast, mich nicht eine Stunde in seinem Büro hätte warten lassen. Also fass dich kurz.«

Als ich auf den Sitz gleite, hebt Frederick zum Gruß die Hand und bedeutet mir, mich noch einen Moment zu gedulden. »Würde es nicht genauso viel kosten, die Verträge anzufechten, als sie einfach auszubezahlen? Aha. Tja, es war klar, dass wir Verluste machen würden.«

Ich verstaue meinen Rucksack zwischen den Füßen und mustere dabei verstohlen seine rechte Hand. In diesem Moment ballt er sie zur Faust und schlägt sich gegen die Stirn.

»Ehrlich, Henry. Mich interessiert nur, ob meine Taylor heute ankommt. Nein, ich reibe es dir nicht unter die Nase. Ich möchte es einfach nur wissen. Schickst du Carlos die Sendungsnummer? Danke.« Er beendet das Gespräch mit dem rechten Daumen und trommelt sich dann unruhig damit auf den Oberschenkel.

Seine Hand ist völlig in Ordnung.

Er sieht mich mit müden Augen an. Ich habe immer angenommen, sein Leben sei ein einziger Spaß. Den ganzen Tag nichts als Musik und Verehrung.

Heute sieht er nicht aus, als hätte er Spaß.

»Tut mir leid«, sagt er. »Wie war das Wochenende?«

»Ganz gut. Ich hab Mathe bestanden. Und Wäsche gewaschen.«

Er sieht mich erschöpft an. »Paaarty.«

»Das war ganz schön wild. Ich habe einen wahnsinnigen Kater.« Ich beobachte seine Reaktion. Schließlich könnte ich tatsächlich einen wahnsinnigen Kater haben.

Er zuckt nicht einmal mit der Wimper. »Hey, ich habe mir ein Wort für dich überlegt. Impertinent.«

»Äh, was?« Hat er mich gerade impertinent genannt?

»Ein Negativ ohne ein Positiv. Man kann nicht pertinent sein, oder?«

»Oh!« Ich lache nervös. »Ehrlich gesagt geht das in meinem Fall. Ich bin total pertinent. Da kannst du jeden fragen.«

Ich bekomme ein müdes Lächeln, bevor sein Handy wieder klingelt. Er schaut auf den Bildschirm und schiebt es sich dann in die Tasche.

»Im Flugzeug habe ich mir den letzten *Harry Potter* Film angeschaut«, sagt Frederick, während wir auf dem Gelände seines schicken Hotels spazieren gehen. »Hast du die Filme gesehen?«

»Klar. Aber die Bücher sind besser.«

»Ach ja? Aber beim *Hobbit* waren die Filme besser. Obwohl sie sich nicht an die Vorlage gehalten haben.«

»Wirklich?« Ich frage mich, was er von dem Song hält, den Ed Sheeran für den *Hobbit* geschrieben hat, und ob er genauso beeindruckt ist wie ich, dass Sheeran abgesehen vom Cello alle Instrumente selbst eingespielt hat.

Aber ich bin noch nicht dazu bereit, mich als Musikfreak zu outen, nicht gegenüber dem Mann, der seine Musik bisher mit keinem Wort erwähnt hat. »Wie war's in New Orleans?«, frage ich. Mit meinem neuen Handy habe ich schon alles über das Musikfestival recherchiert, bei dem er am Wochenende gespielt hat. Auf seinem Instagram-Account gibt es neue Fotos, auf einem hat er den Arm um einen legendären Bluesgitarristen gelegt, das andere zeigt ein Po'-Boy-Sandwich. Hashtag: ILoveNOLA.

»Es war *heiß*«, knurrt er. »Und es gab Mücken so groß wie dein Kopf.«

Also war es Open Air? Ich schlucke die Frage hinunter. Ich will nicht wie ein Fan klingen. Und er spricht nie über seinen Job. Oder überhaupt sein Leben. Das Schweigen gibt mir das Gefühl, als würde er immer noch versuchen herauszufinden, ob ich es wert bin, in seinen engsten Kreis aufgenommen zu werden.

Das Handy in seiner Tasche fängt wieder mit diesem wütenden Geklingel an, und er zieht es hervor und schaut aufs Display. »Ach Scheiße«, flucht er und reibt sich den Nacken. »Es tut mir leid, Rachel. Da muss ich drangehen.« Er hält sich das Handy ans Ohr. Was er als Nächstes sagt, lässt meinen Magen drei Stockwerke nach unten rasen.

»Hey, Dad.«

Wow.

Erstens habe ich diese Worte noch nie zu irgendjemandem gesagt. Und … Das ist mein Großvater am Telefon? Es ist mir schon in den Sinn gekommen, dass ich vielleicht ein oder zwei lebende Großeltern haben könnte. Aber weil Richards ein so häufiger Name ist, war Google bei der Suche nicht sehr hilfreich.

»Du hast die Schlagzeile gesehen, was?« Mein Vater lacht leise. »Dad, mit meiner Hand ist alles in Ordnung. Wenn ich eine Operation bräuchte, würde ich es dir sagen.« Er verlässt den Weg und tritt zwischen die kümmerlichen Bäume daneben.

Offensichtlich möchte er ein bisschen Privatsphäre, deshalb lasse ich mich etwas zurückfallen. Aber ich kann ihn immer noch verstehen.

»Dad, hör mal. Bei mir ist alles in Ordnung. Das war nur eine Ausrede, um etwas Zeit zu gewinnen. Ich muss ein paar Dinge regeln, und ich kann gerade nicht darüber sprechen.« Mein Vater schaut über seine Schulter und erwischt mich beim Lauschen. »Sag Mom, dass es mir gut geht. Ich rufe sie bald an.« Er läuft ein bisschen weiter. »Mir geht's gut, wirklich. Könntest du Mom bitte davon überzeugen? Und ich erzähle dir die ganze Geschichte, sobald ich kann.«

Er beendet das Gespräch und dreht sich mit einem Gesichtsausdruck um, den ich nicht deuten kann. »Du hast Großeltern«, sagt er mit leiser Stimme. »Sie werden dich kennenlernen wollen. Es ist nur, äh …« Er schaut zum künstlichen See, über den ein Reiher fliegt, die langen Beine nach hinten ausgestreckt. »Hier passiert gerade so viel. Aber wir holen das so schnell wie möglich nach.«

Allein beim Gedanken daran bekomme ich schon weiche Knie. Und mir fällt etwas auf. »Sie wissen nichts von mir«, platzt es aus mir heraus. Seine eigenen Eltern wissen nicht, dass er ein Kind hat?

Frederick kneift sich mit zwei Fingern in den Nasenrücken und schüttelt langsam den Kopf.

»*Wow.*« Ich kann die Wut in meiner Stimme nicht unterdrücken. Ich bin sein großes Geheimnis. Wir stehen einen Augenblick lang einfach da und starren einander an. Ein Golfmobil mit zwei lachenden Typen fährt an uns vorbei.

Fang nicht an zu weinen!, befehle ich mir selbst und drehe mich um. Ich kann ihn gerade nicht ansehen. Ihm gegenüber habe ich mich schon immer unsichtbar gefühlt. Ich bin es gewohnt, ignoriert zu werden. Aber dass er mich vor seinen

Eltern verheimlicht hat, fühlt sich noch viel schlimmer an. Als würde er sich *schämen*. Für mich.

Vorsichtig atme ich durch die Nase und gehe langsam zum Hotel zurück. Er geht im Gleichschritt neben mir her. *Großeltern.* So etwas hatte ich nie. Moms Mutter starb, als ich vier war, und ich kann mich kaum an sie erinnern. Moms Vater war schon vor meiner Geburt gestorben.

Weil ich mich frage, wie sie wohl aussehen, riskiere ich einen Blick auf Frederick. Sein Kiefer ist angespannt, sein Mund eine grimmige Linie. Wenn es jemals einen Moment gab, in dem er bedauert hat, nach Florida gekommen zu sein, um mich kennenzulernen, ist es dieser.

Als ich glaube, wieder sprechen zu können, stelle ich ihm eine Frage. Es ist nicht die drängendste, aber es ist ein Anfang. »Warum hast du wegen deiner Hand gelogen?«

»Weil es die Leute wütend macht, wenn man Konzerte absagt. Ich brauchte einen guten Grund.«

»Und ich bin kein guter Grund?«

Er bleibt stehen. »Natürlich bist du der Grund. Aber ich habe gerade erst das Sorgerecht beantragt. Ich glaube nicht, dass es mir hilft, wenn unsere beiden Gesichter auf der *US-Weekly*-Website auftauchen.«

»Oh«, sage ich dämlich.

Den Rest des Wegs legen wir schweigend zurück. Als wir die Lobby betreten, wirft Frederick einen mürrischen Blick auf das Hotelrestaurant. »Wie wär's, wenn wir Essen bestellen? Ich habe Carlos wegen eines Pakets zu UPS geschickt.«

»Gern, danke.«

Frederick drückt auf den Aufzugknopf. Wir fahren in den vierten Stock, und ich folge ihm den Flur entlang. Gehen wir in sein Zimmer? Das ist ein bisschen viel Zweisamkeit, wenn er so schlechte Laune hat.

Aber als er die Tür öffnet, liegt dahinter ein palastartiger Raum. Es gibt ein großes Wohn- / Esszimmer und einen Küchenbereich, der so wirkt, als hätte darin noch nie jemand etwas gekocht. Zum Schlafzimmer geht es durch eine Tür am anderen Ende des Raums.

»Es gibt auch einen Balkon«, knurrt Frederick. »Wenn du ein ruhiges Plätzchen für deine Hausaufgaben brauchst.«

Mit meiner Literatur-Hausarbeit verdufte ich nach draußen und lasse die Tür angelehnt. Ich setze mich auf einen der beiden Balkonstühle, die an einem Glastisch stehen.

Während ich dort sitze und darüber nachdenke, wie ich eine Frage zu Kafkas *Die Verwandlung* beantworten soll, höre ich, wie es an der Zimmertür klopft.

»Hey! Du hast sie gefunden! Genau die brauche ich heute Abend. Schauen wir mal nach, ob sie es überlebt hat.« Ich wirble herum und sehe, wie er Carlos einen riesigen Karton abnimmt und ihn zum glänzenden Esstisch bringt. Carlos reicht ihm ein Taschenmesser, und Frederick schlitzt das Klebeband am Karton auf.

»Quieres Burritos?«, fragt Carlos. »Ich habe da ein Restaurant in der Innenstadt entdeckt. Wenn wir jetzt losgehen, schaffen wir es noch.«

»Hey, Rachel?«, ruft Frederick. »Hast du Lust auf Burritos?«

Ich stehe auf und stecke den Kopf ins Zimmer. »Si, yo quiero.«

Carlos lacht leise. »Carne? Cerdo? Pollo?«

»Schweinefleisch«, entscheide ich.

»Überrasch mich«, sagt Frederick. »Ich hoffe, sie schmecken wie in L. A.«

»Erwarte bloß kein Wunder.« Carlos wendet sich zur Tür.

»Carlos?«, ruft mein Vater ihm hinterher. »Schreib Henry, dass die Gitarre, die er verloren hat, wiederaufgetaucht ist.«

»Schon passiert«, sagt der Fahrer auf dem Weg nach draußen.

Frederick beugt sich über sein Paket. »Jedes Mal, wenn wir eine Gitarre verschickt haben, halte ich das hinterher für eine schlechte Idee. Es kann so viel schiefgehen.« Unter überraschend viel Verpackungsmaterial liegt ein schwarzer Gitarrenkoffer. Aus diesem holt er ein schönes hölzernes Instrument hervor. Er dreht es hin und her und lächelt dabei wie ein Kind an Weihnachten.

Ich beobachte, wie er zum Sofa tanzt und sich mit der Gitarre auf dem Schoß hinsetzt. Und dann sagt er mit seiner liebevollsten Stimme zur Gitarre: »Komm zu Daddy.«

Seine seltsame Wortwahl treibt mich zurück nach draußen auf den Balkon, wo die Seiten meiner Englisch-Hausarbeit unter dem Ordner flattern. Ich streiche sie glatt. Von drinnen kommt der Klang einzeln gezupfter Saiten, die gestimmt werden.

Dann schweben die warmen Töne eines Akkords durch die Tür hinter mir. Bei diesem Klang stellen sich mir die Härchen im Nacken auf. Ich habe ihn schon Gitarre spielen hören – akustische und elektrische – auf unzähligen Aufnahmen. Aber die Vibrationen der Saiten auf so kurze Distanz zu hören, verursacht mir Gänsehaut. Ich halte den Atem an, während die Akkorde sich entwickeln und das Zupfen virtuoser wird.

Die Musik hört abrupt auf, aber nachdem Frederick kurz nachgestimmt hat, fängt sie wieder an und schlägt wie eine Welle über mir zusammen.

Vor zwei Wochen ist meine Mutter gestorben. Seitdem sind die Tage in einer Mischung aus Benommenheit, der Abwesenheit von Privatsphäre und der Ablenkung durch neue, seltsame Ereignisse verstrichen. Aber Fredericks Gitarre scheint die Zeit anzuhalten. Während er spielt, vermischt sich der warme Abend mit dem sanften Rhythmus einer Gitarre, der ich schon mein ganzes Leben lausche.

Ich muss meine Hausaufgaben zur Seite schieben und das Gesicht in den Händen vergraben. Ich kenne den Song nicht. Trotzdem zerfetzt er mein Herz in kleine Stückchen. Ich kann mich zusammenreißen, bis er anfängt, mit seinem sonoren Bariton die Melodie vor sich hin zu summen.

Dann laufen mir die Tränen übers Gesicht und über die Hände. Ich ertrinke darin und schluchze lautlos, bis der Song endet.

In der darauf folgenden Stille presse ich die Lippen aufeinander. Ich bin ein triefendes Wrack und versuche, nicht zu schniefen. Ich höre, wie Frederick hinter mir im Schlafzimmer herumläuft, dann das Geräusch von laufendem Wasser in der Kochnische. Eine Minute später betritt er den Balkon und stellt ein Glas Wasser und eine Schachtel mit Taschentüchern auf den Tisch. Ich kann ihm nicht in die Augen sehen.

Für eine oder zwei Sekunden legt Frederick mir seine warme Hand auf den Kopf. Dann geht er wieder hinein.

Ich presse mir die Finger auf die Augen, weil ich die Tränen zurückhalten will. Hinter mir räumt Frederick das Verpackungsmaterial weg, das in dem Paket mit seiner Gitarre war. Er summt vor sich hin, und ich bohre mir die Fingernägel in die Handfläche und zähle die Blätter an einem Bananenbaum unten im Garten.

Irgendwann bringt Carlos das Essen vorbei. Frederick kommt mit zwei weißen Papiertüten zum Balkon. »Sollen wir mal probieren, ob man in Orlando einen vernünftigen Burrito bekommt?«

»Klar«, sage ich mit leiser Stimme.

Er setzt sich auf den anderen Stuhl und reicht mir eine Tüte. »Rachel« ist darauf gekritzelt.

Wir beschäftigen uns damit, die Folie zu entfernen. Es riecht wirklich gut. Mein Appetit ist so unberechenbar. Manchmal kriege ich nichts runter, und manchmal bin ich kurz vor dem Verhungern. Ich nehme einen großen Bissen und kaue.

»Was denkst du?«, fragt er. Er wischt sich den Mund mit einer Serviette aus der Tüte ab.

Die Frage kommt mir unangemessen vor, bis mir auffällt, dass er nur nach dem Burrito fragt. »Ziemlich gut.« Und das ist er wirklich. Das klein geschnittene Schweinefleisch ist mit Bohnen und Kräutern vermischt. »Oh!«, rufe ich bestürzt. »Das ist ja voller Koriander!«

Die Überraschung auf Fredericks Gesicht verrät mir meinen Fehler. Er legt seinen Burrito ab. Dann nimmt er eines der Plastikmesser, die bei der Bestellung mitgeliefert wurden, und schneidet ihn durch. Er nimmt eine Hälfte und zeigt sie mir. Darin ist keine Spur von Koriander. »Carlos weiß Bescheid«, sagt er ruhig.

»Na gut. Wie praktisch.« Meine Stimme zittert. »Er liest auch *Spin.*«

»*Rolling Stone*«, sagt er. »Man vergisst nicht so schnell, vor welchem Reporter man fast erstickt wäre.«

Eine weitere Minute kauen wir schweigend. Ich fühle mich ausgelaugt.

»Kann ich dich etwas fragen?«, fragt er.

»Ja?«

Er legt sein Essen beiseite. »Wie lange weißt du schon, dass ich dein Vater bin?«

Das ist einfach. »Schon immer.«

Er reißt die Augen auf. »Was hat sie über mich erzählt?«

»Nichts. Aber jedes Mal, wenn einer deiner Songs im Radio lief, hat sie den Sender gewechselt. In der vierten Klasse kannte ich sie alle.«

Er steht schnell auf und schlüpft durch die offene Tür. Als er nach einem Bier im Kühlschrank greift, fällt das Licht darin auf sein Gesicht, sodass ich seinen Gesichtsausdruck sehen kann. Er sieht aus, als wäre er geschlagen worden.

Ich fühle mich kein bisschen schuldig.

7

Ich habe eine Freistunde, als eine Nachricht von Frederick ankommt. *Neuer Fahrer heute. Sein Auto ist silbern. Such nach der Schule nicht nach Carlos.*

Du holst mich von der Schule ab?, tippe ich zur Antwort. Das wird Haze nicht gefallen. Er will mit mir Eis essen gehen.

Das hoffe ich doch.

Das ist aber eine seltsame Antwort. *Wo ist Carlos?*, frage ich.

Er war nur mit mir hier, um mir einen Gefallen zu tun. Musste nach Hause zu seiner Familie.

Warum mietest du nicht einfach ein Auto?, frage ich, und Haze' Frage hallt in meinem Kopf wider.

Ich fahre nicht Auto.

Überhaupt nicht?

Nein. Ich will nicht. Alter Hund. Neue Tricks. Nicht dass die Leute mich nicht unablässig deswegen verarschen. Hey – ist das nicht eines deiner seltsamen Negative? Ablässig ist ja kein Wort.

Aber ablassen ist eins, antworte ich.

Dreißig Minuten vergehen, ohne dass etwas zurückkommt, und wie ein Trottel mache ich mir Sorgen, ich könnte ihn beleidigt haben.

Aber dann vibriert mein Handy endlich wieder.

Allerdings ergibt Fredericks nächste Nachricht keinen Sinn. Sie lautet: *Antrag auf Sorgerecht bewilligt.*

Moment. Was?

Weil man in der Schule nicht telefonieren darf, muss ich aus dem Gebäude rennen, um ihn anzurufen. »Was soll das heißen?«, frage ich ihn, als er drangeht.

»Das heißt, ich habe gewonnen!«, brüllt er. »Der Richter hat mir gerade das sogenannte vorläufige Notfallsorgerecht gewährt. Und weil du in drei Wochen achtzehn wirst, war's das auch. Es ist vorbei.«

»Aber … wie ist das passiert?«

»Das kann ich dir sagen – Hannah Reeves. Sie stand dort vor dem Richter und hat ihm gesagt, wie es sein sollte. Und er hat sofort zugestimmt. Ich hätte sie am liebsten abgeknutscht.«

»Moment … Ich wusste gar nichts von einer Anhörung.«

»Ich habe dir nichts davon erzählt, weil ich befürchtet habe, ich könnte verlieren. Mein Anwalt hat mich gewarnt, dass die gute alte Logik nicht immer siegt. Wie sich herausgestellt hat, braucht es eine junge, heiße Sozialarbeiterin in einem blauen Anzug. Wir treffen uns in zwanzig Minuten vor der Schule. Holen wir dich da raus!«

»Äh, genau genommen habe ich noch fünfundvierzig Minuten Schule.«

Er lacht mir ins Ohr. »Ich kann dir jetzt ganz legal meinen nachlässigen Lebensstil beibringen. Komm einfach, wann es dir passt, ich bin in fünfzehn Minuten da. Ach ja, Rachel?«

»Ja?«

»Das bedeutet, wir können nach Kalifornien, sobald du deine letzte Prüfung hinter dir hast. Bis gleich.« Er legt auf.

Ich mache mir nicht die Mühe, wieder hineinzugehen. Mit dem Telefon in der Hand bleibe ich eine Weile im Sonnenschein stehen und versuche zu kapieren, was gerade passiert ist. Frederick ist vor Gericht gezogen, um das Sorgerecht für mich zu bekommen. Er – oder zumindest sein Anwalt – hat dem Richter gesagt: »Sie gehört zu mir.«

Das ist alles, was ich mir je von ihm gewünscht habe.

Dann hat er mich nach Kalifornien eingeladen. Nein – er hat mich nicht eingeladen. Er hat mir *mitgeteilt,* dass wir gehen, als wäre es allein seine Entscheidung.

Was rechtlich gesehen auch stimmt.

Ich kriege es nicht in meinen Kopf. Ist das gerade wirklich passiert?

Mein Handy vibriert mit einer neuen Nachricht, diesmal von Haze. *Wo bist du?*

Vor dem Seiteneingang.

Fünf Minuten später kommt Haze heraus. »Was ist los? Du machst nie früher Schluss.«

Ich grinse wie ein Honigkuchenpferd, denn langsam verstehe ich die guten Nachrichten. »Ich muss nicht mehr ins Heim, Haze! Nie wieder. Frederick nimmt mich mit.«

Er runzelt die Stirn. »Und wohin?«

»Ähm …« Mir klopft das Herz in der Brust. »Wenn ich mit der Schule fertig bin, will er mich mit nach Kalifornien nehmen.«

Er legt mir die Hände auf die Schultern, und sein Gesicht wird todernst. »Bitte geh nicht mit. Du musst das nicht tun.«

Mir krampft sich der Magen zusammen. »Haze, ich kann nicht bei dir wohnen.«

»Warum nicht?«

Es gibt ungefähr hundert Gründe, aber kein einziger davon wird ihm gefallen. »Ich möchte Kalifornien kennenlernen«, sage ich stattdessen.

Zuerst hallen die Worte nur zwischen uns wider. Ich bin ein bisschen schockiert, dass ich diese Entscheidung so schnell getroffen habe. Aber auf diese Einladung warte ich schon mein ganzes Leben. Siebzehn Jahre Neugier können nicht verleugnet werden. Das ist meine Chance, endlich zu erfahren, warum Frederick mein Vater ist.

»Nein, Rae«, flüstert Haze. Und dann passiert etwas, das ich noch nie bei ihm gesehen habe. Er bekommt feuchte Augen. »Du kannst nicht einfach gehen.«

Mir schnürt sich die Kehle zusammen. »Ich muss«, sage ich. Aber es ist nur eine Ausrede. Mit Frederick nach Kalifornien zu gehen, ist meine freie Entscheidung, und das wissen wir beide.

»Musst du nicht.« Tränen glitzern in seinen Augen.

Ich höre ein Auto hupen und drehe mich um. Frederick ist angekommen.

»Fuck!«, schreit Haze den Asphalt zwischen uns an. »Was ich diesem Mann alles antun möchte!« Er kickt seine Sporttasche gegen die Schulwand.

»Haze«, schnauze ich ihn an, die Situation ist mir unangenehm. »Hör auf damit, ja? Es war immer klar, dass ich weggehen würde. Und das wusstest du auch. Im Herbst wäre ich sowieso gegangen.«

Er schüttelt den Kopf. »Das ist Bullshit, Rachel. Du wärst irgendwann wiedergekommen. Aber jetzt ist es anders.«

Wieder hupt das Auto.

»Weißt du was?«, sage ich, und meine Stimme klingt ganz hoch und seltsam. »Es wäre wirklich schön, wenn du dich für mich freuen könntest. Als alles schiefging, warst du für mich da. Aber wenn zur Abwechslung mal etwas gut läuft …« Ich bin zu müde, um den Satz zu beenden. Und ich will mich nicht mit ihm streiten. Er wünscht sich Dinge von mir, die ich ihm nicht geben kann, und ich weiß nicht, wie ich es ihm erklären soll.

Ich gehe an Haze vorbei in Richtung Parkplatz.

»Rachel, warte!« Er beeilt sich, um mit mir Schritt zu halten. »Geh nicht einfach so weg. Zieh das Arschloch nicht mir vor.«

Ich bleibe stehen, aber ich bin zu aufgebracht, um ihm in die Augen zu sehen. »Das ist so unfair. So kannst du das nicht sagen.«

Er verschränkt die Arme. »Wie soll ich es denn sonst sagen?«

»Ich gehe nach Kalifornien, und du wirst dich nicht für mich freuen. Oder?«

Er lässt den Kopf hängen. Mit klopfendem Herzen gehe ich zum Auto. Ein unbekannter Fahrer hält mir die Tür auf. Ich rutsche neben Frederick auf den Sitz, der sich mit Anzug und Krawatte in Schale geworfen hat.

Als der Wagen rückwärtsfährt, schließe ich die Augen. Etwas in mir will schreien: *Anhalten!* Es ist falsch, Haze mitten in einem Streit stehen zu lassen. Aber wenn ich zu ihm zurückgehe, werden wir dieselbe Diskussion immer wieder von vorne führen.

»Erklär mir noch mal, warum du nett zu diesem Typen bist«, sagt Frederick. »Jedes Mal, wenn ich ihn sehe, schreit er herum.«

Das ist der Moment, in dem ich ausraste, denn keiner von beiden kapiert irgendwas. »Aber er hat ganze zehn Tage neben mir gesessen, während ich ihr in diesem beschissenen Krankenhaus beim Sterben zugesehen habe!« *Und wo in aller Welt warst du da?*

In der Stille, die auf meinen Ausbruch folgt, ist nur das Schnurren des Motors zu hören.

Den erschrockenen Ausdruck auf Fredericks Gesicht habe ich verdient. Aber trotzdem versetzt er mir einen Stich der Angst. Ich wende mich ab und sehe aus dem Fenster.

Nach einer Minute des Schweigens höre ich, wie er sein Handy hervorholt und es sich ans Ohr hält. »Ja, Madeline, ich denke, Sie können etwas für mich tun. Ich wohne derzeit in Zimmer 408, und ich brauche ein Upgrade. Können Sie eine

Suite mit zwei Schlafzimmern lockermachen? Meine Tochter kommt zu mir.«

Tochter. Es ist das erste Mal, dass ich ihn dieses Wort sagen höre.

»Freut mich, dass die Geschäfte so gut laufen. Aber sehen Sie sich bitte meine Buchungen an. Wer ist diesen Monat Ihr bester Kunde? Genau. Schauen Sie mal, was Sie für mich tun können.«

Beim Verlassen des Parkplatzes kommen wir an Haze' altem blauem Auto vorbei. Ich frage mich, ob ich jemals wieder darin fahren werde.

8

Weniger als achtundvierzig Stunden später steige ich wieder ins Auto und setze mich auf den Rücksitz. Diesmal, um Florida zu verlassen.

»Zum Flughafen bitte«, sagt Frederick zum Fahrer. »Danke.«

Das Auto fährt vom Straßenrand weg, und ein Hotelpage des Ritz-Carlton winkt zum Abschied mit einer behandschuhten Hand.

Nachdem Frederick den Sorgerechtsprozess gewonnen hatte, ging alles sehr schnell. Er kontaktierte den Beratungslehrer an meiner Highschool, der eilig meine Abschlussnoten zusammenstellte. Sogar für meine halb fertige Hausarbeit bekam ich eine Eins.

Gestern fuhren wir mit dem neuen Mietwagen meines Vaters zu meinem alten Zuhause am Pomelo Court, wo ein mürrischer Haze schon darauf wartete, mir beim Packen zu helfen.

Ich bat meinen Vater, im Auto zu bleiben. »Das Haus ist sehr klein«, sagte ich zu ihm.

Aber eigentlich wollte ich ihn bloß nicht im Haus meiner Mutter haben, weil mir das wie Verrat vorgekommen wäre. Sie hat so hart gearbeitet, um unser winziges Zuhause zu bezahlen und damit ich auf die beste Schule gehen konnte, und ich bin mir ziemlich sicher, dass sie Frederick nicht im Haus hätte haben wollen.

Also hat er auf dem klimatisierten Rücksitz eine Zeitung gelesen, während ich hineinging.

In der Zwischenzeit half mir Haze, alles in Kartons zu packen. Ich dachte, das würde eine Weile dauern, aber es ging deprimierend schnell. Ein Karton für die Kleidung, die ich mit nach Claiborne nehmen will. Ein Karton für Bücher und so weiter.

Mary wird den Rest einpacken und einige Dinge für mich einlagern lassen. Ich habe einen Karton für das Lager gepackt, der das enthält, was meine Mutter »den Altar« genannt hat: einen Riesenstapel mit allen CDs von Frederick.

Jede einzelne habe ich mir von meinem Babysitter-Lohn gekauft. Bei anderer Musik machte es mir nichts aus, sie herunterzuladen, aber bei seiner wollte ich die Booklets lesen.

Als ich jünger war, dachte ich, jeder Songtext von Frederick sei wahr. Ich hörte jedes neue Album von Anfang bis Ende und glaubte, dass er in den letzten achtzehn Monaten auf dem Seitenstreifen einer einsamen Straße zusammengebrochen war, während er über sein Leben nachdachte, einen Flug verpasst hatte, der ihn zu seiner wahren Liebe gebracht hätte, seine Liebste dabei erwischt hatte, wie sie ihn in der Dämmerung verlassen wollte, und sehr viel darüber nachgedacht hatte, warum junge Männer in Afghanistan sterben mussten.

Wenn er sang »I meant for you to stay awhile«, nahm ich an, er habe genau die Worte niedergeschrieben, die er im echten Leben zu jemandem gesagt hatte.

Die Texte waren meine einzige Möglichkeit, seine Gedanken zu hören, und ich nahm sie für bare Münze. Dass er Dinge ausschmücken oder erfinden könnte, wäre mir nie in den Sinn gekommen. Ich versuchte sogar herauszufinden, ob »Wild City« eine echte Stadt war.

Überraschung, es gab sie nicht.

Als ich älter wurde, lernte ich, nicht alles so wörtlich zu nehmen. Trotzdem verbrachte ich viele Stunden damit, auf meinem Bett zu liegen und die abgedruckten Liedtexte zu studieren, immer auf der Suche nach Anspielungen auf eine Freundin namens Jenny oder eine verlorene Tochter.

Ich fand nie eine.

Als wir alles zusammengepackt hatten, klebte Haze die Kartons zu, während ich auf Zehenspitzen ins Zimmer meiner Mutter schlich. Es war immer ein spartanischer Ort mit wenig Deko gewesen. Das gerahmte Bild aus dem letzten Schuljahr stand auf dem Nachttisch. Mir gefiel die Aufnahme nicht. Mein Lächeln wirkte aufgesetzt. Daneben entdeckte ich die Timex-Uhr meiner Mutter und steckte sie ein.

»Nimm ein paar Sachen von emotionalem Wert mit«, hatte mir Hannah geraten. »Wenn deine Mutter ein Paar Lieblingsohrringe hatte, bewahre sie auf. Das mag dir nicht viel erscheinen, aber eines Tages wirst du dich darüber freuen. Ich habe die kitschigen Weihnachtsbroschen meiner Großmutter, und sie gehören mit zu meinen Lieblingsandenken.«

Die Timex hatte meine Mutter jahrelang bei ihren Schichten als Krankenschwester getragen. Jetzt trage ich sie am Handgelenk. Unter zwei Löchern des Armbands sieht man Einkerbungen – meine Mutter hatte im Laufe des letzten Jahres abgenommen.

Es gab auch ein Schmuckkästchen, das ich nicht mehr durchwühlt hatte, seit ich ein kleines Mädchen war. Ich öffnete den Deckel. Auf dem oberen Einsatz lagen ein paar sehr schlichte Ohrringe. Darunter fand ich Fotos. Das oberste zeigte mich, wie ich beim Weihnachtsmann auf dem Knie sitze. Als ich es betrachtete, konnte ich die Stimme meiner Mutter hören. »Sag Käsekuchen!«

Nur an sie zu denken, tat mir weh, aber ich hatte nicht die Zeit zusammenzubrechen. Also legte ich den Einsatz mit den Ohrringen wieder auf die Fotos, schloss das Kästchen, steckte es in meinen Beutel und machte mir in Gedanken eine Notiz, mich bei Hannah für ihren Rat zu bedanken.

Das Schlimmste am Zusammenpacken gestern war Haze' Gesicht, als wir fertig waren. Ich wappnete mich für einen weiteren Streit, aber der blieb aus. Bevor wir nach draußen gingen, umarmte er mich so fest wie noch nie. Und als ich ihm einen Kuss auf die Wange gab, bekam er rote Augen. Aber er sagte kein Wort außer »Tschüss«.

Jetzt, auf dem Weg zum Flughafen, beobachte ich, wie Orlandos bunte Werbeplakate an uns vorbeifliegen. Diese Landschaft hat mein bisheriges Leben geprägt, und ich weiß nicht, wann ich sie wiedersehen werde.

Frederick zückt sein Handy und tippt eine Nummer ein. »Verbinden Sie mich bitte mit Hannah Reeves«, sagt er kurz darauf. »Ihnen auch einen guten Tag! Rachel und ich sind auf dem Weg nach L.A.«, erzählt er ihr. »Ich wollte Ihnen nur für alles danken, was Sie für uns getan haben. Ich nehme an, Sie tun es nicht wegen des Geldes.« Sie sagt etwas, das ihn zum Lachen bringt. »Das mache ich. Auf Wiedersehen.«

»Da hast du aber ganz schön dick aufgetragen«, sage ich, nachdem er aufgelegt hat.

»Nee. Hannah ist eine von den Guten. Wer würde diesen Job machen wollen? Gräben ausheben wäre leichter.« Er schiebt die Plastikscheibe zur Seite, die den Vordersitz von der Rückbank trennt. »Könnten Sie ein wenig langsamer fahren, Kumpel? Vielen Dank.« Er schließt die Scheibe wieder. »Ich vermisse Carlos.«

»Carlos ist auch einer von den Guten«, sage ich.

Auf meinem Boarding Pass steht Sitz 2A. Ich bin noch nie erste Klasse geflogen. Als mein Vater sich mit dem Gitarrenkoffer in der Hand dem Gate nähert, warte ich darauf, dass ihm jemand sagt, er könne ihn nicht mit an Bord nehmen. Aber nichts passiert. Stattdessen bietet ihm eine lächelnde Stewardess an, »ein sicheres Plätzchen« dafür zu finden.

Mein Handy piept mehrmals, als wir an Bord gehen. Ich setze mich auf den rutschigen Ledersitz und hole es hervor. Alle Nachrichten sind von Haze.

Du kannst deine Meinung immer noch ändern, hat er geschrieben. *Wenn es dir in Kalifornien nicht gefällt, kaufe ich dir ein Ticket nach Hause, o.k.? Du sollst wissen, dass ich immer für dich da bin.*

Schon beim Lesen verkrampft sich mir der Magen.

Ruf mich an, bevor du ins Flugzeug steigst.

Aber das mache ich nicht.

Die Stewardess beugt sich zu meinem Vater und bietet ihm ein Bier an. »Sehr gern«, sagt er.

»Möchtest du Limonade?«, fragt sie mich und reicht mir ein Glas.

»Ja. Dankeschön.« In der ersten Klasse gibt es richtige Gläser, und man bekommt sie direkt nach dem Einsteigen.

Ich drücke mich in den Sitz. Der Geruch der gefilterten Flugzeugluft ist beunruhigend. Mein Leben in Florida endet so abrupt wie ein bekannter Song, den man mitten im Refrain ausschaltet.

Wieder piept mein Handy. Als mein Vater mich anschaut, schalte ich es aus, ohne die Nachricht zu lesen.

»Du machst dich heimlich aus dem Staub, stimmt's?«, fragt er.

»So ähnlich«, grummle ich. »Du magst ihn ja eh nicht.«

»Rachel, ich verurteile dich nicht«, sagt er leise. »Ich bin dafür bekannt, mich heimlich aus dem Staub zu machen.«

DUETT

Duett: 1. Ein Musikstück für zwei Instrumente oder Sänger. 2. Auf dem Klavier: ein Stück zu vier Händen.

9

Als ich an diesem Abend am Flughafen von L.A. die Rolltreppe herunterkomme, höre ich, wie jemand meinen Namen ruft. Und da wartet Carlos mit seinem charakteristischen Lächeln neben der Gepäckausgabe. »Bienvenido a California!«

»Gracias, Carlos! Cómo estás?«

»Bien, bien!« Carlos und ich gehen hinüber zum Gepäckband, um die vorbeifahrenden Koffer zu begutachten. Frederick bleibt zurück, das Handy ans Ohr gepresst. In der Nähe stehen zwei Frauen, die miteinander flüstern und ihn nicht aus den Augen lassen.

Langsam gewöhne ich mich daran, dass er in der Öffentlichkeit Blicke auf sich zieht. Ich mache einen Sport daraus, vorherzusagen, ob die Leute ihn ansprechen werden oder nicht.

Diese beiden werden es, wette ich.

Unsere Koffer kommen in Sicht, und ich deute darauf. Im richtigen Augenblick greifen Carlos und ich danach. Es gelingt uns, alle vier beim ersten Versuch vom Band zu heben, allerdings landet einer davon auf meinem Zeh.

»Also, ich schätze, ich kann das am Donnerstag einschieben«, sagt Frederick selbstvergessen am Telefon. »Wir sehen uns morgen, Henry.«

Er steckt das Telefon weg, und in diesem Augenblick stürzen sich die beiden Frauen auf ihn, lächelnd und mit überschwänglichen Entschuldigungen. Während Carlos und ich die Koffer auf zwei Gepäckwagen verfrachten, signiert Frederick ihnen die Bordkarten mit dem Filzstift, den er immer in der Tasche hat.

»Wir beide haben Ihre Show in Las Vegas gesehen«, platzt eine der beiden heraus.

»Letztes Jahr«, ergänzt die andere.

Ich drehe mich zu Frederick um. Seine Stirn ist verräterisch gerunzelt, wie immer, wenn ihn Leute belästigen. »Sir, wir müssen uns beeilen, wenn Sie es noch rechtzeitig zu Justin Biebers Party schaffen wollen.«

Frederick sieht mich mit hochgezogener Augenbraue an.

»Oh, lassen Sie sich von uns nicht aufhalten.« Die beiden Frauen huschen davon.

»Justin Bieber?«, fragt er trocken. »Du bist ja ein Scherzkeks.«

»Und wie.« Mehr noch, ich bin ganz aufgeregt, weil ich in Kalifornien bin. Jetzt hat Frederick mich also wirklich am Hals. Ich bekomme einen echten Einblick in sein Leben, ob er will oder nicht.

Während Carlos den Wagen wendet, lasse ich mich neben meinem Vater in die kühlen Ledersitze sinken. »Es sind nur zehn Minuten Fahrt«, sagt er, während er auf seinem Handy durch die Nachrichten scrollt.

»Echt?« Ich habe schon viel über den legendären Verkehr in Los Angeles gehört.

»Echt. Das ist einer der Vorteile von Manhattan Beach«, antwortet er.

Als Kind habe ich mich immer gefragt, wo mein Vater wohl lebt, und mir etwas ganz Zauberhaftes vorgestellt. Meine kindliche Definition von zauberhaft war einfach ein großes Haus mit Swimmingpool. Aber die Gegend, in die Carlos uns jetzt fährt, ist auf eine ganz andere Weise schick. Die Häuser stehen dicht beieinander, und viele der stuckverzierten Mauern reichen direkt bis an den Bürgersteig. Aber jedes hat mindestens ein elegantes Detail – verschnörkelte Eisentore oder ein hübsches Fenster aus Buntglas. Zur Straße hin bewahren die Häuser ihre Geheimnisse, der Luxus in ihrem Inneren wird nur angedeutet.

Gerade als die Dämmerung in Dunkelheit übergeht, hält das Auto vor einem schmalen Haus mit einer auffälligen Holztür mit Zebramuster. Carlos hebt unser Gepäck aus dem Kofferraum, während Frederick den Zugangscode in ein Tastenfeld über dem Türknauf eingibt.

»Der Code ist 8-6-7-5-3-0-9«, sagt er. »Ich schreibe es dir auf.«

»Wie in dem Song von Tommy Tutone? Wie könnte ich das vergessen?«

Frederick macht große Augen. »Lieber Himmel, du warst doch noch gar nicht auf der Welt, als das ein Hit war.«

»Oldie-Sender, Frederick«, sage ich und folge ihm ins Haus. Außerdem war »Jenny« der Vorname meiner Mutter. Ist das ein Zufall?

Es muss einer sein.

Die Einrichtung von Fredericks Zuhause ist ganz und gar nicht das, was ich erwartet habe. »Wie lange wohnst du schon hier?«

»Drei oder vier Jahre. Ich weiß, es ist ein wenig karg.«

Ich kann nicht genau sagen, warum das Haus so unbewohnt wirkt. Die untere Etage besteht hauptsächlich aus einem großen Raum und einer separaten Küche.

Im Wohnzimmer gibt es ein riesiges L-förmiges Sofa aus teurem Leder, einen schicken Couchtisch und Lampen aus Nickel. Im Hintergrund, neben einer Schiebetür aus Glas, steht ein äußerst eleganter Flügel.

Aber abgesehen von einer beeindruckenden Schallplattensammlung in der Ecke ist der Raum so unpersönlich wie die Hotelsuite, in der wir heute Morgen noch waren. Die einzigen Bilder an der Wand sind Landschaftsaufnahmen.

Ich folge meinem Vater die Treppe hinauf, wo von einem geraden Flur vier Türen abgehen. »Das hier ist dein Badezimmer«, sagt er und deutet auf eine Tür. Dann stellt er meine Tasche in dem Zimmer gegenüber vom Bad ab.

Ein Stück den Flur hinunter erspähe ich das Schlafzimmer, das zumindest ein wenig bewohnt aussieht, mit einem Bücherstapel auf dem Nachtschränkchen. In dem dritten Zimmer ist schwarzer Schaumstoff an den Wänden, sogar auf den Fenstern. Das ist Schallschutz. Ein Dutzend Gitarren lehnen auf Ständern an der Wand. Das einzige richtige Möbelstück hier ist ein einzelner Hocker neben einem Verstärker.

In meinem Zimmer gibt es ein brandneues Bett, an der Matratze hängt sogar noch das Etikett. Eine Matratzenauflage, Bettwäsche und Kissen stapeln sich, noch verpackt, obendrauf.

Ich rufe nach meinem Vater, der nach unten in den Flur gegangen ist. »Was war vorher in diesem Zimmer?«

»Nichts«, antwortet er über die Schulter. »Ich habe es nie benutzt.«

Am nächsten Morgen bin ich schon um sechs Uhr hellwach. Im Haus ist es still, und ich ziehe mir Shorts und ein T-Shirt an. Als ich die Treppe hinunterschleiche, fühle ich mich wie ein Eindringling. Aber Frederick sitzt schon auf dem Sofa.

»Jetlag, stimmt's?«, fragt er, sein Haar ist verstrubbelt. »Machen wir einen Strandspaziergang.«

Ich folge ihm zur Tür hinaus. An der Ecke biegt Frederick nach links ab. Und da kann ich das Meer sehen – eine blaue Kerbe zwischen den Gebäuden am Fuße des Hügels. Wir müssen einige Betontreppen hinabsteigen und eine hübsche kleine Einkaufsstraße entlangschlendern, um zum Strand zu gelangen.

Ich kann verstehen, warum er hier lebt. Es ist irgendwie glamourös, und man kommt überall zu Fuß hin.

»Ah«, sagt er, als wir den Sand erreichen. »Schon besser.«

Ich ziehe die Schuhe aus und grabe meine Zehen in den Sand. Die Brise vom Meer ist kühl und verursacht mir eine leichte Gänsehaut. Auf dem Bürgersteig hinter uns gehen Leute mit ihren Hunden spazieren. Und auf der Strandpromenade sind Jogger und Radfahrer unterwegs.

Aber der Strand erstreckt sich meilenweit, mit kaum jemandem darauf.

Unter dem lavendelfarbenen Himmel fühle ich mich, als wäre ich in ein fremdes Leben katapultiert worden. Als wäre ich in einen Traum hineingestolpert.

Wir holen uns einen Kaffee und gehen dann in ein kleines Lebensmittelgeschäft in der Nähe. Frederick legt ein paar Dinge in den winzigen Einkaufswagen. »Orangensaft, Bagels, Frischkäse, Bier«, sagt er. »Das sollte reichen.«

Er lenkt den Wagen Richtung Kasse.

»Wo kaufst du Essen?«, frage ich.

Er deutet auf die Bagels. »Das habe ich doch gerade. Ach, du meinst für später?«

Ich nicke.

»Dafür gibt es Restaurants.«

»Im Ernst?«

»Was würdest du denn noch kaufen?«

»Brot, irgendeinen Belag für Sandwiches. Etwas, woraus man einen Salat machen kann.«

Er wendet den Wagen. »Dann tob dich aus.«

Ich lege Trauben und Erdbeeren in den Wagen, hole Salat und Tomaten, Fetakäse und eine Schachtel Cornflakes. Die Preise sind horrend, aber bestimmt immer noch billiger, als etwas zu bestellen. Frederick folgt mir mit einem verwirrten Gesichtsausdruck und nippt an seinem Kaffee.

»Musiker müssen nie erwachsen werden«, hat meine Mutter einmal gesagt, als ich sie wieder einmal anflehte, mir einen Grund für seine Abwesenheit zu nennen. Das war einer der wenigen kleinen Krümel, die sie mir je zum Thema Frederick hingeworfen hat.

Ich stelle eine Packung Milch in den Wagen und frage mich, was zum Teufel zwischen ihnen vorgefallen ist. Und ob ich Frederick jemals genug vertrauen werde, um ihn danach zu fragen.

Im Lauf des Tages füllt sich das Haus mit Musikern. Ich lausche vom Treppenabsatz aus, wie Frederick sie begrüßt.

»Die Party ist vorbei, Ernie! Jetzt machen wir uns wieder an die Arbeit. Himmel, Art! Dieser Schnurrbart? Ich weiß ja nicht.«

»Er ist mir ans Herz gewachsen«, kommt die Antwort.

Wieder piept die Vordertür, und dann begrüßen die Jungs unten jemanden namens Henry. Der berüchtigte Henry – der Fußabtreter meines Vaters. Ich muss einfach lauschen, während sie einander auf den neuesten Stand bringen.

»Machen wir ein Foto«, sagt Henry. »Ich habe Freddys Gesicht seit Wochen nicht mehr auf Instagram gepostet.«

»Meine Güte«, meckert mein Vater. »Man könnte meinen, die Welt geht unter, wenn du Instagram nicht updatest.«

»Halt die Klappe und leg den Arm um Ernie. Den *anderen* Arm. Ich will die Hand, die angeblich verletzt sein soll, nicht sehen.«

»Du könntest ihn einfach wirklich verletzen, damit es glaubwürdiger aussieht«, sagt jemand, und ich höre meinen Vater lachen.

Ich lasse mir Zeit, während ich mir die Haare föhne und meine Habseligkeiten sortiere. Als ich im Obergeschoss nichts mehr zu tun habe, stecke ich mein Portemonnaie in die Gesäßtasche und gehe so leise wie möglich hinunter. Aber als ich am Fuß der Treppe auftauche, verstummen alle Gespräche.

Mein Vater räuspert sich. »Leute, das ist Rachel. Seid nett zu ihr. Sie ist es nicht gewohnt, mit Hooligans wie euch umzugehen.« Aber der Witz zündet nicht, denn vier Kerle starren mich mit unverhohlener Neugierde an.

»Ihr solltet eure Gesichter sehen«, flüstere ich.

Der Typ mit dem glatt rasierten Schädel fängt sich als Erster und senkt den Blick. »Tut mir leid. Es ist nur so, dass ich Freddys Visage seit ein paar Jahrzehnten kenne. Ich wusste nicht, dass er als Mädchen besser aussehen würde.«

»Ich habe doch gesagt, ihr sollt nett sein«, beschwert sich mein Vater.

»Ja, zu *ihr*«, sagt er. »Du hast nichts davon gesagt, dass ich *zu dir* nett sein soll.«

»Der Klugscheißer hier ist Ernie, unser Bassist«, sagt mein Vater. Aber das weiß ich schon. Ernies Name stand von Anfang an in jedem Booklet. In Interviews bezeichnet Frederick Ernie als seinen besten Freund. Sie sind beide in Kansas City aufgewachsen, dann waren sie zusammen auf dem Claiborne College. Und Ernies glänzender Schädel ist in den meisten Musikvideos zu sehen.

»Schön, dich kennenzulernen, Ernie«, sage ich. Er hat sanfte braune Augen und breite Schultern.

»Und das ist Henry«, sagt Frederick und deutet auf den einzigen Schnöseltypen in der Gruppe. »Lass dich nicht von ihm herumkommandieren.«

Aber Henry verdreht nur die Augen und gibt mir die Hand. »Ich arbeite für Freddys Management. Dein Vater *bezahlt* mich dafür, dass ich ihn herumkommandiere.«

Nachdem mir auch noch ein zerzauster Schlagzeuger und ein junger Keyboarder vorgestellt worden sind, fliehe ich. »Ich mache einen Spaziergang«, sage ich und schlüpfe in meine Schuhe neben der Tür.

Mein Vater folgt mir hinaus auf die Vordertreppe. »Tut mir leid«, sagt er.

»Alles gut.«

»Nur zu deiner Orientierung, zum Strand geht es da entlang.« Er deutet die Straße hinunter. »Wir sind hier in der 16th Street. Richtung Norden liegen die höheren Zahlen, im Süden die niedrigeren. Moment …« Er holt seine Brieftasche heraus. »Die hier ist für dich.«

Es ist eine Kreditkarte mit meinem Namen drauf. »Wofür?«

Er zuckt mit den Schultern. »T-Shirts, Kaffee. Diese Lebensmittel, die du so gerne magst. Was auch immer gelangweilte Mädchen an einem Sommertag brauchen.«

Ich drehe die Karte um. »Danke.«

»An der Ecke Manhattan und 9th Street gibt es eine Buchhandlung. Du wirst schon sehen.«

»Cool. Wir sehen uns später.« Ich gehe den kleinen Gartenpfad hinunter. Er blickt mir immer noch nach.

»Hast du dein Telefon dabei?«, ruft er.

Die Frage berührt mich auf eine merkwürdige Weise. Zum ersten Mal hört er sich verdammt nach meiner Mutter an. Ich drehe mich um. »Warum? Ist das hier eine gefährliche Gegend?«

Er lacht. »Nein.«

»Dann tschüss.« Ich gehe los, ohne mich noch einmal umzudrehen.

Es ist herrlich, allein zu sein. Ich war schon lange nicht mehr allein, ohne irgendetwas zu tun zu haben. Ich schlendere die Manhattan Avenue hinunter und betrachte Schaufenster. Mindestens die Hälfte aller Geschäfte sind hochpreisige Boutiquen, alle mit hübsch dekorierten Auslagen.

Ich bleibe stehen, um ein paar Badeanzüge zu bewundern, die zugleich sportlich und sexy aussehen. Die Preisschilder sind fast alle umgedreht, aber eines ist zu erkennen. Ich lese $ 260. Ich muss lächeln und spüre, wie meine Mutter mit mir lächelt. Wir haben uns immer über horrende Preise lustig gemacht.

Die Nase meiner Mutter hat sich immer gekräuselt, wenn sie lachte.

Seltsamerweise spüre ich ihre Anwesenheit über meiner Schulter, während ich durch ganz Manhattan Beach laufe. Soweit ich weiß, war sie nie in Kalifornien. Aber zusammen fällt uns auf, wie fit und sportlich hier alle aussehen und dass es in Kalifornien anders riecht als in Florida. Die Luft ist salziger, trockener.

Ich gehe hinunter zum Strand. Die Sonne hat alles ziemlich aufgeheizt, und ich setze mich in den Sand. Der Buchladen wird mein nächstes Ziel, aber mir fällt auf, dass ich eine weitere Frage an meinen neuen Freund Jake habe. Ich öffne die Messenger-App und gebe Jakes E-Mail-Adresse ein, vielleicht hat er ja die Konten verknüpft. *Hey, hier ist Rachel Kress. Weißt du, ob es irgendwelche Bücher gibt, die ich für den Literaturkurs lesen sollte? Bin auf dem Weg in den Buchladen. Danke!*

Es wäre schon ein großer Zufall, wenn er ausgerechnet jetzt Zeit hat, meine Frage zu beantworten, aber ich warte trotzdem. Das Meer ist blau und hübsch, mit kleinen weißen Schaumkronen. Ich mache ein Foto und überlege, ob ich es Haze schicken soll. Ist das gemein?

Bevor ich mich entscheiden kann, klingelt das Handy in meiner Hand. Die Nummer darauf ist mir unbekannt. »Hallo?«

»Rachel?«, fragt eine kratzige Jungenstimme. »Hier ist Jake.«

Aus irgendeinem Grund steigt beim Klang seiner Stimme ein warmes Kribbeln in meiner Brust auf. »Hi«, sage ich vorsichtig. »Danke, dass du mich anrufst.«

»Hey, kein Problem.« Seine Stimme klingt so fröhlich, dass ich mich dabei ertappe, wie ich ins Telefon lächle. »Läuft dein Sommer jetzt etwas besser?«

Ich beobachte, wie der Pazifik an der Wasserlinie glitzert. »Ein bisschen. Ich stehe gerade an einem Strand in Kalifornien.«

»Ist nicht wahr! Ich stehe an einem Strand in Massachusetts. Na ja, zumindest schaue ich aus dem Fenster auf den Strand. Das ist so, als würden wir gerade beide Küsten auf einmal bewachen. Kannst du an deinem Ende irgendwelche Piraten entdecken?«

»Nein«, sage ich und grinse immer noch dämlich. Telefon-Jake ist sogar noch süßer als E-Mail-Jake.

»Ich auch nicht. Gut.«

»Stimmt.«

»Also, wegen deines Besuchs im Buchladen ...«

»Ja?« Ich hatte schon ganz vergessen, dass dieser Anruf einen Zweck hat. »Ich würde gern schon einmal mit der Lektüre anfangen.«

»Weißt du schon, ob du im ersten Semester englische Literatur oder russische Literatur nimmst?«

»Ich würde gern die russische nehmen, aber ich weiß nicht, ob ich mir das aussuchen kann.«

»Also, ich weiß, dass wir *Anna Karenina* lesen. Und falls du in der englischen Literatur landest, die fangen mit Chaucer an. Glaube ich.«

»Danke für den Tipp. Vielleicht lese ich dann einfach *Anna Karenina* und hoffe auf das Beste.«

»Wahrscheinlich bekommst du in ungefähr zwei Wochen deinen Stundenplan. Du könntest einfach so lange warten, dann weißt du es.«

»Aber ich brauche ein eigenes L auf der Stirn.«

Ich höre ihn lachen. »Dann lass dich von mir nicht abhalten. Meins ist über den Sommer abgefallen. Aber in ein paar Wochen klebe ich es wieder mit Sekundenkleber an.«

»Okay.« Auf einmal werde ich furchtbar nervös. »Jetzt dauert es nicht mehr lange.«

»Du klingst nicht besonders begeistert. Hast du Angst?«

»Ja.« Ich fühle mich innerlich so hohl. Als wäre von mir nichts mehr übrig, womit ich neue Freunde finden und neue Lehrer beeindrucken könnte.

»Ich bin auch ein bisschen aufgeregt vor dem neuen Schuljahr«, gibt er zu. »Aus anderen Gründen als du. Aber meine Mom rät mir immer, mir folgende Frage zu stellen: Was ist das Schlimmste, was passieren könnte?«

Für mich ist das schon passiert. Es passiert immer noch. »Ähm ... Ich weiß nicht. Sag du zuerst.«

»Das ist leicht. Das Schlimmste, was mir passieren könnte, ist, dass ich mich das ganze Jahr über verrückt mache und versuche, die Fakultät für Astronomie auf dem Claiborne College zu beeindrucken. Und dann werde ich abgelehnt.« Seine Stimme klingt rau.

»Willst du das so sehr? Gibt es für dich nichts anderes?«

»Alle meine anderen Optionen wären nur Notlösungen. Und es wäre wirklich peinlich, wenn ich nicht angenommen würde.«

»Hm. Aber wenn du wirklich nichts anderes willst, dann werden sie das schon berücksichtigen. Lass einfach keinen

Zweifel daran, wie sehr du es möchtest, das macht eine Menge aus. Die hören sicher gern, wie wichtig es dir ist, meinst du nicht?«

»Du bist wirklich clever, Rachel Kress.« Ich höre das Lächeln in seiner Stimme.

»Das sagen mir alle«, ziehe ich ihn auf.

»Willst du mir nicht dein Worst-Case-Szenario verraten?«

»Ähm ...« Was soll ich sagen? »Dass ich mich beim Vorsingen für die A-cappella-Gruppe übergeben muss.«

»Aber dann wissen sie, dass es dir wirklich wichtig ist.«

»Ach, halt die Klappe.«

Er lacht. »Na gut, vielleicht würde es keinen so guten ersten Eindruck machen. Aber ich glaube, du schaffst das. Wenn das wirklich das Schlimmste in deinem Leben ist, dann hast du es gar nicht so schlecht.«

Wenn du wüsstest ...

»Es ist schön, mit dir zu sprechen. Aber jetzt muss ich mich für die Arbeit fertig machen.« Er seufzt. »Wenn es nicht zu spät wird, habe ich hinterher wenigstens noch eine Stunde am Strand mit meinem Teleskop. Leider soll heute Vollmond sein.«

»Und das ist schlecht?«, errate ich an seinem Tonfall. »Bist du etwa ein Werwolf?«

»Du etwa nicht?«

Wir lachen beide wie die Irren.

»Die Helligkeit des Mondes überdeckt alles andere«, erklärt Jake schließlich. »Ich kann die kleineren Sterne nicht erkennen, wenn der Mond sich so in den Vordergrund drängt.«

»Oh. Blöd.«

»Ja. Genieß deinen Strandurlaub.«

»Danke«, antworte ich einen Tick zu spät. *Urlaub* ist eine schräge Bezeichnung für meinen Trip nach Kalifornien. Aber das werde ich ihm jetzt nicht erklären.

»Bis bald«, sage ich und hoffe, dass das stimmt.
»Mach's gut.«

Ein Glöckchen bimmelt an der Tür zu der kleinen Buchhandlung. Ich mag den Laden mit seinen Holzregalen, die sich unter neuen Büchern biegen, sofort.

Es riecht hier nach Papier und großen Gedanken.

»Haben Sie *Anna Karenina?*«, frage ich die junge Frau hinter dem Tresen.

»Na klar«, antwortet sie. »In welcher Übersetzung?«

Ich zögere, habe keine Ahnung.

»Die von Pevear ist sehr beliebt.«

»Okay, dann die bitte.« Ich ziehe Fredericks Kreditkarte aus meiner Tasche. *Daddys Kreditkarte.* Haze und ich haben unsere Schulkameraden immer verachtet, die für jeden Wunsch die Kreditkarte ihrer Eltern zücken konnten. Jetzt bin ich auch eins von diesen Mädchen.

»Sie haben die Karte noch nicht unterschrieben«, sagt das Mädchen und reicht mir einen Stift.

»Sorry. Die ist neu.« Mit blauer Tinte schreibe ich meinen Namen auf die Rückseite. RACHEL R. KRESS.

Als ich noch klein war, sagte mir meine Mutter, mein zweiter Vorname sei Rose. Jahrelang schrieb ich Rachel Rose auf alle meine Schulaufsätze, weil mir der Klang so gut gefiel.

Als ich mit fünfzehn den vorläufigen Führerschein beantragen wollte, holte Mom meine Geburtsurkunde heraus, damit ich sie zur Kraftfahrzeugbehörde mitnehmen konnte. Da erfuhr ich, dass das R für Richards steht.

Das ist wirklich schräg. Erst hat sie mich nach jemandem benannt, den sie kaum kannte – und dann ihre Meinung geändert.

»Brauchen Sie eine Tüte?«, fragt das Mädchen an der Kasse.

»Nein danke.«

Als ich den Laden verlasse, spüre ich die Augen meiner Mutter auf mir.

Ich finde ohne Probleme zu der Zebratür zurück und steige die Stufen hinauf. Gerade will ich den Code auf der Tastatur eingeben, doch da halte ich inne, weil ich Fredericks Stimme höre, laut und durchdringend.

»Wir gehen diesen Monat nicht ins Studio, Jungs. Ich weiß, dass das scheiße ist, weil ihr eure Konzertgage schon verjubelt habt, aber ich bin noch nicht bereit dafür.«

»Dann solltest du dich besser bereit *machen*«, wirft Henry ein. »Deine Sommertour abzusagen hat dich schon über eine Million gekostet.«

Ich erstarre, die Hand auf der Tür, und ersticke beinahe an der Zahl, die ich da gerade gehört habe.

»... auch sehr teuer für deinen Ruf«, fährt Henry fort.

»Das ist mir sehr wohl bewusst«, blafft Frederick. »Und da du so eine Vorliebe für den Finanzjargon hast, betrachte diesen Sommer einfach als so etwas wie Schulden, die ich in meinen frühen Zwanzigern gemacht habe und nun zurückzahle. Es ist längst überfällig, und die Strafzinsen, die ich zahlen muss, sind hoch. Spreche ich jetzt deine Sprache?«

Henrys Antwort ist zu leise, um sie über dem Klopfen meines Herzens zu verstehen. Ich stehe hier auf der Vordertreppe wie ein Eindringling und weiß nicht, was ich machen soll.

Aber nach einer Minute sagt jemand etwas, und dann lacht jemand. Als es wieder still ist, gebe ich langsam den Zugangscode ein und rapple demonstrativ am Türknauf, als ich die Tür aufdrücke.

Die Unterhaltung erstirbt. Und wieder einmal sind aller Augen auf mich gerichtet.

Auf die Millionendiebin.

»Was hast du da?«, fragt Ernie. »Ganz schön dick für eine Strandlektüre.«

Peinlich berührt halte ich rasch das Buchcover von *Anna Karenina* ins Wohnzimmer, bevor ich die Treppe hinaufhusche.

»Nabokov?«, ertönt eine weitere Stimme. »Alter, Freddy, sie ist unmöglich deine …« Er unterbricht sich gerade noch rechtzeitig, bevor er *»Tochter«* sagen kann.

In der darauf folgenden unangenehmen Stille sagt Frederick nur: »Art, *Anna Karenina* ist von Tolstoi.«

Gegen neun Uhr bekomme ich eine Nachricht. *Etwas zum Anheulen* steht darin. Ich bin nur eine Sekunde lang verwirrt, bis Jakes Foto auf dem Display erscheint – eine wundervolle Nahaufnahme des leuchtenden Mondes vor dem dunklen Nachthimmel.

10

Eine Woche später stehe ich an der Küchenarbeitsplatte und zerteile eine Grapefruit. Dies tue ich auf einem Schneidebrett, das ich gestern gekauft habe, nachdem ich festgestellt hatte, dass Frederick keins besitzt. Offensichtlich schneidet er nie etwas klein. Trotzdem besitzt er ein Set schicker deutscher Küchenmesser in einem polierten Messerblock aus Bambus. Das soll einer verstehen.

Während ich schneide, ertappe ich mich dabei, wie ich die Melodie von *Wild City* summe, und höre sofort damit auf. Obwohl Frederick oben duscht, will ich nicht dabei erwischt werden, wie ich einen seiner Songs singe.

Nicht zum ersten Mal frage ich mich, ob der Song auf einer wahren Begebenheit beruht. Es gibt keine Stadt mit dem Spitznamen »Wild City«. Und wenn man bei Google sucht, bekommt man eine Million Treffer für Internetseiten mit Songtexten, aber nichts über deren Bedeutung.

Mir ist es nie gelungen, den Text zu entschlüsseln. Vielleicht gibt es auch einfach nichts zu entschlüsseln.

Ich wische die Arbeitsplatte ab und plane meinen Vormittag. Erst lesen. Dann Jake schreiben. Unsere Nachrichten drehen sich inzwischen nicht mehr um die Schule. Wir haben einander YouTube-Links zu Werwolf-Videos geschickt. Und ich werde einen Teil des Tages am Strand verbringen, wo mein inneres Fangirl so viel summen kann, wie es will, und wo ich der Band aus dem Weg gehen kann.

Es war schwierig herauszufinden, wie Fredericks Alltag aussieht, denn so etwas scheint nicht zu existieren. An manchen Tagen kommt Henry vorbei und schleift Frederick zu Meetings mit »Promo-Heinis« und »Anzugschnöseln«. An anderen Tagen verbringt Frederick seine Zeit damit, auf dem Klavier herumzuklimpern und vor sich hin zu murmeln. Und manchmal kommt Ernie alleine rüber, stöpselt seinen Bass in den kleinen Verstärker im Wohnzimmer und spielt mit Frederick. Das sind meine Lieblingstage, denn ich kann mich oben in meinem Zimmer verstecken und lauschen.

Ihr Geplauder ist genauso interessant wie die Musik. Es ist, als lebte man in einer der ruhigeren Folgen von *Behind the Music.* Frederick sagt vielleicht so etwas wie »Ich glaube, ich habe eine Melodie, aber ich muss sie mal mit einem poppigeren Rhythmus ausprobieren. Sie braucht diesen gewissen Bounce«.

Und Ernie wird irgendwas von Backbeat und Synkopierung antworten. Und dann spielen sie das Riff noch einmal.

Ich weiß nicht, was für ein Tag das heute werden wird, denn Frederick ist bisher noch nicht nach unten gekommen.

Das an der Wand befestigte Festnetztelefon läutet, und das Klingeln erschreckt mich. Seit einer Woche bin ich hier, aber ich habe es noch nie klingeln gehört. Ich warte, ob Frederick den Anruf entgegennimmt. Nach dreimaligem Läuten wische ich mir die Hände an der Jeans ab und gehe dran. »Hallo?«

»Hallo, meine Liebe«, sagt eine Stimme. »Mit wem spreche ich?«

»Hier ist … Rachel.« *Wer will das wissen?*

»Ist Frederick zu Hause? Sagen Sie ihm, seine Mutter würde gerne mit ihm sprechen.«

Ich keuche.

»Hallo? Sind Sie noch da?«

Frederick tapst mit nassen Haaren in die Küche. »Rachel? Fragt jemand nach mir?«

Ich lege die Hand über die Muschel. »Es ist deine Mutter«, flüstere ich.

Er sieht mich einen Augenblick an, dann nimmt er den Hörer, wie man wahrscheinlich nach einer scharfen Granate greifen würde. »Okay.« Er seufzt. »Da muss ich jetzt wohl durch.« Er hält sich den Hörer ans Ohr. »Mom. Hi.« Er hört zu. »Ja, sie klingt wirklich jung.« Er lacht nervös, und die Panik auf seinem Gesicht sieht beinahe komisch aus. »Mom. Mom. Hör mal für eine Sekunde auf zu reden. Es gibt da etwas, was ich dir sagen muss. Vielleicht möchtest du dich dafür hinsetzen.«

Ich weiß, dass ich das Zimmer verlassen und ihm etwas Privatsphäre gönnen sollte. Aber ich kann mich nicht losreißen.

Er stützt die Ellenbogen auf die Arbeitsplatte. »Mom, ich habe darüber nachgedacht, wie ich dir das sagen soll, aber es ist alles so schnell gegangen. Das wird nicht leicht ...« Er räuspert sich. »Rachel ist deine Enkelin. Sie ist fast achtzehn.« Er schließt die Augen. »Ja, du hast richtig gehört.«

Eine Minute lang bleibt es still, und dann dröhnt so etwas wie eine Explosion durch das Telefon. Ich kann hören, wie meine Grandma ihn anschreit.

Ich drehe mich um und flüchte aus der Küche.

Sogar vom Sofa aus kann ich die Hälfte ihres Gesprächs verstehen. Frederick schließt die Küchentür, aber ich kann ihn immer noch Dinge sagen hören wie »Ich weiß, es ist ein Schock« und »Du hast alles Recht der Welt, wütend zu sein«.

Zehn Minuten vergehen, dann piepst es an der Haustür, und Ernie steckt den Kopf herein. »Hi, Rachel!«, sagt er. »Kann ich reinkommen?«

»Klar.« Ich nehme die Füße vom Couchtisch, um Platz zu machen, damit er an mir vorbeikommt.

Er legt seinen Instrumentenkoffer auf den Boden. Dann wirft er eine Zeitung auf den Wohnzimmertisch und setzt sich neben mich. Von nebenan können wir beide Frederick hören. »Du hast recht, okay? Es ist unverzeihlich. Und ich bin ein Riesenarsch.«

Ernie deutet mit dem Kinn Richtung Küche. »Hat Freddy da drin etwa ein kleines Problem?«

»Er telefoniert mit seiner Mutter.«

Ernies Augenbrauen schießen nach oben. »Oh Scheiße.«

»Ja«, sage ich und mustere sein Gesicht.

Der Bassist schließt kurz die Augen, dann holt er Luft und öffnet sie wieder. Er greift nach der Zeitung und faltet sie auseinander. »Willst du den Kulturteil?«

»Nimm du ihn ruhig.«

Ernie schnaubt, dann zeigt er mir die Titelseite des Kulturteils. Es ist ein extrem gestelltes Foto der Boyband *One Direction.* »Bitte sag mir nicht, dass das deine Lieblingsband ist.«

»Nö«, sage ich schnell. *War zu beschäftigt damit, meinen Vater anzuhimmeln.*

Hinter der Küchentür fängt Frederick an zu schreien. »Nein! Wir werden jetzt nicht darüber diskutieren. Nein.«

»Hey …« Ernie berührt mich am Ellenbogen. »Hast du gestern Abend das Erdbeben gespürt?«

Ich nicke. »War mein erstes.« Gegen acht hat das Sofa gewackelt, wie Sofas es normalerweise nicht tun. In dem Moment, als ich verstand, was geschah, war es auch schon wieder vorbei.

»Das war nur ein Baby-Erdbeben«, sagt er. »Wir hatten hier schon echte Kracher. Dann hören die Nachbeben gar nicht mehr auf.«

Eine Minute lang ist es ruhig in der Küche. Aber Frederick

kommt nicht heraus. Mein Herz nutzt die Stille, um mir die Kehle hinaufzukriechen.

»Spielst du zufällig Rommé?«, fragt Ernie.

»Rommé?« Ganz offensichtlich will er mich ablenken. »Klar.«

Er holt ein Kartenspiel aus einer Schublade von Fredericks Wohnzimmertisch und mischt die Karten. Ich drehe mich auf dem Sofa herum, damit ich ihn ansehen kann, während er auf dem Leder zwischen uns austeilt.

Wieder piepst die Haustür, und Henry kommt herein. »Hi, Leute«, sagt er. »Wie ich sehe, wird hier heute richtig hart gearbeitet.« Er geht auf die Küchentür zu.

»Da würde ich jetzt nicht reingehen«, warnt ihn Ernie.

Henry bleibt stehen. »In was für widrige Abenteuer hat sich Freddy jetzt schon wieder gestürzt?«

Ein Schrei kommt aus der Küche. »Klar! Beleuchten wir doch einfach alles, womit ich dich jemals enttäuscht habe.«

Henry zeigt mit dem Daumen auf die Küchentür. »Wer?«

Ernie wirft einen Pikkönig ab. »Seine Mutter.«

Henry starrt auf sein Handy hinab. »Ich wittere eine Verspätung.«

Ich habe ein großartiges Blatt – jede Menge Pik und drei Buben.

Dann ziehe ich den Herzbuben. Als ich einen König ablege, zuckt Ernie zusammen.

»Jetzt halt mal die Luft an! Nein! Nein, das kannst du nicht«, brüllt Frederick. »Nicht, bis du dich wieder beruhigt hast. Weißt du was? Ich lege jetzt auf.« Ich höre, wie er den Hörer auf die Gabel knallt. Dann fliegt die Küchentür auf. Er bleibt auf der Schwelle stehen. Seine Augen sind zusammengekniffen, sein Gesicht ist gerötet. Auf seinem T-Shirt sind Schweißflecken.

»Hallöchen«, sagt Henry.

Frederick schaut finster drein. »Henry, was war für heute geplant? Bitte sag mir, dass in deinem Kalender steht: sich total betrinken.«

»Wir werden uns mit den Anwälten treffen.«

»Auf gar keinen Fall«, sagt er und drängt sich an Henry vorbei, um nach oben zu gehen.

»Tut mir leid, Ernie, aber ich werde jetzt alles los.« Ich lege meine Karten hin und verschränke die Arme vor der Brust.

Eine Weile starrt Ernie mich nur an.

»Was? Hättest du jetzt auch alles ablegen können?«

Er legt seine Karten auf das Sofa. »Tut mir leid. Du siehst deiner Mutter nur so ähnlich, dass es mich manchmal überrascht.«

»Moment mal ...« *Wie bitte?* »Du kanntest meine Mutter?«

Ernies ausdrucksvolle Augen weiten sich. »Das wusstest du nicht?«

Sprachlos schüttle ich den Kopf.

Er schluckt schwer, und kurz glaube ich, dass er nichts mehr dazu sagen wird. »Wir haben im selben Restaurant gekellnert«, sagt er schließlich. »In Claiborne. Sie ging zur Prep School. Ich war auf dem College.«

Mir sträuben sich die Nackenhaare. »Hat Frederick auch dort gearbeitet?«

»Nein. Sie haben sich erst später kennengelernt.« Ernie räuspert sich. »Ich habe sie einander auf einer Party vorgestellt.«

Einer Party. Ich bin das Ergebnis einer Party.

Ich höre, wie Frederick oben schreit. »Dann sind wir eben zu spät. Das ist mir scheißegal!« Eine Tür wird zugeknallt.

Nachbeben.

»Ich hole mir ein Glas Wasser«, sagt Ernie. »Willst du auch eins?«

»Nein danke.«

Als er aufsteht und in die Küche geht, fällt mein Blick auf Henrys Handy. Der Bildschirm leuchtet immer noch.

Ich schnappe mir das Handy vom Tisch, drücke auf den Menü-Button und öffne Instagram. Tatsächlich ist Henry unter @FreddyRicks eingeloggt. Ich folge diesem Account schon seit Jahren und dachte, ich würde die Welt meines Vaters sehen.

Allerdings habe ich noch nie mitbekommen, dass Frederick auf seinem Handy eine Social-Media-App öffnet. Ich glaube, er hat noch nicht mal eine installiert.

Ich weiß nicht, warum ich das tue. Aber ich richte Henrys Handy auf die Zeitung mit dem Bericht über *One Direction* und schieße ein Foto. Darunter schreibe ich: *Höre gerade zu Hause ein bisschen 1D und lese über ihr Konzert. Klingt fantastisch. #fanboy*

Dann poste ich es.

Frederick verbringt den Nachmittag oben im Musikzimmer und spielt E-Gitarre. Alleine. Durch die Decke dringt ziemlich wütender Lärm. Die Schalldämmung hält seiner Laune nicht stand.

Ich verbringe die Zeit damit, auf dem Sofa *Anna Karenina* zu lesen, bin aber zu zappelig, um mich wirklich zu konzentrieren.

Habe ich richtig gerechnet, habe ich Frederick eine gute Million und die Anerkennung seiner Mutter gekostet. Es überrascht mich nicht, dass er nicht mit mir abhängen will.

Und was noch schlimmer ist – der Instagram-Beitrag über 1D hat viertausend Likes und Hunderte begeisterter Kommentare erhalten, bevor er gelöscht wurde. Bisher hat noch niemand mit dem Finger auf mich gezeigt, aber das ist nur eine Frage der Zeit.

Jemand klopft an die Haustür, was komisch ist. Fredericks

Freunde kündigen sich nur dadurch an, dass sie den Code eingeben. Ich öffne die Tür und stehe einer Frau gegenüber. Hinter ihr fährt gerade ein Taxi davon.

»Rachel«, flüstert sie, und ihr Lächeln flackert. »Ich bin Alice.«

Einen Augenblick lang kann ich sie nur anstarren. Meine Grandma ist jünger, als ich sie mir vorgestellt hätte. Sie hat hellbraune Haare und große braune Augen.

»Kann ich hereinkommen?«

Ich springe zur Seite und öffne die Tür. Alice zieht einen Rollkoffer hinter sich her, aber er bleibt an der Türschwelle hängen, also ziehe ich einmal fest daran, um ihn durch die Tür zu bekommen.

»Danke, meine Liebe.« Sie schließt die Tür. »Es tut mir so leid, dass ich dich erschreckt habe. Ich hatte ja einen schönen langen Flug, um mich an die Idee zu gewöhnen, dich kennenzulernen.«

»Weiß er, dass du kommen wolltest?«

Sie schüttelt den Kopf.

»Soll ich …?« Ich deute auf die Treppe.

»Was, wenn du es ließest?«, fragt Alice.

»Na gut.«

Alice schaut sich in Fredericks Wohnzimmer um. »Wie ich sehe, wohnt er immer noch wie ein Student.« Sie zieht ihren Koffer Richtung Küche. Alice war anscheinend schon mal hier. »Komm doch bitte mit mir.«

In der Küche beobachte ich Alice dabei, wie sie den Reißverschluss ihrer Tasche öffnet. Sie holt eine Tüte mit etwas heraus, das wie Mehl aussieht, ein Stück Butter, das in ein Kühlpack gewickelt ist, und eine Tüte mit Schokoflocken. Nachdem sie noch weitere Zutaten hervorgekramt hat, holt sie noch eine Plastikschüssel und Backpapier hervor.

»Rachel, wir zwei werden jetzt Plätzchen backen. Denn das machen Großmütter nun mal. Und damit ich dich nicht die ganze Zeit anstarre und weine.«

»Okay.« Ich bin wieder bei einsilbigen Antworten angekommen.

Alice gibt das Mehl in die Schüssel. Ich nehme eine Tüte, die aussieht, als enthielt sie braunen und weißen Zucker, und lasse den Inhalt hinzurieseln.

»So ist es gut«, sagt meine Grandma. Ich schaue auf und bemerke, dass Alice mich mustert. »Frederick ist mein einziges Kind«, sagt sie. »Ich hätte nie erwartet, eine Enkelin zu bekommen.« Ihre Augen werden rot. Alice schnieft. Dann gießt sie eine weitere weiße Substanz aus einem Beutel in die Schüssel. Wahrscheinlich Backpulver und Salz.

Ich nehme eine Gabel aus der Schublade und mische die trockenen Zutaten.

»Ich bin wirklich wütend auf deinen Vater. Ich kann noch nicht einmal ›deinen Vater‹ sagen, ohne dass mein Blutdruck steigt. Der Gedanke, dass ich die ganze Zeit eine Enkelin hatte …« Sie presst sich eine Hand auf die Brust. »Es tut mir leid, Rachel. So hätte es nicht sein sollen.«

Offensichtlich doch. Diesen Gedanken behalte ich aber für mich. »Soll ich den Ofen vorheizen?«

»Gute Idee.«

Auf dem Zahlenfeld tippe ich 180 Grad ein und bemerke dann, dass man noch auf »Enter« drücken muss, damit der Ofen auch heiß wird. Fredericks Ofen ist ungefähr zwanzig Jahre jünger als der in unserem Haus in Orlando.

»Dann holen wir mal das Backblech raus …« Alice öffnet die Klappe. »Ach du meine Güte!« Sie nimmt eine Schachtel heraus. Darauf steht: *Zubehör.*

»Oh!« Ich schlucke. Was für ein Glück, dass Alice die

Schachtel entdeckt hat. »Ich hätte fast für einen Brand gesorgt.«

Alice wirft die Schachtel auf die Arbeitsplatte. Dann stützt sie den Kopf in die Hände und fängt an zu lachen. »Er hat seinen Ofen noch nie benutzt.« Sie schaut zur Decke, als würde sie ihn da oben ansprechen. »Du bist so ein Kindskopf, Frederick.« Sie lacht wieder, und dann laufen ihr Tränen über die Wangen.

Natürlich gibt es keinen Mixer. »Wir müssen einfach alles mit einer Gabel verkneten«, verkündet Alice. »Das gibt ordentlich Muskeln.«

»Ich kenne einen Trick«, biete ich an.

Alice wartet mit feuchten Augen.

»Wenn man die Butter zuerst schmilzt, kann man alles leicht vermischen. Aber dann muss man Brownies machen, weil sonst alles ineinanderläuft.«

Alice reicht mir die Butter. »Ich richte mich ganz nach dir.«

Die Kekse, die wir vom Rand des Blechs schneiden, sind kross, während die in der Mitte noch weich sind. »Wir haben roh, medium und gut durch«, sage ich, schnappe mir einen weichen und nehme einen Bissen. »Die sind gut.«

Alice lächelt. »Prost!« Sie stößt ihren Keks gegen meinen. »Du bist so dünn.«

»Ich habe nicht so viel Appetit«, gebe ich zu. Ich mache schon seit über einem Monat die Deine-Mutter-ist-gestorben-Diät, und vermutlich sieht man mir das an.

»Ich befürchte, Frederick isst auch nicht regelmäßig.«

»Ehrlich gesagt isst er jede Menge«, sage ich zu seiner Verteidigung.

Alice schüttelt den Kopf. »Wir können nicht über ihn reden, sonst platze ich.« Sie nimmt noch einen Bissen, und dann legt sich ein sorgenvoller Ausdruck auf ihr Gesicht. »Das mit deiner Mutter tut mir sehr leid, Liebling. Ich kann mir das kaum vorstellen.«

Einen Augenblick kauen wir schweigend.

»Rachel?« Das ist Fredericks Stimme, die von oben herunterdringt.

Ich beobachte, wie Alice' Miene sich verschließt.

»Hier riecht es aber gut.« Er erreicht die Tür und bleibt stehen. *»Mom.«*

Alice presst die Lippen zusammen, aber dann füllen sich ihre Augen mit Tränen. »Ich bin so wütend auf dich, Frederick.«

Er lehnt sich an den Türrahmen. »Ich weiß.« Er sieht angeschlagen aus. Aber selbst wie er dort so steht, mit verrutschtem T-Shirt und ein paar grauen Haaren, die im gelben Küchenlicht glitzern, finde ich ihn schön. Das schockiert mich immer noch jedes Mal, wenn er ins Zimmer kommt.

»Frederick«, sagt Alice unter Tränen. »Es ist nicht nur *dein* Leben. Wie konntest du nur?«

Ich halte den Atem an, denn Alice hat gerade genau das gefragt, was ich mich nicht traue.

Aber es ist sowieso egal, denn Alice bekommt keine Antwort. »Wo ist Dad?«, fragt er.

»Ich habe ihn in Kansas City gelassen. Er hat sich das Spiel der Royals angeschaut und geweint.«

Grandma Alice schläft in Fredericks Zimmer, und er ist gezwungen, auf dem Sofa zu schlafen.

»Ich schlafe unten«, habe ich angeboten.

»Oh nein, das wirst du nicht«, hat Alice geantwortet.

Frederick hat noch nicht einmal versucht, mit ihr zu diskutieren. Genau genommen lässt er uns in Ruhe. Als ich am nächsten Morgen aufstehe, ist er nicht zu Hause. Alice und ich gehen in Manhattan Beach brunchen. Dann bummeln wir durch alle Läden.

»Oh, sieh mal! Genau das brauchen wir.« Alice drückt die Tür zu einem Nagelstudio auf.

»Maniküre, Pediküre?«, fragt eine Frau drinnen.

»Für zwei, bitte.«

Schnell werden wir nebeneinander in Pediküre-Stühle gesetzt, die Füße in warmem Seifenwasser. Bis jetzt habe ich die Idee, dafür zu bezahlen, dass mir jemand die Zehennägel lackiert, für Geldverschwendung gehalten. Aber als eine Fachkraft mir mit versierten Händen den Spann massiert, verstehe ich, warum Leute dafür bezahlen.

»Mit den Füßen in warmem Wasser fand ich es schon immer einfacher zu denken.« Alice seufzt.

»Das ist schön«, stimme ich zu. Die Fußpflegerin tippt meinen Fuß an, und ich verstehe, dass ich ihn aus dem Wasser nehmen soll. Die Frau stellt meinen Fuß auf den gepolsterten Rand der Schüssel und fängt an, mir die Fußnägel zu feilen.

»Rachel, willst du mir von deiner Mutter erzählen? Natürlich nur, wenn du glaubst, du schaffst das.«

Ich hole tief Luft und atme wieder aus. »Also, sie kam aus Claiborne. Aber wir sind nach Orlando gezogen, als ich zwei war. Sie war Krankenschwester. Auf der Kinderstation …« Ich sehe, wie Alice die Augen aufreißt.

»Eine Kinderkrankenschwester.« Sie schüttelt den Kopf. »Das ist ein anspruchsvoller Job. Sie muss ein wundervoller Mensch gewesen sein.«

Alice nette Sachen über Mom sagen zu hören, gibt mir Auftrieb. »Sie mochte den Job, meistens jedenfalls. Sie hat gesagt, sie müsse sich nie fragen, ob ihr Job etwas bewirke oder nicht.«

Grandma Alice legt ihre Hand auf meine. »Das ist wundervoll, Rachel. Es gibt nicht viele Menschen, die das behaupten können. Allerdings muss sie ein paar sehr traurige Dinge gesehen haben.«

Das stimmt. »Einmal hat mich unser Babysitter beim Krankenhaus abgesetzt, weil Mom und ich gemeinsam irgendwo hinwollten. Und während ich gewartet habe, sah ich, wie Mom einer weinenden Frau eine weiße Tafel gab.« Ich schlucke. »Wenn ein Kind im Krankenhaus starb, war eine der Aufgaben meiner Mutter, einen Gipsabdruck von …« Ich halte meine Hände hoch, die Finger gespreizt.

Alice betupft sich die Augen.

»Bei ihrer Beerdigung waren etwa hundert Kollegen«, erzähle ich ihr, während die Fußpflegerin meine Füße mit einem Handtuch trocken tupft.

»Das war bestimmt nicht einfach«, sagt Alice. »Als Alleinerziehende.«

»Wenn sie nicht krank geworden wäre …« Ich kann nicht länger über Mom sprechen. »Ich habe ein Stipendium für die Claiborne Prep bekommen.«

»Das musst du von deiner Mutter haben«, sagt Alice schnell. »Hat sie nie geheiratet?«

»Nein, hat sie nicht.« Offensichtlich hat das keiner meiner Eltern.

»Ich wünschte, ich hätte sie kennengelernt. Ich wünschte, ich wäre aufmerksamer gewesen. Aber ich habe fast keinen von Fredericks Studienfreunden kennengelernt. Ich habe auch geglaubt, das mit der Musik wäre nur eine Phase.« Sie lacht, aber es klingt verbittert. »Das Letzte, woran ich mich erinnere, ist, dass er mit der Schlagzeugerin seiner Band zusammen war.«

»Das war ganz sicher nicht meine Mutter«, sage ich schnell, und Alice lächelt.

Aber ich frage mich – wenn Frederick eine Freundin hatte, war meine Mom dann eine Affäre? Ich lasse den Gedanken auf mich wirken. Das klingt nicht nach Mom. Aber es erklärt vielleicht ihre Verbitterung. Vielleicht hat sie geglaubt, er würde die Schlagzeugerin für sie verlassen?

Und wenn sie seine Affäre war, hätte sie mir bestimmt nicht davon erzählen wollen.

An meinen Füßen fängt die Stylistin an, mir die Nägel pink zu lackieren, mit so routinierten Bewegungen, dass sie für jeden Nagel nur drei Pinselstriche benötigt.

Frederick, Alice und ich durchleiden ein angespanntes Abendessen in einem italienischen Restaurant. Frederick rührt sein Essen kaum an und nippt stattdessen an einem Glas Rotwein aus der Flasche, die er bestellt hat. Und nachdem ich ins Bett gegangen bin, höre ich, wie er auf dem Sofa leise auf der Akustikgitarre spielt.

Nach einer Weile höre ich, wie Alice aus Fredericks Zimmer kommt und wieder nach unten geht. Erst sprechen sie leise, doch dann immer lauter.

»Aber warum nicht?«, ruft Alice. »Sie hätte sofort zu uns kommen sollen. Sie hätte für die Prüfungen in einem Haus mit zwei Erwachsenen lernen können. Zwei Menschen, die sie nicht die letzten achtzehn Jahre vernachlässigt hätten.«

Ich setze mich im Bett auf, und mir verkrampft sich der Magen.

»Weil ich das Sorgerecht habe!«, schreit er. »Beleidige mich, wenn du willst, es bleibt trotzdem die Wahrheit.«

Was Alice als Nächstes sagt, kann ich nicht verstehen.

»Du kannst so wütend sein, wie du willst. Aber sie wird nicht gehen«, sagt er. Und dann: »Nein! Wie oft soll ich es noch sagen?«

Mein Herz hämmert wie eine Bass Drum. Ich kann mich erst wieder hinlegen, als ich höre, wie Alice wieder nach oben geht und die Tür zu Fredericks Zimmer schließt.

Als Carlos kommt, um Grandma Alice abzuholen, umarmt sie mich fest. »Ich muss zurückfliegen, weil ich einen Job als Bibliothekarin habe und einen Ehemann, der im Haushalt fast so hilflos ist wie Frederick. Aber ich möchte, dass du in den Ferien nach Kansas City kommst, wenn nicht schon früher«, sagt Alice. »Das werde ich Frederick sagen.«

»Na gut«, stimme ich zu. Es fühlt sich an, als wären die Ferien noch hundert Jahre entfernt.

»Du bist immer herzlich willkommen. *Immer*, Rachel.«

»Danke.« Ich spüre, wie mir die Tränen in die Augen steigen.

»Ach, Liebling.« Alice drückt meine Hand. »Du bist nicht allein. Ich bin hergeflogen, um dir das zu sagen.«

Carlos winkt mir zu, bevor er losfährt. Frederick kommt noch nicht einmal nach draußen.

An diesem Abend sitzt Frederick mit seiner Gitarre auf dem Sofa, aber er spielt nicht. Stattdessen nippt er an einem Glas Scotch. Mit einem offenen Buch auf dem Schoß hocke ich zaghaft am anderen Ende.

»Ich bin heute Abend nicht sehr gesellig, Kleine«, sagt er. »Tut mir leid.«

»Das macht nichts «, sage ich. Und es stimmt. Denn er hätte mich schließlich auch mit Alice wegschicken können. Er hätte beschließen können, dass er genug von mir hat. Aber das hat er nicht.

Er ist bloß stur, flüstert mir meine Mutter ins Ohr.

Ich ignoriere sie.

11

In der Woche vor meinem Geburtstag komme ich vom Strand zurück und gerate mitten in einen Kriegsrat. Abgesehen von Henry und Ernie sind auch der junge Keyboarder und der Drummer da. Aber niemand macht Musik. Stattdessen tigert Henry im Zimmer auf und ab, die Ärmel aufgerollt, und Frederick trinkt ein Bier, die Gitarre nutzlos auf dem Schoß.

»Henry, ich weiß, dass sie das Album wollen, und zwar am besten vorgestern«, sagt Frederick. »Aber ich bin noch nicht so weit. Wenn ich jetzt irgendeinen Schrott produziere, der sich nicht verkauft, ist niemandem geholfen.«

Ich schleiche nach oben und lausche vom Treppenabsatz aus.

»Das ist das letzte Album aus diesem Vertrag. Wenn du zum Problemkind wirst, werden sie dir beim nächsten Vertrag schlechtere Konditionen anbieten«, argumentiert Henry.

»Du könntest immer noch Indie machen«, wirft Ernie ein. »Vielleicht solltest du das sowieso.«

»Die einfachste Lösung wäre das Weihnachtsalbum«, sagt Henry. »Und das würde Ralph glücklich machen.«

»Na toll«, murmelt Frederick. »Dann können wir den ganzen Sommer über Weihnachtslieder singen.« Er klimpert auf der Gitarre. »Kling, Glöckchen, klingelingeling, Freddy braucht Geld.«

Ernie schnaubt, aber Henry seufzt. »Okay, vielleicht ist das keine so gute Idee.«

An diesem Abend höre ich aus meinem Versteck im Obergeschoss mehrmals die Haustür aufgehen und zuschlagen. Aus dem Wohnzimmer tönen Stimmen, sowohl von Frauen als auch von Männern. Gelächter mischt sich unter die Unterhaltung, und jemand legt Schallplatten auf, die Frederick in einer Plastikkiste neben dem Flügel aufbewahrt.

Der selbst ernannte DJ, wer auch immer es ist, hat einen eigenwilligen Geschmack. Ich höre Coltrane und die Beatles und David Bowie.

Ich sitze auf meinem Bett und fühle mich vergessen, bis mein Telefon mit einer Nachricht piept. *Heute Abend keine Piraten in Sicht*, steht da. *Ist auf deiner Seite alles klar?*

Mein Lächeln blüht auf wie eine Blume im Treibhaus. *Ich habe meinen Posten aufgegeben und mich in meinem Zimmer versteckt.*

Jake: *Vor wem versteckst du dich?*

Ich: *Mein Vater feiert unten eine Party.*

Jake: *Und magst du seine Freunde nicht?*

Die meisten kenne ich gar nicht, gebe ich zu. Allerdings ist Ernie unten. Ich könnte ihn wahrscheinlich zu einer weiteren Partie Rommé überreden.

Gibt es was zu essen?, fragt Jake. *Für Essen ertrage ich jeden.*

In meinem leeren Zimmer lache ich laut auf. Dann schnuppere ich. *Ich glaube schon. Vielleicht Chinesisch?* Irgendwas riecht hier gut, verdammt.

Beim Gedanken, dass die da unten essen, werde ich noch mürrischer, weil ich mir noch unsichtbarer vorkomme.

Du solltest besser Nachforschungen anstellen, schlägt Jake vor.

Das werde ich. Aber noch will ich Jake nicht gehen lassen. Mit ihm zu reden ist das Einfachste in meinem Leben. *Was hast du heute noch vor?*

Jake: *Ich muss gleich zur Arbeit. Ausnahmsweise einmal bin ich froh, nach frittierten Muscheln zu riechen, weil meine Mutter mich heute schon den ganzen Tag mit Katalogen verfolgt und mich dazu bringen will, meine Meinung zu Kakihosen für die Schule kundzutun.*

Ich habe mir auch schon Gedanken über die Klamotten für die Schule gemacht. Das Claiborne-Schülerhandbuch verwirrt mich. *Darf ich dich was zur Kleiderordnung fragen? Ich bin mir nicht sicher, ob ich die richtig verstehe.*

Jake: *Sicher!*

Ich: *Ich ruf dich an.*

Ich tippe auf sein Profilbild und drücke auf »Anrufen«. Er geht sofort ran. »Hi«, sage ich und fühle mich ein wenig befangen.

»Hey. Die Kleiderordnung liest sich seltsam, oder? Ich sage dir warum – sie wurde gerade neu gestaltet, um jeden Bezug auf das Geschlecht zu eliminieren. Vor ein paar Jahren haben die Mädchen einen Riesenaufstand gemacht, weil sie Röcke tragen mussten. Und dann sind die Jungs darauf eingestiegen und haben gesagt, Krawatten seien sexistisch.« Jake kichert. »Ein genialer Schachzug, wenn du mich fragst. Also wurde die Kleiderordnung jetzt mit diesen vagen Beschreibungen neu aufgelegt, um kein Geschlecht zu diskriminieren.«

»Und was tragen die Mädchen nun?«

»Also, du solltest die Finger von Jeans lassen und allem, was aussieht, als wäre es absichtlich nachlässig. Meine persönliche Faustregel lautet: Wenn das Outfit ›Fickt euch‹ schreit, wirst du zum Direktor zitiert. Aber wenn es ›Ich hab's versucht‹ ausdrückt, ist alles gut.«

»Okay …« Das hilft mir jetzt auch nicht wirklich weiter. »Aber was tragen die Mädchen denn tatsächlich?«

Er überlegt eine Sekunde lang. »Du meinst, wo sie einkaufen?«

»Ich besitze nur Shorts und T-Shirts, Jake. Du musst mir helfen.«

Er lacht. »Tja, ich habe keine Schwestern, und ich mache mir nicht so viel aus Kleidung. Das nur als Haftungsausschluss.«

»Zur Kenntnis genommen.«

»Aber J. Crew ist irgendwie allgegenwärtig. Man sieht viel Abercrombie. Die ganz Schnöseligen mögen Vineyard Vines. Aber nicht alle sind schnöselig. Es gibt auch die Künstlertypen, die tragen viel Schwarz. Keine Ahnung, wo die einkaufen.«

»Okay. Damit kann ich arbeiten. Ich habe überhaupt keine Wintersachen.«

»Die Geschäfte in der Main Street haben Mäntel. Claiborne ist direkt am Appalachian Trail, also ist Outdoor-Ausrüstung das Einzige, was man immer bekommt.«

»Das ist ein guter Tipp, Jake. Ich weiß sowieso nicht, wo ich in Manhattan Beach einen Wintermantel finden soll.«

»Ich war noch nie in Kalifornien. Laufen da jede Menge Filmstars herum?«

»Ähm, nein …« Ich kichere nervös. *Aber vermutlich sind unten jede Menge Rockstars.* »Ich bin noch nicht so lange hier. Soweit ich sagen kann, ist es wie Florida, nur noch teurer.«

»Echt? Ich muss Schluss machen. Muscheln und Bier servieren.«

»Viel Glück da draußen.«

»Danke! Reden wir später noch?«

Ich bejahe, und wir legen auf. Aber wegen Jake grüble ich jetzt über Schulklamotten nach. Unten neben der Haustür habe ich einen Katalog von J. Crew in Fredericks Altpapierstapel gesehen.

Mit dem Katalog als Mission wage ich mich schließlich nach unten.

Die Szenerie im Wohnzimmer ist lebendig, etwa ein Dutzend Leute stehen herum und reden. Das Licht ist gedimmt, alle haben einen Drink in der Hand, darunter eine Handvoll unbekannter Frauen. Trotz all dieser Gäste steht Frederick am Klavier und spricht mit seinem Schlagzeuger.

»Hey, Kleine!« Ernie zupft an meinem Pferdeschwanz, als ich die Szenerie betrachte. »In der Küche gibt es jede Menge thailändisches Essen«, sagt er.

»Danke. Ich gucke gleich mal.«

»Ernie, Schatz. Komm her.« Eine Frau winkt ihm vom Sofa aus zu. Anscheinend hat Ernie heute Abend andere Spiele als Rommé im Kopf, denn er flitzt zu ihr hinüber.

Ich bücke mich und durchsuche den Zeitungsstapel, bis ich den Katalog finde, den ich gesucht habe. Ich klemme ihn mir unter den Arm und gehe in die Küche.

Niemand starrt mich an wie an meinem ersten Tag in Kalifornien. Heute Abend ist es genau umgekehrt. Ich bin unsichtbar.

Auf der Küchenarbeitsplatte stehen lauter Behälter vom Lieferservice. Zwei junge Frauen in knappen Shorts drängen sich vor der Mikrowelle, ihre Giraffenbeine werden durch unpraktische Plateauschuhe betont.

Ich ignoriere sie, schnappe mir einen Pappteller und schaue in die verschiedenen Plastikbehälter. Ich stecke eine Dose Pepsi Light ein, bevor ein Kichern meine Aufmerksamkeit auf die Mädchen in der Ecke lenkt. Als sich die eine der beiden aufrichtet, entdecke ich eine gerade Linie aus feinem weißen Pulver auf der schwarzen Arbeitsplatte.

Fasziniert beobachte ich, wie sich das zweite Mädchen tief hinunterbeugt und das Pulver durch ein Papierröhrchen einatmet.

»Wir könnten teilen«, sagt das erste Mädchen, und da fällt mir auf, dass ich sie anstarre. »Mit wem bist du hier?«

Ich blinzle sie nur an, schockiert von ihrem Hobby und der Frage. Ich schnappe mir eine Pappschachtel voll mit irgendwelchen Teigtaschen und verlasse die Küche, ohne zu antworten.

Wieder oben, esse ich die Teigtaschen und blättere durch den Katalog. Und es ist wirklich eine Schande, dass ich von dem Kokain auf der Küchentheke viel zu abgelenkt war, um mir noch irgendeinen Dip mitzunehmen.

Im Laufe des Abends öffnet und schließt sich die Haustür wieder, aber diesmal, weil sich die Party dem Ende neigt. Die Stimmen im Wohnzimmer verstummen bis auf wenige, und irgendjemand legt leise Elvis Costello auf.

Ich sitze im Schneidersitz auf dem Bett und blättere im Katalog, bis sich die Haustür mit einem Knall wieder öffnet und das ruhige Gespräch im Erdgeschoss sofort abbricht.

»Verdammte Scheiße!«, ertönt eine Frauenstimme. »Da bekomme ich eine Nachricht, dass heute Abend bei Freddy Party ist. Und ich denke, das ist unmöglich! Denn wenn Freddy wieder in der Stadt wäre, *hätte er mich angerufen.*«

Mein Vater antwortet leise irgendetwas Beruhigendes.

»Ach, echt?« Ihre Stimme ist schrill. »Denn du siehst nicht aus wie ein Kerl, der gerade das Telefon abnehmen und mich anrufen wollte.«

Ich kann Fredericks Antwort nicht verstehen, aber sie macht die Frau noch wütender. »Du hast mir *noch nie* gesagt, dass ich leise sein soll. Noch nicht einmal, wenn ich im Bett deinen Namen geschrien habe. Wer soll mich nicht hören, Freddy? Ich kann es kaum erwarten, es herauszufinden.«

Und dann höre ich Füße die Treppe hinaufstampfen.

Ein paar Sekunden später stürmt eine Frau an meiner Zimmertür vorbei, direkt auf Fredericks Schlafzimmer zu. Aber da mein Zimmer das einzige erleuchtete im ganzen Obergeschoss ist, kehrt die Frau um, und ein überraschtes Gesicht schaut zu meiner Tür herein.

»Was zum Teufel?«, schreit sie. Sie hat glänzende braune Haare und große Rehaugen.

Zum zweiten Mal an diesem Abend bin ich sprachlos.

»Liz«, dröhnt die Stimme meines Vaters die Treppe hinauf. »Das reicht jetzt.« Er klingt erschöpft. »Lass Rachel in Ruhe!«

Sie zieht sich zurück. Ich höre nichts mehr von ihrem Streit, aber eine Minute später öffnet und schließt sich die Haustür erneut. Und dann kommen Fredericks Schritte langsam die Treppe herauf. Sein Gesicht erscheint in der Türöffnung. »Darf ich reinkommen?«

»Natürlich.« *Es ist schließlich dein Haus.*

Er setzt sich ans Fußende meines Bettes und lässt sich zurücksinken, die Hände hinter dem Kopf verschränkt. »Es tut mir leid. Das war ...«

»Stilvoll?«, biete ich an.

Er lacht. »Genau.«

»Aber nicht so stilvoll wie die beiden Mädchen, die auf deiner Küchentheke Koks geblasen haben.« Noch während ich die Worte ausspreche, frage ich mich, ob *Koks blasen* der richtige Fachausdruck ist.

Frederick hebt den Kopf. »Ohne Scheiß?«

»Sie haben mir auch etwas angeboten. Ich schätze, wenn die Sozialarbeiterin anruft, um sich nach mir zu erkundigen, sollte ich das nicht erwähnen.«

Frederick setzt sich auf. »Rachel, du weißt, dass Drogen was für Arschlöcher sind, oder?«

Ich schaue in sein ernstes Gesicht und versuche, mir das Lachen zu verkneifen. Die Broschüren zur Suchtprävention, die sie in der Schule verteilen, wären unterhaltsamer, wenn sie den Titel *Drogen sind was für Arschlöcher* trügen. Und sein Gesichtsausdruck ist unbezahlbar. »Tja ...« Ich räuspere mich. »*I only get high about twice a day. It helps to keep my blues away.*«

»Was?« Er starrt mich an.

»Das ist ein Song, Frederick. Beim Reim hättest du schon draufkommen müssen. Du bist wohl kein Fan von Bran Van 3000?«

Er lässt sich wieder auf den Rücken fallen. »Herrgott, Rachel! Das ist nicht witzig.«

»Ich habe noch nie vorher Kokain gesehen, außer im Fernsehen.«

»Willkommen in L.A. Also, wer waren diese Mädchen?«

»Ähm, keine Ahnung? Sie hatten kurze Shorts und hohe Schuhe an.«

»Tja, das gilt für halb Südkalifornien. Wie alt?«

»Jung. Jünger als du.«

»Tja, das gilt für den Großteil von Südkalifornien.« Er fährt sich mit einer Hand übers Gesicht. »Ich muss vielleicht für eine Weile aus L.A. raus. Ich wollte mit dir darüber reden.«

»Warum? Wo willst du hin?«

»Ich habe daran gedacht, mir für dieses Jahr etwas in Claiborne zu suchen. Wenn ich alle paar Wochen mit dir einen Kaffee trinken kann, scheint mir das eine unauffällige Möglichkeit, um sicherzustellen, dass es dir gut geht.«

Nichts, was er je zu mir gesagt hat, überrascht mich so sehr wie dieser Vorschlag. Ich weiß gar nicht, wo ich anfangen soll. »Kannst du das einfach machen? Was ist mit der Arbeit?«

»Ich wäre nur etwa die Hälfte der Zeit dort und die andere Hälfte unterwegs. Aber ich hätte nichts dagegen, für eine Weile von hier wegzukommen. Hier wollen zu viele Leute etwas von mir.«

»Aber ... laut Henry hast du hier eine Menge zu tun.«

Er schüttelt den Kopf. »Mach dir um den Scheiß keine Gedanken, okay? Das ist mein Problem.«

Autsch. Für jemanden, der gar nicht weiß, wie man Vater ist, hat er den Überlass-das-den-Erwachsenen-Ton ganz schön gut drauf.

»Und außerdem sagt Henry das nur, weil ihn die Plattenfirma unter Druck setzt. Aber ich bin noch nicht bereit für die Aufnahmen. Ich habe noch hundert andere Sachen im Kopf.«

»Kriegst du Ärger?«

Er streckt die Arme über dem Kopf aus. »Und wenn schon. Künstler erzählen ständig irgendwelchen Mist. Du glaubst nicht, was für Ausreden diese Typen zu hören bekommen. ›Ich kann heute nicht spielen, weil Merkur rückläufig ist‹ oder ›Ich habe einen Splitter in meiner linken Arschbacke‹.«

Ich lächle in Richtung der Dachschräge. »Was wird aus diesem Haus?«

»Was soll damit sein? Ich werde es wohl behalten.« Er stützt sich auf einen Ellenbogen. »Sag mir, was du wirklich denkst.«

»Ich finde, das klingt nach einer Menge Kosten und Aufwand.«

»Wenn ich in Kalifornien bleibe, sehe ich dich vielleicht monatelang nicht. Das reicht mir nicht.«

Ach, echt? Siebzehn Jahre lang war das okay für dich. Mein Puls beschleunigt sich, und ich stelle ihm eine der Fragen, die mir auf den Nägeln brennt. »Warum hast du mich überhaupt hierher mitgenommen?«

Seine Augen weiten sich nur ein ganz kleines bisschen. »Weil du mich darum gebeten hast. Na gut, angerufen hat mich Hannah ... Aber das hätte sie nicht, wenn du keinen Platz zum Unterkommen gebraucht hättest.«

Diese Erklärung hüpft in meiner Brust herum wie ein Flummi. *Weil du mich darum gebeten hast.* Angry Rachel ist mit dieser Antwort nicht zufrieden. Was wäre passiert, wenn ich ihn vor einem Jahr darum gebeten hätte? Oder zehn? Wäre er dann auch angerannt gekommen?

In der Stille höre ich meine Mutter eine Frage in mein Ohr flüstern. *Warum musst du das überhaupt fragen?*

»Willst du shoppen?«, fragt Frederick auf einmal.

Ich schaue auf den vergessenen Katalog auf meinem Schoß. »Alle meine Kleider sind für heißes Wetter. Und in Claiborne gibt es eine Kleiderordnung.«

»Ach, richtig.« Er verzieht das Gesicht. »Sind es immer noch karierte Röcke und Krawatten?«

»Nicht ganz so schlimm. Man darf keine Jeans tragen, und sie wollen Hemden mit Kragen.«

»Besser du als ich. Carlos könnte mit dir ins Einkaufszentrum fahren.«

»Welches denn?«

»Äh …« Frederick legt die Hände an den Mund und schreit: »Henry! Wir brauchen deinen Rat.«

Wenig später kommt der Manager nach oben, eine Bierflasche in der Hand. »Was ist los?«

»Wo kaufen die Leute ein?«

»Was einkaufen?«

»Schulklamotten«, sage ich langsam. Anscheinend tut Frederick nie irgendetwas, ohne Henry zu fragen. Also haben wir jetzt eine Schulkleidungsbesprechung in meinem Zimmer? Unglaublich.

»Die Galleria in Redondo«, antwortet Henry wie aus der Pistole geschossen. »Macy's, Abercrombie. The Gap.« Er wirft einen Blick auf meinen Katalog. »J. Crew gibt es in diesem Zentrum auf dem Sepulveda Boulevard.«

»Oder …«, schlägt Frederick vor, »… falls du Einkaufszentren hasst, kannst du den Katalog einfach in deinen Koffer packen und von allem etwas bestellen, wenn du in New Hampshire ankommst.«

»Die Einsiedlermethode«, sagt Henry mit einem Grinsen.

»Nee.« Frederick gibt Henry einen spielerischen Tritt. »Bloß praktisch.«

Henry holt sein Handy hervor. »Ich mache für dich einen Nachmittag im Einkaufszentrum mit Carlos klar, okay, Rachel?« Er tippt aufs Display. »Und ich sehe gerade, dein Geburtstag steht vor der Tür. Was soll ich dafür planen?«

»Gut, dass du es sagst.« Frederick wendet sich an mich. »Schickes Restaurant?«

Das klingt irgendwie krampfig. »Lass uns einfach irgendwohin gehen, wo du sonst auch hingehst.«

»Sonntags spielt immer eine kubanische Band in einem Fischrestaurant in Hermosa Beach«, sagt mein Vater.

»Tolles Essen«, stimmt Henry zu. »Aber Ernie und die Jungs sind vielleicht auch da.«

Livemusik und ein Publikum klingen für mich verlockender, als mit Frederick allein herumzusitzen. »Dann gehen wir doch alle zusammen hin.«

12

Als ich an meinem Geburtstag aufwache, habe ich schon eine E-Mail von Haze, und das macht mir ein schlechtes Gewissen. Ich bin mitten im Streit einfach abgehauen.

Seine Nachricht enthält keinen Text, nur ein Foto von ihm, Arm in Arm mit Micky Maus. Micky hält ein Schild hoch, auf dem in schwarzen Buchstaben steht: *Herzlichen Glückwunsch, Rachel!*

Ich muss lachen.

»Was ist denn so lustig?«, fragt mein Vater. Er hat Bagels und Cappuccino besorgt – das ist seine Version von einem Geburtstagsfrühstück.

Ich drehe meinen Laptop, damit er das Foto sehen kann.

»Süß, ihr seid also noch Freunde.«

»Ich schätze schon.« Ich grüble über eine Antwort.

Haze – das Foto ist super! Was hast du da für eine Uniform an? Space Mountain? Oder Astro Orbiter? Ich hoffe, dass du alten Damen in die Shuttles hilfst, dort ist wenigstens Schatten. Ich werde den Tag damit verbringen, nicht an meinen letzten Geburtstag zu denken, als wir mit meiner Mom bei Steak and Ales waren und danach aus Versehen im falschen Kinosaal gelandet sind und die ersten zehn Minuten von unserem Film verpasst haben. Es war einmal vor langer, langer Zeit, da wirkte das wie ein echter Reinfall, stimmt's?

Okay, diese Nachricht ist plötzlich ziemlich deprimierend

geworden. Deshalb mach ich jetzt lieber Schluss und sage: »Schau mal, Welpen!«
Ganz liebe Grüße
Rachel

Zur Antwort schickt er mir ein Foto mit Welpen. »Ich wünschte, ich könnte bei dir sein«, ist alles, was er schreibt.

An diesem Abend fährt Ernie in einem kirschroten Cabrio vor unserem Haus vor.

Als ich die Tür zum Fond öffnen will, schüttelt er den Kopf. »Nein, das Geburtstagskind sitzt vorne.«

»Ach Mist!«, beschwert sich Frederick. Aber er quetscht sich mit einem Lächeln auf den Rücksitz.

»Neben ihr sehe ich besser aus als neben dir«, sagt Ernie und legt den Gang ein.

Und so werde ich stilvoll zum Restaurant kutschiert, während die Meeresbrise mir durch die Haare streicht. Als wir ankommen, tritt ein Page vor, um uns die Türen zu öffnen, weshalb ich mich frage, ob mein Rock und mein Shirt auch elegant genug sind. Aber im Inneren wirkt das Restaurant zwanglos.

Wir haben einen Tisch für fünf Personen. Mittlerweile kenne ich die Freunde meines Vaters. Ernie zum Beispiel. Er ist der Zurückhaltende, der immer erst nachdenkt, bevor er den Mund öffnet. Die anderen Musiker – wie Art, der Schlagzeuger, der mir gegenübersitzt – stehen Frederick nicht ganz so nah. Sie sind wie Satelliten, die ihn umkreisen.

Mit Henry ist es komplizierter. Er ist ein Kämpfer, immer rastlos, immer voller Ideen. Aber ich verstehe die Dynamik zwischen ihnen nicht. Einerseits sitzt Henry Frederick ständig im Nacken, drängt ihn dazu, Leute zu treffen und Telefonate zu führen. Andererseits übernimmt er auch jede Menge einfacher Tätigkeiten. Er bestellt Mittagessen und geht für Frederick ans Telefon. Auch jetzt ist es Henry, der versucht, die Kellnerin auf uns aufmerksam zu machen.

»Hey, Mari! Können wir einen Krug Sangria bekommen?«, fragt er.

»Und eine Cola Light«, sage ich, bevor die Frau wieder verschwindet.

»Super, Henry. Lass die Lady ruhig aus«, neckt Ernie.

Der Manager errötet. »Ich habe vergessen, dass sie noch keinen Alkohol trinken darf.«

Die Kellnerin bringt trotzdem fünf Gläser, und mein Vater schenkt mir ein bisschen ein. »Auf deinen achtzehnten«, sagt er und hebt sein Glas. Alle stoßen mit mir an, und das macht mich wahnsinnig verlegen.

Frederick bestellt ungefähr zwölf verschiedene Gerichte, und ich probiere alles von Ceviche bis zu gefülltem Hummer. Und nachdem die Teller abgeräumt sind, greift mein Vater in seine Jacke und fischt zwei kleine Schachteln heraus. »Diese zuerst«, sagt er und tippt auf die größere.

Unter den Blicken der vier Männer knote ich das Geschenkband auf und öffne die Schachtel. Im Inneren befindet sich eine neue Sonnenbrille in einem Lederetui. »Hey, danke!« Ihm muss aufgefallen sein, dass meine zerkratzt und hässlich ist.

»Zeig mal, wie sie an dir aussieht«, drängt Ernie.

Ich setze sie auf.

Auf der anderen Seite des Tisches lächelt Henry. »Das ist sehr L.A. Gut gemacht, Freddy.«

Die andere Schachtel ist noch kleiner. Und nachdem ich die Schleife gelöst habe, sehe ich den roten Cartier-Schriftzug.

»Treffer«, sagt Henry anerkennend.

Ich klappe den Deckel hoch und erblicke eine Armbanduhr.

Sie ist schlicht, aber sehr elegant. Als ich sie heraushole, wiegt das Metall schwer in meiner Hand.

Etwas so Teures habe ich noch nie besessen.

»Sie ist wunderschön«, sage ich. Und das stimmt. Aber nun erwartet er natürlich, dass ich sie anprobiere, genau wie die Sonnenbrille. Und das bedeutet, ich muss die Timex meiner Mutter ablegen und sie durch das Geschenk meines Vaters ersetzen.

Allein beim Gedanken daran schnürt sich mir die Kehle zusammen.

Aller Augen sind auf mich gerichtet. Deshalb hebe ich meine Handtasche auf meinen Schoß. Vorsichtig nehme ich die Uhr meiner Mutter ab und verstaue sie sorgfältig in meiner Tasche. Dann lege ich mir das Metallarmband um das Handgelenk und fummle an dem Verschluss herum. »Danke«, flüstere ich, und Frederick zwinkert mir zu.

Ich lege den Arm in den Schoß und fühle mich wie eine Verräterin. Das Essen liegt mir wie ein Stein im Magen. Und am liebsten würde ich mein Leben bis zu dem Zeitpunkt zurückspulen, an dem Mom und Haze und ich in der Küche Kuchen essen und dann ins Kino gehen. Das Restaurant fühlt sich plötzlich viel zu überfüllt an, und mir brennen die Augen.

Es ist die Musik, die mich rettet. Die kubanische Band beginnt mit zwei Gitarren, Bongos, einem Kontrabass und einer alten Trompete. Der fröhliche Rhythmus erfüllt den Raum, und der Fluss ihrer Klänge trägt mich fort. Das Licht wird gedimmt, die Getränke nachgefüllt, und zwei Frauen tauchen auf – eine neben Ernie und eine auf Henrys Schoß.

Ich beobachte, wie entrückt mein Vater und seine Freunde wirken. Ich bin neidisch darauf, wie sehr sie sich im Moment verlieren können, als existierte der Rest der Welt gar nicht. Ich frage mich, ob ich jemals wieder so empfinden werde oder ob mir die Trauer auf ewig folgt.

In der Woche danach gibt mir das sonnige Wetter in L.A. keinen Hinweis darauf, dass sich der Sommer langsam dem Ende zuneigt. Das einzige Anzeichen einer Veränderung sind die zahlreichen Briefe von der Claiborne Preparatory Academy, die in Fredericks Briefkasten landen.

Stundenlang brüte ich über den Informationen. Ich lerne, wie man sich ein Postfach mietet und wie man sich in das Computernetzwerk der Schule einloggt. Ich studiere die Karte vom Campus, als würde ich für eine Abschlussarbeit lernen.

»Schon wieder ein Brief von Claiborne«, verkündet Frederick eines Morgens und reicht ihn mir. Darin finde ich ein einzelnes Blatt, auf dem ich lese: HAUSREGELN.

Das Gebäude, in dem ich wohne, heißt Habernacker.

»Guter Name«, sagt Frederick.

»Weißt du, wo das ist?«

Er schüttelt den Kopf. »Ich war nie auf dem Gelände der Prep School. Sie ist am anderen Ende der Stadt.«

»Du bist mir ja eine große Hilfe.« Ich falte den Brief auseinander. »Meine Mitbewohnerin heißt Aurora Florinda de Garza Garcia. Ihre Adresse ist in Madrid.«

»Klingt spannend«, sagt Frederick. »Ein europäisches Mädchen mit vier Namen.« Pfeifend verlässt er das Haus, um zum Friseur zu gehen.

Nachdem sich die Tür hinter ihm geschlossen hat, sage ich noch einmal den Namen meiner Mitbewohnerin auf. Allein vom Klang bekomme ich Schmetterlinge im Bauch. Deshalb schreibe ich Jake. *Ich bin in einem Wohnheim namens Habernacker untergebracht. Meine Mitbewohnerin kommt aus Madrid.* Ich schreibe ihm ihren Namen.

Nee, oder?, kommt die schnelle Antwort. *Ich bin auch in Habernacker. Der Name deiner Mitbewohnerin sagt mir nichts. Viel-*

leicht eine Austauschschülerin? Ich habe zwei Mitbewohner. Beide Austauschschüler.

Das wird schon gut gehen, oder?, frage ich und komme mir dumm vor.

Klar. Und falls nicht, kenne ich die Stadt ziemlich gut. Ich weiß, wo man Leichen verschwinden lassen kann.

Viel zu gruselig, Jake.

In meinem Kopf klang es irgendwie lustiger, antwortet er.

In der Küche nehme ich mir eine Bratpfanne und mache mir ein gegrilltes Käsesandwich. Während es toastet, erlaube ich mir, einen Song meines Vaters zu singen. *Stop Motion* geht mir nicht mehr aus dem Kopf, seitdem ich gestern gehört habe, wie Frederick und Ernie ihn gespielt haben. Den ganzen Sommer über habe ich jeden Impuls zu singen unterdrückt. Aber da mein Vater gerade nicht da ist, lasse ich es raus.

Als das Sandwich von beiden Seiten braun ist, lasse ich es auf einen Teller gleiten, drehe mich um und bekomme fast einen Herzinfarkt, denn im Türrahmen steht jemand. »Verdammt, Ernie! Ich habe dich gar nicht reinkommen hören.«

Er starrt mich an. »Ich wusste gar nicht, dass du singen kannst.«

»Äh …« *Scheiße.* »Ich singe nur unter der Dusche.«

»Erzähl keinen Mist.« Er verschränkt die Arme. »Weiß Freddy davon?«

Verdammt. Ich reiße den Kühlschrank auf und suche nach einer Dose Pepsi. »Würdest du an meiner Stelle vor Frederick singen wollen?«

»Wenn ich so eine Röhre hätte, würde ich wollen, dass jeder sie hört.«

Ich werfe ihm einen Seitenblick zu. »Vielleicht, vielleicht aber auch nicht.«

Ernie kaut auf seiner Lippe. »Das verstehe ich wirklich nicht.

Mit deinen Genen müsstest du eine Wahnsinnsmusikerin sein. Aber gut. Ich habe nichts gehört.«

»Danke.«

»Und du hast diese hohen Töne auch nie getroffen, als wärst du dafür geboren, und hast auch nie auf der Bridge ein Riff improvisiert.«

»Du kannst jetzt aufhören.«

Er zuckt mit den Schultern. »Hat sich aber super angehört.«

»Klar, dass du das sagst. Du hast ja am Song mitgeschrieben.«

»Nur die Basslinie.« Er sieht mich durchdringend an, als versuchte er, etwas zu verstehen.

Entnervt trage ich mein Sandwich an ihm vorbei und gehe nach oben.

Später in dieser Woche bleibt Henry zum Abendessen – Fleischbällchen-Sandwiches vom Deli. Jeder Laden in Manhattan Beach hat einen Lieferservice. Kein Wunder, dass mein Vater seinen Ofen nie benutzt.

Seitdem ich den Instagram-Account meines Vaters gekapert habe, erwarte ich ständig, dass Henry mich deswegen zusammenstaucht. Brave Mädchen spielen keine Streiche. Dafür haben wir einfach nicht die Nerven.

Aber Henry spricht es nicht an. Stattdessen möchte er über etwas anderes reden. »Presse-Becky hat angerufen«, sagt er.

»Wer ist Presse-Becky?«, frage ich.

»Wenn deine Pressesprecherin anruft«, erklärt Frederick, »besteht eine winzige Chance, dass man einen Award gewonnen hat, und eine größere Chance, dass man irgendwie verkackt hat. Was hat sie gesagt, Henry?«

»Da ist ein Foto von dir und Rachel im Umlauf. Ein Blog hat gefragt, ob wir nicht ihren Namen preisgeben möchten.«

Frederick lacht. »Ohne Scheiß? Die Presse in Los Angeles muss ja ein großes Sommerloch haben.«

»Sehr groß.«

»Wer hat es?«

»*Like a Hawk.* Niemand, bei dem man sich einschleimen müsste«, sagt Henry.

»Worüber sprecht ihr?«, frage ich. »Was für ein Foto?«

»Es gibt da diesen Klatschblog, der ein Foto von dir und mir hat, möglicherweise von deinem Geburtstag. Aber die Leute dahinter wissen nicht, wer du bist, deshalb haben sie meine Pressesprecherin angerufen, um nachzufragen.« Er nimmt einen Schluck Limo. »Henry, sag Becky vielen Dank für den Anruf. Aber Freddy weigert sich, die junge Dame auf dem Foto zu identifizieren.«

Henry zuckt mit den Schultern. »In Ordnung. Aber flipp nicht aus, wenn sie irgendwas erfinden, ja? Becky fragt nur aus diesem Grund nach. Du weißt doch, was sie sonst daraus machen: ›Freddy Ricks zieht mit einem Model um die Häuser, das nur halb so alt ist wie er …‹«

»Das wäre aber falsch. Sie ist noch nicht mal halb so alt wie ich. Sag Becky, ich werde nicht ausflippen, und sie kann ruhig meine grauen Haare wegretuschieren.«

Später, als Henry gegangen ist, lasse ich das Gespräch noch einmal in meinem Kopf Revue passieren. »Warum wolltest du dem Blogger nicht einfach meinen Namen sagen?«, platze ich schließlich heraus.

Mein Vater schaut von seiner Lektüre auf und zuckt mit den Achseln. »Das könnten wir machen. Aber dann bekommt irgend so ein mieser Blog die Story über …«. Er malt mit den Händen Anführungszeichen in die Luft. »… ›Freddy Ricks' heimliche Tochter‹. Warum sollte dein Leben ihre Klicks steigern oder Seitenaufrufe oder was ihnen sonst Vergnügen bereitet.«

Er wendet sich wieder dem Artikel zu, den er auf seinem Tablet liest. Aber ich bin noch nicht ganz fertig. »Wäre es dir peinlich, wenn sie darüber schreiben würden?«

Wieder hebt er den Blick, einen überraschten Ausdruck auf dem Gesicht. »Ganz und gar nicht, Rachel. Du kannst davon erzählen, wem du willst. Darum geht's nicht.« Er reicht mir sein Tablet. »Hier. Wenn du möchtest, kannst du deinen Namen zu meinem Wikipedia-Artikel hinzufügen. Aber lass nicht irgendein Arschloch Profit aus deinem Schicksal schlagen.«

Ich gehe einen Schritt zurück. »Schon gut, ich versteh schon.«

»Rachel?«, sagt er, als ich bei der Treppe ankomme.

»Ja?«

»Das mit Instagram war superwitzig. Henry ist wie ein aufgeregtes Huhn herumgeflattert und wollte unbedingt herausbekommen, wer das war.«

Mit der Hand auf dem Geländer bleibe ich wie angewurzelt stehen. »Das war ich.«

»Wem sagst du das! Aber Henry weiß nichts davon, weil Ernie den Kopf für dich hingehalten hat.«

»Hat er? Warum?«

Frederick zuckt nur grinsend mit den Schultern. »Vielleicht war er Henrys Gejammere leid. Wir fanden es alle zum Totlachen.« Er widmet sich wieder seinem Artikel, aber ich gehe mit einem Knoten im Bauch nach oben.

Ich lasse mich auf mein Bett fallen und frage mich, wie das Foto des Bloggers von Frederick und mir wohl aussieht. Ich habe kein Foto mit ihm. Nicht ein einziges.

OPER

Oper: Ein Drama, in dem der Text gesungen und nicht gesprochen wird. Die Themen können tragisch und/oder komisch sein.

13

Als der große Tag gekommen ist, fährt Carlos Frederick und mich zum Flughafen. Er hält vor dem Abflugbereich, steigt aus und kommt um den Wagen herum, um mir die Tür aufzuhalten. Ich steige aus, und er neigt den Kopf und lächelt mich an. »Adios, Señorita.«

Ich überrasche ihn mit einem kurzen Kuss auf die Wange. »Adios, Carlos.«

Frederick gibt ihm einen Klaps auf den Rücken. »Wir sehen uns in ein paar Wochen.«

Auf dem Flug nach Boston in der ersten Klasse schläft Frederick auf dem Sitz neben mir ein, aber ich kann mich nicht entspannen. Nicht einmal ein Film kann mich ablenken. Ich spiele eine Weile auf Fredericks Tablet herum, dann stecke ich es wieder in die Sitztasche vor ihm.

Er schläft mit offenem Mund. Ich betrachte die Linien in seinem Gesicht und seine schmalen Hände auf der Flugzeugdecke.

»Ich habe mich schon fast an dich gewöhnt«, flüstere ich.

Er antwortet nicht.

In Boston erwartet uns ein weiterer Fahrer für die neunzigminütige Fahrt nach Claiborne. Meine Nervosität holt mich wieder ein. Nachdem ich zum zehnten Mal nervös auf dem Sitz neben ihm herumgerutscht bin, spricht mich mein Vater hinter seiner Zeitung hervor an. »Nur die Ruhe. Das Wichtigste ist, dass du ein paar gute Leute kennenlernst. Wie viele sind in deinem Jahrgang?«

»Dreihundert.«

»Dann sollte das kein Problem sein. Da müssen doch ein paar Gute darunter sein, oder?«

Da bin ich mir nicht so sicher.

Das Auto hält vor dem Claiborne Inn, wo Frederick ein Zimmer gebucht hat. Ich stehe blinzelnd auf dem Bürgersteig und betrachte das weiße Schindelgebäude, das förmlich »Willkommen in New England!« schreit. Auf der lang gestreckten Frontveranda stehen Schaukelstühle.

Während er eincheckt und sein Gepäck abgibt, warte ich draußen. Das ist also Claiborne. Überall sehe ich Familien herumlaufen, manche tragen Kisten oder ziehen Gepäck hinter sich her. Ich habe davon geträumt hierherzukommen, weil ich die Stadt sehen wollte, in der ich geboren wurde.

Aber ich spüre keine Verbindung. Es ist bloß eine supersüße Stadt voller Fremder. Und ich will einfach nur mein Leben ein Jahr zurückspulen und zurück nach Hause.

»Alles klar.« Frederick taucht neben mir auf. »Du hast noch ein paar Stunden, bis du deinen Schlüssel abholen kannst, oder? Lass uns einen Spaziergang machen und uns etwas zu essen suchen.«

»Okay«, sage ich, obwohl es mir vollkommen unmöglich erscheint, irgendetwas zu essen.

Er deutet über den grasbewachsenen Marktplatz. »Die Prep School liegt größtenteils auf der anderen Seite der Wiese, während das College dort drüben ist, den Hügel hinauf.« Er zeigt in die entgegengesetzte Richtung.

Da ich den Stadtplan studiert habe, weiß ich das schon. »Sieht es hier noch genauso aus wie früher?« Wir gehen die Main Street entlang, die die Stadt in zwei Hälften teilt.

»Ja und nein. Alle wirken so jung.« Er lacht. »Die Stadt war nicht wirklich mein Revier. Ich habe mich nur für die Bars und die kleinen Clubs zwischen hier und Boston interessiert.«

»Warst du jemals bei einem Ehemaligentreffen vom College?«

»Nein«, sagt er knapp. »Hatte nie Zeit.«

Ich betrachte die Schaufenster in der Main Street mit den Blumenkästen, die vor Petunien überquellen. Es gibt diverse Restaurants und Geschäfte, die Klamotten mit den Logos der Prep School und des Colleges verkaufen. Es gibt Sweatshirts, Baseballcaps, Shorts oder Flipflops mit den Insignien der Schulen. Es gibt auch zwei Bäckereien und ein Café.

Schließlich verändert sich das Stadtbild, Wohnhäuser ersetzen die Geschäfte. Wir überqueren die Straße und machen uns auf den Rückweg. »Hier lässt sich alles zu Fuß erledigen«, stelle ich fest.

»Das stimmt. Zumindest in diesem Teil. Warte mal kurz.« Frederick bleibt vor dem Geschäft eines Immobilienmaklers stehen. Im Schaufenster hängen ein Dutzend Angebote. »Hier gehe ich morgen noch einmal hin«, sagt er.

»Ich dachte, so etwas würdest du Henry überlassen.«

Frederick dreht sich lachend zu mir um. »Das würde ich, wenn er hier wäre. Aber es war ja gerade der Sinn der Sache, mal etwas Abstand zu ihm zu bekommen, also werde ich wohl die eine oder andere Angelegenheit selbst erledigen müssen.«

Eine Ecke weiter kommen wir an einem Pub namens *Wheelock's* vorbei, und Frederick nickt anerkennend. »Immerhin gibt es diesen Laden noch. Ich glaube, in dem Sommer, als ich einundzwanzig war, habe ich hier mein ganzes Geld gelassen.« Grinsend drückt er die Tür auf. Das Innere besteht aus nichts als dunklem Holz. An den Wänden hängen gerahmte Fotos von diversen Sportteams, die sich für die Kamera aufgestellt haben.

»Die machen hier ganz schön auf Studentenkneipe«, bemerke ich, als wir uns an einen Tisch am Fenster setzen.

»Ja«, bestätigt Frederick. »Aber nach meiner Visage brauchst du auf diesen Footballteam-Fotos gar nicht erst zu suchen.«

Unsere Kellnerin rastet förmlich aus, als sie ihren berühmten Gast erkennt. »Oh mein Gott«, keucht sie. »Ich bin ein Riesenfan. Würden Sie meinen Bestellblock signieren?« Sie hält ihm einen Block und einen Stift entgegen.

»Aber gern, Darcy«, antwortet er nach einem Blick auf ihr Namensschild. »Es ist mir eine Freude.« Er unterschreibt schwungvoll und mit einem Lächeln. Als sie davonhüpft, lächelt er auch mich an. »Diese Stadt mag mich.«

Wunderbar. Aber wird sie mich auch mögen?

Ich bin zappelig. Und irgendwie bestellen wir das Gleiche wie an dem Abend, als ich das erste Mal mit Frederick gegessen habe. Ich nehme den gemischten Salat, genau wie in Orlando. Und Frederick verschlingt einen Burger und genehmigt sich ein Bier. »Die Pommes hier sind hervorragend«, sagt er. »Probier mal.«

Ich schüttle den Kopf.

Die Kellnerin kommt zum vierten Mal innerhalb einer halben Stunde an unseren Tisch. »Darf es noch etwas sein?«

»Nein danke«, antworte ich schwach. Am liebsten würde ich zurück an meine alte, vertraute Schule in Florida gehen.

Wie konnte ich das hier bloß für eine gute Idee halten?

Eine Stunde später reicht mir eine lächelnde Beratungslehrerin mit einem »Frag mich alles«-Anstecker eine Schlüsselkarte, die ich mit zitternder Hand entgegennehme. »Willkommen, Rachel!«, sagt sie.

Dann durchqueren wir ein altes schmiedeeisernes Tor und betreten einen hübschen Innenhof.

Habernacker ist ein großes, U-förmiges Backsteingebäude mit Dutzenden grünen Fensterläden.

»Schick«, sagt Frederick und dreht sich, um alles anzuschauen.

Mir wurde gesagt, ich solle Eingang 2 nehmen, und nun verstehe ich auch, warum.

Die Korridore des alten Gebäudes verlaufen quasi senkrecht. Während wir die Steintreppen hinaufsteigen, kommen wir auf jeder Etage an nur zwei Zimmern vorbei, und auf der Ebene dazwischen befindet sich jeweils ein Bad.

Wir finden Zimmer 31 auf der dritten Etage und stellen fest, dass die Tür nur angelehnt ist. Sie knarzt beim Öffnen. Ein hübsches Mädchen mit schwarzen Locken, das sich über einen Koffer gebeugt hat, richtet sich auf. »Oh!« Sie klatscht in die Hände. »Bist du Rachel?« Sie rollt das R in Rachel ein wenig. Ihr Akzent ist hinreißend. »Ich bin Aurora. Ich habe mich schon darauf gefreut, dich kennenzulernen.« Sie kommt zu mir herüber und umarmt mich. »Und Sie sind Rachels Papa?« Ich sehe zu, wie sie auch ihn umarmt.

Mein Vater lässt seinen Charme spielen und stellt Aurora all die Fragen, für die ich noch viel zu nervös bin. »Gehst du auch in die Zwölfte?«

»Sí!« Dann lacht sie. »Ich glaube, es dauert noch ein paar Tage, bis ich mich daran gewöhnt habe, wieder Englisch zu sprechen. Ich bin für mein Abschlussjahr von meiner spanischen Schule hierher gewechselt. Mein Vater möchte, dass ich nach Harvard gehe.«

»Ah«, sagt Frederick. »Da war ich auch.«

»Wirklich?«, quietscht Aurora.

»War nur Spaß.« Er strahlt. »Ich war auf Claiborne, hier um die Ecke, mit den Hauptfächern Musik und Eltern enttäuschen. Aber ich glaube, Rachel und du, ihr seid da anders drauf.«

Ich bin damit beschäftigt, unser Zimmer in Augenschein zu nehmen. Es hat einen Holzboden und merkwürdige alte Fenster.

»Schau!« Aurora packt mich am Handgelenk. »Das ist eine wirklich nette Wohnung. Die Schreibtische stehen hier im Wohnzimmer.« Sie schlüpft durch eine Tür. »Und die Betten sind hier.«

Ich folge Aurora in ein angrenzendes kleines Zimmer, wo zwei schmale Metallbetten L-förmig angeordnet sind.

»Ich habe noch kein Bett bezogen. Ich fand, du solltest aussuchen.«

»Oh, das ist nett von dir«, stammle ich verlegen. Über Auroras Kopf hinweg sehe ich meinen Vater lächeln. Sein Gesicht sagt: *Siehst du? Alles wird gut.*

»Also, welches willst du?«

»Ist mir egal«, sage ich.

Nachdem wir uns vergewissert haben, dass meine Kartons aus Kalifornien angekommen sind, verabschiedet sich Frederick. »Begleitest du mich kurz nach draußen?«, bittet er, bevor er auf den Treppenabsatz hinaustritt.

Ich folge ihm nach unten in den Hof, wo inzwischen die Dämmerung eingesetzt hat.

»Ist es immer noch in Ordnung für dich, wenn ich mich hier nach einem Haus umsehe?«, fragt er.

»Klar.« Er hat den richtigen Augenblick für diese Frage gewählt, denn im Moment würde ich mich am liebsten an ihn klammern wie an einen Rettungsring.

»Ich will weg aus L.A., und dieser Ort hier ist *wirklich* abgelegen. Schwer zu sagen, ob ich ein anständiges Haus finde, aber ich werde suchen.«

»Okay. Sicher?«

»Ich schaue mich einfach mal um. Jetzt hab noch ein bisschen Spaß mit deiner Mitbewohnerin, bevor ihr jede Menge Hausaufgaben bekommt.«

»Okay.«

»Schick mir morgen eine Nachricht. Als Lebenszeichen.« Er zwinkert und wendet sich zum Gehen.

»Warte!« Das überrascht mich selbst. Ich bin einfach noch nicht bereit dafür, ihn gehen zu lassen.

Er dreht sich wieder um.

»Was wirst du die Woche über machen?«

»Immobilienangebote studieren«, sagt er. »Das erste Footballspiel der Saison anschauen. YouTube. Bier. Pommes.« Er mustert mich aufmerksam. »Alles in Ordnung?«

»Ja.« Ich schlucke. »Gute Nacht.«

Frederick lacht, aber ich weiß nicht, warum. Dann tritt er drei Schritte vor und legt mir die Hände auf die Schultern. Er senkt den Kopf und gibt mir einen raschen Kuss auf die Stirn. »Viel Spaß«, sagt er leise. »Wir sehen uns, bevor ich nach Kalifornien zurückmuss.« Er drückt mir die Schultern und entfernt sich von mir, ein geduldiges Lächeln auf den Lippen.

Ich drehe mich um und steige die Treppe wieder hinauf.

Aurora und ich verbringen die nächsten paar Stunden damit, uns einzurichten. Wir stellen unsere Schreibtische nebeneinander, sodass eine Wand unseres Wohnzimmers frei bleibt.

Wir haben auch einen geräumigen Fensterbankplatz über einer alten Heizung. »Ein Kissen hier wäre schön«, überlege ich und fahre mit einer Hand über das dunkle Holz.

»Sí! Und wir brauchen einen Teppich«, sagt Aurora. »Und so einen Sitzsack. Vielleicht von Ceramic Barn?«

»Pottery Barn?«, rate ich.

»Ja! Die bestellen wir morgen.« Sie klatscht in die Hände.

»Und jetzt gehen wir los und lernen Leute kennen. Hier gibt es eine Liste mit Veranstaltungen …«

Sie nimmt ein Blatt Papier von ihrem Schreibtisch und überfliegt es. Aber ich wäre vollkommen zufrieden damit, hierzubleiben, wo ich in Sicherheit bin. Eine neue Bekanntschaft pro Tag scheint mir eine gute Quote für den Anfang.

»Um neun gibt es geselliges Zusammensein mit Eis«, liest sie vor. »Das ist perfekt. Was wollen wir vorher machen?« Sie reicht mir die Liste.

»Auf gar keinen Fall Touch-Football«, grummle ich, nachdem ich den ersten Punkt gelesen habe. In zehn Minuten startet ein Rundgang durch die Kunsträume der Schule. Das erscheint mir einigermaßen unaufregend genug. Doch dann entdecke ich noch etwas Verheißungsvolleres.

»Ich würde gern hierhin gehen«, sage ich und deute auf einen der letzten Punkte auf der Liste. »Das fängt gerade an.«

Aurora schaut mir über die Schulter. »Ein Astronomievortrag? Echt?«

»Hört sich das nicht nett an?« In der Beschreibung steht: Offene Tür beim Claiborne-Teleskop. *Schüler der Astronomiekurse zeigen dir die Sterne.*

»Magst du die Wissenschaft?«, fragt Aurora. Sie verzieht das Gesicht. »Es dauert noch ein paar Tage, bis ich wieder gut Englisch spreche.«

»Dein Englisch ist super. Wissenschaft ist nicht so mein Ding, aber mein Sommerbrieffreund aus Claiborne ist Astronomiefan.«

Meine neue Mitbewohnerin mustert mich grinsend. »Und ist dieser Sternenforscher zufällig ein Junge?«

»Ja klar.«

Ihr Grinsen wird breiter.

»Aber so ist das nicht«, füge ich hastig hinzu.

»Ah.« Sie hakt sich bei mir unter. »Dann gehen wir diesen Brieffreund doch mal suchen. Ist er süß?«

»Keine Ahnung«, muss ich gestehen. »Auf jeden Fall ist er nett.«

Das Teleskop befindet sich in einem burgähnlichen Backsteinbauwerk auf einem Hügel hinter den Wohnheimen. Die letzten hundert Meter legen wir beinahe im Dunkeln zurück.

»Bist du sicher, dass wir hier richtig sind?«, schnauft Aurora, als wir eine zweite Steintreppe hinaufsteigen.

»Glaube schon.« Doch meine Zuversicht schwindet mit jeder Sekunde. Wenn man auf dem Campus von Claiborne einen Horrorfilm drehen würde, wäre das hier eine großartige Kulisse.

Als wir oben ankommen, können wir die Stimme eines Jungen hören. »Wer hat den Film *Der Marsianer* gesehen?«

Wir biegen um eine Ecke und entdecken ein schwarzes Teleskop, das im trüben Licht glänzt, und einen Jungen mit blonder Igelfrisur, der vor einer kleinen Gruppe von Schülern und Eltern spricht.

»Ja?«, fragt er die hochgestreckten Hände. »Und wer hat ihn deutlich öfter als einmal gesehen?« Er hebt seine eigene Hand, und die Erwachsenen lachen höflich.

»Wow«, haucht Aurora neben mir. »Ist das dein Freund? Der ist ja süß.«

Das ist er wirklich, auch wenn ich mir nicht sicher bin, ob es Jake ist. Die Stimme passt. Aber mein Brieffreund hat sich als Super-Nerd bezeichnet. Und dieser Junge wirkt ziemlich sportlich. Sogar in dem schummrigen Licht erkenne ich seine kräftigen Armmuskeln.

Er trägt eine Brille. Und mein Blick bleibt an einem Detail hängen. Auf seinem T-Shirt steht *Talk Nerdy to Me.*

»Für alle, die jetzt erst dazugekommen sind«, sagt der Junge und blickt von mir zu Aurora, »wir wollen uns jetzt den Mars anschauen, das ist der rötliche Himmelskörper dort knapp über dem Horizont. Mars ist meistens in den frühen Abendstunden zu sehen …« Während er spricht, zieht er sein Handy aus der Hosentasche und tippt auf dem Display herum, ohne einen Blick darauf zu werfen. »… vierunddreißig Millionen Meilen entfernt …«

In meiner Hosentasche vibriert mein Handy.

Mir stehen die Nackenhaare zu Berge, als ich es herausziehe und einen Blick auf den Sperrbildschirm werfe. Es ist eine Nachricht von Jake, und sie besteht nur aus einem Wort: *Hi!*

»Okay«, sagt er zu der Menge. »Ich überprüfe nur kurz, ob es auch scharf gestellt ist.« Er beugt sich über das Okular und dreht ein wenig daran herum. »Kommen Sie herauf, und schauen Sie selbst, aber bitte fummeln Sie nicht am Teleskop herum. Wenn Sie dran sind, aber den Mars nicht sehen, sagen Sie mir Bescheid, dann verändere ich die Einstellung.«

Einer nach dem anderen blicken die Zuschauer durch das Teleskop.

»Na los!« Aurora gibt mir einen Schubs. »Willst du ihm nicht Hallo sagen?«

Das will ich, aber noch bin ich nicht bereit dafür. Doch Aurora tritt vor, und auf einmal ist es keine Option mehr zurückzubleiben. Wir nähern uns Jake und dem Teleskop.

Mein Herz hämmert in meiner Brust, als wir vor ihm ankommen. »Du bist also Jake?« *Bitte?*

Ein Lächeln zuckt in seinen Mundwinkeln. »Aaah, Rachel.« Zu meiner Überraschung umarmt er mich fest. Für einen herrlichen Augenblick werde ich an eine feste Brust gedrückt. Er riecht nach einem frisch gewaschenen T-Shirt und Sommer. Nicht nach frittierten Muscheln.

Die Umarmung ist vorüber, noch bevor sie richtig begonnen hat.

»Ich vermute mal, du hast mich nicht auf Instagram gesucht so wie ich dich. Willkommen in Claiborne, Rachel Kress. Und du bist bestimmt Aurora.«

Er umarmt sie auch, und die beiden beginnen zu plaudern. Aber mir entgeht etwa eine Minute der Unterhaltung, denn ich bin zu verwirrt von der Umarmung und davon, wie wenig der Jake aus meiner Vorstellung mit dem echten Jake gemeinsam hat. Und er hat auf Instagram nach mir gesucht. Darüber muss ich später noch genauer nachdenken.

»Schauen wir uns als Nächstes den Mond an«, sagt Jake zu der Menge. »Meistens ist er mir ja einfach im Weg, aber heute Abend verzeihe ich ihm das …«

Fünfzehn Minuten später – nachdem ich gelernt habe, was Nebelflecke sind, und durch das Teleskop Mondkrater angeschaut habe – endet der Vortrag. Aber Jake wird noch von den Fragen eines besorgten Elternteils aufgehalten.

»Wir können auf ihn warten«, flüstert Aurora. »Vielleicht möchte er ja mit uns Eis essen gehen.«

»Okay«, sage ich und fühle mich wegen der ganzen Situation ziemlich befangen. Ich hätte nicht erwartet, dass er so … attraktiv ist. Und es mir deshalb schwerfallen würde, mit ihm zu reden.

Als er endlich fertig ist, dreht er sich lächelnd zu uns um. »Eis?«

»Na klar«, sagt Aurora leichthin.

Mit klopfendem Herzen und seltsam feuchten Händen folge ich also meinen beiden neuen Freunden über den Pfad zurück zum Campus.

Es ist so hübsch hier. Und damit meine ich nicht den Jungen

neben mir. Claiborne dreidimensional ist mit seinen Backsteinen und Schindeln und den grünen Fensterläden überall noch viel bezaubernder als auf Bildern. Die Plattenwege werden von altmodischen Eisenlaternen erhellt. Fast könnte man glauben, wir wären hundert Jahre in die Vergangenheit gereist.

Bis wir die Menge auf dem Rasen erreichen.

Es überrascht mich, wie viele Schüler für eine Portion Eis anstehen. Wir stellen uns in eine lange, plaudernde Schlange. An deren Anfang befinden sich Caterer mit weißen Mützen und löffeln Eis in Pappbecher.

»Du kommst also aus Spanien?«, fragt Jake Aurora.

»Madrid«, antwortet sie. »Mein Vater hat mich vor den Wintern hier gewarnt, aber ich fahre gern Ski.«

»War dein Vater auch auf der Claiborne Prep?«, fragt Jake.

»Oh ja. Er redet die ganze Zeit davon. Er ist fanatisch.«

»Kommt mir bekannt vor«, sagt Jake. »Meine ganze Familie hat grünes Blut in den Adern. Mein Bruder ist der Quarterback im Footballteam. Dieses Jahr ist er PG.«

»Oh«, macht Aurora.

»Was ist ein PG?«, muss ich nachhaken.

Jake kichert. »Post graduate. Er hat letztes Jahr den Abschluss gemacht, aber er ist bei keinem der Colleges angenommen worden, auf die er gern gegangen wäre. Also dreht er eine Ehrenrunde. Ich kann ihn nicht einmal damit aufziehen, weil ich ihn jetzt noch ein Jahr länger am Hals habe.«

»Ist dein Bruder nicht nett?«, fragt Aurora und nimmt einen Becher mit Schokoeis entgegen. »Gracias«, sagt sie und geht hinüber zu den Toppings.

»Na ja«, sagt Jake. »Die meisten Leute mögen meinen Bruder. In der Nebensaison spielt er Lacrosse. Und er ist der Chorleiter der Gentlemen Songsters.« Er dreht sich zu mir um. »Das ist die Männer-a-cappella-Gruppe.« Aber das weiß ich schon.

»Mein Bruder hat eine Menge beneidenswerte Eigenschaften. Abgesehen von einer.«

»Welcher denn?«, frage ich.

»Er ist ein totales Arschgesicht.«

Aurora kichert. »Was ist ein Arschgesicht?«

»Wenn du ihn kennenlernst, weißt du es.« Jake schaufelt sich einen Löffel Oreo-Krümel auf sein Eis.

Wir schauen uns nach Sitzplätzen um, aber alle Tische in dem Zelt sind besetzt. Also führt Jake uns zu einer Steinmauer, und wir setzen uns nebeneinander darauf. Ich sitze in der Mitte. Während ich kleine Bissen von meinem Schokoeis nehme, bewundere ich wiederholt Jakes ausgeprägte Beinmuskulatur.

Warum muss er nur so süß sein? Das macht mich nervös. Ich hatte Jake für einen totalen Nerd gehalten, aber offensichtlich habe ich mich geirrt.

»Also, dieses Schuljahr wird komisch für mich«, erzählt Jake. »Die meisten meiner Freunde sind letztes Jahr abgegangen, und das ist irgendwie scheiße. Außerdem hatte ich gehofft, ich würde meinen Bruder loswerden ...«

»Das Arschgesicht«, werfe ich ein.

»Genau. Aber *er* ist immer noch da. Was für ein Beschiss. Und es ist seltsam, dass meine Eltern für ein Sabbatjahr in Europa sind«, gibt er zu. »Für die Weihnachtsferien mieten wir eine Skihütte in Vermont, weil unser Haus bis Juni untervermietet ist.«

»Dein Vater ist Universitätsprofessor?«, fragt Aurora.

»Ja. Physik. Und meine Mutter auch. Soziologie.«

»Ah. Mein Vater ist Banker«, erzählt Aurora. »Und Rachels Vater ist ein berühmter Sänger. Freddy Ricks.«

Ich lasse überrascht meinen Löffel sinken.

Aurora grinst. »Ich habe ihn sofort erkannt. Ich war vor zwei Jahren bei seinem Konzert in Barcelona.«

Jake starrt mich an. »Ist nicht wahr!«

Und ich hatte gedacht, es würde nicht so schnell herauskommen.

»Sorry«, sagt Aurora. »Du hättest es selbst erzählen sollen. Aber er wirkt total nett, und ich frage mich die ganze Zeit, ob du auch in Barcelona warst? Vielleicht waren wir ja schon einmal am gleichen Ort. Wäre das nicht witzig?«

»Na ja, ähm …« Ich esse noch einen Löffel Eis, um Zeit zu gewinnen. Anderen meine Geschichte zu erzählen ist etwas, wovor ich mich die ganze Zeit gefürchtet habe. Ich *wünschte*, mein Vater hätte mich jemals mit nach Barcelona genommen.

»Was?«, fragt Jake. »Ist dein Vater etwa auch ein Arschgesicht?«

Kommt immer drauf an, wen man fragt. »Meine Geschichte bringt jedes Gespräch zum Erliegen. Ich habe schon oft überlegt, was ich sagen soll.«

Die beiden lächeln mich an, und ich muss mich rasch entscheiden, wie viel von meiner Verrücktheit ich ihnen zumuten möchte. »Normalerweise lebe ich nicht bei meinem Vater«, setze ich an und kann nicht verhindern, dass sich mir der Hals zuschnürt. »Aber vor zwei Monaten ist meine Mutter gestorben.«

»Ach, *Süße*«, haucht Aurora und legt mir eine Hand auf den Arm.

Na toll. Jetzt mache ich alle anderen traurig. »Seht ihr? Ich hätte einfach sagen sollen: ›Ich komme aus Orlando.‹«

Hinter der riesigen Brille blinzeln mich Jakes Augen ernst an. »Davon … äh … hast du gar nichts gesagt.«

Es folgt eine kurze Pause. Dann springt Aurora auf. »Mein Handy klingelt.« Sie geht weg und lässt uns allein.

Jake reibt sich mit einer Hand über die Stirn. »Und ich habe wegen meiner Collegebewerbungen herumgejammert. Jetzt kommt mir das albern vor.«

»Nein«, krächze ich. »Du warst so nett, und ich wusste nicht, wie ich davon anfangen sollte.«

Er lässt den Kopf hängen. »Du hast gesagt, dein Sommer sei stressig. Ich hätte nicht gedacht …«

»Ich … weiß.« Mein zweiter Vorname müsste *Peinlich* lauten. »Weißt du, es war wirklich schön, deine E-Mails zu lesen, in denen es ausnahmsweise nicht darum ging, dass Leute sterben.«

Er hebt den Kopf und mustert mich.

»Und nur damit du es weißt: Ich habe *wirklich* Angst davor, mich beim Vorsingen übergeben zu müssen. Das war nicht gelogen.«

»Das wirst du auch nicht.« Seine Mundwinkel zucken. »Du hast beim Universum was gut.«

»Ich glaube, so läuft das nicht.«

»Das sollte es aber.« Er lächelt, und es ist ein so freundliches Lächeln, dass ich mir wünschte, ich könnte hineinklettern und dort wohnen.

In dieser Nacht liegen Aurora und ich in unseren extralangen Betten und unterhalten uns im Dunkeln. Ich erfahre, dass Aurora auch Einzelkind ist und ihre Eltern sich scheiden ließen, als sie sechs Jahre alt war.

»Woran ist deine Mutter gestorben?«, fragt Aurora.

»Brustkrebs. Sie hat ihn einmal besiegt, als ich zehn war. Aber diesmal nicht.«

»Wie schrecklich.«

Die Dunkelheit macht es einfacher, darüber zu sprechen. »Das Ende kam sehr überraschend. Die Leute sagen mir immer, es hätte schlimmer kommen können. Wenigstens hat sie nicht lange leiden müssen.«

»Dein Papa ist wunderbar.«

Es ist nett, dass sie das sagt. Aber würde sie ihre Meinung ändern, wenn ich ihr erzählte, dass wir uns erst vor ein paar Wochen kennengelernt haben? Ich erzähle es ihr nicht, weil es einfach so beschämend ist. Und zwar nicht nur für Frederick. Wenn du deinen Vater siebzehn Jahre lang nicht kennenlernst, glaubt ein Teil von dir, es wäre deine Schuld.

Ich habe mich immer gefragt, was mit mir nicht in Ordnung sei, weshalb er mich nicht kennenlernen wollte.

Das frage ich mich immer noch.

»Wie ist er so?«, fragt Aurora. »Was macht er in seiner Freizeit?«

Das ist eine gute Frage. Ich durchforste im Gedächtnis all die Artikel über ihn, die ich im Laufe der Jahre gelesen habe. »Er ist gern am Strand.« Ich habe Bilder von ihm gesehen, wie er in Australien surft. Und in Südfrankreich an einem Strand am Mittelmeer entlangläuft. »Vor diesem Sommer habe ich nie bei ihm gelebt«, füge ich hinzu und schäme mich für meine Lüge. »Meine Eltern lebten zweitausend Meilen voneinander entfernt.«

Lebten. Die Vergangenheitsform wird sich in meinen Ohren immer falsch anhören.

»Aber war dein Vater nett zu dir, nachdem deine Mutter gestorben ist?«

»Ja, war er.« Und das ist die Wahrheit, auch wenn ich ihr nicht die ganze Geschichte erzähle. Die Leute werden Frederick immer einen Vertrauensvorschuss geben. Seine Facebookseite hat eine Million Likes.

»Ich glaube …« Aurora zögert. »In Spanien sagen wir: ›No hay mal que por bien no venga.‹ Aus jedem Übel entsteht noch irgendetwas Gutes.«

»Das ist eine schöne Redewendung.«

»Dein Leben ist jetzt ein Märchen«, fährt Aurora fort. »Die

Mutter stirbt, und du wirst zu deinem Vater geschickt, der in einem fernen Land König ist.«

»Und jeden Moment kommen die Trolle und Drachen an«, füge ich hinzu.

»Das kann schon sein«, bestätigt Aurora und dreht sich im Bett um. »Und böse Stiefmütter. So eine habe ich auch.« Sie schweigt einen Augenblick. »Aber Märchen gehen immer gut aus, Rachel, das kann ich dir garantieren.«

Ich lache in der Dunkelheit und hoffe, dass sie recht hat.

14

Am nächsten Morgen lerne ich Dr. Charles kennen, einen älteren Beratungslehrer, der mir meinen Stundenplan gibt. »Melden Sie sich ab und an bei mir, Miss Rachel«, sagt er. »Nächsten Monat sprechen wir ausführlicher miteinander, wenn Sie so weit sind, sich für das College zu bewerben.«

So weit bin ich noch lange nicht.

Aber meine Kurse sehen gut aus. Ich schreibe Jake, dass ich in Russische Literatur reingekommen bin. *All diese Stunden mit Anna K haben sich gelohnt.*

Er antwortet: *Nerds dieser Welt, vereinigt euch.*

Aurora und ich haben drei Kurse zusammen – Politik, Physik und Mathe. Es ist schön, gemeinsam mit einer anderen neuen Zwölftklässlerin den idyllischen Campus zu erkunden und zu versuchen, die verschiedenen Klassenräume zu finden.

Schon nach den ersten paar Unterrichtsstunden stelle ich fest, dass Claiborne wirklich eine ganz andere Liga ist. Die Lehrer sprechen schnell und wiederholen sich nie, und im Unterricht wird weniger Unsinn gemacht. Das schlimmste Verhalten, was ich in der ersten Woche bemerke, ist, dass mal jemand auf sein Handy schaut.

Und die Hausaufgaben! Selbst in der ersten Woche haben wir schon viel auf.

Zum Essen gehen Aurora und ich immer gemeinsam in den Habernacker-Speisesaal. Ich liebe dessen altehrwürdige

Förmlichkeit. Die Stühle sind so riesig wie schwere, hölzerne Thronsessel, und an den Wänden stehen rote Ledersitzbänke.

Dort sind die guten Plätze. Aber weil die Holztische irre lang sind, muss man entweder unter dem Tisch durchkriechen oder vorsichtig auf dem Sitzpolster hinter den Rücken der anderen entlangklettern, wenn man sich auf einen leeren Platz in der Mitte der Bank setzen will.

Am dritten Schultag stellt Jake sein Tablett gegenüber von mir und Aurora auf den Tisch, und mein Herz macht einen Hüpfer. Wie jedes Mal, wenn Jake auftaucht.

Und weil er im selben Habernacker-Eingang wohnt – zwei Etagen über uns –, bekommt mein armes kleines Herz regelmäßig ein Workout. Ich habe herausgefunden, dass er auf seinem Weg nach oben immer bei uns hereinschaut, wenn ich unsere Tür offen lasse.

»Jake«, sagt Aurora, noch bevor er sich hingesetzt hat. »Wir gehen nach dem Essen zum Schulkonzert. Kommst du mit?« So, wie sie fragt, setzt sie voraus, dass er Ja sagt. Aurora ist in Jakes Gegenwart nicht so nervös wie ich.

»Warum nicht?«, sagt er. Heute zieren zwei Dreiecke sein T-Shirt. Das eine sagt zum anderen: »Mann, bist du stumpf.«

»Rachel möchte sich für eine der Musikgruppen bewerben«, fügt sie hinzu. »Warum muss man sich bewerben?«

Er zuckt mit den Schultern. »Es sollte besser heißen: Schleim dich ein und hoffe, dass sie dich nehmen.«

»Die Proben beginnen an diesem Wochenende«, sage ich, und mein Magen macht einen Sturzflug. »Ich bin noch nicht gut vorbereitet.«

»Klar bist du das«, sagt er, nimmt seine Gabel und sticht damit in eine Nudel. »Du wirst dich schon nicht übergeben. Das passiert nur in *Pitch Perfect.*«

In meiner Tasche klingelt mein Handy, und ich ziehe es hervor. *Und, hast du die ersten 72 Stunden überlebt?*, fragt mein Vater.

Ich tippe eine Antwort. *Ausgepackt. Alle Kurse gefunden. Aurora = eine von den Guten. Du?*

Frederick: *Restaurants. Spaziergang. Burritos – na ja. Maklerin = eine von den Guten.*

Ich: *Cool. Abendessen mit Freunden. Muss los.*

Frederick: *Abendessen mit Freunden. Wie nonchalant. Im Gegensatz zu »chalant«, was kein Wort ist.*

Ich grinse das Display an. *Den hast du dir aufgespart, gib's zu!*

Frederick: *:D*

»Was ist denn so lustig?«, fragt Jake.

»Mein Vater hat einen Witz gemacht«, sage ich und stecke das Handy weg.

»Hast du schon gehört?«, platzt Aurora heraus. »Er überlegt, sich eine Bleibe in Claiborne zu suchen, um in Rachels Nähe zu sein.«

Ich leere meine Cola Light. »Vater des Jahres, achtzehnmal in Folge.«

Wenn sie nur wüssten.

»Was für eine Menschenmenge«, sage ich, als immer mehr Leute zum Konzert in die Aula strömen. Es gibt *acht* Musikgruppen in Claiborne oder »CPrep«, wie Jake die Schule nennt. Und offenbar ist der gesamte Campus hierhergekommen, um ihnen zuzuhören.

»Musik ist hier eine große Sache«, sagt Jake. »Und die A-cappella-Gruppen stehen an der Spitze der Nahrungskette. Früher mochte ich a cappella, aber das Arschgesicht hat es mir irgendwie versaut.«

Als die Jazzband auf die Bühne kommt, gehen die Lichter aus. Ein Lehrer in einem roten Satinjackett und mit Pferdeschwanz macht eine kurze Verbeugung, während alle applaudieren. Dann wendet er sich seinen Musikern zu, hebt die Hand und zählt an. »Eins. Zwei. Und eins, zwei, drei, vier ...«

Die Band beginnt mit einer komplizierten, lebhaften Swing-Melodie, die keine Band in der Geschichte meiner alten Schule in Orlando je gemeistert hätte. Ich habe keine Ahnung von Jazz, aber für meine Ohren klingt es so, als wären die Musiker bereit für das Lincoln Center.

Wenn alle Musikgruppen so gut sind, habe ich keine Chance.

Nach der Jazzband kommt der Glee Club, der aus vierzig Mitgliedern besteht. Sie singen das Schulkampflied im Choralsatz, wobei ihre Stimmen kunstvoll miteinander verschmelzen.

Sie beenden das Stück unter wildem Applaus.

»Wow«, sage ich klatschend.

Jake lächelt mich so an, als hätte ich etwas Niedliches gemacht.

Als Nächstes kommt der Belle Choir, deshalb setze ich mich auf. Er besteht aus einem Dutzend Sängerinnen. Sie haken sich unter und formieren sich in der Mitte der Bühne zu einem Hufeisen. Dann summt eine Frau mit kurzen blonden Haaren einen Ton. »Das ist die Tongeberin«, flüstert mir Jake ins Ohr.

Die Tongeberin hebt die Hände, und ein Dutzend Mädchen beginnen gemeinsam mit der vollkommensten Version von *Fly Me to the Moon*, die ich je gehört habe.

Ich bekomme eine Gänsehaut.

»Schön«, sagt Aurora, nachdem sie fertig sind. Aber ihre Darbietung war so viel mehr als nur schön. Als sie links von der Bühne abtreten, juckt es mich, ihnen zu folgen.

Die Vorstellung endet mit den Senior Songsters, der A-cappella-Gruppe der Jungen. »Ich gebe dir zehn Sekunden, um herauszufinden, wer das Arschgesicht ist«, flüstert Jake, als sie auf die Bühne kommen. »Eins, zwei, drei …«

»Der da!«, sagt Aurora und zeigt auf den fünften Jungen in der Reihe. Selbst von den hinteren Plätzen in der Aula ist es offensichtlich. Jakes Bruder sieht aus wie eine größere, kantigere Version von Jake ohne Brille. Und er bewegt sich, als wäre er ein Prinz.

»Das ist er.« Jake seufzt. »Sagt nicht, ich hätte euch nicht gewarnt.«

Am nächsten Tag melde ich mich für das Vorsingen beim Belle Choir an, ohne jemand davon zu erzählen. Dann ist es nicht ganz so peinlich, falls ich in der ersten Runde rausfliege. Für die Anmeldung muss ich nur meinen Namen in einen der Fünfzehn-Minuten-Slots eintragen und »Alt« ankreuzen.

Als ich am Nachmittag des darauffolgenden Tages zum Vorsingen komme, warten die Mädchen schon in der Hufeisen-Formation.

»Herzlich willkommen, Rachel!«, sagt die blonde Tongeberin. »Ich bin Jessica. Zum Aufwärmen singen wir ein paar Arpeggios. Und dann – kennst du *Scarborough Fair?*«

»Klar, jedenfalls die Melodie«, antworte ich. Soll ich etwa die zweite Stimme vom Blatt singen? Das wäre nervenaufreibend, aber wenn ich muss, kriege ich das hin.

»Es reicht, wenn du die Melodie kennst – in unserem Arrangement singt der Alt die Melodie. Deshalb nutzen wir es als Vorsingstück.«

»In Ordnung.«

»Wir werden es zweimal gemeinsam singen. Beim ersten Mal ist es nicht schlimm, wenn man dich heraushört. Wir möchten ja deine Stimme hören. Beim zweiten Durchgang passt du dich unserer Lautstärke an.«

»Verstehe.« Das ist babyleicht. Während des Aufwärmens entspannen sich meine Schultern. Und ich trage *Scarborough Fair* vor, ganz ohne mich anzustrengen.

»Wir melden uns«, sagt Jessica danach.

Ich hoffe, das stimmt.

Am nächsten Tag ruft niemand an. Und auch nicht am Tag darauf.

Frederick fliegt zurück nach L.A., und ich verbringe wahnsinnig viel Zeit mit meinen Hausaufgaben. Weil Aurora und ich zu viel miteinander quatschen, wenn wir beide zu Hause sind, suche ich mir zum Arbeiten ein Plätzchen in der riesigen CPrep-Bibliothek.

Wie alles in Claiborne ist auch die Bibliothek wunderschön, mit gewölbten Decken und getäfelten Wänden. Abends wird der große Lesesaal von antiken Kronleuchtern erhellt. Aber ich arbeite lieber zwischen den Regalen, wo es weniger glamourös ist. Es gibt vier Stockwerke mit Bücherregalen, zwischen denen sich immer wieder einzelne Arbeitsplätze befinden.

Dort sitze ich mit meinen Büchern und lausche der Stille. In diesen Momenten kann ich meine Mutter bei mir spüren. Ich weiß, dass sie nie in einem Wohnheim gelebt hat. Sie war ein »Stadtmädchen«, wie sie es einmal genannt hat. Aber wenn ich über die alten Gehwegplatten aus Schiefer trabe, ist es, als würde sie mir von oben zusehen. Wenn ich in der Bibliothek mein Lehrbuch aufschlage, spüre ich, wie sie neben mir den Geruch alter Bücher einatmet.

Vielleicht hat sie damals, als sie in meinem Alter war, in genau dieser Ecke hier gesessen.

In Claiborne kann ich ohne zu großen Schmerz an sie denken. In Orlando musste ich sie aus meinem Kopf verbannen, denn ich hatte die ganze Zeit über so viel Angst davor, dass ich beim Gedanken an sie zusammenbrechen würde.

Hier vermisse ich sie auf eine Art, die nicht ganz so qualvoll ist. Es war von Anfang an geplant, dass ich allein nach Claiborne gehe. Deshalb hätte ich sie hier, in dieser kleinen Welt aus Ziegelsteinen und Bleiglasfenstern, sowieso vermisst.

Mach deine Hausaufgaben fertig, Rachel, flüstert sie mir zu, wenn ich mich zu sehr in meinen Tagträumen verliere.

Zwei Wochen nach dem Vorsingen beim Belle Choir bekomme ich endlich eine E-Mail von ihnen. Und nachdem ich sie gelesen habe, renne ich den ganzen Weg nach Habernacker, um Jake zu finden. Ich renne die Treppen hinauf, an unserer Tür vorbei bis zu Jakes Zimmer, halte inne, um wieder zu Atem zu kommen, und klopfe an.

Es ist niemand zu Hause.

Enttäuscht laufe ich die zwei Etagen wieder runter, nur um ihn in meinem eigenen Zimmer zu finden, wo er mit Aurora sitzt und lernt.

»Hilf mir, Jake«, sage ich und werfe mich auf den flauschigen Teppich, den Aurora für unser Zimmer gekauft hat.

»Das würde er sicher gern«, sagt Aurora, die auf dem Fenstersims sitzt.

Jake wird rot. »Brauchst du mein Nerd-Wissen?« Auf seinem T-Shirt steht *Mathe-Ninja*, und daneben ist ein Kämpfer abgebildet, der das Pi-Symbol mit Handkantenschlägen zerstückelt.

»Ich muss herausfinden, was ein Bewerbungsdinner ist. Ich bin gerade zu einem eingeladen worden.«

»Für den Belle Choir?« Er legt sein Buch ab.

»Ja.«

»Super«, sagt er. »Aber du sprichst doch noch mit uns kleinen Leuten, wenn sie dich nehmen, oder?«

»Nur wenn du ihr verrätst, was ein Bewerbungsdinner ist«, sagt Aurora.

»Na gut. Es ist nur ein Abendessen im Speisesaal. Aber drei oder vier der Sängerinnen sitzen mit dir zusammen und versuchen herauszufinden, ob du cool genug bist, um den Rest des Jahres mit ihnen zu verbringen. Es ist wirklich nur ein Beliebtheitstest.«

Mir rutscht das Herz in die Hose. »Puh. Ich dachte, es ginge um die Musik?«

»Sollte man meinen.« Jake nickt. »Aber das stimmt nicht ganz.«

»Dein Vorsingen muss gut gelaufen sein«, sagt Aurora.

»Ich schätze schon.« Aber Singen fällt mir auch leichter als Small Talk.

Am nächsten Abend kämpfe ich auf dem Fensterplatz mit ein paar Matheaufgaben. Aber Aurora hat Hunger. »Ich will nur noch diese Aufgabe fertig machen, okay? Dann gehen wir essen«, verspreche ich.

Sie trommelt mit dem Fuß auf unseren alten Eichenboden. »Können wir jetzt gehen? Die Hausaufgaben laufen dir nicht weg. Ist dein Bewerbungsdinner heute Abend?«

»Nee. Morgen.«

»Worauf warten wir dann?«

Weil ich es nicht verraten will, gebe ich nach und klappe das Buch zu. »Na gut, dann lass uns gehen.«

Als wir die Stufen im Eingang heruntersteigen, höre ich, wie mein Handy mit einem Klingeln eine Nachricht von Frederick anzeigt. Er ist wieder in der Stadt, und ich habe ihm einen eigenen Klingelton eingerichtet. Jedes Mal, wenn es klingelt, schaue ich sofort nach. Ich warte auf eine Nachricht, die lautet: Ich habe ein Haus gefunden.

Wenn er keins findet, geht er vielleicht für immer zurück nach L.A. Insgeheim wappne ich mich schon dafür. Aber vorhin hat er mir eine Nachricht geschickt, in der nur stand: *unverblümt*. Ich habe einen Augenblick gebraucht, aber dann habe ich verstanden, dass er ein weiteres Wort zu unserer merkwürdigen Sammlung von Negativen ohne Positive hinzugefügt hat.

Um nicht zu verlieren, habe ich einen Teil des Kurses über russische Literatur damit verbracht, über eine Antwort nachzudenken. Schließlich antwortete ich mit *ungefähr*. Und wenn die nächste Nachricht in meiner Tasche ein weiteres Wort von Frederick ist, habe ich noch eins in Reserve.

Auf dem Treppenabsatz angekommen, werfe ich die Tür auf und stoße fast mit meinem Vater zusammen.

»Das ging schnell«, sagt er.

»Was?«

»Ich habe dir gerade eine Nachricht geschrieben und gefragt, ob du Zeit hast, mit mir zu Abend zu essen. Ich muss morgen zurück nach L.A. Henry dreht sonst durch.«

»Oh.« Da er bis jetzt noch kein Haus gefunden hat ... War es das jetzt? Wirft er in Bezug auf Claiborne das Handtuch?

Weil Aurora neben mir steht, frage ich nicht nach.

Er räuspert sich. »Also, worauf habt ihr Lust, Mädels? Sushi? Burger? Ich habe schon herausgefunden, dass Burritos keine Option sind.«

»Die sind wirklich fies, oder?« Aurora lächelt.

»Egal was du denkst, es ist schlimmer.« Frederick wippt auf den Fersen. »Ich werde in den nächsten drei Wochen nur mexikanisch essen. Und vielleicht bringe ich ein paar Burritos im Handgepäck mit, wenn ich zurückkomme.«

Diese Worte lasse ich noch einmal in meinem Kopf Revue passieren, und dann folge ich Frederick und Aurora in Richtung Main Street.

Wir landen bei *Wheelock's*, wo sich die überschwängliche Kellnerin Darcy auf uns stürzt. »Da bist du ja wieder«, quietscht sie. »Gib mir zwei Minuten, dann habe ich deinen Lieblingstisch fertig.«

»Deinen Lieblingstisch?«, frage ich, als sie weggeht.

Aber er zeigt nur auf mich und lächelt. »Inkommodiert«, sagt er.

»Inkognito!«, antworte ich.

»Was?«, fragt Aurora.

»Wir spielen bloß ein Spiel«, erkläre ich.

»Oh, wie Scrabble?«

Frederick zwinkert mir zu. »Ich glaube, ich bin ein bisschen süchtig nach Scrabble.«

Aurora bekommt leuchtende Augen und holt ihr Handy aus der Tasche. »Was ist dein Benutzername? Rachel, wird er mich fertigmachen?«

Darcy winkt uns zu sich.

»Wir werden sehen«, sagt mein Vater und führt uns zum Tisch. »Rachel hat mich noch nie zu einer Partie Scrabble herausgefordert.« Er zieht einen Stuhl für mich hervor. »Ich glaube, sie hat Schiss.«

»Wie bitte?«, halte ich dagegen. »Vielleicht will ich dich ja nur schonen.«

Er holt sein Handy hervor. »Du weißt, dass wir das ausfechten müssen, richtig? Ein Spiel, keine Tränen. Was ist dein Chatname?«

»Chormädchen1998.«

Ich sehe, wie er vom Display zu mir aufschaut. »Chormädchen?«

Ups. »Das ist ein Filmzitat«, lüge ich. »Frauenfilm.«

Aurora wirft mir einen seltsamen Blick zu. Aber Frederick tippt selbstvergessen auf seinem Telefon herum.

»Also dann, noch einmal Hallo!« Die Kellnerin stellt Frederick ein Bier hin.

»Hi, Darcy«, sagt Frederick.

»Ich dachte, du nimmst bestimmt das Übliche. Oder möchtest du ausnahmsweise mal etwas anderes?«

»Keine Experimente …«, sagt er. Das muss ein Insider sein.

»Und was kann ich euch bringen, Mädels?«

»Cola Light, bitte.«

»Gerne.«

»Für mich auch«, fügt Aurora hinzu. Und als sich Darcy zurückzieht, fragt Aurora Frederick, was er in L.A. vorhat.

»Meetings. Ein paar Stunden im Tonstudio. Noch mehr Meetings. Mexikanisch essen.«

»Wie läuft das so im Tonstudio?«, fragt sie. »Warte mal – muss deine Hand noch operiert werden?«

Er schüttelt das linke Handgelenk. »Nein, alles wieder okay.«

»Seltsam«, sage ich und klappe meine Speisekarte zu. »War es nicht deine rechte Hand?«

»Ja«, sagt er leichthin. »Sie ist wieder völlig in Ordnung.«

»Was für ein Glück«, sagt Aurora. Dann stellt sie ihm fünfzig Fragen zum Tonstudio, und ich hänge an seinen Lippen.

»Immer noch kein Haus gefunden, was?«, frage ich später. Ich stelle ihm die Frage so beiläufig wie möglich und unterstreiche das, indem ich ihm eine Pommes klaue.

»Es ist frustrierend«, sagt er. »Es stehen nicht viele Häuser zum Verkauf. Aber während ich weg bin, hält die Maklerin für mich die Augen offen. Der Markt ist ein bisschen angespannt, aber sie hat mir versichert, dass wir schon etwas finden werden.«

»Was ist mit mieten?«, fragt Aurora.

»Dasselbe. Und ich kann nicht in einer Wohnung wohnen, denn wenn ich übe, wird es laut.«

Darcy kommt wieder bei uns vorbei. »Alles in Ordnung? Möchte noch jemand etwas zu trinken? Noch ein Bier?« Während ich sie anstarre, massiert die Frau meinem Vater tatsächlich kurz die Schultern.

»Danke, Darcy, aber wir sind noch versorgt«, sagt er.

»Wow«, flüstere ich, nachdem sie gegangen ist. »Das war peinlich.«

»Ich komme oft her«, sagt er mit einem kleinen Schulterzucken.

»So schlimm ist sie nicht«, sagt Aurora. »Sie hat nur keine Angst davor, ihre Zuneigung zu zeigen. Das solltest du vielleicht auch mal versuchen.« Sie klaut Frederick ebenfalls eine Pommes, dann zeigt sie auf mich. »Rachel steht auf unseren Nachbarn.«

»Aurora!«, japse ich. »Das stimmt nicht.«

»Du bist so eine Lügnerin. Glaubst du, ich hätte nicht bemerkt, dass du vorhin Zeit schinden wolltest, weil er dienstags und donnerstags immer später in den Speisesaal kommt?«

Scheiße. »Ich wollte ihn um Hilfe bei den Matheaufgaben bitten.«

Frederick und Aurora lachen beide los. »Sehr unauffällig«, sagt er.

Darcy kommt um die Ecke, um zum zehntausendsten Mal nach uns zu sehen. »Die Rechnung bitte«, sage ich etwas energischer als notwendig.

»Kommt sofort, Süße.« Sie tätschelt mir den Arm, als wären wir beste Freundinnen.

Am folgenden Abend ist mein Bewerbungsdinner. Dass es nicht gut laufen wird, weiß ich in dem Moment, in dem Jessica das Gespräch mit dem Satz eröffnet: »Erzähl uns doch ein wenig über dich.«

Drei Gesichter sehen mich von der anderen Seite des Tisches an. Zusätzlich zur Tongeberin, die ganz eindeutig das Sagen hat, gibt es noch eine Jessica. Die Dritte im Bunde ist Daria. Sie hat das wärmste Lächeln von allen.

»Ja, also, ich komme aus Orlando.« Das wird für absehbare Zeit mein Eröffnungssatz werden. »Ich bin auf eine Riesenschule gegangen, mit einem sehr großen Chorprogramm, und so hatten wir jede Menge Auftritte.«

Die drei nicken höflich.

»Wir haben auch an vielen Wettbewerben teilgenommen.« Gott, kann ich eigentlich noch uncooler rüberkommen? Ich bin ein echter Nerd und verbringe jede Menge Zeit mit den Hausaufgaben. Aber auch das lässt mich nicht besonders cool wirken.

»Und warum willst du in den Belle Choir?«

»Ich mag euren Klang wirklich gern.« *Idiotin.* Noch eine dämliche Aussage. Aber wie sehr ich in diesem Mädchenhalbkreis stehen und die Wärme ihrer Stimmen um mich herum spüren möchte, kann ich nur schwer erklären. Singen ist meine absolute Lieblingsbeschäftigung, ich muss einfach singen. Unbedingt. Ich habe seit Monaten keinen Ton gesungen, und auch das kann ich niemandem erklären.

»Singst du auch beim Glee Club vor?«, fragt Daria.

»Oh nein«, sage ich schnell. Aber ich kann meinen taktischen Fehler an ihren Gesichtern ablesen. Nur beim Belle Choir vorzusingen ist überheblich. »Euer Repertoire gefällt mir am besten«, füge ich lahm hinzu. Ich schwimme.

»Warum erzählst du uns nicht, was für Musik dich interessiert?«, schlägt Jessica vor. »Was hörst du so?«

»Okay.« Wenn ich nicht über mich sprechen muss, fühle ich mich sicherer. Andererseits höre ich ziemlich viel Musik männlicher Künstler, die so alt sind wie mein Vater oder älter. Und das ist doch ziemlich schräg, oder?

Denk nach, Rachel! »Als Frauenstimmen mag ich Civil Wars.« Das ist ein guter Einstieg. »Äh, Adele hat ein großartiges Timbre, aber einige ihrer Songs sind für meinen Geschmack ein wenig zu poppig.«

Sie nicken, also mache ich weiter. »Was Songschreiberinnen angeht, bin ich ein bisschen nerdy. Ingrid Michaelson finde ich interessant. Und Lorde, weil sie schon so jung angefangen hat.«

»Ja, die ist cool«, stimmt Daria zu.

»Was mehrstimmigen Gesang angeht, mag ich die älteren Sachen von den Indigo Girls – die hauen mich immer um. Wie ihre Stimmen harmonieren …«

»Ja, oder?«, sagt Jessica.

Wieder habe ich einen Blackout. Aber da stellt Aurora eine Tasse Kaffee auf den Tisch und setzt sich neben mich. Ich war noch nie so froh, jemanden zu sehen.

»Das ist meine Mitbewohnerin Aurora«, stelle ich sie vor. »Das sind Jessica, Jessica und Daria.«

Aurora strahlt sie an. Was gäbe ich für ein winziges bisschen ihres unerschütterlichen Selbstvertrauens. »Sie hat mich in euer Konzert geschleppt«, sagt Aurora mit einem Lächeln. »Mit Rachel bekommt ihr die Beste. Sie hat Musik im Blut.«

Ich sehe Aurora warnend an, aber sie zwinkert mir zu.

»Wie meinst du das?«, fragt Jessica.

»Mein Vater ist Singer-Songwriter«, sage ich langsam. Ich wollte das wirklich nicht erwähnen.

»Jemand, den ich kenne?«, hakt sie nach.

»Ja, also … es ist Freddy Ricks.«

Beide Jessicas kreischen gleichzeitig auf, und ich kriege einen Schreck. Und dann fangen sie an zu *lachen.*

»Ich habe dir gesagt, dass er der Typ im *Boat House* war«, sagt Jessica und versetzt ihrer Namensvetterin einen Schubs. »Du schuldest mir einen Smoothie.«

»Ich habe die Wette nicht angenommen!«

»Da hast du ja noch mal Glück gehabt.«

Sie lachen weiter, und Aurora schenkt mir ein kleines heimliches Lächeln.

»Wow«, sagt Daria langsam und legt sich die Hand vor den Mund. »Dein Dad ist *so* krass.«

Sofort ändert sich der Verlauf des Gesprächs. Beide Jessicas beugen sich auf ihren Stühlen vor. »Du triffst bestimmt ziemlich viele coole Leute«, sagt die Tongeberin.

»Du kommst sicher überall backstage rein«, fügt Daria hinzu.

Ich zucke mit den Schultern und komme ins Schwitzen. Diese Fragen haben ihre ganz eigenen Tücken. »Seine Bandmitglieder sind nett. Ich gebe mir Mühe, nicht wie ein verrücktes Groupie rüberzukommen, aber das ist nicht ganz einfach.« Das ist auf jeden Fall nah genug an der Wahrheit.

»Vielleicht könnte er einen Song für uns arrangieren«, sagt Daria.

Oh Mist. »Ich habe ihm noch nicht gesagt, dass ich vorgesungen habe«, sage ich schnell. Ich verrate ihnen nicht, dass er mich noch nie hat singen hören. Nicht einmal unter der Dusche.

Jessica schaut auf ihre Uhr. »Wir haben noch ein paar weitere Treffen heute Abend. Hast du noch Fragen, Rachel?«

»Nur eine«, gebe ich zu. »Wie viele Plätze sind denn frei? Ich weiß nicht, ob ich mir Hoffnungen machen soll oder nicht.«

»Oh, es sind vier«, sagt Jessica mit einem Zwinkern. »Und in diesem Jahr sind zwei davon im Alt.«

»Du kommst auf jeden Fall rein«, sagt Aurora, nachdem sie gegangen sind.

Mit der Gabel picke ich in meinem Salat herum. »Ich habe Fredericks Namen erwähnt. Ich bin ein Namedropper.«

»Aber ich habe dich dazu gebracht«, wendet Aurora ein und nippt an ihrem Kaffee. »Glaubst du, dass es einen besseren Alt gibt als dich?«

»Scheiße, nein.«

Sie grinst. »Und glaubst du, es würde ihm etwas ausmachen?«

»Wahrscheinlich nicht.«

Aber mir macht es etwas aus. Und irgendwo da draußen höre ich Mom missbilligend seufzen.

»Warum nennst du ihn Frederick?«, fragt Aurora unvermittelt. Und ich dachte schon, das Interview wäre vorbei.

»So heißt er halt.« Außerdem hat meine Mom ihn so genannt, wenn sie ihn ausnahmsweise mal erwähnt hat.

»Standet ihr euch nicht so nah, bevor deine Mutter gestorben ist?«, fragt Aurora vorsichtig.

»Das könnte man so sagen.« Ich stelle das Geschirr zurück auf mein Tablett. »Sollen wir gehen?«

»Klar.«

15

Ich höre nichts mehr vom Belle Choir, aber anscheinend ist das normal. Anstatt eine E-Mail zu schreiben, veranstalten die umkämpften Musikgruppen einen sogenannten Auswahlabend, an dem sie auf dem Campus herumlaufen und die Leute besuchen, die aufgenommen werden.

Allerdings weiß niemand, wann genau dieser Abend stattfindet.

Die ganze Sache macht mich nervös. Also stürze ich mich mit dem Eifer einer neuen Schülerin in meine Hausaufgaben. Ich mache mir keine Mühe, neue Freunde zu finden, weil ich die zwei besten schon längst gefunden habe.

Jake und Aurora sind immer für alles zu haben. Unten im Hof wird eine künstliche Kletteranlage aufgebaut? Sie sind die Ersten, die die im Schritt zwickenden Gurte anlegen und nach oben flitzen. Jake schlägt das Glöckchen an, bevor Aurora ihn einholen kann. Im Haus wird eine Wasserpfeife herumgereicht, wenn der Betreuer übers Wochenende weggefahren ist? Aurora und Jake sind dabei.

Ich passe und murmle: »Ich weiß, ich habe einen Braves-Mädchen-Komplex.«

Aurora schüttelt den Kopf und stößt Rauch durch die Nase aus. »Entschuldige dich niemals dafür, dass du ein braves Mädchen bist«, sagt sie. »Es steht dir.«

Ich hoffe, das findet der Belle Choir auch.

Anstatt in meinem Zimmer auszuharren, in der Hoffnung,

dass sie bei mir auftauchen, beschließe ich, in der Bibliothek zu lernen. Aber irgendein Typ in einer Trainingsjacke besitzt die Dreistigkeit, an meinem Lieblingsarbeitsplatz in der dritten Etage zu sitzen, also muss ich die Reihen von Bücherregalen auf und ab gehen, um einen freien Platz zu finden.

Als ich mich hingesetzt habe, bleibt mein Blick an einem Regalbrett mit Büchern hängen, die ich in einer Bibliothek nicht erwartet hätte. Es sind mehrere Jahrgänge des Telefonbuches von Claiborne, New Hampshire.

Ich stehe gleich wieder auf und nehme sie in Augenschein. Es gibt auch eine Ausgabe von 1995, und die ziehe ich aus dem Regal. Ich blättere hastig zum Buchstaben K und suche nach meinem Nachnamen.

Und da steht er. Alana Kress, 154 Armory Street, in einem Ort namens Wilder. Alana war meine Großmutter. Sie starb, als ich drei war, nachdem Mom und ich nach Florida gezogen waren.

Ich schreibe mir die Adresse auf und suche auf einem Online-Stadtplan danach. Das Haus ist drei Meilen entfernt. Zu Fuß brauche ich bis dorthin sicher eine Stunde.

Eines Tages werde ich es tun. Wenn meine Mom dort gelebt hat, dann möchte ich es sehen.

Als Frederick aus L.A. zurückkommt, treffe ich mich mit ihm auf einen Kaffee auf der Main Street. Offensichtlich hat es sich herumgesprochen, dass er sich in Claiborne aufhält. Wir ernten einige neugierige Blicke, die Frederick gekonnt ignoriert.

Vielleicht fällt es ihm auch gar nicht mehr auf, dass die Leute ihn anstarren.

»Was hast du diese Woche vor?«, frage ich ihn.

»Häuser besichtigen. Henrys Anrufe ignorieren.«

»Wie läuft es?«

»Lautlos ist eine sehr nützliche Einstellung.«

»Ich meinte das andere.« Ich rühre in meiner Kaffeetasse herum und bemühe mich, nicht zu interessiert zu wirken.

»Es ist eine kleine Stadt, hier sind nicht viele Häuser auf dem Markt. Aber die Maklerin sagt, irgendwann wird sich schon etwas finden.«

Ich frage mich, was passiert, wenn nicht.

»Was gibt es bei dir Neues?«, fragt er.

»Hausaufgaben, und zwar jede Menge.« Ich habe ihm nichts von meinem Vorsingen erzählt, und da ich immer noch nichts gehört habe, muss ich das wahrscheinlich auch nicht.

Am Samstagabend schlägt Aurora vor, einen Horrorfilm anzuschauen, der im Gemeinschaftsraum gezeigt wird.

»Lass uns lieber hier irgendetwas schauen«, schlägt Jake vor, der auf dem S.A.O. sitzt – dem schwammigen sofaartigen Objekt, das Aurora und ich gekauft haben. Es ist eine Mischung aus einem Futon und einem riesigen Sitzsack, und wir passen alle drei drauf, mehr oder weniger.

»Hast du etwa Angst?«, ziehe ich ihn auf.

»Hast du mich gerade einen Feigling genannt?« Er lächelt mich an, und ich ertappe mich dabei, wie ich die Hand ausstrecken und mit der Fingerspitze das Grübchen an seiner Wange berühren möchte.

»Wir könnten Hearts spielen«, überlegt Aurora. »Die Variante für drei.«

»Klar«, sagt Jake. »Hol die Karten.«

Ich verliere kläglich, mehrmals hintereinander. »Hmpf. Können wir jetzt was Süßes essen?« Es gibt ein Eiscafé, das am Wochenende bis neun Uhr abends geöffnet hat.

»Nee«, sagt Jake. »Lass uns hierbleiben.« Er legt die Spielkarten auf den Boden und nimmt die Schülerzeitung von unserem improvisierten Couchtisch.

Ich betrachte ihn einige Sekunden lang und habe das Gefühl, als hätte ich irgendetwas verpasst.

»Wenn wir kein Eis essen gehen, mache ich uns einen Tee«, sagt Aurora und trägt ihren Wasserkocher ins Badezimmer, um ihn zu befüllen.

Während ich ihr nachblicke, zieht Jake sein Handy aus der Hosentasche und schaut nach der Uhrzeit. Dann steckt er es wieder zurück.

»Worauf wartest du?«, will ich wissen.

Er zuckt mit den Achseln und verschanzt sich wieder hinter der Zeitung.

Draußen höre ich Stimmen und das Geräusch von trampelnden Schritten im Innenhof. Ich trete ans Fenster und blicke hinaus. Eine Gruppe von Jungen drängt sich in Eingang 3.

Als sich die Tür hinter ihnen schließt, spüre ich, wie sich mir die Nackenhaare aufrichten.

Gegenüber in Eingang 3 ist in mehreren Zimmern das Licht an. Nach einer Minute sehe ich, wie die Gruppe in einem Zimmer im vierten Stock wieder auftaucht. Aurora, die mit ihrem Wasserkocher zurückgekommen ist, stellt sich neben mich.

»Mach das Fenster auf«, sagt sie.

Ich gehorche, und wir hören leisen vierstimmigen Gesang – das Schulkampflied.

Ich drehe mich zu Jake um. »Heute ist der Auswahlabend für die Gesangsgruppen, stimmt's?«

Er löst den Blick von der Zeitung und nickt. »Das am schlechtesten gehütete Geheimnis auf dem ganzen Campus.«

»Oh!« Ich setze mich neben ihn auf das S.A.O. »Tja, dann würde ich sagen, ich warte, nicht wahr?«

Für eine Nanosekunde legt Jake seine Hand auf meine. Dann zieht er sie wieder zurück.

»Danke, dass du es mir nicht eher erzählt hast. Sonst wäre ich jetzt ein Wrack.«

Von ihrem Schreibtisch aus schnaubt Aurora. »Jake ist hervorragend darin, etwas nicht zu erzählen.«

Die Minuten verstreichen. Aurora beschäftigt sich damit, eine Zeitschrift durchzublättern, und ich beschäftige mich damit, mich schlecht zu fühlen. Jede Minute, die vergeht, ist eine Minute, in der der Belle Choir an eine andere Tür klopft als an meine.

Endlich sind im Innenhof wieder Schritte zu hören. Wir drei schauen einander an, aber ich stehe nicht auf, um zu schauen, welchen Eingang sie ansteuern. Doch dann höre ich über das Donnern meines Herzens Schritte in unserem Treppenhaus.

Aurora springt von der Couch auf. »Sie kommen zu dir.« Sie reißt unsere Tür auf. Jessica stürmt als Erste herein, gefolgt von Daria, Jessica Zwei und neun weiteren Mädchen. Sie stellen sich U-förmig vor mir auf und stimmen »Our Glory Years« an, eine traditionelle Claiborne-Hymne.

Mit offenem Mund stehe ich einfach da, während der Klang von zwölf harmonierenden Stimmen durchs Zimmer hallt. Als es vorbei ist, winkt Jessica mich ans Ende der Formation und legt einen Arm um mich. »Rachel, möchtest du Mitglied im Belle Choir werden?«

»Und wie!«

Aus dem Flur ertönt Applaus, und als ich mich umdrehe, sehe ich eine kleine Gruppe von unseren Nachbarn, die zur Tür hereinlugen.

Zwölf Mädchen umarmen mich rasch. Und dann verschwindet der Belle Choir zur Tür hinaus und macht sich auf den Weg zu jemand anderem.

Ich schließe die Tür und drehe mich zu meinen Freunden um. Sie lächeln mich an. Aurora klatscht in die Hände. »Willst du nicht deinen Dad anrufen und es ihm erzählen?«

Aber seinen Namen möchte ich jetzt wirklich nicht hören. Weil ich niemals wissen werde, ob ich auch aufgenommen worden wäre, wenn ich nicht Freddy Ricks' Tochter wäre. »Das kann warten«, sage ich.

Der Oktober kommt, und alle Bäume in der Stadt strahlen in den leuchtendsten Farben. Die Ahornbäume nehmen einen unglaublichen Rotton an, und die gelben Ulmenblätter sehen aus, als würden sie von innen beleuchtet.

Die Sonne geht jetzt sehr früh unter, deshalb ist es schon dunkel, wenn ich abends von meinen Proben mit dem Belle Choir komme.

Ich gehe allein zurück Richtung Habernacker und summe das Stück vor mich hin, das wir als Letztes geprobt haben. Wir arbeiten gerade an John Lennons »Imagine«, das Jessica für zwölf Stimmen arrangiert hat. Alle Stimmen setzen nacheinander ein, bis sie zu einem großartigen Crescendo anschwellen. Beim Höhepunkt des Songs läuft mir jedes Mal ein Schauer über den Rücken, aber auf eine gute Art.

Jessica – die Tongeberin – führt den Belle Choir mit harter Hand. Während der ersten paar Proben hatte ich sogar ein wenig Angst vor ihr. Vielleicht ist das albern, aber ich möchte gut sein.

Als sie mir in »Imagine« jedoch einen Solopart gibt, entspanne ich mich langsam. Die Proben sind meine Lieblingsfreizeitbeschäftigung. An Wochentagen zwischen sieben und acht ist das Leben praktisch perfekt.

Am Samstag vor Halloween spiele ich eine Aufnahme vom Belle Choir ab, während Aurora und ich auf dem S.A.O. sitzen und uns gegenseitig die Fußnägel lackieren. »Wenn du die Musik nicht mehr hören kannst, musst du es nur sagen«, betone ich. »Ich versuche immer noch, das Repertoire zu lernen. Jetzt halt doch mal still. Du zappelst viel zu sehr!«

»Ich kann nicht anders«, behauptet Aurora. »Ich bin zu kitzlig.«

Es klopft an unserer Tür.

»Komm rein, Jake«, ruft Aurora.

»Woher wusstest du, dass ich es bin?«, fragt er beim Eintreten.

»Röntgenblick«, schlage ich vor. Aber wer sollte es auch sonst sein?

Er wirft uns ein teuflisches Grinsen zu. »Offensichtlich überrasche ich euch bei etwas Versautem.«

»Das hättest du wohl gern«, schnaubt Aurora. »Rachel, das sieht gut aus, wirklich.«

»Na ja, du machst es mir nicht leicht.« Ich schraube das Nagellackfläschchen wieder zu, und Aurora legt die Füße auf unseren improvisierten Couchtisch.

»Setz dich, Jake.«

Er klettert an Aurora vorbei und setzt sich in die Mitte. Auf seinem T-Shirt steht: *Nicht genügend Speicherplatz.* »Habt ihr irgendwelche Pläne für heute Abend? Heiße Dates?«

»Wir wollten uns mal das Kinoprogramm anschauen«, sage ich. Mein Handy klingelt, und ich stehe auf, um abzunehmen.

»Verschmier den Nagellack nicht«, ruft Aurora mir hinterher.

Ich laufe vier Schritte auf den Fersen, ohne dass das Telefon zu klingeln aufhört. »Hallo?«

»Rae«, sagt eine sanfte Stimme.

»Haze?«

Er atmet aus. »Ich musste einfach deine Stimme hören.«

»Geht es dir gut?« Meine Freunde beobachten mich von der Couch aus.

»Ja. Ich vermisse dich einfach.«

Ich gebe das Fersenlaufen auf und stürze ins Schlafzimmer. »Ich vermisse dich auch«, sage ich, sobald ich die Tür hinter mir geschlossen habe.

»Lügnerin.« Er lacht leise. »Du bist beschäftigt.«

»Ich war wirklich beschäftigt. Aber ich hätte dich trotzdem anrufen sollen. Allerdings tut es mir gut, nicht so viel über das letzte Jahr nachzudenken.«

Er seufzt tief. »Okay. Das stimmt wohl. Und ich hätte dich ja auch anrufen können.«

Da hat er wirklich recht. »Was gibt's bei dir Neues? Wie ist der Job?«

»Ich habe ihn gefunden, den schlimmsten Job im ganzen Park.«

»Echt? Welchen denn?«

»Erinnerst du dich noch an die Rennautos in Tomorrowland? Die tanke ich auf. Nirgendwo Schatten. Und am Ende des Tages stinkt man total nach Schweiß und Diesel.«

»Ach, Haze. Das tut mir leid.«

»So schlimm ist es auch wieder nicht. Die Bezahlung ist super, und mit meinem Ausweis komme ich überall rein. Ich war schon ungefähr tausendmal im Tower of Terror.«

Es klopft an die Schlafzimmertür.

»Eine Sekunde.« Ich öffne sie.

»Wir überlegen, ob wir lieber zum Eishockey gehen anstatt ins Kino«, sagt Aurora. »Wäre das okay für dich?«

»Eishockey? Warum nicht? Bin gleich da.«

»Eishockey?«, wiederholt Haze. »Das klingt nach Spaß.«

»Ja? Ich dachte, da prügelt man sich nur.«

Er lacht. »An deiner Schule? Das wäre dann wohl eine Prügelei Nerd gegen Nerd. Das möchte ich sehen.«

»Wenn du das so sagst, klingt das eigentlich gar nicht so schlecht.«

»Und, hast du schon einen Freund?«

»Nein.«

»Du hast gezögert.«

»Habe ich nicht.« *Aber ich möchte dieses Gespräch nicht führen.*

»Ich weiß, dass du weit weg bist, Rachel. Aber ich denke die ganze Zeit an dich.«

»Es tut mir leid.« Das ist die einzige Antwort, die gleichzeitig wahr und nett ist.

»Nein, das muss es nicht. Viel Spaß beim Eishockey. Und ruf mich irgendwann mal an.«

»Das mache ich«, verspreche ich und hoffe, ich halte es auch ein.

Als ich aus dem Schlafzimmer komme, folgt mir Jakes Blick durchs Zimmer.

»Wer war das?«, fragt Aurora.

»Mein bester Freund aus Florida.«

Jake steht auf. »Ich hole meinen Mantel. In einer halben Stunde geht's los.«

»Na los, SCHIESS! Oooh!« Jake lässt sich zurück auf seinen Platz fallen.

Aurora und ich werfen uns einen amüsierten Blick zu. Wer hätte gedacht, dass sich unser Lieblingsastronom so sehr für Sport begeistern kann?

Es sind noch zwei Minuten zu spielen. Als Jake mir gesagt hat, dass es drei Drittel gibt, habe ich ihm zuerst nicht geglaubt.

»Natürlich gibt es drei«, sagt er. »Was ist daran so komisch?«

»Ich bin aus einem Football-Staat. Wir mögen gerade Zahlen.«

»Eishockeyspieler haben ein ganz schön breites Kreuz«, bemerkt Aurora.

»Das ist Polsterung. Die sind da drin quasi in Luftpolsterfolie … NEIIIIN!«

Jake und die Hälfte der anderen Zuschauer auf der Tribüne springen auf und starren das Tor an. »Puh! Das war knapp. Unser Torwart hat eine Ehrenmedaille verdient.«

»Von der Polsterung brauche ich auch was«, nörgelt Aurora. »Mir friert hier der Arsch ab.«

»Die Mädchen aus Spanien und Florida müssen wohl noch ein wenig abgehärtet werden«, bemerkt Jake, die Augen fest auf die Eisfläche gerichtet.

»Frauen«, korrigiert ihn Aurora.

»Genau. Habe ich doch gesagt. MACH SCHON!«, schreit Jake.

Ich genieße den Anblick, und damit meine ich nicht das Spiel. Jakes Wangen sind gerötet, und ich mag seine Körperspannung. Manchmal, wenn ich den Muskel zwischen seinem Hals und seiner Schulter ansehe, frage ich mich, wie es sich wohl anfühlen würde, meine Hand daraufzulegen.

Aurora ertappt mich dabei, wie ich ihn ansehe. Sie zwinkert. *Ups.* Ich wende meine Aufmerksamkeit wieder dem Spielfeld zu. »Es ist vermutlich ein schlechtes Zeichen, dass sich ein Großteil des Matches vor unserem Tor abgespielt hat, oder?«

»Das kann man so sagen«, grummelt Jake. »Wenn der Center doch nur …« Er springt auf. »Lauf dich frei, Alter!« Einer der Claiborne-Spieler sprintet zur anderen Seite der Eisfläche. »SCHIESS!«

Der Spieler schießt. Und verfehlt das Tor. Als das Spiel endet, steht es 0:1.

Am nächsten Wochenende packt Aurora ihre Reisetasche. Sie fährt für einen Abend nach Boston, um ihren Vater zu treffen, der für einen Geschäftstermin im Land ist. Sie hat noch ein paar Minuten, bevor sie zum Bus muss, und in der Zeit schreibt sie Nachrichten mit jemandem.

»Mit wem schreibst du da?«, frage ich verdrießlich. Ich bin genervt, weil ich den Freitagabend allein verbringen muss.

»Mit meinem Freund in Spanien.«

»Ist es in Spanien nicht gerade mitten in der Nacht?«

»Sí. Er ist in einem Club, und seine Freunde haben alle irgendein Mädchen aufgerissen und ihn sitzen lassen.«

»Du hast mir nie was von deinem Freund erzählt. Vermisst du ihn?«

Aurora steckt ihr Handy in die Tasche. »Nein, eigentlich nicht. Er ist ein toller Typ. Wirklich toll. Aber wir passen einfach nicht zusammen. Ich habe mich unter anderem auch deshalb für Claiborne beworben, damit ich einen Grund habe, Schluss zu machen.«

»Aurora, echt jetzt? Ich hätte nicht gedacht, dass du etwas so Feiges tun würdest.«

Meine Mitbewohnerin begutachtet ihre Fingernägel. »Ich habe schon so einige feige Sachen getan.«

Ich bin platt. »Na, mich freut es. Wenn du ihn mehr geliebt hättest, hätte ich dich nicht kennengelernt.«

Sie nimmt meine Hand und drückt sie. »Ich verstehe nicht, warum du so nette Sachen zu mir sagen kannst, aber Jake einfach nicht gestehst, was du für ihn empfindest.«

»Vielleicht gibt es da einfach nichts zu gestehen.« Das ist eine faustdicke Lüge, und deshalb verdreht Aurora die Augen.

Aber Jake ist mir einfach zu wichtig, um irgendein Risiko einzugehen. Wenn ich es ihm sage, und es wird peinlich, verliere ich ihn vielleicht.

Aurora steht auf. »Ihr zwei habt einander verdient.« Sie greift nach ihrer Tasche. »Bis morgen!«

»Viel Spaß!«

Nachdem sie gegangen ist, um ihren Vater zu treffen, wird es still in unserem Zimmer. Deshalb hole ich mein Handy hervor und rufe meinen Vater an. Ich habe Frederick die ganze Woche nicht gesehen.

»Wie geht es dir, Kleine?«, fragt er statt einer Begrüßung.

»Gut. Ich wollte nur fragen, was du heute Abend vorhast.«

»Heute Abend?« Er macht eine Pause. »Also, ich war davon ausgegangen, dass du sicher etwas mit deinen Freunden unternimmst. Also habe ich beschlossen, zu Hause zu bleiben. Ich glaube, ich bekomme eine Erkältung.«

»Okay …«

»Wollen wir morgen oder Sonntag zusammen Mittag essen?«

»Gerne.«

Nachdem ich noch ein paar Stunden Trübsal geblasen habe, fällt mir ein, dass ich ja noch zum Buchladen wollte. Also ziehe ich meinen Mantel an und mache die Tür auf.

Zu meinem Glück kommt Jake gerade die Treppe herunter. »Ich komme mit«, erklärt er, nachdem ich ihm von meinem Vorhaben erzählt habe. »Ich muss das hier in den Briefkasten werfen.« Er hält einen Briefumschlag hoch. »Für meine Eltern. Meine Mutter schreibt mir ständig Briefe, und ich antworte irgendwie nie.«

»Können wir uns beeilen?«, bitte ich. »Ich glaube, die Buchhandlung schließt um acht.«

Zusammen gehen wir durch den kühlen Abend. Jake plaudert neben mir. Er ist Feuer und Flamme für seinen Astronomieclub, und so kann ich ihn unter dem Vorwand des Zuhörens bewundern. »Wir suchen nach unentdeckten Planeten«, erzählt er. »Ständig finden irgendwelche Amateure Planeten. Es macht gar nichts, dass das Teleskop nicht stark genug ist, um sie zu sehen.«

»Echt? Woher wisst ihr dann, dass sie da sind?«

»Tja, Anziehungskraft. Die Sterne bewegen sich in glatten Bahnen, außer es kreist ein Planet um sie. Dann eiern sie. Wie sehr sie schlingern, verrät dir etwas über die Größe des Planeten. So kann man beweisen, dass sie da sind, auch wenn man sie gar nicht sehen kann.«

»Cool.« Ich liebe die Begeisterung auf seinem Gesicht, wenn er von Teleskopen spricht.

»Warum gehst du eigentlich an einem Freitagabend um acht in die Buchhandlung?«, fragt er.

Autsch. Ich weiß, mein Sozialleben ist nicht gerade der Burner. Daran braucht er mich nicht zu erinnern. »Warum begleitest du mich am Freitagabend in die Buchhandlung?«, kontere ich.

Jake zuckt mit den Achseln. »War immer noch besser, als ein weiteres Level Black Ops zu spielen.«

»Na, *das* nenne ich mal ein Kompliment«, murmle ich.

»Was?«, fragt er mit großen Augen.

Ich schüttle den Kopf. »Ach, nichts. Ich habe meine Ausgabe von *Anna Karenina* in Kalifornien unter Fredericks Couch liegen lassen. Und das Buch ist am Montag dran. Wenn ich bis dahin kein Exemplar habe, bin ich am Arsch.«

»Ich dachte, du hättest es schon gelesen.«

»Aber nicht auswendig gelernt. Aber du hast recht, wahrscheinlich könnte ich an einem Freitagabend wirklich etwas Besseres anstellen.«

Das ist eine wirklich armselige Andeutung. Aber ich kann Jake nicht sagen, wie nervös ich werde, wenn ich nur neben ihm hergehe. Oder sein Lächeln unter Tausenden erkennen würde.

»Du könntest es dir doch auch als E-Book herunterladen«, schlägt Jake vor. »Falls es nicht vorrätig ist.«

»Stimmt.« *Seufz.*

Auf der Main Street kommen wir an einer Bar namens *Mary's* vorbei. Irgendetwas lässt mich anhalten und einen genaueren Blick auf das Paar werfen, das sich gerade an einem hohen Tisch in der Nähe des Eingangs niederlässt. Vielleicht habe ich aus dem Augenwinkel seine Lederjacke erkannt oder die Art, wie er die Schultern hält, als er sich auf den Hocker setzt.

Es ist mein Vater. Der mir eben erzählt hat, er würde einen ruhigen Abend zu Hause verbringen.

Ich starre ihn an. Ihm gegenüber sitzt eine Frau mit glänzenden braunen Haaren. Sie sind tief ins Gespräch versunken. Während ich zusehe, legt er ihr eine Hand auf den Arm, und sie lacht über irgendetwas, das er gesagt hat.

»Rachel, was ist los?«

Ich antworte nicht. Stattdessen trete ich ans andere Ende des Fensters, damit ich das Gesicht der Frau sehen kann. Sie ist hübsch, mit lächelnden Augen. Aber die Art, wie er sie anschaut, bereitet mir Kopfschmerzen.

»Ich habe nur gerade meinen Dad gesehen, das ist alles.«

»Lerne ich ihn jetzt endlich kennen?«, fragt Jake.

»Nein«, antworte ich energischer als beabsichtigt. »Er sieht beschäftigt aus.«

Und dann löse ich meinen Blick von dem Fenster und gehe weiter die Straße hinunter. Ich gehe so schnell, dass Jake rennen muss, um mit mir Schritt zu halten. Als ich vor dem Buchladen anhalte, ist es darin schon dunkel. Auf dem Schild steht, dass er um halb acht schließt.

»Scheiße«, fluche ich. »Scheiße, Scheiße, Scheiße.« Aber eigentlich geht es gar nicht um den Buchladen. Mein Vater hat mich, ohne mit der Wimper zu zucken, angelogen. Ich möchte am liebsten losheulen.

Ich höre die Stimme meiner Mutter flüstern. *Männer erzählen viel.*

»Rachel.« Jake legt mir die Hände auf die Schultern. »Am Ende stirbt sie.«

Ich spüre, wie mir die Tränen kommen. »Wer?«

Und dann stehen wir einander gegenüber, sehen uns in die Augen. »Anna Karenina«, flüstert er. Ein Lächeln huscht über sein Gesicht. Der Augenblick dehnt sich aus, das Ergebnis hängt von mir ab. Ich spüre, wie er auf ein winziges Zeichen von mir wartet. Einen Hinweis.

Oder vielleicht wartet er auch gar nicht, sondern ich bilde mir das alles nur ein.

Fredericks Lüge tut weh. Nach seiner Zurückweisung kann ich mir unmöglich sicher sein, dass Jakes Lächeln mich nicht verspottet.

»Am Ende stirbt sie«, sage ich langsam. Und auf einmal kann ich den Druck und die Enttäuschung nicht länger ertragen. »Das ist nicht lustig!«, stoße ich hervor und trete einen halben Schritt zurück. Jakes Hand rutscht von meiner Schulter.

»Moment, warte … So habe ich das nicht gemeint«, sagt er und verzieht das Gesicht. »Mist!« Eine schreckliche Stille entsteht, eine Stille, die ich durchbrechen könnte, wenn ich nicht innerlich so zerrissen wäre.

Angry Rachel ist wieder da. »Du schickst jetzt besser diesen Brief an deine Eltern ab.« Ich deute die Straße hinunter zur nächsten Post. Als wäre es mir völlig egal, was er an seinem Freitagabend anstellt.

Jake umklammert den Umschlag fester. »Ja, das stimmt wohl. Kommst du mit?«

Langsam schüttle ich den Kopf.

Noch einmal schauen wir einander, ohne zu blinzeln, an – Jake wirkt, als versuchte er, ein Problem zu lösen. Er wartet, aber ich rühre mich nicht. Ich fühle mich genauso verschlossen wie der Buchladen. Und dunkel.

Nach einem letzten vorsichtigen Blick zu mir dreht Jake sich langsam um und geht die Straße hinunter. Allein.

Ich blicke ihm nach und könnte mich nicht elender fühlen. Jetzt bin ich ganz allein, um acht Uhr an einem Freitagabend. Ich atme die kühle Herbstluft ein und habe keine Ahnung, was ich nun mit mir anfangen soll.

Ich werde nicht zurückgehen und noch einmal durch das Fenster von *Mary's* hineinschauen. Das ist selbst für mich zu erbärmlich. Stattdessen überquere ich die Straße. Der Bus aus Boston hat gerade seine Passagiere auf den Bürgersteig ausgespien, und sie verteilen sich in alle Richtungen, während sie Koffer und Taschen hinter sich herziehen.

Eine Gestalt hat eine Segeltuchtasche über der Schulter und einen seltsam vertrauten Gang. Ihn hier zu sehen ist so unwahrscheinlich, dass ich mir beinahe gar nicht die Mühe mache, seinen Namen zu rufen.

Aber meine Güte, er ist es tatsächlich. »Haze!«

Er dreht sich um.

16

Lachend renne ich auf ihn zu. »Mein Gott! Was machst du denn hier?«

»Was glaubst du denn? Ich wollte dich sehen. Nichts anderes würde mich für sechsunddreißig Stunden in einen Bus kriegen. Dieses kleine Geburtstagsgeschenk mache ich mir selbst.«

»Oh! Morgen. Wow. Aber … warum hast du denn nicht gesagt, dass du kommst?«

»Weil du mir gesagt hättest, ich solle mir nicht die Mühe machen.«

Da hat er nicht ganz unrecht. »Ich kann …« Ich lächle ihn an. »Ich kann nur nicht glauben, dass du es wirklich bist.« Er hat sich die Haare schneiden lassen. Das lässt ihn älter wirken, ernsthafter. »Du siehst gut aus.«

»Das wollte ich auch gerade sagen.« Er packt mich an der Hüfte, hebt mich hoch und wirbelt mich wie ein Kind durch die Luft. Als meine Füße wieder den Boden berühren, nimmt er meine beiden Hände. »Was machst du hier überhaupt so alleine? Du hast kalte Hände.«

Ich atme aus. »Ich wollte nur kurz etwas erledigen, das hat aber nicht geklappt.«

»Und was machen wir jetzt?«, fragt Haze.

Tja, das ist eine gute Frage. Ich bin mehr als nur ein bisschen überrascht, ihn zu sehen, und ich weiß nicht genau, was ich von seinem Überraschungsbesuch halten soll. »Lass uns ein Stück gehen«, sage ich und klinge irgendwie nach Frederick.

Scheiß auf ihn.

»Es gibt da tatsächlich einen Ort, den ich gern einmal sehen würde. Aber das ist weit.«

»Ich habe Zeit«, sagt Haze. »Nimm meine Hand.« Er rückt sich die Tasche auf der Schulter zurecht, und wir gehen los.

»In dem Turm da ist ein Glockenspiel«, sage ich, als wir an der Bibliothek vorbeikommen. »Die Musikschüler spielen zweimal am Tag Songs, und sie suchen sich die seltsamsten Sachen aus. Letzte Woche war es ›We Will Rock You‹ von Queen.«

»Diese verrückten Prep-School-Kids«, sagt Haze und drückt meine Hand. »Ich bin froh, dass ich dich gefunden habe. Ich hatte schon Angst, du wärst vielleicht ausgegangen und würdest nicht ans Telefon gehen.«

»Heute nicht.«

»Es ist schön hier. All diese alten Gebäude.«

»Manchmal komme ich mir vor, als würde ich in einem Märchenbuch herumlaufen. Willst du die Bibliothek sehen? Die ist irgendwie cool.«

»Bibliotheken sind nicht so mein Ding. Wohin gehen wir überhaupt?«

»Zu einem Haus im Nachbarort. Meine Mutter hat dort gewohnt, als sie zur Highschool ging. Ich möchte es sehen.«

Er schweigt kurz. »Sie ist auf deine Schule gegangen, richtig?«

»Nur das letzte Jahr.«

»Und dann?«

»Sie hatte einen Platz an der University of Massachusetts, hat aber ein Urlaubsjahr genommen. Doch bevor sie mit dem College anfangen konnte, wurde ich geboren.«

»Dann hat dein Dad hier auch irgendwo gewohnt?«

»Irgendwo.«

»Du weißt nicht, wo?«

Ich schüttle den Kopf.

Eine Weile gehen wir schweigend weiter, dann fragt Haze: »Hast du hier gefunden, wonach du gesucht hast?«

Habe ich das? Meistens weiß ich immer noch nicht, was Frederick denkt oder warum er nie Teil meines Lebens war. »Ich arbeite daran«, sage ich.

Er hakt nicht weiter nach.

Wir brauchen fünfundvierzig Minuten, bis wir das Haus auf der Armory Street finden. Und als wir ankommen, gibt es nicht viel zu sehen.

»Bräuchte mal wieder einen Anstrich«, bemerkt Haze.

»Mindestens«, sage ich. Es ist ein trauriges altes Holzhaus mit einer morschen Veranda. »1997 hat es bestimmt besser ausgesehen.« In dem Jahr hat meine Mutter ihren Abschluss an der Claiborne gemacht.

»Bestimmt«, sagt Haze sanft. Aber wir haben beide Augen im Kopf. Das hier ist keine gute Gegend. Im Garten gegenüber rostet ein Boot vor sich hin.

Wenn ich nach Claiborne gekommen bin, um meine Mutter zu suchen, werde ich sie hier nicht finden.

»Komm, wir gehen zurück«, sage ich.

Als wir wieder beim Campus ankommen, sind wir beide durchgefroren. »Hast du Hunger?«, frage ich. »Ich habe schon gegessen. Aber ich könnte dir etwas besorgen.«

Er drückt wieder meine Hand. »Nein. Und ich bin wirklich nur hier, um dich zu sehen.«

Ich sehe zu meinem alten Freund auf, sein Blick ist mir so vertraut, dass es fast wehtut. »Mein Wohnheim ist da drüben.«

Er hält auf dem Bürgersteig an. »Bekommst du Ärger, wenn ich über Nacht bleibe?«

»Na ja …« Gott, ich breche wirklich nicht gerne Regeln. Aber ich weiß, dass es unwahrscheinlich ist, erwischt zu werden. »Nach zehn darfst du nicht mehr in meinem Zimmer sein. Aber das kontrolliert niemand. Und meine Mitbewohnerin ist heute Nacht nicht da.«

»Na gut, dann.«

Der Habernacker-Innenhof wird von altmodischen Laternen beleuchtet. Haze holt sein Handy hervor. »Welches Zimmer ist deins?«

»Das da.« Ich zeige auf das Fenster mit Auroras roten Vorhängen.

Haze richtet das Handy auf das Gebäude und macht ein Foto. »Dann kann ich mir immer vorstellen, wo du bist.«

Ich schaue an der Fassade unseres Eingangs empor und sehe jemanden herunterschauen, eine Silhouette am Fenster in der fünften Etage. Jake. Ich will gerade die Hand heben und ihm winken, da dreht er sich um.

»Geh vor«, sagt Haze.

Ich führe ihn die Treppen zu meinem Zimmer hinauf, Haze schlüpft hinein und sieht sich um. »Das ist nett. Oldschool.«

»Im wahrsten Sinne des Wortes. Hier wohnen seit über neunzig Jahren Schüler.«

Er stellt seine Reisetasche auf Auroras Stuhl und fährt sich mit der Hand durch die Haare. »Nach zwei Tagen in diesem Bus könnte ich wirklich eine Dusche vertragen.«

»Oh. Klar. Ich gebe dir meine Sachen.« Aus dem Schlafzimmer hole ich mein Handtuch und den Behälter mit Seife und Shampoo.

Er grinst. »Wie im Ferienlager.«

»Komm mit.« Ich gehe in den Flur und schaue nach, ob das Bad frei ist. »Die Luft ist rein. Schließ die Tür ab, okay? Ich lasse meine Zimmertür auf.«

Ich versuche, mich auf eine von Auroras Zeitschriften zu konzentrieren, während ich auf ihn warte, aber das bringt nichts. Ich freue mich, ihn zu sehen, bin aber auch mehr als nur ein bisschen angespannt.

Die Tür öffnet sich wieder, und er kommt auf Zehenspitzen herein, mein pinkes Handtuch um die Hüften geschlungen und seine Klamotten über dem tätowierten Arm. Bei seinem Anblick muss ich lachen. »Du solltest dich sehen. Der harte Kerl im rosa Röckchen.«

Er schließt die Tür, dann sagt er leise: »Jemand hat mich gesehen. Ein Typ auf dem Flur hat mich böse angestarrt.«

»Oh.«

»Im Ernst. Der Typ sah aus, als würde er gleich die Security rufen.«

»Hatte er blonde Haare und eine schwarze Brille?«

»Ja. Hatte er.«

Ich spüre einen Stich. »Das ist unser Nachbar. Ein netter Typ. Ich glaube nicht, dass er das vorhat.« *Aber ich schulde ihm eine Erklärung.*

»Sie lassen auch Jungs hier wohnen?«

»Wir sind auf unterschiedlichen Etagen.«

Haze geht ins Schlafzimmer und schließt die Tür. Als er wieder herauskommt, hat er eine Jeans an, aber kein Shirt.

Keiner von uns sagt etwas, als er sich neben mich setzt, aber beim Anblick all der nackten Haut und Muskeln wird mir ein bisschen eng ums Herz. Ich boxe ihn scherzhaft und berühre dabei das Adlertattoo auf seinem Bizeps, dann schüttle ich meine Faust aus. »Autsch.«

»Gefällt dir, was du siehst? Man schafft es viel öfter ins Fitnessstudio, wenn man keine Hausaufgaben aufhat.«

»Wie ist der Job?«

»Ganz okay. Im Moment arbeite ich auf dem Parkplatz. Sie

schicken einen ständig woandershin, damit man sich nicht zu sehr langweilt. Aber man langweilt sich trotzdem.«

»Hast du dich schon für die Kurse angemeldet?« Haze soll in diesem Jahr irgendwann mit der Berufsschule beginnen.

»Noch nicht dazu gekommen«, sagt er.

Es ist sehr seltsam, mit Haze auf unserem S.A.O. zu sitzen.

»Du starrst mich an«, sagt er. »Als hättest du mich noch nie gesehen.«

»Vielleicht würde ich nicht starren, wenn du ein Shirt anhättest.« Das zu sagen ist mir peinlich. Aber sie steht zwischen uns im Raum – die Frage, wie es jetzt mit uns beiden weitergeht.

Haze nimmt meine Hand von der Couch, legt sie sich auf die nackte Brust und hält sie dort fest. Er schaut mir tief in die Augen. Dann beugt er sich zu mir, und ich beobachte, wie sein Mund sich wie in Zeitlupe auf meinen zubewegt.

Als seine Lippen meinen Mundwinkel berühren, sind sie sanfter, als ich sie in Erinnerung hatte. Sein Kuss dauert an, und mir schlägt das Herz bis zum Hals.

»Mmmm …« Er seufzt, und ich erschauere. Überall.

Ängstlich schließe ich die Augen und konzentriere mich auf seine warmen Hände, die mich an seine Brust ziehen.

»Rae …« Seine Lippen wandern meinen Kiefer entlang bis zu meinem Ohr. Als ich den Kopf an seinem Hals vergrabe, riecht er nach Haze. Er riecht nach zu Hause.

Mit seinen großen Händen hebt er mein Kinn und drückt seinen Mund auf meinen. Sein Kuss ist behutsam, als wüsste er, dass ich mich langsam an die Idee gewöhnen muss.

Und das tue ich. Er fühlt sich so gut an, dass ich mich schon bald enger an ihn kuschle. Wir küssen uns weiter, und ich genieße seine feste Umarmung und die Wärme seines Körpers. Er zieht mich auf seinen Schoß, und wir machen weiter.

Bis jemand an die Tür klopft.

In einem Anflug von Panik reiße ich mich von ihm los. Vielleicht hat doch jemand verraten, dass Haze bei mir im Zimmer ist? Meine Augen huschen zur Uhr. Es ist halb elf. Lange nach der offiziell erlaubten Zeit für einen Jungen in meinem Zimmer.

Es klopft wieder, und Haze hebt mich von seinem Schoß. Dann – weil er viel mehr Erfahrung im Regelbrechen hat, als ich sie jemals sammeln werde – steht er auf und schlüpft lautlos in mein Schlafzimmer.

Ich stehe auf und renne zur Tür, dabei rutscht mir das Herz in die Hose. »Wer ist da?«

»Jenna von unten.«

Okay, beruhige dich. Immerhin ist es nicht der Direktor. »Was ist los?«

Meine lockige Nachbarin senkt die Stimme. »Kann ich mir ein Schnapsglas von dir leihen?«

Mein verängstigtes Gehirn braucht eine Sekunde, um die Frage zu verstehen. »Du meinst – für Alkohol?«

Sie wirft mir einen Seitenblick zu. »Wofür sonst?«

»Tut mir leid«, sage ich schnell und komme mir wie eine Vollidiotin vor. »Ich habe keins.«

»Ach, na gut. Wir wollen Quarters spielen; wenn du Lust hast, komm doch mit runter.«

»Danke, aber ich bin wirklich sehr, äh, müde. Ich geh jetzt ins Bett.«

»Wie du willst.« Sie wendet sich ab, um anderswo nach einem Schnapsglas zu suchen.

Ich schließe die Tür ab und seufze erleichtert.

Ich gehe in mein Schlafzimmer und erwarte, dass Haze über diesen kleinen Zwischenfall lacht. Aber er hat sich auf meinem Bett ausgestreckt und sieht erschöpft aus.

»Du siehst fertig aus«, sage ich und tätschle ihm das Knie. »Du solltest ein bisschen schlafen.«

»Ich habe mich zwei Tage lang nicht ausgestreckt.«

»Mach es dir gemütlich«, dränge ich ihn. »Ich mache mich jetzt bettfertig.«

Ich nehme mein Nachthemd mit ins Badezimmer auf dem Flur, ziehe mich um und putze mir die Zähne.

Als ich ins Zimmer zurückkomme, hat Haze meinen Rat befolgt und es sich in meinem Bett bequem gemacht. »Komm her«, sagt er und sieht mich schläfrig an. »Ich möchte dich umarmen.«

Eigentlich hatte ich in Auroras Bett schlafen wollen. Aber ich kann nicht gut Nein sagen. Außerdem sieht es sehr einladend aus, wie er da so liegt. Ich schlüpfe neben ihm ins Bett und lege meinen Kopf an seine Brust. Unsere nackten Füße berühren sich. Er hat sich bis auf die Boxershorts ausgezogen, und sein Körper fühlt sich warm und hart an.

»Deshalb bin ich hier«, sagt er mit belegter Stimme. »Um dich zu umarmen und um sicherzugehen, dass es dir gut geht.«

»Mir geht es gut.« *Größtenteils.*

»Nachdem mein Dad gestorben ist, war eine Weile nichts mehr in Ordnung. Ich war mir nicht sicher, ob es mir je wieder gut gehen würde. Wollte nicht, dass du dich so fühlst.«

Mein Herz zieht sich vor Glück zusammen, ich kuschle mich enger an ihn, und er hält mich ganz fest.

»Gute Nacht, Süße«, sagt er. Dann schläft er ein.

Am nächsten Morgen werde ich einfach nicht wach. Haze schafft es irgendwie aufzustehen, ohne dass ich auf dem Boden lande. Und das leere Bett ist plötzlich so gemütlich und groß, dass ich mich einfach umdrehe und weiterschlafe.

Als Haze wiederkommt, legt er sich mit seinem warmen

Körper hinter mich. Ich bin kaum bei Bewusstsein, als er anfängt, meinen Hals mit Küssen zu bedecken. Meine Schulter. Meinen Kiefer.

Als seine Hände über meine Hüfte und zu meinem Bauch gleiten, komme ich langsam zu mir. Seine Lippen sind sanft und necken die empfindliche Haut direkt unter meinem Ohr.

»Rae«, haucht er, und ich wende ihm mein Gesicht zu. Er küsst mich, seine Zunge schmeckt minzig. Er stupst mich an, damit ich mich flach ausstrecke und er sich auf mich legen kann, und ich bekomme eine Gänsehaut.

Diese dunklen Augen sehen mich so liebevoll an. Dann schließen sie sich, und er küsst mich noch einmal.

Mir wird warm, als er seine Lippen auf meine presst. Wir küssen uns, und für ein paar Minuten erlaube ich mir, es zu genießen. Aber dann wandert seine Hand unter mein Nachthemd und streicht mir über den Bauch. Als Haze das Bündchen meines Slips erreicht, zieht er ihn herunter.

Der nächste Kuss schnürt mir die Luft ab. Er presst seine Hüften an mich, und plötzlich ist mir das alles viel zu ernst. Seine Erektion drückt gegen meinen Bauch, und das alles macht mir keinen Spaß mehr.

»Haze.« Ich wende mich von ihm ab, um besser Luft zu bekommen. »Wir müssen damit aufhören.«

»Warum?«, fragt er, streicht mir über die Rippen und legt mir die Hand auf die Brust. »Hast du einen anderen?«

Ich schüttle den Kopf. Aber mehr sage ich nicht, weil ich vor diesem Gespräch fast so viel Angst habe wie vor dem … was er von mir will.

Seine Finger wandern wieder nach unten, zwischen meine Beine. Ich bekomme Panik und packe sein Handgelenk.

Er hält die Hand still, nimmt sie aber auch nicht weg. Er beugt sich über mich und drückt mir einen schnellen Kuss auf den Bauch. »Rachel. Bin ich nicht gut genug für dich? Weil ich nicht auf die Prep School gehe?«

Mein Herz hämmert mir gegen die Rippen. »Was? Das ist nicht fair.«

»Ist es nicht?« Seine dunklen Augen blitzen. »Für wen sparst du dich auf? Wer liebt dich mehr als ich?«

Wir kennen beide die Antwort darauf: *niemand.* Aber ich brauche trotzdem eine Pause. Ich ziehe seine Hand aus meinem Schritt.

Er mustert mich für einen Moment. Dann bedeckt er meinen Nacken mit Küssen. Es ist irgendwie schockierend, wie viele Nervenenden dort zusammenlaufen. Die Berührung seiner Lippen fühlt sich so gut an, das ist einfach nicht fair. Spielerisch benetzt er meinen Mundwinkel, und wir küssen uns wieder.

Aber dann legt Haze sich wieder auf mich. Der Anblick seiner muskulösen Schultern ist sowohl schön als auch beängstigend. Seine Küsse werden heißer, und mir ist nicht länger wohl dabei.

»Haze …«, sage ich.

»Ja«, flüstert er.

Ich will gerade vorschlagen, dass wir irgendwo frühstücken gehen. Aber er setzt sich auf und fischt ein quadratisches Päckchen vom Boden – ein Kondom. Er streift seine Boxershorts ab und liegt schon wieder auf mir, als ich noch nach Worten suche, um dem Ganzen ein Ende zu setzen.

»Bitte nicht«, sage ich und umfasse sein Gesicht mit den Händen.

Er senkt den Kopf und gibt mir schnell einen Kuss. »Ich weiß, dass du nervös bist, aber ich werde vorsichtig sein.«

»Nein«, sage ich entschieden. »Das ist keine gute Idee.« Ich bewege mich voller Unbehagen, schiebe seine Hände aber nicht von mir, wie ich es gern täte, weil ich meinem ältesten Freund keine Szene machen will.

»Wir werden keine bessere Gelegenheit bekommen als jetzt.« Seine dunklen Augen sehen mich flehend an. »Ich würde dir nie wehtun.«

Ich weiß, dass er das ernst meint. Und trotzdem werden ständig Leute verletzt, beabsichtigt oder unbeabsichtigt. Deshalb nehme ich ihm das Kondom aus der Hand. Aber er nimmt es mir nur lachend mit den Zähnen wieder ab.

Ich schnappe es mir, und diesmal schleudere ich es quer durchs Zimmer.

Haze lacht leise auf mich herunter. »Du musst keine Angst haben.«

»Hör mir zu«, bitte ich. »Meine Mutter würde nicht wollen, dass ich ein Risiko eingehe.« Das ist die Wahrheit, und außerdem ist das Argument mit der toten Mutter im Moment meine beste Idee.

Seine Miene wird sanft. »Jenny wusste, dass das passieren würde.«

»Wie bitte?«

»Sie wollte, dass wir zusammen sind. Sie hat mich gebeten, mich um dich zu kümmern.«

»Aber doch nicht *so*«, widerspreche ich. Seine Aussage stimmt auf so viele Arten nicht, dass ich gar nicht weiß, wo ich anfangen soll. Erstens hätte meine Mutter ganz sicher nicht gewollt, dass wir ein Paar werden. Sie hat Haze einen »verlorenen Jungen« genannt und ihn bei uns zu Hause durchgefüttert. Wenn Leute sich wirklich im Grab umdrehen könnten, würde sie genau das jetzt tun.

Haze streicht mir über die Wange. »Jenny war nicht so anständig, wie du denkst. Warum, glaubst du, mochte sie mich so sehr?«

»Was?«

Er streicht mir eine Locke aus dem Gesicht. »Deine Mom hatte eine Schwäche für Bad Boys.«

»Das ist doch lächerlich.« Es ist außerdem nicht der Punkt. Meine Mutter wollte nicht, dass ich Sex habe. Das hat sie so oft betont. Sie hatte viel zu große Angst davor, dass ich den gleichen Fehler mache wie sie.

Haze küsst mich wieder, aber ich habe längst die Lust verloren. Ich versteife mich unter ihm, als er mich wieder heißmachen will. Sein Mund wandert meinen Hals hinab bis zu meinen Brüsten, aber ich bin hier fertig.

»Süße«, flüstert er an meiner Haut. »Liebe mich. Es ist in Ordnung.«

»Nein, ist es nicht.« Ich stoße ihn weg. »Und wenn du das glaubst, dann kennst du mich überhaupt nicht.«

Schnell sieht er auf, sein Gesicht voller Schmerz. »Das ist nicht nett.«

»Aber es ist *wahr.* Haze, steh auf!« Ich fühle den unangenehmen Druck aufsteigender Tränen im Hals.

Anstatt sich zu bewegen, mustert er mich nur mit einem Hundeblick.

»Ich finde, du solltest jetzt gehen.« Als ich es ausgesprochen habe, weiß ich, dass es wahr ist. Ich kann dieses Gespräch nicht weiterführen. Und er wird es nicht auf sich beruhen lassen.

»Rae, das meinst du nicht so.«

Ich gebe seinen Schultern einen Stoß. »Doch, das meine ich.« Aber er bewegt sich nicht.

Ich kann kaum noch atmen. Erst als mir schon schwindelig wird, schwingt er sich von mir herunter. »Ich ziehe mich jetzt an, und dann können wir darüber reden.«

Aber selbst mit ein bisschen mehr Raum zum Atmen steigt weiter Panik in mir auf. Als Haze sich fertig angezogen hat, zittere ich am ganzen Körper. Er stopft einen Fuß in einen Schuh.

»Gibt es hier in der Nähe einen Coffeeshop?«, fragt er.

Ich schüttle den Kopf. »Ich möchte jetzt allein sein.« Ich bin so durcheinander, dass ich nicht gut genug auf mich aufpasse. Aber ich habe Angst, und ihm scheint es egal zu sein. »Du hättest nicht herkommen sollen«, sage ich. *Nicht, wenn du mir nicht zuhören willst.*

Seine Reaktion ist eine vorhersehbare Mischung aus Kränkung und Entsetzen. »Wie kannst du so etwas sagen? Ich habe sechsunddreißig Stunden Busfahrt auf mich genommen, um dich zu sehen.«

Meine Stimme bricht. »Ich habe dich nicht darum gebeten.« Genau *das* wollte ich vermeiden. Mein ältester Freund liebt mich auf eine Art, die ich nicht erwidern kann. Und ich sehe nur einen Weg, ihn aufzuhalten.

Er verengt die Augen. »Nein. Aber wenn du von der Schule oder vom Heim abgeholt werden wolltest, war ich gut genug. Aber jetzt, da du auf diese große Schnöselschule gehst, reiche ich dir nicht mehr.«

Da breche ich in Tränen aus. Ich kann sie nicht länger zurückhalten. »So ist es nicht.«

»Doch, genauso ist es. Als Chauffeur bin ich gut genug, aber nicht als dein Freund.«

»Du *bist* mein Freund«, schluchze ich.

»Warum wirfst du mich dann raus?«

»Weil du mir nicht zuhörst.«

»Ich höre dir seit der zweiten Klasse zu. Wirf mich nicht raus, Rachel. Sonst war es das mit uns.«

Mit weichen Knien stehe ich vom Bett auf. Ich durchquere unser Zimmer und halte ihm die Tür auf.

»Tu das nicht«, sagt er mit belegter Stimme.

Ich mustere meine nackten Zehen und bin kurz davor einzuknicken. Aber wenn er nicht geht, werden wir wieder horizontal irgendwo landen, und das will ich nicht. Und er sollte es wirklich besser wissen.

Die Situation ist festgefahren. Er bewegt sich nicht, und ich sehe ihm nicht in die Augen. Doch schließlich hebe ich den Blick. Sein Gesicht ist von Trauer zerfurcht, seine Augen sind gerötet.

Aber er schultert seine Reisetasche. Er stapft an mir vorbei auf den Treppenabsatz, dann dreht er sich um und sieht mich an. »Tu das nicht! Ich liebe dich.«

Ich liebe dich auch, du Arsch. Aber das sage ich nicht, und auch sonst nichts. Sonst würden wir uns bloß wieder streiten, und er will etwas, das ich ihm nicht geben will.

Ich schließe die Tür.

Dann gehe ich direkt zum S.A.O. und werfe mich darauf. Betäubt liege ich da, zusammengerollt, müde und mit feuchten Augen, bis mein Handy klingelt. Ich schiele aufs Display und hoffe, es ist nicht Haze. Es ist Frederick. »Hallo?«

»Rachel, kann es sein, dass ich gerade diesen Typen aus Florida an der Bushaltestelle gesehen habe?«

Mir stockt der Atem. »Er war hier.« Ich werde nicht zulassen, dass meine Stimme bricht. »Ich habe ihn gebeten zu gehen.«

An seinem Ende bleibt es vielsagend still. »Geht es dir gut?«

Ich räuspere mich. »Absolut.«

Stille. »Du klingst aber nicht so.«

»Mir geht's prima. Was macht deine *Erkältung?*« Die Frage trieft vor Sarkasmus.

Er macht sich noch nicht einmal die Mühe, die Frage zu beantworten. »Rachel, es kommt mir so vor, als würde mir gerade etwas Wichtiges entgehen. Willst du mit mir brunchen?«

»Ich habe gerade gegessen«, lüge ich.

Er seufzt. »Na gut. Ruf mich an, wenn du mich brauchst.«

Irgendwann kommt Aurora nach Hause und wirft ihre Tasche ins Schlafzimmer. Dann geht sie zum S.A.O. und beugt sich über mich. »Du siehst *grässlich* aus.« Sie rollt das R, um es zu betonen.

»Danke. Ich hab dich auch vermisst.«

»Rachel, was ist los? Warst du schon beim Frühstück? Uns bleibt nur noch eine halbe Stunde.«

»Nein.«

»Steh auf, ja? Ich hoffe, es gibt noch Bagels.«

Murrend ziehe ich mir etwas an, binde mir einen Pferdeschwanz und folge Aurora in den Speisesaal.

Jake sitzt allein an einem Tisch, ein längst vergessenes Tablett neben sich, ein Kreuzworträtsel vor sich ausgebreitet. Er schaut kaum auf, als wir uns hinsetzen. Aber zu mir sagt er: »Und, bist du fertig geworden?«

Ich schlucke. »Womit fertig geworden?«

Langsam hebt er das Kinn, seine blauen Augen funkeln hinter den Brillengläsern. »Mit deiner *Lektüre.*«

Ich schüttle den Kopf.

»Gibt es ein Problem?«, fragt Aurora uns.

»Nein, überhaupt nicht«, sagt Jake und wirft die Zeitung aufs Tablett. »Aber du darfst die Stadt nicht mehr verlassen.« Er nimmt das Tablett und steht auf.

»Jake?«, rufe ich ihm nach.

Er bleibt stehen und wirft einen Blick über die Schulter. »Ja?«

»Es tut mir leid, dass ich gestern Abend so ein Arschgesicht war.«

Er nickt kaum merklich, und sein Gesichtsausdruck verrät mir, wie verletzt er ist. Dann geht er.

»Bitte erklär mir das.« Aurora beobachtet mich über den Rand ihrer Kaffeetasse hinweg.

»Ich hatte eine schreckliche Nacht. Absolut alles ist schiefgegangen.«

Aurora macht große Augen. »Ist etwas … *mit Jake* passiert?«

Ich schüttle den Kopf »Ich war nur unhöflich zu ihm. Das richtig Schlimme kam erst danach.«

»Erzähl's mir.«

Sofort steigen mir die Tränen in die Augen. »Ich glaube, ich kann nicht.« Diese Erfahrung noch einmal zu durchleben, macht es nicht besser.

»Aber du bist völlig durch den Wind. Und auf dem Boden unter meinem Tisch liegt ein Kondom.«

Ich presse mir zwei Finger gegen die Tränendrüsen. »Mein Freund aus Florida ist aufgetaucht. Er hatte große Erwartungen, aber ich war nicht … bereit.«

»Autsch. Du magst ihn nicht auf diese Art?«

»Doch, ein bisschen. Glaube ich. Ehrlich, es ist so viel passiert, dass ich das nie richtig herausfinden konnte. Und gestern Abend ist er einfach aufgetaucht, und als es hart auf hart kam, konnte ich einfach nicht. Wir haben uns heute Morgen gestritten, und ich habe ihn rausgeworfen.«

Aurora stellt ihre Tasse ab. »Moment mal. Noch mal von vorn. Wann habt ihr denn zum ersten Mal etwas miteinander gehabt? Gestern Abend?«

Ich schüttle den Kopf. »Direkt nachdem meine Mom gestorben ist, er …« Es ist so schwer, darüber zu reden. »Wir haben nur ein bisschen rumgeknutscht.«

»Warte … *direkt* danach? Und war das deine Idee? Trauer kann einen ja zu vielen Dingen treiben.«

Ich schüttle den Kopf. »Nach ihrem Tod war ich wie betäubt. Er hat sich um mich gekümmert.«

»Indem er dich ausgezogen hat. Als du noch unter Schock standest.«

Ich öffne den Mund, um ihn zu verteidigen, aber es kommt nichts heraus. Stattdessen laufen mir zwei Tränen über die Wangen.

»Ach, Süße«, sagt Aurora und rupft eine Serviette aus dem Spender. »Das ist ja richtig kacke.«

»Diese ganze Zeit war total vermurkst. Außer …« Die Tränen laufen jetzt ungebremst. »All die schrecklichen Dinge, die mir passiert sind, sind ihm auch passiert. Er war die ganze Zeit für mich da, und als sie … *Er hat ihr die Augen geschlossen*, Aurora.«

Ich schnappe mir die Servietten von meinem Tablett und presse sie mir ins Gesicht. Dieses letzte Detail hatte ich vergessen. Genau genommen habe ich jeden einzelnen dieser schrecklichen Tage verdrängt, seit ich in Claiborne bin.

Aber jetzt kommt alles wieder hoch – die Schwester, die den Warnton des Herzmonitors abgeschaltet hat. Haze' rot geränderte Augen, als er sich über meine arme Mutter beugte und ihr endgültig die Augen schloss. Der schreckliche Moment, als ich schließlich ihre Hand loslassen musste.

Und jetzt breche ich im Speisesaal zusammen. So richtig. Auf jeden Schluchzer folgt ein weiterer.

Aurora reicht mir alle Servietten aus dem Spender. Irgendwann reiße ich mich zusammen. Ich habe in den letzten Stunden so viel geweint, dass meine Augen wahrscheinlich eine Woche lang geschwollen sind.

»Okay«, sagt meine Mitbewohnerin und reicht mir ein Glas Wasser. »Also, dieser Typ war am Ende für dich da, und das war eine ziemlich intensive Zeit.«

Ich nicke langsam. Das Frühstück ist vorbei, und wir sind die Letzten im Saal.

»Aber habt ihr beide je darüber gesprochen? Hat er mal gesagt, hey, ich fände es super, wenn sich unsere Freundschaft in eine neue und aufregende Richtung entwickeln würde?«

Ich schüttle den Kopf.

»Aber das ist *falsch,* Süße. Selbst wenn er dich nicht ausnutzen wollte. Er hat es getan.«

»Er war der Einzige, den ich hatte«, sage ich mit zitternder Stimme. »Und ich habe ihn einfach weggeschickt.«

»Ich habe eine Frage. Wo war dein Vater, als das alles passiert ist?«

Ups. »Das ist eine ganz andere Geschichte.« Und ich habe es so satt, sie für mich zu behalten. »Ich habe dir doch erzählt, dass ich vorher nicht bei ihm gelebt habe. Aber ich hätte noch hinzufügen solle, dass ich ihn erst nach dem Tod meiner Mutter kennengelernt habe.«

Aurora bleibt der Mund offen stehen. »Was? Warum?«

»Da musst du Frederick fragen. Das habe ich noch nicht geschafft.«

Aurora presst wütend die Lippen aufeinander. »Rachel, du bist umgeben von caras de culo. Am liebsten würde ich sie für dich *verprügeln.*«

»Caras de culo … Arschgesichter?« Ich lächle unter Tränen. »Du bist eine echte Freundin. Ich glaube gerade, du bist sogar die einzige, die ich habe. Weil ich meinen anderen Freund heute Morgen rausgeworfen habe, obwohl er tausend Meilen in einem Bus gefahren ist, um mich zu sehen.«

»Er ist einfach aufgetaucht?«

»Er hat heute Geburtstag«, murmle ich. »Ich habe meinen besten Freund an seinem Geburtstag rausgeworfen.«

»Nachdem er gegen deinen Willen mit dir schlafen wollte.«

Ich stütze den Kopf in die Hände. »Ich hätte besser damit umgehen sollen. Ich hätte ihn vorher aufhalten sollen.«

»Ich weiß nicht, Rachel. Vielleicht sind Männer einfach nichts für dich.«

Ich blicke auf, Aurora grinst mich an, und zum ersten Mal an diesem Tag muss ich lachen. »Sehr witzig.«

Sie trinkt ihren Kaffee aus. »In Wahrheit bin ich ein sehr schlechtes Beispiel. Ich kann hier nicht sitzen und dir erzählen, es wäre einfach, Nein zu sagen. Ich habe mit meinem Freund viele Dinge geschehen lassen, die ich nicht wollte.«

»Hast du?«

Sie weicht meinem Blick aus und nickt. »Absolutamente. Und hinterher war ich kein einziges Mal glücklich. Ich weiß, dass dein Morgen ziemlich beschissen war. Aber ich versichere dir, wenn du es zugelassen hättest, würdest du dich noch schlechter fühlen.«

»War er … aggressiv?« Mich durchläuft ein Schauer.

»Ganz und gar nicht. Aber ich habe Ja gesagt, obwohl ich Nein sagen wollte. Immer und immer wieder. Und hinterher habe ich mich schrecklich gefühlt! Siehst du? Das kann dir jetzt nicht mehr passieren.«

»Du bist auf einen anderen Kontinent gegangen, um Nein zu sagen?«

Aurora greift nach meiner Hand und drückt sie. »So ist es. Mach nicht denselben Fehler wie ich.« Sie schaut zum Ausgang des Speisesaals. »Jake hat deinen Freund gesehen, stimmt's?«

»Ich glaube schon.«

»Wie er dich *angesehen* hat. Wie diese Laser in seinen Videospielen. Tödlich.«

17

Auch wenn man traurig ist, bleiben immer noch die Hausaufgaben.

Ich lese *Anna Karenina* noch einmal, dann schreibe ich den besten Aufsatz meines Lebens. Zumindest hoffe ich das. Eines Tages in der Bibliothek finde ich ein Regal mit alten Claiborne-Prep-Jahrbüchern. Der Abschlussjahrgang meiner Mutter, 1997, gleitet vom Brett direkt in meine ausgestreckten Hände. Auf ihrem Jahrgangsfoto trägt Mom eine Bluse mit Puffärmeln und ein breites Lächeln. Ich sehe ihr so ähnlich, dass es mir den Atem raubt.

Ich blättere alle Seiten durch, in der Hoffnung, noch mehr Bilder von ihr zu finden. Sie ist in keiner der Sportmannschaften, aber ich entdecke sie auf den Bildern des Debattierclubs.

Und – das überrascht mich am meisten – sie erscheint auf einem Gruppenfoto mit etwa zwölf Leuten, unter dem steht: »Jazzband und Vokalquartett«. Sie haben allerdings keine Instrumente in der Hand. Sie hat mir nie erzählt, dass sie in einer Musikgruppe war. Wenn sie gesungen hätte, dann hätte sie mir das während einer unserer tausend Diskussionen über meinen Schulchor erzählt.

Ich stelle das Buch zurück ins Regal und weiß, dass ich bald wiederkommen werde.

Das Wetter wird kühler, und Frederick ist zurück in L.A. Sein Instagram-Feed ist voll von Fotos mit Ernie und den Jungs irgendwo in einem Tonstudio.

Mit Fredericks Kreditkarte kaufe ich mir zwei neue Pullover und einen Wintermantel. Einer der Pullis ist aus Kaschmir. Inzwischen mache ich mir nicht mehr viele Gedanken darüber, Fredericks Geld auszugeben.

»Thanksgiving steht vor der Tür«, sagt er eines kühlen Morgens, als ich ans Telefon gehe. »Ich hätte da eine Idee.«

»Und was?« Ich sehe den Feiertagen mit einiger Beklommenheit entgegen.

»Lass uns nach Boston fahren. Wir wohnen im Hotel, essen Truthahn im Restaurant und schauen uns ein paar Filme an.«

»Was machst du normalerweise an Thanksgiving?«

»Ins Restaurant gehen und Filme anschauen.«

»Okay. Gerne.« Ich denke eine Sekunde lang darüber nach, dann platze ich mit einer weiteren Idee heraus. »Aurora hat über Thanksgiving auch noch nichts vor.«

»Hm. Ich schätze, Thanksgiving spielt in Spanien keine besonders große Rolle. Kann ich sie bitte mal sprechen?«

Ich gehe ins Schlafzimmer und baue mich vor meiner Mitbewohnerin auf, die ihre Unterlagen aus dem Biologieunterricht sortiert. »Frederick möchte mit dir sprechen.« Ich halte ihr das Telefon hin.

»Si, señor?«, sagt sie zu ihm. »Das ist ein sehr verlockendes Angebot. Einen Moment bitte.« Sie deckt das Mikrofon mit der Hand ab. »Möchtest du, dass ich mitkomme?«, flüstert sie. Ich nicke entschlossen. »Ich komme gerne mit«, sagt sie und gibt mir das Handy zurück.

»Schön, dass sie dabei ist«, sagt Frederick.

Boston ist herrlich ablenkend. Wir drei gehen zusammen essen, kaufen Wintermäntel und schauen zu, wie auf der Newsbury Street die Weihnachtsdeko aufgehängt wird. Während ich Frederick und Aurora dabei zusehe, wie sie bei Patagonia Parkas anprobieren, frage ich mich, ob er dieses Wochenende absichtlich so geplant hat, damit ich abgelenkt bin.

Vermutlich nicht. Bestimmt weiß Frederick einfach, wie man Spaß hat, und es macht ihm nichts aus, auf die Traditionen zu scheißen.

Jedenfalls überstehe ich irgendwie den ersten Feiertag ohne meine Mutter. Dass Aurora dabei ist, hilft auch, denn sie weiß nichts von den Geistern vergangener Feiertage.

Niemand hier erinnert mich an das letzte Jahr, als Mom und ich ein angespanntes, von ihrem Rückfall überschattetes Thanksgiving verbrachten. Wir waren zum Essen bei Mary eingeladen. Marys kleiner Sohn hatte Platzkarten gebastelt. »Rachel« und »Jenny« stand in Buntstift darauf gekrakelt.

Meine Mutter hatte gefragt, was wir mitbringen sollten, aber Mary hatte geantwortet, dass sie sowieso viel zu viel gekocht hätte und wir uns keine Umstände machen sollten.

Aber meine Mutter wollte nicht mit leeren Händen auftauchen, also brachten wir eine Flasche Weißwein mit. Meine Mutter aß und trank fast gar nichts, so geschwächt war sie von ihrer Chemo.

Im Abstand von einem Jahr kommt es mir so offensichtlich vor. Es gab Hinweise, wie alles enden würde.

Ich habe keinen davon wahrgenommen.

Am Samstagabend, bevor wir zurückfahren, beschließt Frederick, dass wir bei *Oishii* essen könnten, einem schicken japanischen Restaurant. Er ruft in Kalifornien an. »Henry, Alter, tut mir leid, dass ich dich störe. Kannst du mir einen Gefallen tun? Ich brauche eine Reservierung in diesem Restaurant. Sieben Uhr wäre super. Danke.«

»Kannst du nicht einfach online reservieren?«, fragt Aurora.

»Habe ich versucht. Sie sind ausgebucht.«

Aurora zieht die Augenbrauen hoch. »Also versuchst du es mit Namedropping.«

»Namedropping ist, wenn man den Namen von jemand anderem erwähnt«, widerspricht mein Vater. »Aber in diesem Fall ist es mein eigener. Bloß dass Henry ihn für mich erwähnt.«

»Aber stört es dich nicht«, fragt sie, »dass irgendjemand, der reserviert hat, jetzt weggeschickt wird?«

Frederick schüttelt den Kopf. »Nö. In solchen Restaurants werden immer ein paar Plätze für Stammgäste freigehalten, die auf den letzten Drücker anrufen. *Solche* Leute sind es also, die heute Abend nicht das Vergnügen haben werden, hundert Dollar pro Person für Sushi auszugeben. Die Armen!«

»Hier entlang, Mr Ricks.«

Henry hat sich nicht einmal die Mühe gemacht, uns zu bestätigen, dass er einen Tisch bekommen hat. Wir gehen einfach um sieben Uhr hin, und der Oberkellner erwartet uns bereits. Unser Tisch befindet sich direkt in der Mitte des Restaurants.

»Guten Abend«, begrüßt uns unser Kellner einen Augenblick später. »Darf ich Ihnen als Aperitif meinen Lieblings-Sake bringen?«

»Ich denke, ein Schlückchen wird uns nicht wehtun. Vielen Dank.«

Der Sake wird in kleinen Porzellanbechern serviert. Als der Kellner sich zurückzieht, hebt Frederick seinen Becher. »Auf das Verderben Minderjähriger.«

Aurora hebt ihren: »Auf die Namedropper dieser Welt. Salud.«

Der erste Gang ist eine winzige Portion Oktopus und Edamame-Salat bestreut mit Sesam.

»Oh«, sagt Frederick. »Das war so gut, dass ich weinen könnte.«

Das hier ist eindeutig das beste Restaurant, in dem ich jemals war. Jeder Gang sieht wie ein kleines Kunstwerk aus. Es gibt hauchfeine kleine Teigtaschen und eine endlose Folge von elegant angerichtetem Sushi.

Aurora ist gänzlich unbeeindruckt von all der Dekadenz. Nicht zum ersten Mal frage ich mich, aus was für einem Elternhaus sie wohl kommt.

Ich genieße den Abend, aber wieder einmal kommt es mir so vor, als schaute ich durch ein Fenster auf mein neues Leben, und ich kann kaum glauben, dass das die Realität sein soll.

Wir probieren gegrillten Aal und fettigen Thunfisch. Aber bei Foie-gras-Sushi ist für mich Schluss, also teilen sich Frederick und Aurora mein Stück. Ich nippe an meinem winzigen Becher Sake, aber er hat einen eigenartig harzigen Geschmack, der nicht ganz mein Fall ist.

»Also, Frederick, was machst du so, wenn du nicht gerade mit uns schick essen gehst?«, fragt Aurora.

Er lehnt sich auf seinem Stuhl zurück. »Ich schleiche mich in der Musikfakultät im College in die Proberäume.«

»Sie lassen dich einfach umsonst rein?«, fragt Aurora.

»Na ja.« Er lacht leise. »Ich bin ein ehemaliger Student. Und außerdem ist der Absolvent, der die Proberäume verwaltet, ein Fan von mir.«

»Verstehe.« Aurora grinst.

»Ich schaffe hier eine Menge« sagt Frederick. »Wie ein Mönch in seiner kleinen Zelle. Ich hoffe immer noch, dass ich ein Haus kaufen kann, aber es sind nicht viele auf dem Markt.«

»Du brauchst doch nur eins für ein Jahr«, bemerkt Aurora. »Warum mietest du nicht?«

»Ich könnte mieten«, stimmt er zu. »Aber Rachel möchte aufs Claiborne College gehen, also wäre es nicht nur für ein Jahr.«

»Aber vielleicht werde ich gar nicht angenommen«, werfe ich ein. *Wir sollten es nicht beschreien.*

»Natürlich wirst du angenommen.« Frederick zuckt mit den Achseln. Als wäre es genauso einfach, auf einem Elitecollege angenommen zu werden, wie dieses Restaurant zu überzeugen, unsere Last-Minute-Reservierung anzunehmen. »Du kannst ankreuzen, dass deine Eltern auch schon auf dem Claiborne waren. Und ich könnte eine strategisch kluge Spende machen.«

Vielleicht ist es doch genau das Gleiche, wie eine Reservierung zu bekommen.

»Was machst du, wenn du kein Haus findest?«, fragt Aurora.

Das frage ich mich auch schon seit Wochen. Ich warte ständig darauf, dass er sagt: »Tja, es war schön mit dir, aber jetzt muss ich zurück nach L.A. Diesmal für immer.«

»Es gäbe da ein Haus – ein altes, das schon eine ganze Weile leer steht. Ich müsste es renovieren, weil es potthässlich ist.« Er zückt seine Brieftasche und holt ein zusammengefaltetes Blatt Papier heraus, das er auf dem Tisch glatt streicht. »Es hat die richtige Größe, aber die Fenster sind zu klein, seht ihr. Und die Küche ist vierzig Jahre alt. Ich war eigentlich nicht auf der Suche nach einem Projekt wie diesem, aber wenn sich nichts anderes findet …«

Ich finde das Papier faszinierend. Aber nicht wegen des Hauses. In der Ecke ist ein Foto der Immobilienmaklerin. Sie ist eine attraktive Frau mit dunkelbraunen Haaren. Und ich habe sie schon einmal gesehen. Durch das Fenster vom *Mary's*. *Norah Peters* steht da. *Stellvertretende Geschäftsführerin, Privatimmobilien.*

Mein Vater datet seine Immobilienmaklerin.

Ich tippe auf das Bild. »Ist das die Maklerin?«

Er weicht meinem Blick aus. »Ja«, sagt er. »Nettes Mädchen.« Dann leert er sein Bierglas.

18

Am Abend des ersten Dezember schneit es.

Ich sitze auf dem Fenstersims und sehe den Flocken beim Fallen zu. Die Halbjahresprüfungen stehen vor der Tür, und ich sollte ein Stück von Tschechow lesen. Aber ich kann die Augen nicht von der Szenerie vor dem Fenster abwenden, wo dicke Flocken an den Lampen unten im Hof vorbeischweben.

Eins der ersten Dinge, das meine Mutter gesagt hat, nachdem ich das Stipendium für Claiborne bekommen habe, war: »Ich möchte ein Bild von dir im Schnee.« Ich sehe sie vor meinem inneren Auge, viel zu dünn in ihrem Bademantel, die Hände gefaltet.

Jetzt könnte ich so ein Foto machen, aber wem sollte ich es schicken?

Haze wohl kaum. Ich frage mich, ob wir jemals wieder miteinander sprechen werden.

Am nächsten Morgen schneit es immer noch, und Aurora und ich schlendern so langsam durch die weiße Pracht zum Frühstück, dass unsere Hände ganz durchgefroren sind, als wir ankommen.

»Morgen, meine Damen«, sagt Jake, als wir unsere Tabletts abstellen. Vor ihm auf dem Tisch liegt eine Karte. »Wer kommt mit Ski fahren? Ich gehe direkt nach dem Frühstück.«

Aurora lächelt ihn an. »Juchhu! Wir bringen es Rachel bei.«

Jake hebt den Blick von der Karte und sieht mich an. Aber genauso schnell senkt er die Augen wieder. Seit dem schlimmsten aller Wochenenden geht er mir aus dem Weg. »Der Bus fährt alle dreißig Minuten am Park los«, sagt er. Darüber, mir das Skifahren beizubringen, sagt er nichts.

»Ich muss mir Skier leihen.« Aurora steht auf, geht um den Tisch herum und setzt sich neben Jake. »Wie viele Pisten sind geöffnet?«, fragt sie, die Hand auf seinem Arm.

»Schauen wir mal nach«, sagt er und zieht sein Handy hervor. »Wenn alle geöffnet sind, nehme ich mein Snowboard mit. Wenn die Schneedecke noch nicht so dick ist, fahre ich Ski.«

»Du kannst beides?«, frage ich und beiße in meinen Bagel.

Er antwortet mit einem Schulterzucken und sieht mich dabei nicht an. »Ich komme aus Massachusetts.«

»Das ist nicht besonders nerdy«, versuche ich es noch mal.

»Als wir klein waren, hat mein Dad mir und meinem Bruder an Schneetagen erlaubt, die Schule zu schwänzen«, sagt Jake. »Ich habe mal gehört, wie er dem Direktor erzählt hat, wir hätten gefehlt, weil wir eine unabhängige Gravitationsstudie durchgeführt hätten. Man kann in vielen Bereichen nerdy sein.« Er trinkt seinen Kaffee aus.

Aurora nimmt ihm sein Handy aus der Hand. »Sieh mal, alle Pisten sind geöffnet. Der Schnee liegt dreißig Zentimeter hoch. Das wird super.« Sie hüpft auf dem Stuhl neben Jake auf und ab. »Rachel, du musst mitkommen.«

Ich sehe die beiden über den Tisch hinweg an. »Ich glaube nicht«, sage ich langsam. »Ich habe zu viel zu tun.« Außerdem fühle ich mich langsam wie das fünfte Rad am Wagen. Wenn Jake und Aurora zusammenkommen, werde ich einen Weg finden müssen, damit klarzukommen.

Als mein Telefon an diesem Nachmittag klingelt, ist es Frederick. »Wir müssen jetzt einen Schneespaziergang machen«, sagt er.

»Aber ich lerne für die Prüfungen.«

»Du kannst später auch noch lernen. Hast du mal nach draußen geguckt? Zieh dich warm an, wir treffen uns an der Statue von wie heißt er noch?«

Als ich nach draußen komme, wartet er schon auf mich. Und langsam wird es normal für mich.

Seltsam.

Und es ist unser bisher schönster Spaziergang. Große, dicke Flocken fallen auf meinen neuen Mantel und Fredericks Haare. Sie bedecken Bäume und Dachschindeln.

»Was haben Aurora und du an diesem Wochenende vor?«, fragt er. »Oder lernt ihr die ganze Zeit?«

»Na ja, heute ist sie Ski laufen.«

»Und du bist nicht mitgegangen?« Er zieht ein Paar Handschuhe aus der Tasche und streift sie über.

»Ich komme aus Orlando«, erinnere ich ihn. »Ich habe es nie gelernt.«

»Oh«, sagt er, beugt sich hinunter und formt einen Schneeball. »Aber jetzt wohnst du in New Hampshire. Vielleicht solltest du es lernen.«

Ich schüttle den Kopf. »Mir fehlt die Ausstattung. Außerdem wollte ich nicht diejenige sein, die sie den ganzen Nachmittag vom Hügel kratzen müssen.« Vor Aurora ungeschickt auszusehen, ist die eine Sache. Aber vor Jake auf dem Hosenboden herumzurutschen eine ganz andere.

»Daran werden wir arbeiten«, sagt er. »Vielleicht in den Weihnachtsferien. Ich wollte sowieso mit dir über die Ferien sprechen.«

»Okay.«

»Wenn es für dich in Ordnung ist, gebe ich meiner Mutter nach und fahre mit dir über Weihnachten nach Kansas City.«

»Für mich ist das in Ordnung. Für dich auch?«

»Ich bin nicht so scharf darauf. Ich mache mir nicht viel aus Weihnachten, selbst wenn mich niemand umbringen will. In den letzten Jahren habe ich immer dafür gesorgt, dass ich auf Tour war.«

Ich lache. »Das ist ziemlich viel Aufwand, um mit seinen Eltern keinen Eierpunsch trinken zu müssen.«

Frederick verzieht das Gesicht. »Man kann einem guten Brandy wohl kaum Schlimmeres antun, als ihn zu Eierpunsch zu verarbeiten. Getränke sollten nicht zähflüssig sein.«

»Vielleicht hat sich Alice ja mittlerweile beruhigt.«

»Bist du mit ihr in Kontakt?«

»Sie schreibt mir Briefe. Letzten Monat hat sie mir eine Schachtel Kekse geschickt.«

»Und du hast mir keinen abgegeben?«

»Du warst nicht da. Aurora und ich haben sie aufgegessen.«

Frederick schüttelt sich den Schnee aus den Haaren. »Die Ferien fangen in zweieinhalb Wochen an. Ich spiele Silvester in Kalifornien …«

Mein Herz vollführt einen Sprung.

»… deshalb bist du ein paar Tage allein bei Alice.«

»Oh, na gut.« *Verdammt.* Ich könnte ihn auch fragen, ob er mich zu dem Gig in Kalifornien mitnimmt, vielleicht würde er Ja sagen. Andererseits würde er mich wohl einladen, wenn er mich dabeihaben wollte.

»Du wirst deinen Großvater kennenlernen. Glücklicherweise ist er nicht so streitlustig wie Alice.«

»Was kann ich ihnen mitbringen?«, frage ich unvermittelt.

»Mach dir darüber keine Gedanken«, sagt er. »Sie brauchen nichts.«

»Es ist Weihnachten. Natürlich werde ich ihnen etwas schenken.«

»Na gut. Mein Vater mag gern Alkohol, den kannst du nicht

kaufen. Und Baseball. Und meine Mutter sucht gern nach meinen Fehlern. Hilft dir das irgendwie weiter?«

»Ich werde ihm eine Flasche Whiskey in Form eines Baseballschlägers mitbringen. Und ihr eine Lupe.«

»Sieht so aus, als bräuchtest du meine Hilfe gar nicht«, sagt er und fegt den Schnee auf dem Schlussstein einer Mauer zusammen. Er formt einen Schneeball und zielt damit auf einen Baum in der Nähe.

»Daneben«, sage ich.

»Siehst du? Alice und du, ihr werdet euch gut verstehen.«

»Wie läuft das mit dem Weihnachtsessen heute Abend?«, fragt Aurora am Wochenende danach. Wir sitzen in einer Reihe auf dem S.A.O. und haben alle ein Buch in der Hand, das wir lesen sollten.

Aber heute Abend lernt niemand.

»Das Essen wird um sieben in Bartleby serviert«, sagt Jake. »Der ganze Abschlussjahrgang isst gemeinsam. Das wird ein riesiges Spektakel mit Eisskulpturen und einem gebratenen Schwein mit einem Apfel im Maul. Ihr wisst schon. Und es wird erwartet, dass wir die Teller klauen.«

»Hä? Wieso die Teller klauen?« Ich gebe es auf, mein Buch lesen zu wollen.

»Sie decken mit dem edlen Porzellan ein, das mit dem goldenen Schulwappen. Und es wird jedes Jahr stibitzt.«

»Warte mal«, ich deute auf sein T-Shirt, auf dem steht *Nerds √16 Ever.* »Lässt du das an?«

Jake schüttelt den Kopf.

»Oh weh«, sage ich. »Ich glaube, jetzt haben wir ein Klamottenproblem.«

»Tut mir leid. Hätte ich erwähnen sollen, dass sich alle schick machen?«

»Mein lieber Jake, du bist normalerweise eine sehr hilfreiche Person.« Aurora schlägt auch ihr Buch zu. »Aber bestimmte Anlässe wollen besonders früh angekündigt werden. Merk dir das bitte.«

»Du musst jetzt gehen«, sage ich und stehe auf. »Denn wir werden jetzt alles anprobieren, was wir im Schrank haben.«

Jake steht auf, und sein Blick wandert zwischen mir und Aurora hin und her. »Kann ich euch um Viertel vor sieben abholen?«

»Hmmm ...« Aurora grübelt. »Welche von uns meinst du denn?«

Jake räuspert sich. »Es ist Tradition, zwei Dates mitzubringen.«

»Das ist ja interessant. Man fragt sich, wie sie das in den zweihundert Jahren vor der Koedukation gemacht haben.«

»Der Mann schmuggelt außerdem eine Flasche Champagner hinein.«

»Wenn das so ist«, sagt Aurora, »kommen wir beide mit.«

Ich entscheide mich schließlich für ein dunkelgrünes Samtkleid von Aurora, das sehr weihnachtlich aussieht. Für meinen Geschmack ist es etwas zu tief ausgeschnitten, und ich habe ein bisschen zu wenig Brust, um das Kleid angemessen auszufüllen. Aber meine Wintergarderobe befindet sich noch im Aufbau, und ich habe daher nichts Passendes im Kleiderschrank.

Aurora trägt ein schwarzes Kleid und hat sich meine verführerischsten Ohrringe geliehen.

Weihnachtsessen-Jake – mit Mantel und Krawatte – kommt pünktlich und sieht ganz fremd aus. Sogar die Brille hat er zu Hause gelassen. »Wow«, sagt er, als er vor unserer Tür steht.

»Ist das zu viel?«, frage ich und lege mir die Hand auf den Ausschnitt. Ich fühle mich etwas zu nackt.

Aurora verdreht die Augen. »Rachel, das war ein Kompliment, keine Kritik. *Vamos.* Hol deinen Mantel!«

Ich habe keinen blassen Schimmer, was mich beim Weihnachtsessen erwartet, bis wir die Bartleby-Hall betreten. Sie ist eingedeckt wie für ein mittelalterliches Gelage mit Lametta und Tischen voll kunstvoll angerichteter Speisen, als würde Heinrich VIII. zum Dinner erwartet. Wir gehen an einem Turm aus Garnelen vorbei, der vor einer Eisskulptur in Form einer Meerjungfrau steht. Mit Tausenden von Kerzen, die oben auf den Balken flackern, wirkt der höhlenartige Saal seltsam glamourös – im Stil der Renaissance.

Jakes Mitbewohner, Sal und Arin, winken uns zu einem Tisch. Jake holt eine Flasche aus der Jacketttasche, stellt sie auf den Tisch und versteckt sie zwischen den Pinienzweigen des kunstvollen Tischschmucks. Dann zieht er zwei Stühle für Aurora und mich hervor.

»Hi, Sal«, sage ich und setze mich neben Jake. »Hi, Arin.«

»Hi«, antworten sie. Mehr bekommt keiner aus ihnen raus.

Ein Kellner stellt einen Servierwagen neben unserem Tisch ab und trägt die Salate auf. Aurora legt sich die Serviette auf den Schoß. »Das ist ja mal edel. Was, wenn wir jeden Abend so dinieren könnten? Ich habe gehört, es soll auch ein Programm geben?«

Ich schaue mich in dem lang gezogenen Raum um. Die Tische am anderen Ende sind so weit weg, als hätten sie eine andere Postleitzahl. »Beide A-cappella-Gruppen haben einen Auftritt.« Ich habe drei Weihnachtslieder mit dem Belle Choir eingeübt.

»Aber natürlich«, sagt Jake. Er sammelt unsere Kaffeetassen ein und füllt sie alle mit Champagner.

Die Senior Songsters singen zuerst, und Jake tut so, als würde er sich etwas in die Ohren stopfen. Sie sind mit ihren drei

Liedern in dem Moment fertig, als die Salatteller abgeräumt werden.

Ich sehe meinen Chor hereinkommen. Als Zwölftklässlerin muss ich nicht mitsingen, weil dieses schicke Dinner für uns ist. Aber weil beide Jessicas auf die Bühne gehen, will ich mich auch nicht drücken.

Deshalb stehe ich auf und gehe ans Ende des Hufeisens zu den Altstimmen. Wir haken uns unter. Jessica summt einen Ton, und wir fangen an.

Guter König Wenzeslaus
schaut am Stephansfeste
Schnee lag tief und hart ums Haus
Weiß war'n Strauch und Äste

Die Melodie vibriert in meiner Brust, und ich genieße die Perfektion des Liedes, den Kerzenschein und den trauten Halbkreis der Mädchen, die mich untergehakt haben. Ich werfe Jake an unserem Tisch einen Blick zu.

Seine Augen sind auf mein Gesicht gerichtet. In seinem Blick liegt so viel Wärme, dass ich in der dritten Strophe beinahe meinen Text vergesse.

Ich sollte »Blöcken« auf »schmecken« reimen. Aber mein Herz singt ein anderes Lied. *Bitte sieh mich weiter so an.*

Wir singen jedes der drei Lieder in einer anderen Ecke des Saals, und dann setze ich mich wieder, genau als der Rostbraten serviert wird.

»Tut mir leid, wenn das schlimm für dich war«, sage ich, als Jake mir den Stuhl zurechtrückt. »Ich weiß, dass du nicht so auf a cappella stehst.«

»Ich bemühe mich, aufgeschlossen zu bleiben«, sagt er, und am anderen Ende des Tisches grinst Aurora.

»Dieses Dinner ist eine exzellente Tradition«, verkünde ich. »Besonders der Champagner.« Jake gießt mir den letzten Tropfen in die Tasse.

Nach dem letzten Gang – Mousse au Chocolat – tapsen wir drei in der Dunkelheit über den kalten Rasen, Aurora geht voran. Ich bin ein kleines bisschen beschwipst und trage Absätze. Deshalb stolpere ich natürlich über einen gefrorenen Klumpen Schnee und falle beinahe hin. Aber Jake schnappt sich meine Hand und stützt mich. »Danke«, hauche ich.

Seltsamerweise bleiben seine warmen Finger um meine geschlungen, bis wir bei Habernacker ankommen.

Ich bemühe mich, deswegen nicht lächerlich aufgeregt zu sein.

Als wir im dritten Stock ankommen, lässt er los. Aurora öffnet die Tür, er folgt uns hinein, und wir alle brechen auf dem S.A.O. zusammen, ich in der Mitte.

»Oh! Ich habe vergessen, meinen Teller mitzunehmen«, bemerke ich.

»Ich auch.« Aurora seufzt.

Jake greift in sein Jackett und zieht einen Teller hervor.

»Gut gemacht, Mr Jake!« Aurora lacht. »Die Party im Anbau startet in fünfzehn Minuten.« Sie wuchtet sich vom weichen Sofa hoch. »Mir bleibt noch Zeit, mein Make-up aufzufrischen.«

Sie geht zur Anlage, an die mein Handy angeschlossen ist, und schaltet unsere Weihnachts-Playlist ein. Dann schnappt sie sich ihr Make-up-Täschchen vom Tisch und verlässt den Raum.

Als die Tür sich mit einem Klicken geschlossen hat, schweigen Jake und ich einen Moment. Die leisen Akkorde von *Straigth No Chaser* ertönen aus unseren kleinen Lautsprechern.

Plötzlich ist die Stimmung angespannt. Wir sind jetzt eine Weile umeinander herumgeschlichen – seit dem Abend, an dem er nett zu mir sein wollte und ich es verkackt habe.

»Wahrscheinlich kannst du a cappella jetzt nicht mehr hören«, sage ich, um ein Gesprächsthema zu finden.

Aber Jake dreht sich langsam zu mir um und sagt etwas Unerwartetes. »Rachel, ich muss dich etwas fragen.«

Mein Magen macht einen kleinen Hüpfer. Ich schaue in die blauen Augen, die ich so sehr liebe. »Was denn?«, flüstere ich.

»Ja, also …« Er räuspert sich. Es entsteht eine sehr lange Pause, in der ich die Luft anhalte. »Kommst du irgendwann mal mit zum Skifahren?«

Ich atme aus. »Ich denke schon …« Wieder ein Moment des Schweigens. »Das war deine wichtige Frage?«, frage ich und komme mir vor, als hätte ich etwas verpasst.

Er wird rot. »Na ja, nein. Ich wollte nur …« Er runzelt die Stirn, als wollte er mir eine astronomische Besonderheit erklären. Ich liebe diesen konzentrierten Ausdruck. Ich habe ihn vermisst.

Jake sieht mich unverwandt an, und ich spüre, dass wir gleich auf unseren Umlaufbahnen miteinander kollidieren könnten. Diesmal werde ich den Moment nicht ins All zurückschicken. Stattdessen lehne ich mich ihm kaum merkbar entgegen.

Und mehr braucht es nicht.

Jake legt mir die Hand an die Wange. Ich verarbeite noch die sanfte Berührung seiner Finger, als er sich näher zu mir beugt und seine Lippen meinen Mundwinkel berühren. Er sieht mich fragend an, als bäte er um Erlaubnis. Mein Herz schlägt voller Erwartung.

Und dann – endlich – küsst Jake mich richtig. Wir stürzen uns aufeinander, so wie ein taktsicherer Drummer den Refrain eines Songs beginnt – schnell und ohne zu zögern.

Kurz darauf lösen wir uns voneinander, schauen uns an, und ich versuche, nicht zu lächeln. »Kann ich das noch mal machen?«, fragt er mit rauer Stimme. »Das war eigentlich meine Frage.«

»Also, wenn du so nett fragst …«

Jake schnauft erfreut, dann zieht er mich enger an sich. Ich lege ihm die Hand in den Nacken und streichle dieses goldene Fleckchen Haut, das ich schon immer anfassen wollte. Er küsst mich wieder, seine Hand wandert über den samtigen Stoff zu meiner Taille, und er umarmt mich.

Mein Herz flattert, aber nicht vor Angst. Warme Lippen necken meine sanft und öffnen sie. Und als seine Zunge meine berührt, verliere ich mich in unserem Kuss.

Er schmeckt nach Champagner. Alles ist wild und süß, bis zu dem Moment, als Aurora ruft: »Ay, caramba!«

Ich spüre einen unwillkommenen Schwall kalter Luft zwischen uns, als Jake sich zurückzieht.

»Ich habe doch gesagt, dass ich ins Bad gehe, oder? Nicht auf einen Trip zu den Fidschis?«

Keiner von uns sagt etwas, wir sehen Aurora nur verlegen an.

»Nur um das klarzustellen, ich hole noch schnell meinen Mantel, das dauert nur eine Sekunde.« Sie verschwindet im Schlafzimmer, und ich höre den Stoff rascheln. Dann lugt sie theatralisch hinter dem Türrahmen hervor. »So ist's brav! Jetzt gehe ich auf die Party. Werde ich euch beide später hier antreffen? Ach, sagt lieber nichts. Wir sprechen später.«

Jake lacht. »Sorry, Aurora.«

»Ich habe schon Schlimmeres gesehen.« Sie verlässt das Zimmer und schließt die Tür hinter sich.

Und auf einmal bin ich befangen. Ich stehe auf und fummle an der Playlist herum. »Willst du auf die Party gehen?«

»Ich würde gehen. Aber ich bin kein guter Partygast. Man

schreit sich ja nur über die Musik hinweg an und trinkt warmes Bier aus Plastikbechern.«

»Dann lass uns hierbleiben.« Mir zittern die Finger, als ich die Lautstärke anpasse. Ich gehe zum Sofa zurück und setze mich hin.

»Also.« Er räuspert sich. »Was machst du in den Ferien?«

Während er fragt, nimmt er eine meiner Hände in seine und massiert mir die Handfläche mit dem Daumen.

Seine sanfte Berührung lenkt mich so sehr ab, dass ich fast vergesse zu antworten. »Kansas City«, bringe ich schließlich heraus. »Um meinen Großvater kennenzulernen.«

»Äh, wie bitte?« Er drückt meine Hand.

Und so erzähle ich Jake die peinlichen Highlights meiner seltsamen Vergangenheit – dass ich Frederick vor dem letzten Sommer noch nie getroffen habe.

»Wow. Das tut mir leid«, sagt er.

»Das muss es nicht.«

»Ich glaube, jetzt bin ich nicht mehr so beleidigt, dass du mich nicht vorgestellt hast. Wenn die Wartezeit normalerweise siebzehn Jahre beträgt.«

Vor Lachen schnaube ich wenig damenhaft. Ach, egal. »Mit mir ist es wie in einer Soap Opera. Ob du es glaubst oder nicht, vor einem Jahr war ich noch total langweilig.«

»Das kann ich mir nicht vorstellen.« Er mustert mich mit funkelnden Augen. »Du siehst heute Abend wunderschön aus.«

»Das ist Auroras Kleid«, flüstere ich.

Aber Jake scheint es egal zu sein. Er legt mir den Arm um die Taille und rutscht näher. Dann küsst er sich von meiner Stirn über meine Nase bis zu meinem Mund. Und wir fangen von vorn an.

»*Jesus Cristo!* Muss ich mir eine Glocke umhängen?«

Jake und ich fahren auseinander.

»Ich war für, oh, eineinhalb Stunden weg. Nur zur Info.« Aurora kickt sich die Schuhe von den Füßen und zieht den Mantel aus.

Ich spüre, wie ich erröte. Meine Haare sind zerzaust, und meine Lippen sind von Jakes Küssen ganz geschwollen.

»Deine Chorfreundinnen waren auf der Party. Jessica hat mich mehrmals gefragt, wo du bist. Ich habe ihr gesagt, du seist *beschäftigt*.« Aurora lacht in sich hinein. Sie sieht ziemlich betrunken aus.

»Ich gehe wohl besser.« Jake steht auf und sucht seine Sachen zusammen. Ich folge ihm aus dem Zimmer ins hallende Treppenhaus.

»Gute Nacht«, flüstere ich. Man weiß nie, wer einen im Treppenhaus hören kann.

Jake schaut auf seine Schuhe. »Wollen wir morgen zusammen lernen?« Er grinst schief.

Ich lache. »Ich muss ein Essay für den russischen Literaturkurs schreiben. Wir sollten also erst lernen, wenn ich mit dem Lernen fertig bin.«

»Deal.« Seine Miene wird sehr ernst, und er küsst mich ein letztes Mal. Dann rennt er die Stufen hinauf, ohne sich noch einmal umzusehen.

Als ich wieder hineingehe, sitzt Aurora quer auf der Couch, die Hände vor den Mund gepresst. »Endlich!«, ruft sie. »Jetzt könnt ihr beide aufhören, euch gegenseitig anzuschmachten.«

»Du bist nicht sauer?« Als es raus ist, wird mir bewusst, wie eitel das klingt. Ich wollte damit nicht sagen, dass ich so etwas wie einen Wettbewerb gewonnen habe.

Sie verdreht die Augen. »Jake ist nicht mein Typ. Und du bist nicht die Einzige, die heute Abend rumgeknutscht hat.«

Ich werfe mich zu ihren Füßen auf die Couch. »Ehrlich? Mit wem?«

Mit einem geheimnisvollen Grinsen schüttelt sie den Kopf. »Ich glaube nicht, dass ich dir das verrate. Vielleicht war es nur eine einmalige Sache. Das Weihnachtsessen ist vermutlich so etwas wie ein Aphrodisiakum. Auf der Party habe ich *überall* Leute rummachen sehen.«

»Das war heute ein schöner Abend.« Ich kichere wieder, was ich sonst nie tue. Wer hätte gedacht, dass ich wegen ein paar Küssen von Jake so durchdrehe?

»Nein«, widerspricht Aurora. »Der Abend war *fabuloso.*«

KÖNIGLICHE GALAVORSTELLUNG

Königliche Galavorstellung: Aufführung einer Oper oder eines Konzerts auf Befehl des Monarchen.

19

Leider müssen Jake und ich in der letzten Woche des Halbjahres mehr lernen als knutschen. Vor meiner letzten Prüfung lege ich eine Nachtschicht ein, und er reist ab, um seine Eltern zu treffen, bevor ich die letzte Prüfung hinter mir habe.

Als Frederick und ich auf den Rücksitz des Wagens steigen, der uns nach Boston zum Flughafen bringen soll, bin ich todmüde. Nach etwa der halben Strecke wache ich auf und stelle fest, dass mein Kopf an seiner Schulter lehnt.

»Sorry!« Hastig setze ich mich auf.

Er lächelt mich an. »Du siehst aus, als hättest du gerade eine dreiwöchige Asientournee hinter dir.«

Ich reibe mir die Augen. »Ich bin sogar zu müde, um vor dieser Reise Angst zu haben.« Morgen früh fliegen wir nach Kansas City.

»Gut, du brauchst auch gar keine Angst zu haben. Ich bin derjenige, der in Ungnade gefallen ist.«

»Immer noch?«

»Ich schätze, das werden wir bald herausfinden.«

»Sie kann doch nicht ewig wütend bleiben.«

»Alice? Oh doch. Sie ist seit zwanzig Jahren sauer, weil ich nicht Chirurg geworden bin wie mein Vater.«

Ich drehe mich zu ihm um. »Wirklich? Warum ist ihr das so wichtig?«

Er legt den Kopf zurück und schließt die Augen. »Keine Ahnung. Verschwendetes Talent. Bla bla bla.«

Was für eine überraschende Vorstellung. Mir wäre nie in den Sinn gekommen, dass Frederick etwas anderes hätte sein können als Musiker. Seine Berufswahl erscheint mir offensichtlich. Wenn nicht sogar schicksalhaft.

Draußen vor dem Auto hat sich der Himmel verdunkelt. Fredericks Leselampe spiegelt sich im Fenster. Es kommt mir vor, als schwebte ich mit ihm durch die Nacht, als wären wir die beiden einzigen Menschen auf der Welt.

Am Flughafen von Kansas City werden wir von einem weiteren Fahrer abgeholt. Mein Vater lotst ihn vom Highway hinunter und in eine Wohngegend. »Es ist das Haus da, das mit dem Weihnachtsbaum im Fenster.«

Wir halten vor einem großen alten Haus mit einem Mansardendach, wie eine altmodische Scheune. Es liegt eine dünne Schicht Schnee, der unter den Füßen knirscht, als ich aussteige.

»Hier hast du als Kind gelebt?«, frage ich. Ein weiteres Puzzleteil.

»Alice zufolge bin ich immer noch ein Kind«, antwortet er.

Als die Haustür aufschwingt, zucke ich zusammen wie eine schreckhafte Katze.

Als Erstes sehe ich meinen Großvater, der Frederick sehr ähnlich sieht. Wenn er lächelt, ziehen sich seine Mundwinkel auf genau die gleiche Weise nach oben. Und als ich zur Tür hereinkomme, wird sein Lächeln breiter.

»Rachel«, sagt Frederick hinter mir, »darf ich dir Dr. Richards vorstellen?«

Der ältere Mann verbeugt sich höflich. »Zu deinen Diensten.« Er ist charmant, und es gefällt mir, dass er sich nicht sofort auf mich stürzt und mich umarmt. Das alles hier fällt mir leichter, wenn mir alle ein wenig Raum lassen.

Doch dann kommt Alice die Treppe heruntergerannt. »Da ist sie ja«, trällert sie mit leuchtenden Augen. »Ich bin bereits die ganze Woche unausstehlich, weil ich es kaum erwarten konnte, dass du endlich kommst. Meine Freunde wollten mir schon Beruhigungsmittel verabreichen.«

Frederick grinst. »Ich hätte dir welche mitbringen sollen«, sagt er. »Mit einer Schleife um die Flasche.«

Alice ignoriert ihn. »Ich zeige dir dein Zimmer, Liebling«, sagt sie zu mir.

Ich bekomme das Gästezimmer. Frederick schläft am Ende des Flurs in seinem alten Kinderzimmer. Da das Schlafzimmer meiner Großeltern im Erdgeschoss liegt, haben wir das Obergeschoss für uns.

Nachdem ich meinen Koffer verstaut habe, lungere ich auf der Türschwelle zum Zimmer meines Vaters herum. Er sitzt auf dem Bett und zieht sich die Schuhe aus.

»Da hängt ein Poster von AC / DC an der Wand. Im Ernst?«

»Sie befinden sich in guter Gesellschaft«, stellt er klar. Es gibt außerdem noch Poster von U2, The Who und den Stones. »AC / DC war das erste Konzert, auf dem ich jemals war. Und deins?«

Mein Magen verkrampft sich, und ich setze mich neben ihm aufs Bett. Er ahnt ja nicht, was für eine aufgeladene Frage er da gerade gestellt hat. Ich werde ihm *niemals* von meinem ersten Konzert erzählen.

Er missversteht mein Schweigen. »Warst du noch nie auf einem Konzert?« Er tut so, als würde er sich ein Messer ins Herz rammen. »Das ist ja schrecklich. In deinem Alter waren Konzerte mein Lebensinhalt. Sind es immer noch. Wenn ich irgendjemanden spielen hören kann – irgendeinem Typen mit einer schrulligen Banjo-Technik oder einem großartigen Schlagzeuger zuschauen kann –, dann geht es mir gut. Selbst wenn alles andere den Bach runtergeht – ich höre Livemusik, und die Welt ist in Ordnung.«

Nach Alice' selbst gemachter Lasagne zum Abendessen scheucht sie uns alle ins Wohnzimmer, wo ein zweieinhalb Meter hoher Weihnachtsbaum steht.

Er ist mit kleinen weißen Lichtern behängt.

»Darauf kannst du dir was einbilden, Rachel«, spottet Frederick, als Alice den Nachtisch hereinbringt. »Normalerweise darf man hier im Wohnzimmer nichts essen.«

»Frederick, wann immer du nach Hause nach Kansas kommst, werde ich dir hier den Tee servieren.«

»Bleib locker!«, sagt er. »Jetzt bin ich ja hier. Und zur Hölle mit dem Tee. Ich bin bereit für ein Riesenstück von diesem Kuchen da.«

»Der sieht wirklich lecker aus«, stimme ich zu und lasse mich neben Frederick fallen.

»Danke!« Alice strahlt. »Das ist alles, was ich mir zu Weihnachten gewünscht habe. Dass wir alle hier zusammen sind.« Sie reicht mir ein Stück Kuchen. »Und jetzt schaut mal her.« Sie geht zum Kamin hinüber und öffnet eine Tüte. Heraus holt sie eine Handvoll Weihnachtssocken aus rotem Samt. Auf jeder ist ein Name appliziert. Eine Minute später hängen sie alle in einer Reihe: FRANK und ALICE und FREDERICK und RACHEL.

Meiner leuchtet in einem helleren Rot als die anderen, die über die Jahre ein wenig ausgeblichen sind.

»Wow«, sage ich. »Danke.« Mein Gesicht fühlt sich heiß an. Alice lässt nicht zu, dass ich Weihnachten ignoriere, so wie ich über Thanksgiving hinweggegangen bin.

Ich wünschte, Frederick und ich wären jetzt in L.A. und würden irgendetwas vom Lieferservice essen, ganz ohne Baum und ohne Socken. Irgendwo in den Sachen aus unserem Haus in Orlando, die ich eingelagert habe, gibt es noch einen Socken mit meinem Namen. Und auch einen, auf dem »Jenny« steht.

Sie ist nicht hier, um mir an Heiligabend Kakao zu kochen oder einen Lipgloss in meiner Socke zu verstecken.

Sie ist überhaupt nicht hier, und das wird sie auch nie wieder sein.

Inzwischen hasse ich Weihnachten. Aber Alice bemüht sich so sehr, dass ich so tun muss als ob.

»Ich habe ein paar Sachen herausgesucht, die ich dir gern zeigen möchte«, fährt Alice fort und zerrt eine Holztruhe über den Teppich. »Ich wette, du hast noch nie Babyfotos von Frederick gesehen.«

Mein Vater verdreht die Augen. »Zeit, den Scotch herauszuholen, was, Dad?«

»Der Zeitpunkt ist genauso gut wie jeder andere.« Grandpa Frank stellt seinen leeren Teller ab und geht quer durch den Raum zu einem Set von Karaffen aus Kristallglas.

Ich knie mich vor die Truhe, die Alice öffnet. »Dann schauen wir mal …« Sie reicht mir ein Album. »Guck hier mal rein. Das ist mein Weihnachtsbuch.«

Ich schlage es auf und stelle fest, dass Alice eine begeisterte Scrapbookerin war, bevor es in war. Darin sind Schnipsel von Geschenkpapier und die Programme von Weihnachtsgottesdiensten eingeklebt. »Weihnachten 1980« steht auf der ersten Seite. Und darunter ist das Foto eines zweijährigen Frederick, der ein eingepacktes Geschenk in der Hand hält und zur Kamera aufblickt. »Süß. Was für ein Wonneproppen du warst.«

»Bis zur Pubertät war er ein kleiner Moppel«, sagt Frank und reicht Frederick ein Glas mit einer goldbraunen Flüssigkeit. »Dann ist er in die Höhe geschossen, und die Mädchen umschwirrten ihn wie die Motten.«

Frederick nimmt einen Schluck von seinem Scotch und schlägt die Zeitung seines Vaters auf. Ich blättere durch die Seiten des Albums und sehe, wie Frederick von einem Kleinkind zu einem Schuljungen heranwächst. Sogar auf den Bildern aus Kindergartentagen erkenne ich sein Lächeln wieder. Das erste Foto von ihm mit einer Gitarre ist von 1989.

Alice kramt in der Truhe herum. »Ich habe noch ein paar andere Sachen aufbewahrt«, erzählt sie ruhig. Sie holt eine silberne Babyrassel hervor, die schon etwas angelaufen ist. Sie rappelt, als ich sie schüttle. Es gibt auch drei Modellautos mit abgeblättertem Lack. »Ich habe immer gedacht, dass ein Enkelkind einmal damit spielen würde«, sagt Alice mit belegter Stimme.

Ich rolle einen winzigen Camaro auf meiner Hand hin und her und sage nichts. Auf dem Sofa hält Frederick die Zeitung vor sich wie einen Schutzschild. Als ich die Spielsachen in die Truhe zurücklege, wird mein Blick vom Schriftzug »Wildcats 1995« in Goldlettern auf einem Buchrücken angezogen. Ich ziehe das Schuljahrbuch meines Vaters hervor.

Alice kichert. »Das war die Phase der schrecklichen Frisuren«, sagt sie. »Das musst du dir wirklich ansehen.«

Ich bringe das Jahrbuch zum Sofa und schlage es beim Abschlussjahrgang auf. »Oh mein *Gott*«, heule ich auf. Alice hatte recht mit der Frisur. Frederick hatte Rockband-Haare – dicht und lang. Eddie-Van-Halen-Haare. »Wie viel mir *People* wohl dafür bezahlen würde?«, ziehe ich ihn auf.

»Eher bringe ich dich um«, tönt Frederick aus seiner Zeitungsfestung.

Ich stupse ihn mit dem Buch an. »Das bewahre ich als Erpressungsmaterial auf. Also sei besser lieb zu mir.« Es ist einfacher, das beklemmende Gefühl in meiner Brust zu ignorieren, wenn ich ihn ärgere.

Im Verlauf der Woche wechseln sich Anspannung und Weihnachtsvorfreude ab. Alice und Frederick sind beide stets nett zu mir, aber die Spannung zwischen ihnen ist spürbar. Mein Vater erinnert zunehmend an ein Tier im Käfig. Er geht Alice aus dem Weg, tigert im Wohnzimmer auf und ab, während sie kocht, oder verzieht sich in sein altes Zimmer, um zu telefonieren. Manchmal höre ich Gitarrenmusik hinter seiner Tür.

»Würde es dich umbringen, ein wenig Zeit mit mir zu verbringen?«, fragt ihn meine Großmutter an Heiligabend.

»Würde es dich umbringen, keine Sätze mehr so anzufangen?«, erwidert er und beugt sich zum Kühlschrank, um ein Bier herauszuholen. Dann geht er ins Wohnzimmer, um mit seinem Vater das Weihnachts-Footballspiel zu schauen.

Als er zurückkommt, um seine Flasche ins Altglas zu werfen, bin ich gerade dabei, mit einem Zahnstocher Zuckerglasur auf Weihnachtsplätzchen aufzutragen.

»Hey.« Ich halte ihn auf. »Ich habe eines für dich gemacht.«

Er legt mir eine Hand auf die Haare. »Weißt du, es macht deine Großmutter wirklich glücklich, dass du solche Sachen mit ihr machst.« Seine Stimme klingt rau.

»Hier«, sage ich und halte den Keks hoch, den ich für ihn beiseitegelegt habe. »Guck mal das T-Shirt an.« Ich lege ihn Frederick in die Hand.

Er lacht bellend. »Ich habe noch nie einen Pfefferkuchenmann mit einem AC / DC-Shirt gesehen. Sogar mit dem Blitz und allem.« Dann gibt er mir einen Kuss auf den Kopf. »Danke, Kleine. Ist es unhöflich, wenn ich ihn esse?«

Ich schüttle den Kopf. »Mach, was du willst.«

»Frank?«, ruft Alice aus dem anderen Zimmer nach meinem Großvater. »Cathy ist da. Kannst du mir mit den Tabletts helfen?«

Ich stehe auf, um zu sehen, ob sie noch Hilfe brauchen. Ein

weißer Transporter mit der Aufschrift *Cathy's Catering* an der Seite steht in der Auffahrt.

Ich halte die Tür auf, während Alice, mein Großvater und die Lieferantin immer wieder zwischen Transporter und Küche hin und her laufen.

Frederick steht da, mampft Kekse und schaut ihnen zu. »Mom«, sagt er schließlich. »Wie viele Leute hast du für heute Abend eingeladen?«

»Bei mir ist jedes Jahr Haus der offenen Tür«, antwortet sie. »Wenn du jemals über Weihnachten nach Hause gekommen wärst, dann wüsstest du das. Und zufällig glaube ich, dass es dieses Jahr gut besucht sein wird, schließlich haben wir einen neuen Ehrengast.«

Mein Magen verkrampft sich bei dem Gedanken. Ich möchte kein Ehrengast sein.

Mein Vater mustert mich, dann wendet er sich an seine Mutter. »Vielleicht ist Rachel nicht danach, vorgeführt zu werden. Ging es nicht eine Nummer kleiner?«

Alice' Lippen formen einen schmalen Strich. »Sie hat ein Recht darauf, ihre Verwandtschaft kennenzulernen«, sagt sie. »Wenn das zufällig den Scheinwerfer auf fast zwei Jahrzehnte deiner Dummheit richtet, kann ich es auch nicht ändern.«

Er nimmt sich noch einen Keks und verlässt den Raum.

Ich habe einen bitteren Geschmack im Mund. »Ich gehe dann mal nach oben und ziehe mich um.«

Als ich an Fredericks Zimmertür vorbeikomme, höre ich nichts als Stille.

Als Erste kommt Alice' Schwester Anita an. »Oh! Lass dich anschauen«, keucht sie. »Natürlich ist Fredericks Tochter eine Schönheit. Der Junge bekommt einfach immer nur das Beste ab.«

»Mehr, als er verdient hat«, fügt Alice hinzu.

Das ist nur der Anfang eines langen Abends voller Komplimente, mit denen ich nicht umgehen kann. Ich schaue zwischen Alice und Anita hin und her. »Seid ihr Zwillinge?«, frage ich. Die Ähnlichkeit der beiden ist verblüffend. Anitas Haare sind ein wenig grauer, aber ansonsten sehen sie fast gleich aus.

Meine Großtante lacht. »Lieb von dir, Rachel. Aber dieses Modell hier ist schon deutlich mehr Meilen gelaufen.« Sie tippt sich auf die Brust.

Anita hat vier Kinder, und drei davon kommen zu Alice' Party. Und diese drei Kinder bringen wiederum ihre Kinder mit. Noch bevor eine Stunde vergangen ist, schwirrt mir der Kopf von den Namen meiner Cousins und Cousinen zweiten Grades, die zwischen sechs und zwanzig Jahre alt sind.

Und alle starren mich an. Die Frauen sind überschwänglich, die Kinder neugierig. Die Männer scharen sich ums Essen. Derweil rast mein Herz mit ungewohnter Geschwindigkeit. Alle paar Minuten macht Alice eine verächtliche Bemerkung über Fredericks Abwesenheit und wirft einen Blick Richtung Treppe.

Er kommt schließlich herunter, als das Haus voller Leute ist. Und obwohl er mich den ganzen Abend hier alleingelassen hat, freue ich mich, ihn zu sehen. Er sieht toll aus, in einem schicken Hemd und einer Lederjacke.

»Freddy!«, ruft jemand. Es ist Anitas Sohn … Vic? Ich kann sie alle nicht auseinanderhalten.

Frederick wird von seinen Verwandten umringt. Mir wird klar, dass er a) nicht übertrieben hat, als er sagte, er käme nicht oft hierher, und b) sie ihn trotzdem lieben. Einer seiner Cousins holt ihm ein Bier.

»Lass mal etwas hören«, sagt Anita und schiebt ihn Richtung Klavier. »Wie wäre es mit etwas Weihnachtlichem?«

»Genau, weil ich ja so ein Weihnachtsfan bin.« Er zwinkert mir zu.

»Es würde dich nicht umbringen«, ergänzt seine Mutter.

Frederick schwingt ein Bein über den Klavierhocker. »Der Tatort«, erklärt er. »Meine Mama hat mich für Klavierunterricht angemeldet, weil sie dachte, ein wenig klassische Musik würde mich schlauer machen. Ich glaube, inzwischen bereut sie es.« Er legt die Hände auf die Tasten und fängt an zu spielen. Der Song ist fröhlich und kommt mir bekannt vor, aber es dauert einen Moment, bis ich ihn erkenne.

»Grandma got run over by a reindeer …«, singt Frederick.

Alle lachen schallend über seine Songauswahl. Und Alice wird rot.

Ich esse ein paar von den Häppchen vom Lieferdienst – kleine Spinattaschen und Würstchen im Schlafrock. Als ich meinen Teller in die Küche bringe, geht die Hintertür auf.

»Ernie!« Ich habe ihn seit August nicht mehr gesehen, und ich wusste nicht, ob er auch in Kansas City sein und seine Familie besuchen würde.

»Hey, Kleine!« Er lächelt und stampft den Schnee von seinen Stiefeln. Auf seiner Glatze hat er eine Strickmütze.

Es ist schön, ein bekanntes Gesicht zu sehen. Ich gehe zu ihm und umarme seine kalte Jacke. »Es ist ein wenig angespannt hier«, flüstere ich.

Er legt einen Arm um mich. »Das habe ich gehört. Tut mir leid, Kleine.« Er nickt in Richtung der Musik aus dem Wohnzimmer. »Sie hat ihn zum Singen gebracht?«

»Wohl eher gezwungen.«

»Kein Wunder, dass er mich angeschrieben hat.«

Im Wohnzimmer gibt Ernie Alice einen Kuss auf die Wange und nimmt ein Bier an. Ich stehe mit den beiden hinter dem Klavierhocker.

»Ich habe mich gefragt«, sagt Grandma Alice zu mir, als Frederick fertig ist mit Spielen, »ob du eigentlich noch Verwandte mütterlicherseits hast.«

»Meine Mutter hatte eine jüngere Schwester«, sage ich vorsichtig. »Aber wir stehen uns nicht nah.«

Alice' Augen weiten sich. »Du hast eine Tante? Jetzt fühle ich mich schlecht. Ich hätte sie auch eingeladen. Morgen rufen wir sie an.«

Ich schüttle den Kopf. »Vielleicht ein andermal.«

»Liebling!« Alice legt sich eine Hand aufs Herz. »Familie ist alles. Wenn man jung ist, weiß man das nicht zu schätzen, aber es ist so wichtig …«

»Mom«, sagt Frederick warnend. »Rachel muss niemanden treffen, wenn sie es nicht möchte.«

Alice verengt die Augen zu Schlitzen. »Denk mal darüber nach, was du gerade gesagt hast, Frederick.« Sie starrt ihn unverwandt an. »Welche Konsequenzen hatte diese Einstellung für deine Tochter?«

Eine entsetzliche Stille entsteht, während Frederick mit den Zähnen knirscht.

»Wow«, sagt er schließlich. »Und du wunderst dich noch, warum ich nicht öfter hierherkomme.« Er stellt seine Bierflasche auf dem Klavier ab und geht zur Tür. Nach einem weiteren angespannten Moment folgt Ernie ihm.

»Wo willst du hin?«, ruft Alice und läuft ihnen nach.

»Ein bisschen Blues hören«, antwortet Frederick über die Schulter.

»Lass ihn gehen, Alice«, seufzt Dr. Richards.

»Das macht er doch sowieso immer«, schreit Alice. Die ganze Nachbarschaft hört die Tür knallen.

20

Überwältigt falle ich an diesem Abend ins Bett. Ich vermisse Jake, und ich würde so gern mit ihm sprechen. Wir haben abgemacht, morgen miteinander zu telefonieren, ich muss also nur noch einmal schlafen.

Als ich am nächsten Morgen aufwache, brauche ich ein paar Minuten, um mich daran zu erinnern, dass heute Weihnachten ist. Ich stehe auf, kämme mir die Haare und ziehe die Pantoffeln an, die mir Aurora zu Weihnachten geschenkt hat. Aus meinem Koffer hole ich die Geschenke für meine Großeltern und die große Kiste, die ich für Frederick habe hierherschicken lassen.

Heute fühle ich mich träge. Als wäre alles viel zu anstrengend. Ich frage mich, wer in unserem alten Haus am Pomelo Court aufwacht. Jetzt steht in der Ecke unseres zu kleinen Wohnzimmers der Weihnachtsbaum von jemand anderem.

Ich werde den Tag nur überstehen, wenn ich nicht daran denke.

Als ich aus meinem Zimmer komme, steht Fredericks Tür offen. Ich luge hinein, aber er ist nicht da.

Unten in der Küche ist Alice schon fleißig. »Guten Morgen«, sage ich.

Alice dreht sich um. »Guten Morgen, Schätzchen! Ich wollte deinem Großvater gerade einen Kaffee zum Weihnachtsbaum bringen. Möchtest du auch einen?«

»Ja, gerne.«

»Warum weckst du nicht deinen Vater? Dann frühstücken wir alle zusammen.« Mein Gesicht muss mich verraten haben, denn Alice' Lächeln erstirbt. »Ist er nicht oben?«

Ich schüttle den Kopf.

»Oh, Frederick.« Sie dreht sich um. »Wage es ja nicht«, sagt sie zur Kaffeetasse.

Wir schinden Zeit, trinken Kaffee und essen die Quiche, die Alice bei den Caterern für das Frühstück bestellt hat. »Sonst habe ich immer alles selbst gekocht«, erzählt sie. »Aber in diesem Jahr hatte ich Lust, weniger zu tun zu haben und mehr zu feiern.«

Ich frage mich, wie feierlich sie sich jetzt fühlt. Ich schäme mich für Frederick. Und mir dämmert, dass wir nicht auf ihn warten sollten. Das betont seine Abwesenheit nur umso mehr.

Ich beuge mich über den kleinen Stapel meiner Geschenke. »Ich glaube, wir brauchen das hier«, sage ich und reiche Alice eine eingepackte CD. Es ist eine Aufnahme des Belle Choir mit Weihnachtsliedern. »Mit einigen von den Sängerinnen bin ich befreundet«, erkläre ich, als Alice sie auspackt. Die CD wurde letztes Jahr aufgenommen, deshalb bin ich nicht mit drauf.

»Vielen Dank! Wir machen sie gleich mal an.« Einen Augenblick später erwärmen A-cappella-Stimmen das Zimmer mit einer dreistimmigen Version von »Let it Snow«.

»Hier ist eins für dich«, sagt meine Großmutter.

Ich öffne die Schachtel, und darin liegen ein Kaschmirschal und Handschuhe. »Hübsch!«, sage ich. »Die werde ich wohl bis April tragen.«

»Das dachte ich mir.« Alice lächelt.

Und so geht es weiter, meine Großeltern und ich tauschen Geschenke, über die wir besonders lange nachgedacht haben, weil wir uns nicht gut genug kennen, als dass es einfach wäre. Wir sind alle ein wenig angespannt.

Schließlich ist nur noch mein Geschenk für Frederick ungeöffnet, und Grandpa Frank hat das benutzte Geschenkpapier schon eingesammelt, als sich endlich die Haustür öffnet. Ich werfe einen Blick auf meine Uhr. Es ist nach elf.

Wir drei warten darauf, dass er ins Wohnzimmer kommt. Doch dann sehe ich, wie Frederick in Richtung Treppe stolpert, ohne uns einen Blick zuzuwerfen. Ich höre einen dumpfen Aufprall, gefolgt von einem Fluch, und dann geht er die Treppe hinauf.

»Herrje«, sagt Dr. Richards.

Ich kann Alice nicht ansehen. Stattdessen stehe ich langsam auf, nehme das Geschenk für Frederick und gehe zum Treppenabsatz. Als ich die Dusche im Badezimmer im zweiten Stock laufen höre, steige ich langsam die Stufen hinauf, lege das Geschenk neben sein leeres Bett und rolle mich in meinem Zimmer auf dem Bett zusammen.

Der einzige Lichtblick ist eine Voicemail von Jake. »Hi, Rachel, ich habe versucht, dich nicht anzurufen, ich weiß, dass du mit Familienangelegenheiten beschäftigt bist. Aber ich wollte dir frohe Weihnachten wünschen und dir sagen, dass ich dich vermisse. Sehr sogar. Eigentlich die ganze Zeit. Ja. Okay. Tschüss.«

Ich höre sie noch zweimal an, bevor ich ihn zurückrufe. »Hi«, sage ich, als er drangeht. »Deine Nachricht hat mir gefallen.«

»Wie läuft's bei dir?«, fragt er und klingt außer Atem. »Tut mir leid, ich habe gerade Holz gehackt, als das Telefon geklingelt hat.«

Ich würde alles dafür geben, Jake beim Holzhacken zuzusehen, anstatt im angespanntesten Haus in Kansas City zu sitzen. »Mir geht's gut. Mein Vater hat sich wie ein Arschgesicht benommen.«

»Das ist ja doof. Dir gegenüber?«

»Seiner Mutter. Aber ich sitze zwischen den Stühlen.«

»Dann flieg zurück, ich hole dich in Boston ab. Warst du schon mal in Vermont?«

Mein Herz hüpft bei diesem Angebot, obwohl ich es nicht annehmen kann. »Das ist total verlockend, aber ich glaube, das kann ich Grandma Alice nicht antun.«

»Ich schiebe mal meine egoistischen Wünsche beiseite«, keucht er, »und hoffe, dass es besser wird.«

»Ich auch.« Dann grinse ich wie ein Honigkuchenpferd und bin froh, dass er mich nicht sehen kann. »Jake, ich liebe dein Geschenk.« An dem Morgen, als ich aus Claiborne abgereist bin, habe ich es auf meinem Schreibtisch gefunden. Aus einem Nest von Seidenpapier habe ich seinen glänzenden Weihnachtsteller und eine Nachricht gezogen. *Rachel – du sollst ihn haben. In meiner Familie gibt es schon genug Claiborne-Devotionalien. Aber stell ihn irgendwohin, wo ich ihn sehen kann, denn er erinnert mich an den besten Abend des Jahres.*

»Oh, gut«, sagt er. Und dann entsteht eine unangenehme Pause, denn wir sind beide nicht gut darin, Komplimente anzunehmen. »Ich werde jetzt noch ein Dutzend Scheite spalten«, sagt er. »Das ist besser, als dem Arschgesicht dabei zuzuhören, wie er sich mit seinen Eroberungen brüstet. Aber ruf mich morgen an und erzähl mir, wie es so läuft.«

»Das mache ich. Tschüss, Jake.«

Nach einer Weile traue ich mich, in Fredericks Zimmer zu lugen. Nur in Unterwäsche liegt er ausgestreckt auf dem Bett, die nassen Haare auf dem Kissen.

Auf Zehenspitzen schleiche ich zurück ins Gästezimmer und lege mich noch einmal hin.

Lautes Streiten weckt mich auf.

»Ich wollte doch nur einen Weihnachtsmorgen mit meinem Sohn und meiner Enkelin haben!«, schreit Alice. »Ist das denn zu viel verlangt?«

»Das ist alles, was du willst? Das und einen Liter meines Blutes.«

»Du bist ein schlechtes Vorbild.«

»Rachel ist schon groß, Alice. Sie kennt meine Schwächen, okay? Aber sie geht netter damit um.«

»Bleibt ihr denn eine Wahl?«

Meine Brust bebt vor Elend, und mir wird förmlich schlecht. Mir ist heiß, ich bekomme kaum Luft. Ich gehe aus dem Zimmer und stürze die Treppen hinunter. Im Flur ziehe ich mir die Schuhe an, gehe hinaus in die Kälte und schließe die Tür hinter mir.

Ich setze mich auf die Treppenstufen, die sich unter meiner Jeans eisig anfühlen, aber die kalte Luft tut mir gut. Trotzdem hämmert mein Herz wie die Drumline eines Speed-Metal-Songs. Als sich hinter mir die Tür öffnet, wirble ich herum.

Es ist Grandpa Frank. Er setzt sich neben mich. »Hi.«

»Hi«, japse ich.

»Du siehst nicht besonders gut aus.«

»Fühle mich auch nicht besonders gut.«

»Und was genau ist das Problem?«

»Kann nicht atmen«, sage ich.

»Für Herzprobleme bist du ungefähr dreißig Jahre zu jung.« Er nimmt meine Hand und legt mir zwei Finger ans Handgelenk. »Rachel, hast du eine Panikattacke?«

Ich sehe ihn an. »Woher soll ich das wissen?«

Er tätschelt mir die Hand. »Angstgefühle, Kurzatmigkeit. Vielleicht Benommenheit.«

»Kommt mir bekannt vor.«

»Mach dir keine Sorgen. Das geht vorbei. Manche Leute haben sie zu oft – sodass sie ihr Leben beeinträchtigen. Deshalb müssen sie sich Hilfe holen. Aber wenn du nur eine oder zwei hast, am, sagen wir mal, stressigsten Weihnachtstag aller Zeiten, kann ich dir versichern, dass du dich wieder ganz erholen wirst.«

»Gut zu wissen.« Ich versuche, nicht zu keuchen.

»Ich verschreibe dir … einen Spaziergang um den Block. Aber wir brauchen Mäntel.« Er geht hinein, um sie zu holen.

Der Spaziergang hilft. Ich folge meinem Großvater durch den verlassenen Park im Viertel, vorbei an eingefrorenen Spielgeräten. »Auf diesem Feld hat Frederick als Kind Baseball gespielt«, sagt er und zeigt mit dem Finger darauf.

»Das kann ich mir kaum vorstellen.«

Mein Großvater lacht leise. »Er war nicht besonders gut. Im zweiten Jahr wurde er aus dem Team geworfen.«

»Ich wette, das hat ihn nicht gestört.«

»Kein bisschen«, stimmt sein Vater zu.

»Wir machen das auch«, sage ich. »Frederick und ich gehen spazieren.«

»Er ist schon immer gern spazieren gegangen«, sagt Dr. Richards. »Er hat mir mal erzählt, dass er auf diese Art eine Menge Songtexte fertig bekommt. Herumlaufen und im Kopf die Wörter hin und her schieben.«

»Warum fährt Frederick nicht Auto?«, frage ich plötzlich.

»Die Geschichte hat er dir nicht erzählt?«

Mir prickelt der Nacken. »Es gibt eine Geschichte?«

Grandpa Frank bleibt unter einer Silberbirke stehen, deren papierene Rinde im Wind flattert. »Früher ist er gefahren. Aber mit neunzehn hat er sein Auto vor einen Baum gesetzt. Das hat ihn so geschockt, dass er sich nie wieder hinters Steuer gesetzt hat.«

Ich weiß nicht, was ich von dieser Geschichte halten soll. Dass Frederick vor etwas Angst hat, kann ich mir kaum vorstellen. »Wurde jemand verletzt?«

»Er war allein und sehr wahrscheinlich betrunken. Er hat sich ein paar Rippen am Lenkrad gebrochen, das ist alles. Aber das hat wohl gereicht.«

Wir gehen weiter.

»Er hat seinen Flug umgebucht«, schäumt Alice, als wir zurück ins Haus kommen. »Er reist heute Abend ab.«

Mir zieht sich das Herz zusammen. Er kann mich doch nicht einfach hierlassen. Ich renne nach oben. Sein Zimmer ist leer, das Geschenk, das ich dort abgestellt habe, verschwunden. Weit und breit keine Gitarre in Sicht. Ich werfe mich auf sein Bett und presse das Gesicht in die Armbeuge.

Jemand kommt herein und setzt sich neben mich aufs Bett. Den Schritten nach zu urteilen ist es Alice. »Rachel«, sagt sie.

Ich mache mir nicht die Mühe, mein tränenüberströmtes Gesicht zu heben. Freundliche Worte von Alice können die Tränen nicht aufhalten.

»Rachel, es tut mir leid, dass er dich so hat hängen lassen. Er weiß nicht, wie man sich als Vater verhält.«

Ist das ihr Ernst? Meistens macht er einen ganz guten bis mittelmäßigen Job. Ich werde wütend und setze mich rasch auf. »Warum stößt du ihn weg?«

Die Frage verunsichert Alice. Ihre Lippen zittern. »Er stößt sich selbst weg.«

»Tante Lisa …« Ich schlucke. »Wir rufen sie nicht an.«

»Okay«, flüstert Alice.

Den Grund dafür bringe ich kaum heraus. »Sie hat mich im Heim gelassen. In Orlando. Sie hat mich dort zurückgelassen und Frederick nicht.«

»Oh.« Alice steigen die Tränen in die Augen.

Sie greift nach meiner Hand, aber ich ziehe sie weg. »Wenn du ihm nicht verzeihen kannst«, stottere ich, »dann können wir nicht mehr hierherkommen.« Ich ziehe Jakes Angebot in Betracht, mich in Boston abholen zu lassen. Wenn Frederick gehen kann, kann ich das auch. »Wenn du ihm nicht verzeihen kannst, kann ich nicht hierbleiben. Weil …« Ich kämpfe mit den Tränen. »Weil ich ihn auch liebe. Und du machst es mir so schwer.«

Alice wird blass. Dann steht sie vom Bett auf und verlässt das Zimmer.

Ich warte, bis ihre Schritte am Ende der Treppe angekommen sind, dann drücke ich das Gesicht wieder zwischen die Arme und weine. Weil Frederick nun doch getan hat, wovor ich die ganze Zeit Angst hatte.

Er hat mich im Stich gelassen.

Erst um neun Uhr am nächsten Morgen ruft mein Vater mich an. Ich liege im Bett und überlege noch, ob ich überhaupt aufstehen soll, da klingelt mein Handy.

»Rachel«, sagt er, und seine Stimme klingt schroff. »Ich schulde dir eine Entschuldigung.«

Oder zehn. Oder eine Million. Ich bin nicht bereit, auch nur eine anzunehmen. »Wo bist du?«

»Ich stehe am Strand. Es ist noch dunkel.«

Warum hast du mich nicht mitgenommen?

»Rachel, was hast du zu Alice gesagt?«

»Warum?«

Er lacht leise. »Was du auch gesagt hast, es war sehr wirkungsvoll. Entweder das, oder Zombies haben sie erwischt.«

»Wie meinst du das?«

»Gestern Abend ist sie bei Ernie vorbeigekommen, und

dann hat sie mich zum Flughafen gefahren. Sie hat gesagt, dass es ihr leidtut.«

»Wirklich?«

»Ich bin dir was schuldig.«

Warum kommst du dann nicht zurück?

»Der Hut gefällt mir«, fügt er hinzu.

»Oh. Gut.« Mir ist aufgefallen, dass er nie einen Hut trägt, noch nicht einmal an den kältesten Tagen in New Hampshire. Ich habe ihm eine Art Stetson aus Wolle besorgt, der cool aussieht, aber auch warm ist. Ich habe mich so darauf gefreut, ihn ihm zu schenken, und jetzt weiß ich kaum noch, warum.

»Ich rufe dich morgen wieder an, okay?«

»Okay«, flüstere ich und lege auf.

Ich lese eine alte Biografie über Eric Clapton, die ich in Fredericks Zimmer gefunden habe, als mein Handy wieder klingelt. Ich erkenne die Nummer nicht. »Hallo?«

»Hi, Rachel. Hier ist Ernie.«

»Hi.« Ich hoffe, er will sich nicht auch entschuldigen. Ich habe so viele unangenehme Gespräche geführt, die reichen für die nächsten Jahre.

»Bist du beschäftigt?«

Ich lächle. »Nein. Warum?«

»Hast du Lust auf ein kleines Abenteuer?«

»Äh, ja? Was denn?«

»Frederick hat dir ein Geschenk in seinem Schrank dagelassen. Mach es auf und bring es mit nach draußen. Ich bin auf dem Weg zu euch.«

»Das klingt sehr mysteriös, Ernie.«

»Du wirst schon sehen«, sagt er. »Bin in zehn Minuten da.«

Ich gehe in Fredericks Zimmer und öffne die Schranktür. Dort steht tatsächlich eine große Kiste, in Geschenkpapier eingewickelt und mit hübscher Schleife, aber ohne Karte. Ich knie mich vor die Schranktür und ziehe die Schleife auf, dann reiße ich das Papier ab.

In der Kiste liegen wasserfeste Handschuhe, ein Fleece-Halstuch und eine überraschend unförmige Schneebrille. Außerdem enthält sie noch eine Schneehose von North Face, so eine, wie auch Aurora sie besitzt. Unten in der Kiste liegt eine Nachricht in Fredericks Handschrift.

Komm diese Woche mit mir nach Snow Creek. Einen »Berg« in Missouri schaffen sogar Mädchen aus Orlando. In null Komma nichts wirst du elegant durch die Wildnis von New Hampshire gleiten. – Dad

Getroffen schnipse ich die Karte zur Seite. Dann hebe ich die Kiste hoch, renne nach unten und steige in meine Stiefel. Als ich die Haustür öffne, sehe ich einen Buick mit qualmendem Auspuff vorfahren.

Ich renne den Bürgersteig entlang, reiße die Beifahrertür auf und springe hinein. »Ihr verarscht mich doch.«

Ernie hält auf dem Weg zur Gangschaltung inne. »Warum?« Er trägt eine schwarze Schneehose, einen hellorangenen Parka, und auf seinem Gesicht spiegelt sich wie so oft mildes Erstaunen wider.

»Er hat dich geschickt, um mit mir Ski fahren zu gehen. Und du hast gesagt: ›Klar, Alter, kein Problem.‹«

Ernie zögert. »Ich fahre gern Ski.«

»Darum geht es nicht!« Meine Stimme überschlägt sich beinahe. »Er hat dich geschickt, damit du auf mich aufpasst und hinter ihm aufräumst. Warum machst du diesen Scheiß mit?«

Und warum mache ich das mit?

Ernie sagt kein Wort. Er wartet.

»Scheiß auf ihn«, fluche ich. »Ich kann ihn quasi hören. ›Zu dumm, dass ich die Nachricht in den Karton gelegt habe. Aber ich werde einfach Ernie bitten, für mich einzuspringen. Ich sage Henry, er soll ihm für den Nachmittag das Probenhonorar überweisen.‹«

Ernies glucksendes Lachen erfüllt das Auto. »Du bist lustig, wenn du sauer bist.«

»Dann habe ich gerade eine richtig lustige Woche.« Ich haue mit den Händen auf das Armaturenbrett. Mir brennen die Augen.

»Es ist kompliziert, Rachel«, sagt Ernie und dreht den Schlüssel, um den Motor auszuschalten. »Frederick und ich springen schon sehr lange füreinander ein.«

»Ehrlich?«, dränge ich. »Wie kommt es, dass du so viele Songs mit ihm geschrieben hast, aber nur *sein* Name vorne auf den Alben steht? Ohne dich wäre er nichts.« Ich weiß, dass ich zu weit gehe und es an Ernie auslasse. Erst gestern habe ich Frederick verteidigt. Jetzt würde ich am liebsten den Kopf gegen das Armaturenbrett schlagen.

»Können wir jetzt Ski fahren gehen?«, fragt er ruhig. »Hol noch deinen Mantel. Das wird richtig lustig.«

»Rechts, rechts, rechts!«, ruft Ernie, als ich immer schneller auf die Baumgrenze zurase.

Kurz bevor es zu spät ist, verlagere ich das Gewicht auf mein rechtes Bein und auf die Fußballen. Wie durch ein Wunder fahre ich eine Kurve.

Aber dann verkanten sich meine Skier. Und ich falle. Schon wieder.

Zwei kleine Kinder, wahrscheinlich ungefähr fünf Jahre alt, zischen an der Stelle vorbei, wo ich im Schnee liege.

In einer Wolke aus Pulverschnee kommt Ernie zum Stehen. »Das war gar nicht schlecht. Du hast drei Schwünge geschafft, bevor du hingefallen bist.«

»Ganz toll.« Ich seufze.

»Komm, wir fahren noch ein paarmal runter«, sagt er. »Dann gehen wir in die Hütte und bestellen alles, worauf wir Lust haben.«

»Abgemacht«, sage ich. »Aber Frederick bezahlt.«

Ernie streckt sein Kinn zum unglaublich blauen Himmel und lacht.

»Es tut mir leid«, sage ich eine halbe Stunde später zu Ernie, während wir unsere Pommes in die Barbecuesoße dippen.

»Was denn?«

Ich sehe ihn unglücklich an. »Dass ich im Auto so ausgeflippt bin. Wie ihr die Songs schreibt, geht mich nichts an.«

Er dippt noch eine Pommes. »Weißt du, nicht jeder will Leadsänger sein.«

»Kann sein.«

»Das meine ich ernst. Hast du dich schon mal gefragt, warum er so einsam ist?«

»Was?« Ruckartig hebe ich den Blick und sehe in seine braunen Augen.

»Er hat sich seit zehn Jahren mit niemandem mehr richtig angefreundet«, sagt Ernie und nippt an seiner Cola. »Wenn du Frederick bist, fragst du dich immer, was die Leute von dir wollen. Frauen wollen ein Foto in der *US Weekly*, oder sie wollen sein Geld. Fans wollen ein Bild, damit sie damit auf Facebook angeben können. Es gibt kaum jemanden, dem er vertrauen kann.«

Ich spiele mit dem Strohhalm in meinem Getränk. »Wie kommt es dann, dass er nicht hier bei uns ist? Du und ich sind sehr vertrauenswürdig.«

»Rachel«, sagt Ernie mit einem leisen Lachen und streicht sich über die Glatze. »Hast du schon mal in Erwägung gezogen, Jura zu studieren? Du hättest bestimmt eine Zukunft im Gerichtssaal.«

Ein paar Tage später nimmt Alice ihre Arbeit in der Universitätsbibliothek wieder auf, und mir bleibt nur noch der schweigsame Grandpa Frank als Gesellschaft. Er unterrichtet Medizin an der Uni, deshalb hat er noch frei.

»Ich habe eine Einkaufsliste für den Supermarkt bekommen«, sagt er am ersten Morgen, an dem wir allein sind.

»Ich helfe dir«, biete ich an.

»Es könnte sein, dass wir erst noch einen Abstecher in den Buchladen machen müssen.« Er nickt. »Dort gibt es auch hervorragende heiße Schokolade.«

Ich liebe diesen Mann schon jetzt. »Ich hole meinen Mantel.«

Im Laden kaufe ich ein Buch, das auf dem Lehrplan für den Musiktheoriekurs im nächsten Semester steht, und wir setzen uns an einen Tisch. Mir gegenüber blättert mein Großvater in *The Economist* und bricht Stücke von einem Cookie ab, den er für uns beide gekauft hat. Er ist so groß wie ein Teller.

Ich nippe an meinem Latte und schlage die Einleitung in meinem Buch auf. Eine neue Seite, ein neuer Anfang, eine neue Klasse. Eine Tasse Kaffee und das Schweigen meines Großvaters. Diese Dinge ermöglichen es mir, die Herzschmerzen der vergangenen Woche zu verdrängen. Eine Weile verliere ich mich in einer Erklärung, wie das menschliche Ohr Schallwellen in Musik umwandelt.

Dann lese ich von einem Experiment, das so wunderbar nerdig ist, dass ich Jake unbedingt davon erzählen muss. In den 1950er-Jahren hat ein Komponist dasselbe Stück mit unterschiedlichen Instrumenten aufgenommen. Dann hat er in wahnsinniger Kleinarbeit den Anfang jedes Tons abgeschnitten – den Anschlag des Hammers, der auf die Klaviersaite trifft, den ersten Hauch eines Flötentons, das leise Summen beim Zupfen einer Gitarrensaite –, und etwas Seltsames geschah. Die Zuhörer, denen der Beginn jedes Tons vorenthalten wurde, konnten nicht mehr erkennen, welches Instrument gespielt wurde. Selbst professionelle Musiker, die diese Bänder hörten, konnten die Instrumente nicht benennen.

Ich lege das Buch weg und versuche mir vorzustellen, wie das vertraute Surren einer Gitarrensaite durch das Löschen des Anfangs unkenntlich gemacht werden kann. Ich würde gegen Geld wetten, dass ich Fredericks Gitarre aufgrund des jahrelangen Hörens auf jeden Fall erkennen würde.

Frederick ruft mich jetzt jeden Morgen an, aber ich gehe nicht dran. Ich will nicht mit ihm streiten, aber ich bin noch nicht bereit, zu vergeben und zu vergessen.

Trotzdem hinterlässt er mir jeden Morgen eine Voicemail. In seinen Nachrichten erwähnt er weder Weihnachten noch den Streit mit Alice. Stattdessen erzählt er mir kleine Neuigkeiten – dass er meine Lieblingspizza mit Zwiebeln und Oliven probiert hat und dass Henry eine neue Freundin hat.

In diesen Nachrichten spricht er mehr mit mir als sonst. Ich höre sie mir aufmerksam an. Aber mein verbittertes Herz lässt mich nicht zurückrufen.

»Und lass dich von Grandpa Frank zu *Woodyard Bar-B-Que* mitnehmen, die Krustenhappen sind super«, sagt er am Ende seiner letzten Nachricht, erwähnt aber nicht, warum er mich nicht selbst dorthin mitnimmt. »Wir sehen uns in ein paar Wochen«, sagt er jedes Mal, bevor er auflegt.

Unsere Beziehung ist wie ein Experiment, das schiefgelaufen ist. Vielleicht werden mein Vater und ich uns nie richtig hören können, denn von unserem Anfang wurde so viel abgeschnitten und weggeworfen.

GEGENBEWEGUNG

Gegenbewegung: das Bewegungsverhältnis zweier Stimmen, von denen eine steigt und die andere fällt.

21

Kurz vor Silvester bin ich damit fertig, fünf Collegebewerbungen auszufüllen. Ich lasse die Anmeldegebühren von Fredericks Kreditkarte abbuchen. Da wir immer noch nicht miteinander reden, ist das die einzige Möglichkeit für ihn, zu erfahren, für welche Colleges ich mich bewerbe.

Für Claiborne College ist mein aktueller Notendurchschnitt zu schlecht. Deshalb kreuze ich – widerwillig – das Kästchen an, in dem danach gefragt wird, ob einer meiner Eltern schon auf Claiborne College war, und trage Fredericks Namen ein.

Frank und Alice bringen mich zum Flughafen von Kansas City. Nach mehreren herzlichen Umarmungen schicken sie mich auf den Weg nach Boston.

Und zu Jake. Ich freue mich so sehr, ihn wiederzusehen. Der Kuss, den er mir gibt, als ich endlich in Habernacker ankomme, verrät mir, dass es ihm genauso geht.

Damals, als Jake für mich noch nicht mehr war als ein Name und eine E-Mail-Adresse, hat er mich gewarnt, die Winter in New Hampshire seien kein Spaß. Und er hatte recht. Den ganzen Januar über schlottere ich. Der Fliesenboden in unserem uralten Badezimmer ist so kalt, dass es an den Füßen wehtut. Der Fensterplatz in unserer Wohnung wird unbenutzbar, weil es durch die altmodischen Bleiglasfenster zieht.

»So fühlen sich minus zwanzig Grad an«, sagt Jake eines Tages, als wir nach dem Frühstück zusammen den Speisesaal verlassen.

Ich hole tief Luft. »Meine Nase gefriert von innen.«

»Wenigstens musst du nicht eine Meile bis zur Schule laufen«, sagt er und schlingt seinen Schal fester um sich, sodass nur noch die obere Hälfte seines Gesichts zu sehen ist. Jake belegt dieses Semester zwei Naturwissenschaftskurse und einen in Höherer Mathematik am Claiborne College, weil er schon alles absolviert hat, was CPrep anzubieten hat.

Mit dieser Bilanz wird er im Frühjahr auf jeden Fall am College angenommen. Aber er hasst es, wenn ich das sage, denn er ist abergläubisch.

Ich stelle mich auf die Zehenspitzen und gebe ihm einen schnellen Kuss auf die Nase. »Sehen wir uns bei Englisch?«

Er nickt. »Und jetzt schnell, sonst erfrierst du noch.«

Ich trotte zu meiner ersten Stunde. Nachdem ich mich in den Klassenraum im Musiktrakt hingesetzt habe, sind meine Handschuhe das Einzige, was ich auszuziehen bereit bin. Die alten Heizkörper unter den Fenstern erwachen klopfend zum Leben, aber im Klassenraum bleibt es kalt.

Mein Handy vibriert, und als ich es mit steif gefrorenen Fingern hervorhole, sehe ich eine Nachricht von meinem Vater.

Hi, Rachel. Triffst du dich mit diesem Unhold zum Kaffee?

»Unhold« ist eine gute Ergänzung zu unserer Sammlung, und ich frage mich, wie lange Frederick gebraucht hat, bis er darauf gekommen ist.

Seit einer Weile bekomme ich nun schon diese witzigen flehenden Nachrichten von ihm. Diese Woche hat er auch schon »deprimiert« und »desaströs« untergebracht.

Ich antworte auf keine, auch wenn das Wort »unwirsch« geradezu danach schreit, benutzt zu werden.

Als er nach Kalifornien abgehauen ist, habe ich mir eine wohlverdiente Pause von allem, was mit Frederick zu tun hat, verordnet. Aber nun, da er wieder in Claiborne ist, kommt mir das lächerlich vor. Frederick hat sich kindisch benommen – er konnte nicht einmal ein paar Tage mit seinen Eltern verbringen, ohne die Sache gegen die Wand zu fahren.

Während er ein paar Tausend Meilen entfernt war, fiel es mir leicht, ihn zu ignorieren. Aber nun ist er so weit gereist, nur um mich zu sehen. Wenn ich ihn jetzt abblitzen lassen, dann bin *ich* genauso unreif, oder? Es wäre so, als würde ich meine Zimmertür zuknallen und schmollen.

Inzwischen ist ein voller Monat vergangen, seit wir zuletzt miteinander geredet haben. Vor etwa zwei Wochen hat er aufgehört, mir auf die Mailbox zu quatschen. Aber mindestens einmal am Tag leuchtet sein Name als eingehender Anruf auf. Und seine Textnachrichten lassen meine Entschlossenheit bröckeln. Schlimmer noch – ihn zu ignorieren, macht mich zunehmend unsicher. Wie lange wird er hier noch ausharren, bevor er mich vollständig aufgibt?

Vorne im Klassenraum beginnt der Professor den Unterricht mit einem Vortrag über Vorzeichen von Tonarten.

»Ein Versetzungszeichen, auch Akzidens genannt, bezeichnet eine Note, die von der eigentlichen Tonart eines Stückes abweicht. Doch trotz seines Namens ist an einem Akzidens nichts zufällig. Die Verwendung von Akzidenzen verleiht der Musik Tiefe und Facettenreichtum und gestattet es dem Komponisten sozusagen, sich wie ein Maler einer erweiterten Farbpalette zu bedienen.«

Ich schlüpfe aus meinem Mantel und beginne mitzuschreiben. Zum Glück gibt es den Unterricht mit seinen zahlreichen Ablenkungen.

Am folgenden Donnerstag – ich erwarte einen Anruf von Jake – gehe ich ans Telefon, ohne aufs Display zu schauen. »Hallo?«

»Hi, Rachel.« Fredericks Stimme klingt rau und warm in meinem Ohr.

Ich schließe die Augen.

In die Stille hinein fragt er: »Ist da meine lange verlorene Tochter?

Im Ernst? »Frederik, das hast du jetzt *nicht* gesagt …«

Er schnaubt. »Das ist bloß Galgenhumor. Ich bin in der Stadt«, sagt er, als wüsste ich das nicht längst. »Und es ist ein herrlicher Tag draußen. Komm raus, wir gehen einen Kaffee trinken.«

Ich schwanke. Mich zu weigern, ihn zu treffen, wäre eine Provokation. Und brave Mädchen meiden so etwas wie der Teufel das Weihwasser. Und außerdem habe ich heute Mittag keinen Unterricht, also habe ich wirklich keinen Grund, nicht hinzugehen.

»Ich wollte bloß gleich …« Beinahe hätte ich Jakes Namen gesagt, aber irgendetwas hält mich davon ab. »Ich gehe mit Aurora Mittag essen. Wie wäre es mit halb zwei? Dann treffe ich dich vor dem *Inn.*«

»Ich werde da sein«, sagt er.

Er kommt zur verabredeten Zeit und winkt mit dem Hut, den ich ihm zu Weihnachten geschenkt habe. Kurz drückt er mir die Schultern. »Hast du viel zu tun?«

»Klar«, antworte ich grummelig. »Neue Fächer.« *Neuer Freund.* Ich bin mir immer noch nicht sicher, ob er so einen Insider-Exklusivbericht aus meinem Leben verdient hat. Also stelle ich ihm stattdessen eine Frage. »Was hast du so gemacht?«

»Ein paar neue Songs geschrieben. Ich bin immer beschäftigt.« Zusammen spazieren wir die Main Street hinunter, der blassen Wintersonne entgegen. »Welche Fächer hast du dieses Semester?«

Wir klammern uns wieder an sichere Themen, genau wie in Orlando. »In englischer Literatur lesen wir Chaucer. Wieder Spanisch. Kunstgeschichte. Musiktheorie.« Das streue ich ganz am Ende ein und bin gespannt, ob er es bemerkt.

»Tatsächlich.« Er blickt mich von der Seite an. »Ich wusste gar nicht, dass dich das interessiert.«

»Dann sage ich es dir jetzt«, spiele ich es herunter. »Ich mag Musik, aber ich frage mich, ob es nicht auch eins dieser Dinge ist, die weniger schön werden, je mehr man darüber weiß. So wie Astronomie.« Ich finde Sterne ganz schön, aber im Gegensatz zu Jake muss ich nicht wissen, dass sie kugelförmige Gasansammlungen sind, die thermonukleare Fusionsprozesse durchlaufen.

»Musiktheorie ist ein tolles Fach«, sagt Frederick. »Ich fand es interessant, dass es einen Grund dafür gibt, warum manche Töne gut zusammen klingen und andere nicht – dass die Hörer immer wollen, dass sich ein dissonanter Akkord in einen konsonanten auflöst.«

»Aber wirkt dann nicht alles viel zu einfach? Sind wir alle so berechenbar?«

»Menschen *sind* berechenbar«, widerspricht er. »Das ist einfach so.«

Eine Weile gehen wir schweigend nebeneinanderher. »Wie war dein Neujahrskonzert?«

»Gut.«

Ich warte darauf, dass er mehr erzählt, aber er sagt nichts. Und ich bin es leid, ständig das Gefühl zu haben, dass mir der Zutritt zum coolen Teil seines Lebens verwehrt bleibt. »Du erzählst nie irgendetwas von deiner Arbeit. Warum nicht?«

»Also gut.« Er lacht leise. »Wir haben ein neunzigminütiges Set für sechstausend Leute gespielt, hauptsächlich Stücke, die ich vor zehn Jahren geschrieben habe, denn deswegen waren sie da. Sie haben applaudiert. Und hinterher hat Henry neunzigtausend Dollar auf mein Konto eingezahlt.«

»Ein ganz normaler Tag im Büro«, murmle ich.

»Ganz genau. Meine Arbeit ist das Egoistischste der Welt. So etwas wie … professionelles Masturbieren.«

Jetzt schnaube ich. »Das ist ein Satz für *US Weekly*.«

»Kein Scherz. Ich rede nicht gern darüber, weil …« Er schweigt so lange, dass ich schon denke, er wird den Satz nie beenden. »Deine Mutter ist Krankenschwester geworden, stimmt's? Um *kranken Kindern* zu helfen. Himmel. Wie soll man damit konkurrieren?«

Ich gebe ein ersticktes Geräusch von mir, weil er sich jetzt genauso anhört wie Alice.

»Können wir da reingehen?« Er zeigt auf ein Geschäft.

Ich war viel zu sehr damit beschäftigt, meinen Kopf vom Platzen abzuhalten, sodass ich gar nicht darauf geachtet habe, wohin wir gehen. »Warum?«

»Ich möchte dir etwas zeigen.«

Ich folge ihm durch den Laden zu einem Regal. »Lange Wollunterhosen? Klingt kratzig.«

»Das dachte ich auch erst«, sagt er. »Aber es ist Merinowolle. Fühl mal. Mich hat mal jemand dazu überredet, sie anzuprobieren. Los, kaufen wir dir ein Paar, und ich garantiere dir, du willst sie nie mehr missen.«

»Wir werden sehen.« Ich frage mich, mit wem Frederick über Unterwäsche redet.

»Wenn der Winter erst vorbei ist, haben wir das mit dem kalten Wetter raus«, sagt er. »Was hältst du davon?« Er reicht mir eine riesige Pelzmütze.

»Die ist toll. Für jemand anders.« Ich lege sie zurück ins Regal.

Als wir das Geschäft verlassen, scheint die Februarsonne auf uns herab. Ihre Wärme taut mein Herz langsam auf. Wir setzen uns an einen Tisch im Außenbereich vor einem Café. »Das ist eine Hitzewelle«, verkünde ich und wende mein Gesicht zur Sonne. »Ich betreibe Fotosynthese.«

Ich schlürfe einen Cappuccino und genieße Fredericks Aufmerksamkeit. Er redet über Musiktheorie. Und zum ersten Mal wird meine kindliche Vorstellung davon, wie es ist, mit ihm zusammen zu sein, wahr.

»Den Quintenzirkel kann man wirklich nicht auf dem Klavier lernen«, sagt er und wedelt bekräftigend mit der Hand. »Eine Tastatur macht es einem einfacher, Dur-Tonleitern zu spielen. Aber auf einer Gitarre kann man die Intervalle spüren. Es ist so, als würde man direkt in die DNA der Musik blicken. Irgendwann zeige ich es dir.«

»Das wäre schön.« Ich hege immer noch die heimliche Hoffnung, dass Frederick mir Gitarrenunterricht gibt. Irgendwann werde ich den Mut aufbringen und ihn fragen.

»Das sind die einzigen Hausaufgaben, bei denen ich dir jemals helfen kann. Den Chaucer wirst du allein entschlüsseln müssen.«

Ich wirble den Schaum in meinem Pappbecher herum. Aus dem Augenwinkel bemerke ich eine Frau, die uns beobachtet. Genau genommen zwei Frauen. Sie sind am Rand des Sitzbereichs vor dem Café stehen geblieben.

Anfangs halte ich sie für glotzende Fans. Das passiert immer noch manchmal, sogar in Claiborne. Doch dann erkenne ich die Frau, die ich durchs Fenster vom *Mary's* und auf dem Angebot der Immobilienmaklerin gesehen habe. Und sie starrt uns ungläubig an.

Warum?

Ich spüre, wie sich in meinem Bauch irgendetwas verkrampft. Mit voller Absicht lege ich meinem Vater eine Hand auf den Arm. Ich beuge mich vor, bringe mein Gesicht näher an seins heran. »Wann hast du angefangen, Gitarre zu spielen?«

Sein Lächeln ist mir ganz nah. »In der Mittelschule«, sagt er. »Ich habe mir von dem Geld, das ich mit Autowaschen verdient habe, eine Les Paul Junior gekauft.«

Das wusste ich natürlich längst. Ich habe es schon vor Jahren gelesen. Als ich wieder einen raschen Blick in Richtung der Frau werfe, ist sie immer noch da, ihr Gesicht wie erstarrt, als könnte sie unmöglich den Blick abwenden.

»Oh Scheiße«, sagt mein Vater. Jetzt hat er sie auch entdeckt.

»Was ist los?«, frage ich und versuche, ganz beiläufig zu klingen. Frederick sieht aus, als wollte er von seinem Stuhl aufspringen.

Am Rande meines Blickfelds legen die beiden Frauen einen Spurt ein. Sie gehen am Café vorbei und die Straße entlang.

Mein Vater stößt gequält den Atem aus. »Es ist bloß ... Da kommt eine Auseinandersetzung auf mich zu. Natürlich wäre sie absolut vermeidbar gewesen. Das habe ich ja wieder gut hingekriegt.«

»Ist das deine Freundin?«

Er schaut mich an, die Augen schmal, und er zögert länger, als die Frage erfordert. Ich sehe ihm an, wie er herauszufinden versucht, ob ich absichtlich Verwirrung gestiftet habe oder nicht. »Ja.«

»Und sie weiß nicht, dass du eine Tochter hast?« Schon während ich es sage, zieht sich mein Herz vor Überraschung zusammen.

Er schließt für einen kurzen Moment die Augen. »Nein. Aber sie wird es jetzt erfahren.«

»Im Ernst? Ich wusste nicht, dass ich immer noch nicht anerkannt bin. *Wow.*« Beim letzten Wort kiekst meine Stimme.

»Das ist nicht fair.« Sein Gesicht läuft rot an, und das verblüfft mich. »Ich mag diese Frau wirklich sehr. Und ich wusste bisher nicht, wie ich ihr sagen soll, dass ich ein Gründungsmitglied der Anonymen Arschlöcher bin.« Er steht auf. »Aber das werde ich jetzt tun.«

Ich blicke zu ihm auf, immer noch schockiert. »Also … es war nett von dir, dass du vorbeigeschaut hast.«

Er nimmt seinen Hut vom Tisch und sieht aus wie ein geprügelter Hund. »Also … ich werde mich jetzt bei Norah dafür entschuldigen, dass ich so ein Arsch bin, und nachher rufe ich dich an und tue das Gleiche. So machen wir es. Pass auf dich auf.« Und damit verlässt er mit großen Schritten unseren Tisch.

Ich blicke ihm nach. Die Frau ist auf der Hälfte der Main Street stehen geblieben. Sie und ihre Freundin beobachten, wie Frederick auf sie zukommt.

Ich stehe auf und kehre ihnen allen den Rücken, werfe meinen Kaffeebecher in einen Papierkorb und mache mich auf den Weg zurück zum Campus.

22

Ich halte das Buch in den Händen, kann mich aber nicht auf Chaucers Verse konzentrieren. Stattdessen spielt sich in meinem Kopf immer wieder die explosive Stunde mit Frederick ab. Wochenlang habe ich mich schuldig gefühlt, weil ich mich nicht gemeldet habe, und ihm war es vielleicht völlig egal. Er war viel zu sehr damit beschäftigt, seine Freundin zu vögeln.

Als ich heute zum Treffen mit Frederick gegangen bin, hab ich in meiner Manteltasche meine Notenübersicht mitgenommen. Ich wollte ihm zeigen, dass ich im letzten Semester zwei Einser und zwei Eins minus bekommen habe.

Ich bin achtzehneinhalb Jahre alt und wünsche mir immer noch verzweifelt die Anerkennung meines Vaters.

Total armselig.

Auf dem Sofa neben mir stöhnt Jake. »Ich kann nicht mehr«, sagt er. »›Er klopft ihr dann noch auf die Hüften tüchtig‹. Wer sagt denn so was? Er hat sie einfach in den Hintern gezwickt.« Jake verdreht die Augen. »Diese alte Sprache macht mich fertig. Dadurch werden sogar lustige Sachen langweilig.« Schnell zwickt er mir in den Po.

Ich schüttle Jakes Arm ab und drücke mich noch tiefer in die Ecke der Couch. Ich blättere um und versuche weiterzulesen.

»Habe ich etwas falsch gemacht?«

»Nein.« Ich seufze. »Ich bin nur sauer auf meinen Vater.«

»Okay. Als ich dich gefragt habe, wie es gelaufen ist, hast du gesagt: ›Gut.‹ Stimmt das nicht?«

»Es war nur ... typisch Frederick. Er denkt nicht an andere Menschen.«

Jake klappt sein Buch zu. »Was hat er jetzt schon wieder angestellt?«

»Er hat eine Freundin ...« Ich halte inne, weil es für Jake wahrscheinlich keinen Sinn ergibt. *Sie weiß nicht, dass es mich gibt.* Wenn ich das laut ausspräche, würde ich mich bloß egozentrisch anhören. »Und er hat mir nicht von ihr erzählt«, sage ich stattdessen. Und das stimmt ja auch.

»Ist sie erst einundzwanzig?«

»Nein, er hat nur ...« Ich schüttle den Kopf.

»Wäre es nicht für euch beide besser, wenn er hier glücklich ist?«

Ich sehe ihn scharf an. »Du hast ja keine Ahnung.«

»Das hätte ich, wenn du mit mir reden würdest«, sagt er sanft.

»Ja«, flüstere ich. »Ich weiß.«

Und dann fühle ich mich noch schlechter. Ich hebe mein dämliches Buch und verstecke mich dahinter. Jake und ich lesen beide *Die Erzählung des Müllers* zur Vorbereitung auf den morgigen Englischkurs, den wir in diesem Semester besuchen. Aber ich bin nicht in Stimmung für den Zimmermann, seine untreue Frau und den Musiker, der ihm Hörner aufgesetzt hat. Ich komme nur langsam voran.

»Werde ich ihn irgendwann mal kennenlernen?«, fragt Jake nach einer Weile.

»Wen? Frederick? *Nein.*«

»Okay ... das war jetzt wohl der falsche Zeitpunkt für diese Frage, oder?«

»Bingo.«

Er legt sein Buch weg. »Ich meinte damit nicht, dass ich sein Groupie sein will. Ich mag dich einfach. Wenn meine Eltern in der Stadt wären, würde ich sofort mit dir angeben. ›Das ist Rachel. Sie mag mich, obwohl ich Chaucer nicht verstehe.‹«

Ich klappe mein Buch zu und bin immer noch angespannt. »Ich muss in fünfzehn Minuten zur Probe.«

Auroras Stimme kommt aus dem Schlafzimmer. »Jake, Schätzchen, heute Abend wird das wohl nichts mehr. Viel Glück für morgen.«

Mit einem Seufzer nimmt Jake sein Buch wieder auf.

Gemeinsam mit der Sonne sind auch die Temperaturen gesunken, deshalb renne ich den ganzen Weg zur Probe. Die Kälte brennt mir im Gesicht, aber die Bewegung hilft mir dabei, die Enttäuschungen des Tages abzuschütteln. Mir wird sowieso schnell wieder warm werden. Der Belle Choir probt in einem überheizten Klassenzimmer.

Ich bin nur eine Minute zu spät, und die anderen legen gerade erst ihre Schals ab und ziehen sich die Mäntel aus.

»Lasst uns anfangen, Leute!«, ruft Jessica. »Vor dem Auftritt haben wir nur noch viermal Probe. Und Rachel und Daria haben immer noch keine Solos. Jede Menge Arbeit also!«

Ich nehme in der Hufeisenformation meinen Platz beim Alt ein.

»Ich würde gern ›Blackbird‹ nehmen«, sagt Daria.

»Oh gut.« Jessica macht sich eine Notiz auf dem Klemmbrett. »Dann bleibt nur noch Rachel.« Sie sieht mich durchdringend an. In letzter Zeit gehen seltsame Schwingungen von ihr aus, als hätte ich etwas falsch gemacht.

»Also«, sage ich. »Ich singe alles, was du willst. Aber ich hätte eine Idee für etwas Neues – wenn du das nicht zu seltsam findest.«

»Seltsam kann auch interessant sein«, wirft Daria ein.

»Der Song selbst ist nicht seltsam«, sage ich schnell. »Tatsächlich eignet er sich sehr gut für a cappella. Das einzig Seltsame ist, dass mein Vater ihn geschrieben hat.«

»Aber das ist doch ziemlich cool«, sagt jemand.

»Kommt er zum Konzert?«, fragt Daria.

Ich kann Daria nicht ansehen, denn ich weiß es wirklich nicht. Ich habe Frederick gegenüber den Belle Choir noch nicht erwähnt, und schon gar nicht das Konzert.

»Aber wie sollen wir in nur zwei Wochen ein neues Arrangement schreiben?«, fragt Jessica.

»Müssen wir nicht«, sage ich und hole die Noten aus meiner Gesäßtasche. »Schon erledigt. Das war wirklich einfach, ehrlich. Es ist, als wollte dieser Song schon immer a cappella sein.«

Das bringt mir ein Stirnrunzeln von Jessica ein. Aber dann sagt sie: »Dann wärmen wir uns auf, gehen das durch, was wir haben, und ganz zum Schluss schauen wir uns den Song an.«

Zuerst singen wir ein paar Arpeggios, jedes einen Halbton höher als das vorangegangene. Während die warmen Stimmen um mich herum vibrieren, bessert sich meine Laune allmählich.

Als Erstes proben wir »Fly Me to the Moon«, das Solo von Jessica Zwei. Gemeinsam mit den anderen lasse ich meine Stimme fallen und steigen. Während der Probe kommt meine Mutter oft zu mir, unaufgefordert. Ich sehe sie vor mir, wie sie auf den Halbkreis glänzender Gesichter herabschaut und mir dabei zuhört, wie meine Stimme mit den anderen verschmilzt. Während ich hier stehe und mich auf die Noten konzentriere, kann ich gleichzeitig traurig und glücklich sein.

Wegen des Chors haben wir uns nie gestritten. Obwohl Mom nicht gefiel, wie sehr ich mich für Frederick interessierte, sah sie den Chor nicht als Bedrohung. Im Chor zu singen war gesittet und schön. Es würde sich gut auf meinen Collegebewerbungen machen. Der Schulchor war immer mein sicherer Ort, an dem ich alle gleichzeitig erfreuen konnte. Ich konnte meine Stimme verfeinern, von dem Tag träumen, an dem mein Vater mich hören würde, und zur selben Zeit meine Mutter beglücken.

Zehn Jahre lang stellte ich mir vor, dass Frederick auftauchen würde, um mir zuzuhören, und in meinen Tagträumen hatte unsere schicksalhafte Begegnung immer etwas Magisches, mit einem jubelnden Frederick in der hintersten Reihe.

Jetzt, da die Chance besteht, dass dieser Traum wahr wird, schlottere ich vor Angst. Abgesehen davon müsste ich ihm bald von dem Konzert erzählen, wenn ich will, dass er vorbeikommt.

Scheiß auf ihn.

Als ich von der Probe zurückkomme, liegt Jake immer noch auf dem Sofa, seinen Laptop auf dem Bauch. Es verblüfft mich immer wieder, dass so ein attraktiver Typ auf mich wartet und nicht auf jemand anderen. Vor allem, nachdem ich so unausstehlich war.

»Hi!« Ich muss nur ein Zimmer betreten, in dem Jake ist, und schon durchströmt mich ein Glücksgefühl.

»Hi.«

»Was machst du?«, frage ich und hoffe, ich klinge versöhnlich.

»Meine spaßigen Hausaufgaben. Ich schreibe einen Algorithmus, um Text in eine Zeichenfolge aufzugliedern.«

»Ach, Süßer.« Ich lasse meinen Mantel auf den Schreibtischstuhl fallen und setze mich neben ihn auf die Kante des S.A.O. »Es tut mir leid, dass ich dich angemotzt habe. Ich war gestresst und habe es an dir ausgelassen, ich bin wirklich eine schreckliche Person.«

Er klappt seinen Laptop zu. »Ein Hoch auf die Probe! Du hast immer gute Laune, wenn du danach wiederkommst.« Er greift über mich, um den Computer auf den Tisch zu stellen, schnappt sich das Ende meines Schals und wickelt mich aus. Dann küsst er die Haut, die er an meinem Hals freigelegt hat.

Ich schließe die Augen, als mir ein angenehmer Schauer über den Rücken jagt.

»Aurora ist übrigens gerade gegangen«, sagt er. »Sie wollte sich mit jemandem treffen.«

»Wirklich?« Ich drehe mich um und sehe ihn an. »Woher weißt du das?« Aurora ist in diesem Semester schon an ein paar Abenden verschwunden. Als ich sie gefragt habe, wer der Glückliche ist, hat sie sich geweigert, ihr Geheimnis zu lüften. Selbst als ich mich beschwert habe, das sei nicht fair – schließlich weiß sie *alles* von mir –, hat sie nicht nachgegeben.

»Es ist noch ganz neu und zerbrechlich«, hat sie erklärt. »Ich erzähle dir davon, sobald ich kann.« Und dann hat sie mich unergründlich angelächelt und ist aus unserem Zimmer gestürmt.

»Tja.« Jakes Augen blitzen. »Sie ist an ihr Handy gegangen, und dann hat sie gefragt: ›Ist die Probe vorbei?‹ Also ist ihr geheimnisvoller Lover entweder in einem Chor oder spielt in einem Theaterstück mit.«

»Oder in einer Comedy-Gruppe oder in einem Orchester oder in einem Quartett. Das hilft uns nicht wirklich weiter.«

»Stimmt«, sagt er grinsend. »Aber da sie nicht hier ist, im Gegensatz zu uns ...« Er lehnt sich zurück in die Sofaecke und zieht mich mit. Ich stütze die Arme neben seinem Kopf ab und sehe auf sein Lächeln hinunter, das im nächsten Augenblick verschwindet. Ich erkenne sofort, wenn Jake mich küssen will, weil sein Gesichtsausdruck so ernst wird, als würde er gleich etwas Bedeutsames tun.

Er beginnt langsam, mit einer stillen Frage, seine Lippen berühren meine sanft und testen, ob ich es auch will. Zur Antwort schlinge ich ihm die Arme um den Hals und beuge mich vor. Er schmeckt verdächtig nach Minze, als hätte er zur Vorbereitung auf meine Rückkehr Kaugummi gekaut.

Das ist neu für mich – all diese Zuneigung. Als wir unsere Küsse vertiefen, beteuern wir einander ohne Worte, wie wichtig wir einander sind.

Mir ist er heute Abend offenbar besonders wichtig.

Jake zieht mich weiter hinunter, bis ich auf ihm liege. Ich streiche über seine Wange und erkunde die angenehme Rauheit seiner Bartstoppeln unter meinen Handflächen. Wir küssen uns, und die Hitze seiner Lippen breitet sich in meiner Brust aus. Ich spüre jede einzelne Stelle, an der wir uns berühren. Und davon gibt es viele. Er legt mir die Hand auf die Hüften und hält mich fest.

Ich spüre ihn überall.

Jakes Finger gleiten unter mein Shirt und streichen mir über die Rippen. In meinem Kopf hallt leise A-cappella-Musik wider, die harmonischen Stimmen singen nur für mich, während unsere Münder sich wieder und wieder vereinen.

Irgendwann rollen wir zur Seite, und ich lande an der Rücklehne des Sofas mit dem Kopf auf Jakes gebeugtem Arm. Er küsst mich von der Wange aufwärts bis zu meiner Augenbraue und streicht mir die Haare aus dem Gesicht.

Alles ist schön, bis seine Hand meine Jeans hinunterwandert und zwischen meinen Beinen landet. Erst bin ich schockiert, wie gut sich das anfühlt, obwohl uns zwei Lagen Kleidung trennen, und mein Körper vibriert unter seiner Berührung.

Aber als sich mein Herzschlag beschleunigt, wendet sich das Vibrieren gegen mich. Anspannung steigt von meiner Magengrube auf bis in meine Brust. Wir sind ganz allein, und es könnte alles passieren.

Ich versuche, mich zu beruhigen, ihn weiterzuküssen, aber es hat keinen Zweck. Mit einem Keuchen schiebe ich ihn weg und setze mich auf.

Jake sieht mich an, seine Brille ist verrutscht. Er sagt kein Wort.

Ich streiche mir das Shirt glatt, bedecke mich und vergrabe den Kopf in den zitternden Händen. »Es tut mir leid.«

Jake richtet sich langsam auf und lehnt sich auf dem Sofa zurück. »Geht es dir gut?«

»Ja«, ächze ich. Leider passiert das nicht zum ersten Mal. Ich kann es ihm nicht erklären, weil ich es selbst nicht richtig verstehe. Mit Jake herumzumachen ist immer fantastisch, bis zu dem Moment, an dem alles kippt.

Er sieht auf die Uhr. »Ich sollte sowieso besser gehen.«

»Bist du jetzt sauer?«, frage ich.

»Bin ich nicht.«

»Sag es einfach! Du bist sauer.« Meine Stimme klingt ein bisschen hysterisch.

»Nein.« Seine Stimme ist dunkel und ruhig. »Sauer ist man, wenn jemand etwas falsch gemacht hat. Das hier ist … verwirrend.« Er atmet langsam ein. »Es ist, als würde man das fünfte Level von ›Real Enemyz‹ spielen, und gerade wenn man glaubt, dass man es schafft, kommt die große Schlange von irgendwoher und beißt einem den Kopf ab. Der Bildschirm wird schwarz, und das Spiel ist vorbei.« Er schiebt sich die Brille hoch. »Aber das dämpft nicht meinen Enthusiasmus für das Spiel.«

»Du hast mit der Analogie vielleicht etwas übertrieben.«

»Erlaube deinem Kerl, sich eine Minute abzukühlen.«

Ratlos beobachte ich, wie er seinen Laptop in seinen Rucksack schiebt und aufsteht. Als er zur Tür geht, wird mir das Herz schwer. Bevor er sie öffnet, dreht er sich um.

»Rachel.« Er sieht mich nicht direkt an. »Willst du wirklich mit mir zusammen sein?«

Was? »Natürlich will ich das!« Empört richte ich mich auf.

Seine Hand liegt auf dem Türknauf. »Weißt du, ich bin ungefähr seit der zweiten E-Mail in dich verknallt. Und daran hat sich nichts geändert. Aber es gibt da diese unsichtbaren Stolperdrähte. Und ich trete auf jeden einzelnen. Wenn du mir sagen könntest, wo sie sind …« Er öffnet die Tür »Das würde vielleicht helfen. Bis morgen.«

23

Der Winter klammert sich mit Händen und Füßen fest, einfach weil er es kann. Ich muss am eigenen Leib erfahren, dass man schwarzen Eisflächen auf dem Bürgersteig besser ausweichen sollte. Die Halbjahresprüfungen rücken näher, und ich treffe Frederick genau einmal – zum Frühstück. Wir geben uns beide Mühe, höflich zu sein.

»Im Grunde verstecke ich mich im Moment hier in New Hampshire«, erzählt er. »Die Plattenfirma drängt mich dazu, für das neue Album mit jüngeren Songschreibern zusammenzuarbeiten. Und die wollen alle, dass ich wie Ed Sheeran klinge.«

»Warum?«, frage ich, während ich mir Marmelade auf den Toast schmiere.

»Wegen der Demografie«, grummelt er. »Meine Fangemeinde wird inzwischen grau, aber die jungen Leute geben mehr Geld für Musik aus. Also wollen sie, dass ich jünger klinge.«

»Hm.« Ich denke darüber nach. »Sheeran streut hin und wieder Schimpfwörter in seine Texte ein.«

»Fuck, ist das alles?« Er grinst schief. »Scheiße, das kann ich auch.«

Widerwillig muss ich lächeln. »An deinem Yorkshire-Akzent müssen wir allerdings noch arbeiten.«

Frederick erwähnt seine Freundin mit keinem Wort. Und ich bin neugierig, ob er sich mit ihr ausgesprochen hat. Aber es geht mich ja wirklich nichts an. Und zum ersten Mal hat er freiwillig etwas von seiner Arbeit erzählt. Das ist schon mal ein Fortschritt.

»Und? Was ist bei dir so los?«, fragt er.

Das wäre die perfekte Überleitung zu meinem anstehenden Chorkonzert nächste Woche. »Nichts Besonderes«, sage ich stattdessen.

Und wie um mir zu beweisen, dass ich der größte Feigling aller Zeiten bin, rufe ich ihn erst am Tag des Auftritts wieder an.

»Hi, Rachel«, sagt er, als er abnimmt. »Was geht ab?«

»Wo bist du gerade?«, frage ich und hoffe fast, er sagt: »Am Logan Airport, ich warte auf meinen Flug.« Das würde mir recht geschehen.

»Ich sitze bei Norah im Auto. Wir sind auf dem Weg zu einem Termin.«

Dann sind sie also doch noch zusammen.

»Also …« Ich schlucke. »Es tut mir leid, dass ich dir so kurzfristig Bescheid sage, aber ich wollte dich zu etwas einladen. Ich bin in einer A-cappella-Gruppe, und heute Abend ist unser Konzert.«

»Tatsächlich?« Er lacht. »Dann solltest du mir besser verraten, wo und wann.«

Sieben Stunden später, als ich mit dem Belle Choir auf die Bühne trete, bereue ich sämtliche Entscheidungen meines Lebens. Ich hatte das hier für eine raffinierte Möglichkeit gehalten, ihm von meinem Lieblingshobby zu erzählen. Aber plötzlich kommt es mir bemüht und verzweifelt vor.

Jetzt ist es allerdings zu spät, meine Meinung zu ändern. Mir bleibt nichts anderes übrig, als auf die Bühne zu gehen und mein Solo abzuliefern – seinen eigenen Song – und zu wissen, dass er da unten sitzt und mit dem Ohr eines Songschreibers zuhört.

Ich stelle mich zu den anderen Altstimmen, lege einen Arm um Daria und einen um Jessica Zwei. Wir sehen, wie Jessica sich in der gegenüberliegenden Ecke aufstellt. Die Tongeberin summt einen Ton, den ich um eine Quarte absenke und mir merke. Dann hebt Jessica die Hand, und gemeinsam stimmen wir Bonnie Raitts »Something to Talk About« an.

Sobald wir singen, fühle ich mich besser. Es fällt mir leicht, mit den anderen zu verschmelzen und mich selbst zu vergessen. Und für eine Weile hat der Auftritt eine fast genauso therapeutische Wirkung wie die Proben. Zwischen den Songs schiele ich ins Publikum. Ich erkenne Aurora und Jake in der ersten Reihe, wo sie vom Bühnenlicht erfasst werden. Aber im restlichen Zuschauerraum ist es zu dunkel, um Gesichter auszumachen.

Er ist irgendwo da unten.

Wahrscheinlich.

Als mein Augenblick im Rampenlicht näher rückt, packt mich das Lampenfieber mit eisernen Klauen.

Ich habe schon in ganz Florida an Chorwettbewerben teilgenommen, und jedes Mal hatte ich so schreckliche Magenschmerzen, dass meine Mutter sich irgendwann fragte, ob Chorsingen wirklich eine so grausame Angelegenheit ist.

Auch jetzt habe ich Magenschmerzen.

Daria tritt vor, um »Blackbird« zu singen, eines meiner Lieblingsstücke. Die Altstimme ist gewagt und dissonant, und es beruhigt mich, mich darauf zu konzentrieren. Es ist so ein wunderbarer Text, in dem es darum geht, auf den richtigen Augenblick im Leben zu warten.

Ich habe so lange gewartet, aber jetzt kommt es mir vor, als wäre all dieses Warten ein Fehler gewesen.

Und Jessica hat meinen Solopart ans Ende gesetzt. Mit jedem Song, der verstreicht – und es sind vierzehn –, wächst meine Aufregung.

Als der Augenblick schließlich gekommen ist, gibt Daria mir einen sanften Schubs, und ich trete in die Mitte des Hufeisens. Auf einmal scheint die Zeit viel zu schnell zu vergehen, und als Jessica eine kreisförmige Handbewegung macht, fühle ich mich überhaupt noch nicht bereit. Die anderen beginnen mit der Basslinie von »Stop Motion« von Freddy Ricks und Ernie Hathaway.

Ich zwinge mich zum Ausatmen. Jake schaut zu mir auf und lächelt. Ich hole tief Luft und beginne mit der ersten Strophe.

You would build her up just to tear her down
You expect gratitude for the crumbs you throw around

Ich habe bei meinem Arrangement die Tonart geändert, damit die Tonhöhe meiner Stimmlage entspricht. Und weil ich diesen Song hundertmal geprobt habe, zittert meine Stimme überhaupt nicht.

You need another fan, an acolyte
She's the one who bears witness to the man at his height

Die ersten Tausend Male, die ich diesen Song gehört habe, habe ich ihn so verstanden, wie Frederick ihn gemeint hat – als Beschreibung einer einseitigen Liebesbeziehung. Doch dann fiel mir auf, dass der Text aus meinem Mund eine völlig andere Bedeutung bekommt.

You'd have her click that shutter only when you have the time
All the hours in between she's your woman on ice
If you don't look now, she's gonna come undone

Ich treffe den hohen Ton mit all der Kraft und Leidenschaft, die ich hineinzulegen gehofft hatte.

'Cause she can't live her life …
… as a stop motion flick

Es ist eine machtvolle Kritik. Aber es sind seine Worte, nicht meine.

Nach dem ersten Refrain gehe ich vollständig in dem Song auf. Die anderen Frauenstimmen umhüllen mich wie eine Decke. Für sie ist es auch das Finale, und ich spüre, wie sie hinter mir alles geben. Ich bin so froh, ein Teil hiervon zu sein.

Der Song ist viel zu schnell vorbei. Ihm folgt donnernder Applaus. Ich trete zurück in die Formation, und gemeinsam verbeugen wir uns. Das Publikum springt applaudierend auf, und ich sehe, wie Jake zwei Finger in den Mund steckt und pfeift.

Dann löst sich die Hufeisenformation auf, und alle sind in Bewegung. Jake erreicht mich als Erster, seine Umarmung hebt mich vom Boden. »Das war unglaublich«, krächzt er. »Kein Wunder, dass du als Letzte dran warst, du hast sie alle übertroffen.«

»Danke«, sage ich, während ich suchend über seine Schulter blicke.

Als Nächstes entdecke ich Aurora. Sie ist stehen geblieben, um Jessica beglückwünschend zu umarmen, was total nett von ihr ist. Dann kommt meine Mitbewohnerin zu mir und drückt mich.

Aber Frederick nicht. Ich kann ihn nirgendwo entdecken.

In der Menge befinden sich viele Eltern. Ein paar davon bleiben bei mir stehen und loben mich. »Was für ein Solo!«, sagt Darias Vater.

»Sie ist ein echter Glückstreffer«, fügt seine Tochter netterweise hinzu.

Aber immer noch keine Spur von Frederick. Im Schein der Deckenbeleuchtung kann ich nun bis ganz ans Ende des Zuschauerraums blicken. Aber seine große Gestalt sitzt nirgendwo auf einem der Stühle oder lehnt hinten an der Rückwand.

»Vielleicht ist er schon rausgegangen?«, schlägt Aurora vor.

Vielleicht ist er gar nicht gekommen. »Ich hole nur eben meine Sachen, dann treffe ich euch draußen.«

»Wir können noch ein bisschen länger warten«, bietet Jake an.

Ich schüttle den Kopf. »Ich komme gleich.«

Ich hole meine Tasche und springe als Letzte von der Bühne. Im Zuschauerraum sind jetzt nur noch ein paar Nachzügler, und keiner davon ist Frederick.

Doch als ich den Mittelgang entlanggehe, tritt plötzlich eine Frau vor mich. »Rachel?« Nach einem winzigen Augenblick erkenne ich sie als Fredericks Freundin. »Ich bin Norah. Frederick ist gleich wieder da.«

»Er war hier?«, platze ich heraus.

»Die ganze Zeit. Du warst großartig.«

Ich kann die Frage nicht zurückhalten: »Fand er es schrecklich?«

»Nein«, sagt Norah mit einem seltsamen Lächeln. »Es hat ihm so gut gefallen, dass er nach deinem Song völlig in Tränen aufgelöst war.«

»Was?«

»Das habe ich dir nicht verraten.«

Und dann taucht Frederick im Gang auf, mit geröteten Augen und einem beschämten Lächeln kommt er auf uns zu. »Seht euch das an. Meine beiden Mädchen am selben Ort.« Er zieht mich an seine Lederjacke. »Tut mir leid, dass ich einfach verschwunden bin, aber darauf war ich nicht vorbereitet. Meine Güte, Kleine, du hast das Ding gerockt!«

»Danke«, flüstere ich, und mir bleibt beinahe das Herz stehen.

»Wollen wir noch irgendwo ein … ich weiß nicht, Eis essen gehen?«, fragt Frederick.

»Du hättest fast ›Bier trinken gehen‹ gesagt, stimmt's?«

»Ja. Ich kenne sonst keine Musiker, die noch nicht alt genug zum Trinken sind.«

Mein Blick schnellt zu Norah hinüber. Ich schwimme immer noch auf einer Monsterwelle aus Adrenalin. Ich glaube nicht, dass ich mich heute Abend mit Fredericks Freundin irgendwo hinsetzen kann. »Na ja, ich schreibe morgen einen Test«, weiche ich aus. »Und meine Freunde warten auf mich. Wollen wir am Wochenende irgendwo hingehen?«

»Ja, klar«, stimmt Frederick zu. »Wir können essen gehen.«

Wir gehen hinaus. Norah fällt zurück, wahrscheinlich, damit ich mich von meinem Vater verabschieden kann. »Danke, dass du da warst.« Ich spüre, wie Jake und Aurora uns beobachten. Eigentlich hatte ich vor, Jake heute Frederick vorzustellen, aber gerade bin ich viel zu erschöpft.

»Das hätte ich mir nicht entgehen lassen.«

»Dad?«

Auf seinem Gesicht zeichnet sich milde Überraschung ab. So habe ich ihn noch nie genannt. »Ja?«

»Es tut mir leid.«

Er schiebt die Hände in die Taschen. »Musik soll berühren. Mission erfüllt.«

»Ja, aber …« *Ich hatte das Lied ausgesucht, um ihm ein schlechtes Gewissen zu machen.*

»Kein Aber. Ich wusste nicht, dass du so gut singen kannst. Seit neun Monaten mache ich mir Vorwürfe, was ich dir alles vorenthalten habe. Ich wäre nie auf die Idee gekommen, dass du es zu irgendetwas brauchen kannst, meine Tochter zu sein.«

Ich starre ihn an. *Im Ernst?* Er ist der einzige Mann der Welt, der meinen musikalischen Vorwurf in ein Kompliment umdeuten kann.

»Ähm … also … würdest du mir dann Gitarrespielen beibringen?« Na also, endlich habe ich ihn gefragt.

»Ja, na klar!«, sagt er und umarmt mich noch einmal. »Die Idee gefällt mir. Wir fangen nächste Woche an.«

Ich lasse mich von ihm festhalten, solange es mir angemessen erscheint, und dann laufe ich los zu meinen Freunden.

24

»Okay, jetzt strecke den Mittelfinger und setz ihn auf die tiefe E-Saite.«

Ich strecke ihn. Oder zumindest versuche ich es.

Frederick und ich sitzen auf Norahs Sofa in ihrem süßen kleinen Haus in der Maple Street.

»Ich bin endlich aus der Pension raus«, hat Frederick mir am Telefon gesagt. »Ich wohne jetzt bei Norah.«

»Tja, das ist auch eine Möglichkeit, um dein Immobilienproblem zu lösen.« Ich könnte jetzt einen Witz darüber machen, dass das Maklerbüro, für das Norah arbeitet, ein Rund-um-sorglos-Paket anbietet. Aber das lasse ich lieber.

Als ich heute an die alte Holztür geklopft habe, war es Norah, die mir öffnete. »Hi«, hat sie gesagt. »Ich muss los und jemandem eine Eigentumswohnung zeigen, aber fühl dich wie zu Hause. Im Kühlschrank ist Limo.«

»Danke.« Norahs Haus ist klein und hübsch, mit einem geschnitzten Kaminsims und Buntglasfenstern. »Ich mag deine Fenster«, sagte ich auf der Suche nach einem Gesprächsthema.

»Die sind noch original«, sagte sie. »Ich liebe Antiquitäten.«

Dann kam Frederick aus der Küche, und Norah legte eine Hand auf seine Brust. »Sehen wir uns zum Abendessen?«

»Auf jeden Fall.« Er gab ihr einen Kuss, und ich schaute weg.

Jetzt sind Frederick und ich allein, und ich lerne, dass sich meine Finger auf Fredericks Gitarre fast so unbeholfen anstellen wie ich im ersten Moment in Norahs Haus.

»Wer hat dieses Ding erfunden? Warum hat es sechs Saiten, wenn ich nur fünf Finger habe?«

»Natürlich Aliens. Jetzt zurück zu D7«, sagt mein Vater. »Ja! Jetzt versuche es noch einmal mit G …«

Da ich meine Finger nicht schnell genug in Position bringen kann, verhaue ich den G-Akkord. »Verdammt.«

»Irgendwann klappt das schon. Du musst nur ein bisschen üben.«

Aber ich glaube ihm nicht. Ich hatte diese dämliche Vorstellung, dass Fredericks Tochter keine Probleme haben würde, ihre ersten Akkorde zu spielen. Stattdessen verknoten sich meine Finger auf den Bünden. Dann streiche ich leise über die Saiten.

»So ist es gut, außer …« Frederick greift nach unten und schlägt die Saiten hart an. Und der Akkord hallt im ganzen Raum wider. »Ich muss hören, ob du richtig oder falsch spielst. Wenn du schon einen Fehler machst, mach ihn laut.«

»Na gut.« Ich schaue auf meine schicke Uhr. Mein Geburtstagsgeschenk trage ich immer, wenn ich mich mit Frederick treffe. »In einer halben Stunde habe ich Spanisch.«

»Alles klar.« Er nimmt die Gitarre und klimpert gedankenverloren darauf herum. »Ich möchte mit dir noch über zwei Sachen sprechen. Hast du noch ein paar Minuten?«

»Klar.«

»Der erste Punkt ist einfach. Nächstes Wochenende spiele ich auf einem Musikfestival in Quebec. Möchtest du mitkommen?«

»Ja, sicher.« *Juchhu!* Innerlich mache ich einen Freudensprung. *Endlich.*

»Es wird ab und zu ein bisschen langweilig werden. Ich muss mich mit ein paar Leuten aus der Musikindustrie unterhalten. Aber du kannst das Konzert sehen, und danach gibt es eine Party.«

»Okay. Passt. Was ist das andere?«

»Tja, das ist etwas komplizierter.« Er hört auf zu spielen. »Ein Baby ist unterwegs.«

»Was?« Hat er gerade *Baby* gesagt?

»Norah und ich bekommen ein Baby. Im Oktober.«

Mir ist plötzlich schwindelig. »Hast du sie nicht gerade erst kennengelernt?«

Er streicht sich über das Kinn. »Das kommt auf die Perspektive an. Wir sind seit Herbst zusammen. Und außerdem sind wir alt, Rachel. Wenn man die vierzig erreicht hat, laufen die Uhren schneller.«

Mir schnürt sich die Kehle zu. Wahrscheinlich erwartet er, dass ich ihm gratuliere. »Also … Das heißt dann wohl, du bleibst in Claiborne.«

»Das ist der Plan. Ist das für dich in Ordnung?«

Spielt es wirklich eine Rolle, was ich denke? »Sicher.« Ich ersticke fast an diesem Wort. »Tut mir leid, ich muss los.« Ich schnappe mir meinen Rucksack. Gott sei Dank muss ich jetzt zum Spanischunterricht. Ich kann es kaum erwarten, hier rauszukommen. »Hast du es Grandma Alice schon gesagt?«

»Nein.« Er schweigt. »Das mache ich. Bald.«

Als ich an ihm vorbeigehe, greift er nach meiner Hand. »Das hast du heute wirklich gut gemacht.« Er klopft auf die Gitarre.

»Danke«, sage ich und haste zur Tür. »Bis nächste Woche.« Ich renne die Maple Street in Richtung Schule entlang und atme gierig die kühle Märzluft ein.

Niedergeschlagen klopfe ich an diesem Abend an Jakes Tür. Er öffnet nur mit einer Jeans bekleidet und schaut mich überrascht an. »Hi«, sagt er. »Willst du reinkommen?«

Ich trete ein und muss mich dazu zwingen, nicht die ganze Zeit seine nackte Brust anzustarren. Ich schaue mich um. »Haben Sal und Arin tatsächlich mal das Zimmer verlassen?«

»Verrückt, oder?« Er legt mir die Hand in den Nacken und streichelt mit dem Daumen meine Schulter. »Wie war der Gitarrenunterricht?«

Ich bin eigentlich mit der Absicht hierhergekommen, ihm in allen schrecklichen Details von Fredericks Ankündigung zu erzählen. Aber darauf habe ich jetzt keine Lust mehr. Stattdessen drücke ich mich schnell so eng an ihn, dass keine Briefmarke mehr zwischen uns Platz hat. Dann küsse ich ihn. Heftig.

Jake macht ein überraschtes Geräusch, das ein wenig wie *»Armf«* klingt.

Aber in Sekundenschnelle hat er sich wieder gefasst, vertieft den Kuss und führt mich zu seinem Bett.

Seine samtige Haut macht mich an. Ich schließe die Augen und erkunde mit den Fingern seinen warmen Körper. Ich liebe die Art, wie wir zusammenpassen, umeinandergewickelt, die Beine verschlungen. Wir küssen uns, als ginge jeden Moment die Welt unter und als versuchten wir, das Beste aus diesen letzten kostbaren Minuten herauszuholen.

Unter meinen Händen spüre ich, wie schnell Jakes Herz schlägt. Sein Körper ist warm und fest, und er küsst mich ehrfurchtsvoll. Ich ziehe ihn noch näher an mich und verdränge das letzte bisschen Platz zwischen uns. Er gibt ein tiefes, zufriedenes Knurren von sich, das mich aufmuntert und all die anstrengenden Sorgen des Tages beiseiteschiebt.

Alles ist super, bis er sich auf mich rollt, sein Körper passt wie ein Puzzleteil an meinen. Da sagt die kleine ängstliche Stimme in meinem Kopf: *Und was jetzt?*

Mir stockt der Atem. Ich versuche, meine Angst zu ignorieren, sie wieder in ihre Kiste zu verbannen. Aber bald rast mein Puls, und ich bekomme nicht genug Sauerstoff.

Ich schiebe Jake weg und schnappe keuchend nach Luft.

Für einen Moment sind seine Augen geweitet und erschrocken. Aber dann stützt er sich auf einen Ellbogen und mustert mich. »Rachel«, flüstert er. »Geht es dir gut?«

Ich nicke wie ein Wackeldackel. Doch es ist gelogen. Mein Herz rast mit tausend Meilen die Stunde. Und ich schäme mich. Vor einer halben Stunde habe ich an seine Tür geklopft. Er hat mir eine Frage gestellt. Ich habe ihm nicht einmal geantwortet. Stattdessen habe ich mich auf ihn gestürzt.

Und als er sich richtig darauf eingelassen hat, habe ich ihn weggeschoben. Wie ein Psycho.

Und Frederick bekommt ein *Baby.*

»Ich glaube, wir sollten das nicht mehr tun«, sagt Jake leise. »Zumindest für eine Weile.«

Ich setze mich auf und bekomme plötzlich Angst. »*Was* nicht tun?«

»Na, *das* hier«, sagt er, zeigt auf uns beide, wie wir auf dem Bett liegen. »Das stresst dich. Das ist nicht gut. Ich will nicht, dass du wegen mir ständig ausflippst.«

Die Nachricht erreicht meine Augen schneller als mein Gehirn. Zwei Tränen laufen mir über das Gesicht, noch bevor ich die Wahrheit kapiere: Er macht mit mir Schluss.

»Oh Mann. Ich will dich nicht aufregen, ich versuche genau das Gegenteil. Um dich nicht unter Druck zu setzen. Du bist einfach so …« Er runzelt die Stirn.

»So *was?*«, hake ich nach.

»Schwer zu lesen. Erst ist alles gut, und dann plötzlich nicht mehr. Und ich komme mir vor, als wäre ich ein Oger, vor dem du fliehen willst.«

Ich versuche, die Tränen aufzuhalten, indem ich an die Decke schaue. »Ein Mann wird alles tun, um von einer weinenden Frau wegzukommen«, hat mir meine Mutter einmal gesagt.

»Rachel, kann ich dich etwas fragen?«

»Was?«, keuche ich.

»Ist dir etwas Schlimmes passiert? Weil ... es ist so, als hättest du Panik.«

»Ich bekomme Panik«, murmle ich. »Aber daran ist niemand schuld.«

»Dann wurdest du nie ...« Jake schaut zu Boden und beendet die Frage nicht. Er schafft es nicht, »vergewaltigt« oder »angegriffen« oder ein anderes fieses Wort zu sagen.

»Nein«, flüstere ich. Aber ich muss mich einer unliebsamen Erkenntnis stellen. Es ist nicht Jakes Begeisterung, die mir Angst einjagt. Es ist meine eigene. Dieses Ziehen, das ich spüre, wenn er mich berührt, ist gefährlich. Das hat meine Mutter mit nur neunzehn Jahren bewiesen.

Ich darf ihre Fehler nicht wiederholen. Es wäre so einfach, mich auf Jake einzulassen und mit ihm *bis zum Äußersten* zu gehen.

Jakes Gesicht ist gerötet. »Ich hasse es, wenn ich dir Angst mache. Dann komme ich mir wie Arschgesicht vor.«

»Du bist nicht wie Arschgesicht«, sage ich mit zitternder Stimme. Jake ist nicht das Problem. Ich bin es.

»Was ist es dann? Ich frage dich immer wieder, aber du verrätst es mir nicht.«

»Ich habe keine Angst vor dir.« Ich bekomme den Satz kaum heraus, denn mir schnürt sich die Kehle zu.

»Wenn du keine Angst vor mir hast, dann bin ich vielleicht

einfach nicht der Richtige für dich. Ist es das? Oder hast du religiöse Vorbehalte?« Er wirft die Hände in die Luft. »Irgendwas ist los, aber du …« Er schluckt. »Du liebst mich nicht genug, um es mir zu sagen.«

»Das ist nicht …« Ich beiße die Zähne zusammen. *Fair? Wahr?* Ich kann nicht denken. Ich weiß nur, dass es mir so peinlich ist, dass ich schwitze. Ich springe auf, und er steht auch auf. Er kommt näher, als wollte er mich umarmen, aber ich wirble herum und verlasse den Raum, rase die zwei Etagen hinunter und zurück in mein Zimmer.

Aurora ist nicht da, und so hört mich niemand weinen.

25

Anstatt zu lernen, sitze ich hinten im Bus und lasse Vermont an mir vorbeiziehen.

»Bring doch Aurora mit zum Konzert«, hat mein Vater gestern angeboten. »Du hast im Hotel ein Doppelzimmer.«

»Ich glaube, sie hat zu viel zu tun«, habe ich ihm geantwortet, auch wenn das nicht stimmt. Ich wünsche mir schon so lange, auf eins seiner Konzerte zu gehen, und dieser Ausflug soll ganz allein mir gehören.

Aber so ist es leider nicht. Ich hätte es wissen müssen.

Norah kommt auch mit, und es ist ihr erstes Konzert und das erste Mal, dass sie die Band trifft. Natürlich sind sie bezaubert von ihr. Noch bevor wir in den Bus gestiegen sind, haben Ernie, Henry und die anderen sie mit der gleichen Neugier umringt, mit der sie auch mir begegnet sind, aber ohne die unbeholfene Anspannung.

Neben mir, auf der anderen Seite des Ganges, breitet Norah Papiere auf dem Klapptisch aus und holt einen Taschenrechner aus ihrer Tasche. »Sorry, normalerweise arbeite ich nicht nach Feierabend«, sagt sie. »Aber ich schulde noch jemandem bis fünf Uhr eine Antwort.«

Ernie lässt sich neben mich fallen. »Du brauchst dich nicht zu entschuldigen. Wir sind fasziniert. Freddys Freundinnen sind üblicherweise nämlich nicht mit Taschenrechnern ausgestattet.«

»Freddys Freundinnen sind üblicherweise nicht einmal mit

einem *Gehirn* ausgestattet«, wirft der Keyboarder aus der Reihe vor uns ein.

Mein Vater stößt einen genervten Laut aus.

Henry kommt den Gang entlang. »Was kann ich euch zu trinken bringen? Norah, ein Bier?«

»Mineralwasser?«, fragt sie. Als Henry verschwunden ist, senkt sie die Stimme. »Ich könnte mir auch gleich ein Schild mit der Aufschrift ›Schwangere Freundin‹ umhängen.«

»Oh Gott«, höre ich mich sagen. »Weil eine schwangere Freundin unter Musikern ja auch etwas ganz Neues ist.«

Frederick lacht bellend. »Der war gut, Kleine.«

Norahs Blick huscht in meine Richtung. Aber ich schaue einfach weg.

Vier Stunden später halten wir vor einem Hotel, und alle außer Henry steigen aus. »Die Reservierung ist auf deinen Namen«, erklärt er Frederick.

»Was hat Henry noch vor?«, frage ich.

»Wir sind ein bisschen spät dran für unseren Load-in«, antwortet Frederick, ohne mir zu erklären, was das heißt.

»Bonjour«, sagt der Portier, und ich stelle fest, wie befremdlich es ist, dass man nur ein paar Stunden Richtung Norden fahren muss, und auf einmal sprechen alle Französisch.

»Guten Tag«, sagt mein Vater zu der Frau an der Rezeption. »Reserviert auf Ricks.«

»Oui«, sagt sie und tippt energisch auf ihrer Tastatur herum.« Alle sehen ihr dabei zu, wie sie nachdenklich den Bildschirm mustert.

Ich bemerke, wie Norah hinter einer Tür mit der Aufschrift *Femmes* verschwindet. Und als sie ein paar Minuten später wieder auftaucht, sind die Leute an der Rezeption noch nicht näher dran, uns die Zimmerschlüssel auszuhändigen. Ein Manager ist hinzugekommen, um der Empfangsdame zu helfen, und Norah stützt sich mit einem Ellenbogen auf den Tresen, um ihrem rasanten Französisch zuzuhören.

»Excusez-moi«, unterbricht Norah sie nach einer Minute. »Le nom est R-I-C-K-S, pas Riche.«

»Ah, merci!«, ruft der Manager aus.

Eine Minute später sind sechs Reservierungen aufgetaucht.

»Das sind wohl keine Fans von dir, Liebling«, sagt Norah über die Schulter, während die Band sie mit offenem Mund anstarrt.

»Meine Güte« sagt Ernie. »Freddie macht auf vornehm. Erst eine schlaue Tochter und jetzt noch eine Freundin, die Französisch spricht. Muss ich mir um meinen Job Sorgen machen?«

»Glaub mir«, sagt Norah. »Das ist eine der seltenen Gelegenheiten, in denen sich meine teure Ausbildung bezahlt macht. In Deutschland kann ich auch von Nutzen sein.«

»Wirklich? Ich wusste gar nicht, dass du Deutsch sprichst«, sagt mein Vater.

Heute ist wohl der Alle-lieben-Norah-Tag.

Ich bekomme das Hotelzimmer neben Frederick und Norah. Selbst nachdem ich die Verbindungstür geschlossen habe, um mich umzuziehen, kann ich auf der anderen Seite ihre gedämpften Stimmen hören.

Frederick singt vor sich hin, um sich aufzuwärmen. Dann bricht er ab und sagt: »Verdammt, siehst du sexy darin aus. Wie soll ich da meine Finger von dir lassen?«

»Halt dich einfach mit beiden Händen an der Gitarre fest, Cowboy.«

Ich gehe ins Badezimmer und drehe das Wasser voll auf.

Irgendwann klopft mein Vater an die Verbindungstür.

»Rachel, Henry sagt, die Vorband ist halb fertig. Lass uns rübergehen.« Der Veranstaltungsort ist direkt auf der anderen Straßenseite.

Ich mache die Tür auf. »Ich komme.«

Er drückt mir etwas in die Hand, zwei kleine Plastikkugeln, aus denen Röhrchen herausragen. »Was ist das?«

»Ohrenschützer. Die musst du tragen, wenn du dich in meiner Nähe aufhältst.«

»Echt?«

»Du willst doch nicht dein Gehör schädigen. Ich trage auch welche.«

Norah hält ein identisches Paar in der Hand. »Wir könnten zusammen wie Aliens aussehen.«

»Ihr braucht außerdem die hier.« Er reicht uns beiden Bänder mit Backstagepässen.

»Danke«, sage ich so beiläufig ich kann. Auf dem Pass steht BAND. Morgen wandert der direkt in meine Devotionalienschublade.

Wir überqueren die Straße, wo Henry schon vor dem Künstlereingang steht und nervös mit dem Fuß wippt. »Auf geht's«, sagt er und führt uns hinein und durch die Eingeweide des Gebäudes. Wir durchqueren einen Green Room. Auf der letzten Tür steht BÜHNE.

Und plötzlich bin ich am Rand einer riesigen Bühne, und der Zuschauerraum ist bis auf den letzten Platz mit einer tosenden Menge gefüllt.

Während Roadies das Equipment der Vorgruppe gegen Fredericks austauschen, läuft Frederick auf und ab wie ein Tiger im Käfig. »Bleibt ihr Ladys hier, oder wollt ihr Sitzplätze?«, fragt er Norah und mich.

»Ich bleibe hier. Wenn ich darf«, sage ich.

»Ich auch«, stimmt Norah zu.

»Kann jemand Norah bitte einen Stuhl bringen?«, ruft Frederick, während er ein letztes Mal seine Gitarre stimmt.

Henry bringt zwei. »Noch drei Minuten!«, ruft er.

Ein junger Mann kriecht auf der Bühne herum und klebt Kabel am Boden fest. Aus den Lautsprechern tönt ein Song von Bruce Springsteen. Als ich hinter dem Vorhang hervorluge, kann ich die Menschenmenge sehen. Es sind so viele Leute, die Reihen scheinen sich unendlich weit zu erstrecken. Und doch hat Frederick das hier einen kleinen Veranstaltungsort genannt.

Ich beobachte meinen Vater, der vollkommen ruhig wirkt. Er reicht Henry seine Gitarre, und der geht auf die Bühne und stellt sie auf den Gitarrenständer.

Frederick legt Norah die Hände auf die Schultern, seine Daumen streichen über die nackte Haut an ihrem Hals.

Norah wirkt aufgeregt. »Was muss ich jetzt sagen? Hals- und Beinbruch? *Merde?* Viel Glück?«

Er schlingt ihr einen Arm um die Taille. »Glück habe ich schon längst.«

Ich drehe mich weg, als er ihr den Nacken küsst.

Im Publikum und auf der Bühne wird das Licht gedimmt.

Eine warme Hand legt sich auf meine Schulter, sie gehört Ernie.

Dann sagt Frederick: »Ziehen wir das durch«, und Henry bellt irgendetwas in sein Headset.

Durch die Lautsprecheranlage tönt die Ankündigung: »Und hier ist: Freddy Ricks!«

Mein Vater geht an mir vorbei, die Beleuchtung färbt seine Haare rot, als er die Bühne betritt. Die Zuschauer grölen, als sie ihn sehen, mit selbstbewussten Schritten erreicht er die Mitte der Bühne. Der tosende Jubel überrascht mich. Es ist, als würde ein Tsunami voller Liebe über ihm zusammenschlagen.

Er zieht sich den Gitarrengurt über den Kopf und winkt in die Menge. Ernie und die anderen nehmen ihre Positionen hinter ihm ein. Mein Vater legt die Hände auf das Instrument und beginnt mit dem Intro zu »Watching the Rain«.

Auf diesen Augenblick habe ich so lange gewartet. Von meinem Platz neben der Bühne kann ich nur sein Profil erkennen. Zwischen den Strophen schaut er in unsere Richtung und lächelt.

Vermutlich gilt es Norah.

Doch als er weitersingt, vergesse ich alles um mich herum. Ich studiere seinen Gesichtsausdruck, während er »No more Paradise« singt, bei den hohen Tönen schließt er die Augen.

Ich liebe es, ihm bei seiner Arbeit zuzusehen. Und es ist tatsächlich Arbeit. Der Schweiß rinnt ihm in Strömen übers Gesicht. Seine Finger auf der Gitarre stehen niemals still, ein Song folgt dem nächsten. Ich sehe, wie die Menschenmenge vor ihm wogt, ganz in der Musik aufgeht.

Ich wünschte, ich wüsste, wie sich das anfühlt – etwas so gut zu machen, dass Tausende vor dir stehen und sich darin verlieren. Es ist magisch.

Als er sich schließlich vom Publikum verabschiedet, klatschen und stampfen die Zuschauer so lange, bis er noch einmal für eine Zugabe zurückkommt. Erst jetzt, da es fast vorbei ist, denke ich daran, mein Telefon herauszuholen, und ich mache ein verwackeltes Foto aus meiner Perspektive neben der Bühne.

Nach der letzten Zugabe fällt schließlich der Vorhang endgültig. Und danach ist es nicht mehr so lustig.

Auf der Bühne findet eine Party statt, und ich weiß nicht recht, was ich mit mir anfangen soll. Frederick wird von Gratulanten umringt, aber mir ist nicht danach, mich fremden

Leuten vorzustellen. Ich bin erschöpft von dem Erlebten, und ich habe keine Lust auf Small Talk.

Ein Junge in einem grünen T-Shirt mit der Aufschrift STAFF bringt mir ein Bier. Mit starkem französischen Akzent versucht er, sich mit mir zu unterhalten. Normalerweise finde ich Bier eklig. Aber dieses hat den Vorteil, dass es eiskalt ist. Ich trinke es und höre dem Jungen zu, wie er mir von seinem Job in der Veranstaltungshalle erzählt. Ich verstehe nur ungefähr ein Drittel von dem, was er sagt.

Als ich das Bier ausgetrunken habe, bringt er mir ein neues.

»Möschtest du den Catwalk se'en?«, fragt mich STAFF.

»Gern.«

Hinter der Bühne müssen wir unsere Drinks am Fuß einer Leiter stehen lassen und hinaufklettern. Die Halle sieht vom Schnürboden aus sogar noch riesiger aus als von der Bühne, ein großes Oval im gleißenden Licht. Ich sehe die Partybesucher jetzt aus der Vogelperspektive. Es sieht so aus, als wäre mein Vater von einer riesigen Blüte aus Menschen umgeben. Im Zentrum der Blüte stehen Frederick und Norah, sie in einem leuchtend roten Oberteil, er hat einen Arm um sie gelegt. Leute aus der Musikbranche umringen ihn nach irgendeiner Hierarchie, die ich nicht durchschaue.

STAFF sagt: »Isch muss mal piessen. Du musst jetzt mit mir 'ier 'erunterkommen.«

Als wir die Leiter hinuntersteigen, wird mir ganz schummrig. Ich lungere am Rand der Menge auf der Bühne herum, bis STAFF mir ein weiteres Bier bringt. »Santé«, sagt er, und wir stoßen mit unseren Plastikbechern an.

Die Zeit vergeht, und mir bleiben nur STAFF und Bier als Gesellschaft. Doch je mehr ich trinke, umso weniger macht es mir aus.

»Oh … Rachel. Oje. Ich glaube, es ist Zeit, nach Hause zu gehen.«

Ich blicke blinzelnd auf und sehe verschwommen Norahs Gesicht vor mir.

Ich habe immer noch ein Bier in der Hand, aber seine Vorgänger haben ganze Arbeit geleistet. Ich lehne halb an STAFF, der mir irgendetwas ins Ohr flüstert. Ich weiß nicht, was.

»Rachel, komm mit.«

Ich schüttle den Kopf. »Du bist nicht meine Mutter.« Einer der Vorteile daran, eine tote Mutter zu haben (und es gibt weiß Gott nicht viele), ist folgender: Jedes Mal, wenn ich sie erwähne, zucken die Leute zurück.

Außer Norah.

»Das stimmt, das bin ich nicht. Soll ich lieber deinen Vater holen?«

Guter Schachzug, Norah.

Unsicher checke ich meine Optionen. Norah wird nicht lockerlassen, und so derangiert, wie ich mich fühle, ist die Vorstellung, mein Vater könnte mich so sehen, alles andere als verlockend. »Nein.«

»Dann komm mit. Nein, warte hier noch eine Sekunde, und ich sage ihm, dass wir gehen. Rühr dich nicht von der Stelle.«

Ich sehe Norah davonschießen. Bei der plötzlichen Bewegung wird mir mehr als nur ein bisschen übel. Als Norah zurückkommt, lasse ich mich von ihr fortführen. Draußen atme ich tief die frische Luft ein, und Norah hilft mir in der Situation ungemein, weil sie nicht versucht, mit mir zu reden. Zum Glück ist das Hotel ja gleich auf der anderen Straßenseite, und wenig später befinde ich mich in einem übermäßig hell erleuchteten Aufzug, während der Boden unter meinen Füßen schwankt.

»Mir geht's nicht gut«, sage ich kläglich.

Als der Aufzug auf unserer Etage stoppt, stürzt Norah zu unseren Zimmern. Sie hält die Schlüsselkarte an die Tür und macht sie für mich auf.

Ich presse die Lippen aufeinander und bewege mich, so schnell ich kann. Aber Norahs Zimmer ist genau spiegelverkehrt zu meinem, und das ist so verwirrend, dass es meinen Weg zur Toilette verlangsamt. Im letzten Augenblick hält mir Norah einen Mülleimer vors Gesicht, und ich erbreche mich hinein.

»Treffer versenkt«, bemerkt Norah.

»Oh verdammt«, stöhne ich.

»Das kenne ich«, seufzt Norah. »Komm jetzt. Ich bringe dich in dein Zimmer.«

Als ich das Zimmer durchquert habe und mich auf mein Bett setze, fühle ich mich ein kleines bisschen besser. Ich höre, wie Norah ins Bad geht und den Mülleimer ausleert. Sie füllt ihn mit Wasser aus der Badewanne und schüttet ihn erneut aus.

»Wo ist dein Schlafanzug?«, ruft sie.

Ich wanke zu meiner Tasche. Ich kann Norah nicht alles machen lassen.

Allerdings dauert es eine Ewigkeit, mich auszuziehen, denn bei jeder schnellen Bewegung wird mir wieder übel. »Ich glaube, es könnte noch mal passieren«, sage ich kleinlaut.

»Der Mülleimer steht direkt hier«, sagt Norah. »Oder du könntest versuchen, es zur Toilette zu schaffen.«

»Oh«, stöhne ich. Mein Magen fühlt sich schaumig und heiß an. Ich stehe auf und schaffe es gerade noch rechtzeitig ins Badezimmer.

Ich wische mir den Mund ab und betätige zweimal die Klospülung.

»Alles klar«, sagt Norah. »Gleich geht es dir besser. Es ist zwar nicht das denkwürdigste Ende deines ersten Konzerts, aber das haben wir alle mal durchgemacht.«

»Ist es nicht«, sage ich. Es ist bitter, dass sich ausgerechnet Norah um mich kümmert.

»Was ist es nicht?«

»Mein erstes Konzert.«

»Ach so.« Norah geht nicht weiter darauf ein, aber ich will das jetzt loswerden.

»Ich war dreizehn. Er hat in Orlando gespielt.« Als ich die Augen öffne, schaut Norah mich an. Die Neugier steht ihr ins Gesicht geschrieben. Ich schließe die Augen wieder. »Ich habe mein ganzes Geld für ein Ticket auf dem Schwarzmarkt ausgegeben.«

»Ach, Rachel«, flüstert Norah.

Leider ist das nicht die ganze Geschichte. Zuerst hatte ich meine Mutter angefleht, mir ein Ticket zu kaufen. Das Konzert war im Sommer. »Zu meinem Geburtstag«, hatte ich gefeilscht. »Als *einziges* Geschenk.«

»Ach, das ist einfach erbärmlich«, sagte meine Mutter. »Warum sollten wir für eins seiner Konzerte bezahlen?«

»Dann bitte ihn um Tickets«, drängelte ich. Auf den Schecks stand immer eine Postfachadresse. Meine Mutter behauptete immer, sie wisse nicht, wie sie ihn erreichen solle, aber ich wusste, das war nur eine Ausrede.

»Du weißt, dass ich das nicht tun werde«, sagte sie. Sie sprach noch nicht einmal seinen Namen aus, niemals hätte sie ihn um einen Gefallen gebeten.

Ich ging davon aus, dass meine Mutter nachgeben und mir ein Ticket kaufen würde. Aber das tat sie nicht. Zum Geburtstag bekam ich ein hübsches Kleid von Abercrombie und eine Guthabenkarte von iTunes.

»Du bist ganz allein zum Konzert gegangen?«, fragt Norah jetzt. Ihre Stimme klingt vorsichtig.

Ich muss aufstoßen, bevor ich antworte. »Danach hatte ich einen Monat Hausarrest.«

Und es war es noch nicht einmal wert gewesen. Ich hatte einen Platz ganz oben im zweiten Rang, und Frederick war unten eine winzige Legofigur. Alle meine Träume, ihn kennenzulernen, wurden an diesem Abend zerstört. Irgendwie hatte ich wohl gehofft, er würde bemerken, dass ich da war, oder irgendjemand würde mich erkennen und ihm Bescheid sagen.

Ich war erst dreizehn. An diesem Abend fühlte ich mich inmitten der Tausenden von Besuchern verloren. Die jubelnde Menge, Tour-T-Shirts, die ich mir nicht leisten konnte, und die lange Busfahrt nach Hause verstärkten mein Elend nur noch. Und die Trauer hielt Monate an und vergällte mir die Freude an allem.

Norahs Stimme durchschneidet den Nebel in meinem Kopf. »Rachel, hast du deinem Vater jemals davon erzählt?«

»Nein.« Meine Stimme klingt rau. »Und das wirst du auch nicht.«

Ich muss mich nur noch einmal übergeben, danach ebbt die Übelkeit ab. Dafür bekomme ich Kopfschmerzen. Ich liege allein im Dunkeln, die Tür zwischen unseren Zimmern steht einen Spalt offen, und ich kann hören, wie Norah die Seiten in ihrem Buch umblättert.

Irgendwann muss ich wohl doch eingeschlafen sein, denn als ich die Stimme meines Vaters vernehme, streiten er und Norah in der Dunkelheit.

»Warum hast du mich nicht geholt?«, fragt er.

»Das war nicht nötig. Es war keine große Sache.«

»Und wie es das ist. Es gibt Leute, die so etwas ausnutzen. Wenn sie zu Auftritten mitkommen will, darf so etwas nicht passieren. Ich muss sie auch mal kurz allein lassen können, ohne ein Kindermädchen anheuern zu müssen.«

Die Stimmen kommen näher, und ich zucke zusammen.

»Warte noch einen Moment«, flüstert Norah zischend. »Beruhig dich erst einmal. Es gibt etwas, das du verstehen musst. Nicht alle hier sind daran gewöhnt, bei den coolen Kids zu sitzen«, sagt sie. »Das ist alles etwas komplizierter. Und ich habe eine Frage.«

Ich halte den Atem an. Es war dumm von mir, mich Norah anzuvertrauen. Aber der Gedanke, sie zu schockieren, war einfach zu verlockend.

»Was?«

»Hattest du jemals eine echte Auseinandersetzung mit Rachel? Hat sie dir jemals ernsthaft widersprochen?«

Er schweigt einen Augenblick. »Ich nehme an, dazu zählt nicht, dass wir nicht die gleiche Pizza mögen?«

»Was hat sie gesagt, als du ihr erzählt hast, dass ich schwanger bin?«

»Sie sagte: ›Wow, echt?‹, und: ›Das heißt dann wohl, du bleibst in Claiborne.‹«

»Keine weiteren Fragen.«

»Jetzt verstehe ich gar nichts mehr.«

»Pass auf, Frederick. Eigentlich meinte sie: ›Du Arschloch, wie konntest du nur?‹ Ich weiß, du hältst große Stücke auf Rachel, und das solltest du auch. Aber dass ihr so gut miteinander auskommt – das ist kein Zeichen ihres freundlichen Naturells, das ist Angst.«

»Wow, das ist hart. Vielen Dank.«

»Sie muss dich austesten, Frederick. Sie weiß, dass du hinter ihr stehst, wenn sie in Claiborne ein Einserzeugnis bekommt.

Aber sie hat keine Ahnung, wie du reagieren würdest, wenn du sie aus dem Gefängnis auslösen müsstest.«

»Und das weißt du alles, weil du sie hast kotzen sehen?«

»Die Unsicherheit und ich sind alte Freunde. Wir kennen uns schon ewig.«

Er lacht, aber es klingt nervös. »Und was soll ich nun tun, anstatt mit ihr zu schimpfen, oh du Großartige?«

»Du kannst ihr trotzdem eine Ansage machen. Aber mach es morgen, ganz ruhig, wenn sie nüchtern genug ist, um dich anzuhören. Jetzt kannst du einfach nach ihr sehen, nett sein und ihr sagen, dass das Schlimmste vorbei ist.«

»Wie viel hat sie überhaupt getrunken? Muss ich mir Sorgen machen?«

»Es war bloß ein durchschnittliches Teenagerbesäufnis. Sie hat keinen Rekord aufgestellt.«

Eine Minute später sinkt meine Matratze ein. »Rachel.« Er legt mir eine Hand auf die Schulter.

»Hmmm?« Ich gebe mir alle Mühe, eine schläfrige Betrunkene zu spielen. Allzu schwer ist es nicht.

»Ich hab gehört, du musstest kotzen.«

Ich wende das Gesicht ab.

Die Matratze bewegt sich, als er sich neben mich aufs Bett legt.

Eine Hand streicht mir über die Haare. »Rachel, ich habe dich trotzdem lieb.«

Meine Augen brennen. Das ist das erste Mal, dass ich diese Worte von ihm höre. Ich blinzle in der Dunkelheit, versuche stillzuhalten. Er bleibt eine Weile bei mir, und das ist alles, was ich mir jemals von ihm gewünscht habe.

Im Eindämmern spüre ich, wie er aufsteht und davonschleicht. Ich höre, wie er die Verbindungstür heranzieht, bis sie beinahe geschlossen ist, als versuchte er, sie ohne ein Geräusch zu schließen. Aber eine Minute später verrät mir ein Lufthauch, dass die Tür in der pechschwarzen Dunkelheit wieder aufgeschwungen ist. Die Kopfschmerzen haben zugenommen, und ich habe einen fiesen Geschmack im Mund, aber ich fühle mich zu elend, um aufzustehen und etwas daran zu ändern.

»Ach, Schatz«, höre ich Frederick sagen. »Ich lasse mir ein Tattoo stechen. Und weißt du, was da draufsteht? Nur drei Worte: ›Hör auf Norah!‹«

»Darf ich die Stelle aussuchen?« Ich höre gedämpftes Lachen und dann nur noch ein leises Rascheln, wahrscheinlich küssen sie sich.

Ich bin schon fast wieder eingeschlafen, als ich ihn wieder sprechen höre: »Heirate mich, Norah!«

Meine Augen klappen wieder auf.

Aber Norahs Antwort überrascht mich. »Eines Tages werde ich Ja sagen, und dann musst du das durchziehen.«

»Das werde ich«, sagt er.

26

Endlich gibt es Anzeichen dafür, dass der Frühling in Claiborne Einzug hält. Es ist immer noch kühl, aber der Schnee ist geschmolzen. An den Bäumen sprießen die ersten Knospen, und die Luft riecht schlammig und grün.

Aber ich bin total deprimiert.

Ich bin sauer auf Frederick, und ich vermisse Jake. Aurora ist beschäftigt, und die Halbjahresprüfungen rücken drohend näher.

Es ist Donnerstagnachmittag, und da bin ich eigentlich immer bei meinem Vater. »Heute Gitarre?«, fragt er mich am Telefon. »Ich könnte sie mit zu dir bringen.«

Wenigstens ist ihm aufgefallen, wie unwohl ich mich in Norahs Haus fühle. Aber ich bin zu aufgewühlt, um still zu sitzen und mich mit der Gitarre abzumühen. »Ich würde lieber spazieren gehen. Es ist schön draußen.«

Und so treffen wir uns vor der Bibliothek und laufen Richtung Westen.

»Was ist los?«, fragt mein Vater schon nach ungefähr zehn Schritten.

Vielleicht sollte ich an meinem Pokerface arbeiten. Aber was soll ich sagen? Die meisten Dinge in meinem Kopf betreffen ihn. Abgesehen von einem.

»Na, spuck's schon aus«, fordert er mich auf.

»Also … ich habe einen Freund.« Oder zumindest *hatte* ich einen.

»Und es gibt ein Problem? Warte, ist er der Typ aus Florida?«

»Nein.« Ich schüttle den Kopf. »Du hast ihn noch nicht kennengelernt. Er ist toll, und er mag mich sehr.«

Frederick wartet ab.

»Und ich mag ihn auch sehr.« Wir biegen links ab und steuern auf den Teich zu.

»Ich warte immer noch auf das ›Aber‹«, sagt mein Vater. »Bisher klingt das nach einem fröhlichen Lied. Niemand singt den Blues.«

»Richtig.« Und weiter komme ich nicht. Ich bin zu feige, um weiterzuerzählen.

»Geht es in diesem Gespräch um Sex?«

Ich spüre, wie ich erröte. »Das könnte sein.«

»Na, halleluja! Auf dem Gebiet bin ich Experte.«

Zum ersten Mal in dieser Woche muss ich lachen.

»Mal ehrlich, damit kenne ich mich ziemlich gut aus. Außerdem ist es mir nicht peinlich.«

»*Okayyyy* …« Wir gehen weiter. »Na ja, es geht nicht um das, was ich tue. Es geht um eine Absprache mit Mom.«

»Und wann wurde diese Absprache getroffen?«

»Bei meiner Geburt.« Mein ganzes Leben lang hat sie mir gepredigt, dass sie sich wegen ihrer Fehler Vorwürfe gemacht hat. *Wenn ich dich mit dreißig anstatt mit zwanzig bekommen hätte, wäre ich jetzt vielleicht Ärztin. Aber du bist schlauer als ich,* hat sie immer hinzugefügt. Im Klartext: *Denk nicht mal daran.*

»Ich verstehe.« Er schweigt einen Moment. »Glaubst du, sie wollte, dass du dich bis ins Grab daran hältst?«

»Nein«, pruste ich. »Aber mehr als alles andere auf der Welt wollte sie, dass ich meinen Uniabschluss mache.«

»Das ist sicher richtig. Aber ich bin mir auch sicher, dass du das hinkriegst.« Wir erreichen den Teich und gehen weiter über die Wiese. »Rachel, es ist gut, dass du das ernst nimmst, und Gott weiß, dass du nicht schwanger werden willst. Aber dir einzureden, Sex sei nicht Teil deines Lebens, ist eine schlechte Strategie. Sex ist Teil des Menschseins; du kannst das Verlangen danach nicht einfach unterdrücken. Die schlimmsten Dinge passieren, wenn du versuchst, die Natur zu ignorieren.«

Ich schneide eine Grimasse. »Ich nehme an, du kennst dich damit aus.«

»Ja, Ma'am, das tue ich. Der Trick ist, deinem Herzen zu vertrauen. Lass nicht zu, dass ein Typ das Denken für dich übernimmt. Er wird so weit gehen, bis du ihm sagst, dass er aufhören soll.«

Das klingt deprimierend vertraut.

»Also, Abstinenz ist eine sehr effektive Verhütungsmethode. Aber du musst ehrlich sein. Sprich mit ihm, wenn er dir zuhört, also wenn ihr beide noch etwas anhabt. Wenn er ein guter Kerl ist, wird er es verstehen. Vielleicht stört es ihn noch nicht einmal. Zwei Leute können jede Menge Spaß im Bett haben, auch ohne miteinander zu schlafen.«

Ich bin froh, dass ich ihm nicht in die Augen sehen muss. Er hat nicht gescherzt, als er sagte, dass es ihm nicht peinlich ist. »Na ja, aber …« Ich räuspere mich. »Bei jeder Verhütungsmethode bleibt ein Risiko.«

»Klar, aber über die Straße zu gehen ist auch riskant, oder? Und ein kluges Mädchen wie du kann herausfinden, wie sie sich schützt – wenn sie will. Wenn ich du wäre …« Er denkt kurz nach. »An dieser exquisiten Schule verteilen sie die Pille doch bestimmt wie Süßigkeiten. Wenn die Sache mit diesem Jungen darauf hinausläuft, mach einen Termin und lass sie dir verschreiben. Aber behalte es für dich. Sorg dafür, dass er jedes Mal ein Kondom benutzt. Das wird ihm sicher nichts ausmachen, denn es ist das Einzige, was zwischen ihm und dem unangenehmsten Gespräch der Welt steht.«

»Wäre das nicht unehrlich?«

Er schüttelt den Kopf. »Auf diese Weise musst du dir keine Sorgen machen, auch wenn du mal eine Pille vergisst.«

Mir schwirrt der Kopf. »Okay – du hast gewonnen! Das ist das seltsamste Gespräch, das wir jemals geführt haben.« Obwohl meine Geburt ihn zu einem Verhütungsspezialisten gemacht haben muss.

Er hält an. »Rachel, das kommt noch nicht mal ansatzweise an das seltsamste Gespräch aller Zeiten heran. Es wäre noch nicht mal in den Top Ten.« Er beugt sich hinunter und hebt einen Stein auf. »Gewonnen hat das Gespräch darüber, warum ich dir in siebzehn Jahren noch nicht einmal eine Geburtstagskarte schicken durfte.«

Aber dieses Gespräch haben wir in Wirklichkeit noch nie geführt.

Laut sage ich: »Ich dachte, dir wäre nichts peinlich?«

Er wirft den Stein in den Teich. »Es gibt einen Unterschied zwischen einfacher Peinlichkeit und tiefer Scham.«

Wir gehen den langen Weg zurück, vorbei am College-Footballplatz.

»Darf ich dich etwas fragen?«, frage ich.

»Alles.«

»Wolltest du ein Baby mit Norah?«

Er pfeift. »Ich werde dich nicht anlügen, Rachel. Die kurze Antwort ist: Nein.«

Ich halte den Atem an. Genau das hatte ich vermutet.

»Aber jetzt bin ich wirklich begeistert«, sagt er. »Es hat uns auseinandergebracht, aber nur für eine Weile.«

»Ich verstehe.«

»Ehrlich gesagt kannst du es wahrscheinlich nicht verstehen. Weil hinter der Geschichte noch sehr viel mehr steckt. Bevor ich Norah kennenlernte, versuchte sie, ganz allein ein Baby zu bekommen.«

»Ach, echt?«

»Es ist ein wenig seltsam, dir ihre Probleme zu erzählen. Aber ich glaube nicht, dass es ihr etwas ausmachen würde. Sie war bei verschiedenen Kinderwunschärzten in Behandlung, trotzdem hat es nicht funktioniert.«

»Und dann ... ging es plötzlich doch?«

»Ja. Und wir haben uns beide erschreckt. Aber ich bin darüber hinweggekommen. Sie allerdings nicht, und das war das Problem.«

»Wie meinst du das?«

»Tja, sie hat sich so verdammt schuldig gefühlt. Du weißt ja, leider wird Frauen häufig noch immer vorgeworfen, sie wollten einen Mann mit einem Kind an sich binden ...«

»Wusstest du, dass das spanische Wort für ›schwanger‹ ›embarazada‹ ist? Wenn man es übersetzt, also verlegen oder beschämt.«

»Nein, wusste ich nicht. Aber wie nennt man einen Mann, der herumvögelt?«

»Einen Playboy.«

»Das stimmt. Jetzt stell dir Norah vor, die ihr Leben so wie du immer genau geplant hat: Abi machen, zur Uni gehen. Eine intelligente Lady. Und sie muss ihrem Freund – dessen Erfolgsbilanz in puncto Beziehungen beschissen ist – sagen, dass sie schwanger ist. Nur um mir zu beweisen, dass sie mich damit nicht festnageln wollte, ist sie verschwunden. Hat sich von mir getrennt. Das hat mir die Augen geöffnet, weil ich mich daran gewöhnt habe, dass mir jeden Abend eine vernünftige, kluge Frau gegenübersitzt. Auf diese Weise habe ich herausgefunden, dass ich kein Playboy mehr sein will. Ich musste sie anflehen, mir zu glauben, dass ich wirklich mit ihr alt werden will.«

»Das klingt irgendwie spießig.«

»Für dich vielleicht, weil dein Leben nicht total im Arsch ist. Aber für mich ist spießig ein Fortschritt. Alle guten Sachen, die mir je passiert sind, waren Zufälle. Denk mal drüber nach. Ich bin Sänger geworden, weil ich zu faul war, um richtig zu arbeiten. Meinen ersten Plattenvertrag habe ich bekommen, weil der Producer am falschen Abend im falschen Club gelandet ist. Und dann gibt es dich, einen weiteren Zufall. Und deine arme tote Mutter hat dich mir wiedergegeben. Dann hat Norah gedacht, sie wäre zu alt, um schwanger zu werden, und jetzt wird meine Familie noch größer.«

Das ist zweifellos der längste Vortrag, den Frederick mir je gehalten hat. »Du bist wie eine doppelte Verneinung. Was vorher negativ war, wird positiv.«

»Jedenfalls irgendwann. Und was ist das Problem bei doppelten Verneinungen?«

»Sie sind verwirrend.«

»Und wie. Wegen Norahs Schwangerschaft sind viele Tränen geflossen, und das, obwohl wir beide gute Jobs und genug Geld haben und obwohl wir uns lieben. Wenn du dir also jede Menge Herzschmerz ersparen willst, mach weiter mit deiner Methode. Sei auf alles vorbereitet.«

27

Als ich zwei Tage später vom Unterricht zurückkomme, lehnt eine Papiertüte an unserer Tür. »Rachel« ist darauf gekritzelt. Ich öffne sie und finde eine Schachtel Kondome darin – eine Großpackung.

Es liegt auch noch ein Zettel dabei. *Rachel, die laufen erst in vier Jahren ab, also keine Eile. Dad.*

»Oh mein Gott«, quietsche ich und erröte im leeren Treppenhaus. Dann gehe ich hinein und suche ein gutes Versteck dafür.

Seit der unangenehmen Situation auf seinem Bett haben Jake und ich nicht viel mehr ausgetauscht als höfliche Gespräche. Und heute habe ich ihm im Speisesaal nachspioniert, während er von einem kichernden Haufen Mädchen aus dem ersten Semester umgeben war.

Es fühlte sich an wie ein Tritt in den Magen.

»Wo ist Jake?«, fragt Aurora vom Platz am Fenster aus, als könnte sie meine Gedanken lesen. Sie schaut sich in unserem unordentlichen Zimmer um, beinahe so als hätte sie Jake hier verlegt. »Ich habe ihn schon eine ganze Weile nicht mehr gesehen.«

»Wahrscheinlich hat er viel zu tun«, sage ich und versuche, mir meine Traurigkeit nicht anmerken zu lassen.

Aurora mustert mich über den Rand ihres Computerbildschirms hinweg.

»Zu viel zu tun, um dich zu sehen? Nie im Leben.«

Eigentlich wollte ich mich in meine Spanisch-Hausaufgaben stürzen. Aber mein Kopf ist gerade viel zu vollgestopft. »Ich räume mal ein bisschen auf. Ich kann mich nicht konzentrieren.«

»*Digame*, Rachel. Was ist los mit Jake?«

»Ich möchte nicht darüber reden.« Ich fange an, die Unterlagen auf meinem Schreibtisch zu sortieren, wo alles aus dem Ruder gelaufen ist.

»Der Junge liebt dich. So schlimm kann es gar nicht sein. Erzähl es mir.«

»Ich erzähle es dir«, blaffe ich. »Sobald du mir deinen heimlichen Freund vorstellst.«

Aurora wirft mir einen gequälten Blick zu. Dann widmet sie sich wieder ihrem Computerbildschirm und spricht kein Wort mehr mit mir.

Mit schlechtem Gewissen gehe ich in unser Schlafzimmer und räume dort auf, in der Hoffnung, den Kopf freizubekommen. Ich verfrachte einen riesigen Stapel von Unterlagen aus dem letzten Semester in den Papierkorb. Ich staple Auroras Zeitschriften, die über den ganzen Boden verteilt liegen. Es tut gut, etwas Produktives zu tun.

Jake zu vermissen macht mich mürrisch. Es gefällt mir nicht, dass ich mich so nach der Aufmerksamkeit eines Jungen sehne. »Das Problem mit vielen Frauen ist«, hat meine Mutter immer gesagt, »dass sie glauben, sie bräuchten einen Mann, der sie vervollständigt. Aber Männer wollen nur das eine.«

Während ich einen weiteren Armvoll Altpapier in den Mülleimer fallen lasse, kommt mir ein ziemlich gemeiner Gedanke. Meine Mutter hatte eine Menge über Männer zu sagen. Aber nie hat ein Mann einen Fuß über unsere Türschwelle gesetzt, höchstens um irgendetwas zu reparieren oder den Wasserzähler abzulesen.

Woran lag das? Hatte sie Angst? Das ist so wie bei Frederick, der das Autofahren aufgegeben hat, nur weil er einmal einen Baum mitgenommen hat.

Und ganz egal, was Mom immer sagte, in diesem Moment würde ich alles dafür geben, sie anrufen zu können und ihr mein Herz auszuschütten.

Alles.

Meine Kommode aufzuräumen gibt meinen Händen etwas zu tun. Ich verbanne alle Haargummis und Bürsten in die oberste Schublade.

Ich beziehe mein Bett neu und knote all meine Schmutzwäsche in eins der alten Laken.

Ich stöpsle den alten Staubsauger ein, den wir im Secondhandladen gekauft haben, und rücke den Wollmäusen in den Zimmerecken zu Leibe. Langsam sieht es hier besser aus. Mit einem alten T-Shirt staube ich sogar die Sachen auf meiner Kommode ab. Als ich die Schmuckschachtel meiner Mutter anhebe, kommt darunter ein staubfreies Rechteck zum Vorschein. Ich stelle sie aufs Bett, dann mache ich weiter.

Die Schmuckschachtel wische ich zuletzt sauber. Ich klappe sie auf, lege den Einsatz mit Moms Schmuck beiseite und betrachte die Fotos darunter. Da bin ich, auf dem Schoß vom Weihnachtsmann, und lächle. Ich muss sechs oder sieben gewesen sein. Meine Mutter hat mir erzählt, dass wir uns, als ich noch kleiner war, immer in die Schlange gestellt haben, um den Weihnachtsmann zu treffen, aber ich in der letzten Minute immer Angst bekommen habe.

Mom liebte diese Story. »In einem Jahr haben wir uns sogar *zweimal* angestellt, weil du geschworen hast, du wärst bereit dazu, ihn zu treffen. Von wegen!«

Ich lasse das Foto aufs Bett fallen und schaue das nächste an. Ein Foto von mir auf der Bühne bei meinem letzten Frühjahrskonzert. Ich habe dieses Foto noch nie zuvor gesehen und wusste gar nicht, dass meine Mutter es gemacht hat.

Das war gerade mal einen Monat, bevor sie starb.

Ich blättere weiter im Stapel. Ich finde mehrere Schulfotos – diese grässlichen gestellten Bilder vor einem grau marmorierten Hintergrund.

Ein Bild von mir und Haze, wie wir hinter meinem Geburtstagskuchen hervorlächeln. Ich zähle dreizehn Kerzen darauf. Das war dann zwei Jahre, nachdem sein Vater sich umgebracht hatte.

Ich mustere Haze' Gesicht auf dem Bild und finde, dass es nicht von der Katastrophe gezeichnet ist. Vielleicht werde ich mich in einem Jahr oder so auch wieder etwas unbeschwerter fühlen.

Ganz unten in der Schachtel liegt ein glänzender gelber Umschlag. Ich nehme ihn heraus. Er ist mit einem brüchigen Klebestreifen verschlossen, der nachgibt, als ich meinen Fingernagel unter die Kante schiebe. Darin finde ich einen Stapel Fotos, alle von der gleichen Größe, vermutlich alle vom gleichen Film.

Das allererste raubt mir den Atem.

Von dem Bild blicken mir die jüngeren Versionen von Mom und Frederick entgegen. Er hat den Arm um sie gelegt, seine freie Hand ruht auf ihrem Knie. Meine Mutter sieht ihn von der Seite an und lacht.

Sie tragen Shorts und Sneakers und sitzen auf der Veranda irgendeines kleinen Hauses. Aber es sind nicht die jugendlichen Gesichter oder die langen Haare, die mich überraschen. Es ist der Ausdruck auf dem Gesicht meiner Mutter. Sie lächelt so liebevoll, so frei, dass es mich schockiert.

Ich habe es nie erlebt, dass sie jemanden so angeschaut hat.

Auf dem nächsten Foto trägt Frederick einen Bart. Er sitzt

mit nacktem Oberkörper auf einem Stuhl, eine Gitarre in der Hand, und meine Mutter steht hinter ihm und hat die Hände auf seine Schultern gelegt. Die lässige Wölbung ihrer Finger auf seiner nackten Haut lässt mich erschauern. Das hier ist genau das, was ich mir nie vorstellen konnte: die beiden zusammen. Die unzensierte Freude auf Moms Gesicht ist erstaunlich.

Mir fällt gar nicht auf, dass ich weine, bis Aurora hereingestürzt kommt.

»Was ist passiert?« Sie setzt sich aufs Bett. »Oh! Das ist deine Mutter.«

Aurora nimmt mir den Stapel aus der Hand und blättert ihn langsam durch. »Wo ist das?« Sie hält ein Foto hoch. Frederick steht auf einem Weg, die Gitarre vor dem Körper. Hinter ihm sind gelbe und orange Herbstblätter zu sehen. Auf dem nächsten Bild ist auch meine Mutter. Sie küssen sich.

Ich wische mir mit den Handballen über die Augen. »Ich habe keine Ahnung. Ich habe diese Fotos noch nie gesehen. Sie hat mich angelogen.«

Aurora schaut verwirrt drein. »Angelogen? Über diese Fotos?«

Ich nicke. Ich habe meine Mutter tausendmal gefragt, ob sie irgendwelche Fotos von ihm hat. Als ich ein wenig älter war, habe ich natürlich aufgehört zu fragen und ihn stattdessen gegoogelt.

»Süße, sie wollte nicht daran denken. Das ist doch nicht so schwer zu verstehen.«

»Doch, das ist es«, keuche ich. Auf dem nächsten Bild beugen sich die beiden über eine Landkarte. Er streicht ihr die Haare aus dem Nacken. Ihre Hand liegt auf seiner.

Sie waren so *glücklich*.

Die eigentliche Lüge, fällt mir jetzt auf, war nicht, dass es die

Fotos gibt, sondern das, was sie zeigen. Jedes Mal, wenn meine Mutter ihn erwähnte, klang es, als wäre er ihr zugefügt worden, so wie eine Verletzung. Aber das stimmt nicht. Meine Mutter hat ihn *geliebt.*

Es war alles nicht bloß ein dubioser Unfall, ein geschmackloser Fehler.

»Sie hat einfach kein Glück gehabt.« Aurora seufzt und legt ein Foto auf dem Bett ab. Es zeigt Frederick, wie er meine Mutter huckepack über irgendeine Wiese trägt. »Wie alt war sie, als sie gestorben ist?«

»Achtunddreißig.«

Aurora wischt sich über die Augen. »Sie hätte sich doch neu verlieben können, oder nicht?«

Ich weiß es wirklich nicht. Mein Bild von ihr durchläuft gerade einen rapiden Wandel.

Die Mutter, die ich kannte, hat Einsatz und Ertrag sehr genau gegeneinander abgewogen. Sie glaubte an Belohnungsaufschub. Aber offensichtlich ist das nicht immer so gewesen. Und *ich* war es, die aus dem glücklichen Mädchen auf den Fotos die erschöpfte Frau gemacht hat, die im Krankenhauskittel Überstunden geschoben hat.

Beim nächsten Foto muss ich zweimal hinschauen. Doch dann stoße ich ein überraschtes Quietschen aus. »Dios!«, keucht Aurora. »Deine Mutter hat Schlagzeug gespielt?«

Da ist sie, auf einer Bühne, die Sticks über einem Schlagzeug erhoben. Die Haare hat sie auf dem Kopf zu einem Knoten hochgebunden. Auf der Bass Drum klebt ein Aufkleber: WILD CITY BLUES.

»Wild City«, sagt Aurora. »Genau wie in dem Song.«

Ich bin sprachlos. Ich weiß wirklich nicht, wie ich mit meiner Verblüffung umgehen soll. Die Fotos zeigen Frederick am Mikrofon, am Verstärker lehnt ein E-Bass.

Mein ganzes Leben lang habe ich versucht, meinen Vater zu verstehen. Dabei hatte ich die ganze Zeit über nicht die geringste Ahnung von meiner Mutter.

»Wer hat die ganzen Fotos gemacht?«, fragt Aurora. »Wer ist das?« Sie hält das letzte Bild hoch, auf dem drei Personen zu sehen sind statt zwei.

Drei Gesichter liegen zusammen im Gras, und ein Mann reckt den Arm in die Höhe, um ein Selfie von ihnen zu machen.

Bis jetzt bin ich noch gar nicht dazu gekommen, mich zu fragen, wer die Bilder gemacht hat. »Das ist Ernie«, sage ich langsam. »Als er noch Haare hatte.« Ich greife nach dem Umschlag und drehe ihn um. »Hathaway« ist in eine Ecke gekritzelt.

»Was für ein Segen, dass Ernie sie gemacht hat. Und jetzt gehören sie dir.«

Ob das ein Segen ist, da bin ich mir nicht so sicher. Die Bilder lassen meinen Kopf schwirren.

Die nächsten paar Tage sind hart.

Fast das ganze Jahr über war Claiborne Prep mein Hogwarts, ein geheimer Ort in meinem Leben, wo die meisten Dinge gut laufen. Doch nun ist mir meine Trauer bis nach New Hampshire gefolgt. Ich bin einfach traurig. Der Kummer hängt über mir wie eine Wolke.

Ich stehe jeden Morgen auf und gehe zum Unterricht, aber ich kann mich nicht konzentrieren. Ich habe angefangen, meine Mutter zu googeln anstatt meinen Vater. Meine Suche nach »Wild City« hat nie zu etwas geführt. Doch wenn ich »Wild City Blues« eingebe, finde ich eine alte Setlist aus einem Club in Kansas City.

Die Songtitel sind mir entweder unbekannt, oder es handelt sich um Coverversionen. Aber der Sänger war Fred Richards, der Bassist Ernie Hathaway und die Schlagzeugerin Jenny Kaye.

Meine Mutter hatte einen Künstlernamen.

Derweil geht der Unterricht weiter. Wie benommen sitze ich in der Englischstunde und mache mir Gedanken über das Leben meiner Mutter anstatt über die Komplexitäten des Mittelenglischen.

Zwei Reihen weiter vorn macht Jake sich eifrig Notizen. Aber ich denke an das kleine grüne Haus, in dem wir in Florida gelebt haben, daran, wie ich auf dem Bett meine Hausaufgaben mache, während Mom in der Küche herumwerkelt und Abendessen kocht.

Die ganze Zeit habe ich mich danach gesehnt – aufs Internat zu gehen, auf einem hübschen Campus in New England zu leben. Aber nun kann ich an nichts anderes denken als an den Tod meiner Mutter. Ich möchte die Zeit zurückdrehen, in unserem kleinen Haus vom Bett springen und in die Küche schlendern, um die Gesichtszüge meiner Mutter zu betrachten, während sie zwei Hähnchenbrüste würzt und in den Ofen schiebt.

Wenn ich sie noch *ein* letztes Mal sehen könnte, dann würde ich vielleicht all das verstehen, was passiert ist. Aber sie ist fort. Meine letzte Chance ist vertan.

Das Whiteboard vorne im Hörsaal verschwimmt.

Die Stunde ist erst in zehn Minuten zu Ende, aber ich schultere meine Tasche und schlüpfe hinaus. Normalerweise gehe ich nach dieser Stunde mit Aurora zum Mittagessen, aber mir ist nicht danach, mit irgendwem zu reden.

Auf dem Weg zurück nach Habernacker sind die Gehwegplatten glatt vom Frühlingsregen, und die Luft ist feucht und kühl. Aber in Gedanken bin ich wieder im Krankenzimmer meiner Mutter. Zum allerersten Mal seit Monaten lasse ich diese Erinnerungen zu. Während der ersten Tage im Krankenhaus war sie die meiste Zeit ansprechbar. Jedes Mal, wenn der Arzt mit uns redete, gab ich mir große Mühe, alles, was er über neue Antibiotika und fiebersenkende Mittel erklärte, zu verstehen. Aber Mom schien überhaupt nicht zuzuhören. Sie wandte den Blick nicht von mir ab.

Ich glaube, sie wusste es.

Ich konnte nichts anderes tun, als zu warten und zu hoffen und Haze' Hand zu halten. Alle paar Stunden schleppte er mich nach unten in die Cafeteria und flehte mich an, etwas zu essen. Seine Anwesenheit war ein echter Trost.

Und nun ist selbst diese letzte Verbindung zu meinem alten Leben abgerissen wegen Missverständnissen und Vorwürfen.

Ich steige die Treppe hinauf zu meinem Zimmer. Auf meinem Schreibtisch finde ich ein leeres Blatt und einen Umschlag. Auch wenn meine Mutter und ich uns nie wieder unterhalten können, gibt es ein Gespräch, das ich führen kann, bevor es zu spät ist.

Es dauert lange, bis ich die richtigen Worte finde.

Lieber Haze,
ich weiß, es ist Monate her, aber mir macht unser Streit immer noch zu schaffen. Ich wollte dir das schon lange sagen, wusste aber nicht, wie. Ich kann es immer noch nicht. Ich habe mich so gefangen gefühlt. Weil ich nicht das sein konnte, was du von mir erwartet hast.
Ich habe dich geliebt – als Freund. Aber du hast mich zu mehr gedrängt, als ich noch nicht bereit dafür war. Wenn es eine bessere Gelegenheit gegeben hat, dir das klarzumachen, habe ich sie wohl verpasst. Und das tut mir leid.

Aber ich werde niemals vergessen, wie sehr du mir geholfen hast, das letzte Jahr zu überleben. Ich liebe dich, Haze. Wenn auch nicht auf die Art, wie du es dir erhofft hast.
Rachel

Es ist nur eine kleine Sache, aber ich fühle mich besser, nun, da es ausgesprochen ist. Ich schreibe seinen Namen auf den Umschlag und füge aus dem Gedächtnis seine Adresse hinzu. Dann gehe ich eine Briefmarke kaufen.

28

Ein paar Tage später ist es wieder ein wenig kälter geworden. Ich beobachte meinen Vater, der sich der Kreuzung nähert, an der wir verabredet sind.

Ich bin immer noch total deprimiert. Weil er es mir wahrscheinlich am Gesicht ablesen kann und ich keine Lust habe, es ihm zu erklären, hätte ich mir fast eine Ausrede einfallen lassen und ihm abgesagt. Aber da ich ihn schon eine Weile nicht mehr gesehen habe, wird er mich bestimmt morgen wieder anrufen, wenn ich ihm absage.

In meiner Gesäßtasche habe ich eines der Fotos versteckt, die ich von ihm und meiner Mutter gefunden habe. Aber ich weiß noch nicht genau, was ich ihn dazu fragen möchte.

Meine Mutter hat siebzehn Jahre nicht über das gesprochen, was passiert ist. Ich hoffe, dass ich nicht genauso lange brauche, um danach zu fragen.

Als er die Ecke erreicht, winkt er mir kurz zu. Doch er hat die Grünphase verpasst, und zwischen uns fließt der Verkehr. Um die Kälte zu vertreiben, reibe ich die Hände aneinander und warte.

»Hey!«

Beim Klang von Jakes Stimme drehe ich mich lächelnd um, wie eine Blume, die sich der Sonne zuwendet. Instinktiv.

»Ich habe gerade an dich gedacht«, sagt er. »Weil ich dich so vermisse. Und da tauchst du auf.« Er nimmt meine kalten Hände in seine.

Ich öffne den Mund, um etwas zu sagen, aber Jake ist schneller. Er beugt sich zu mir und küsst mich auf die Lippen. Unser furchtbares Gespräch ist schon über zwei Wochen her, und in seinem Kuss liegt so viel Sehnsucht. Das Einzige, was mich davon abhält, mich auf Jake zu stürzen, ist die Tatsache, dass mein Vater uns wahrscheinlich von der anderen Straßenseite aus beobachtet.

Ich höre, wie der Verkehr abbremst. Ich trete einen Schritt zurück, aber es ist zu spät.

»Hände weg, Freundchen!«, sagt mein Vater.

Erschrocken löst Jake sich von mir.

»Dad!«, japse ich.

»Aber das *muss* ich doch sagen! Habe ich das etwa nicht gut rübergebracht?«

Ich spüre, wie ich erröte. Jake steht vor mir und sieht aus wie ein geprügelter Hund. Schon wieder unterbrochen.

Das Timing ist schlecht, aber es muss ja sein. »Also, Frederick, das ist Jake. Jake, das ist mein Vater.«

Endlich.

Sie schütteln einander die Hände. Es entsteht eine Stille, in der ich mich frage, was ich als Nächstes sagen soll.

»Also, machen wir einen Spaziergang?«, fragt Frederick.

»Wo willst du hin?«, frage ich Jake.

»Ins Fitnessstudio.«

»Dann komm doch ein Stück mit«, sagt Frederick. Er wendet sich in Richtung Campus.

Jake sieht mich fragend an, und ich nicke ihm unauffällig zu.

»Na gut«, sagt er.

»Was meinst du, Rachel?«, fragt Frederick. »Teich oder Hügel?«

»Entscheide du.«

»Es gibt noch eine Möglichkeit«, sagt Jake und lässt mich nicht aus den Augen. »Wollt ihr auf den Glockenturm klettern?« Er zeigt auf die weiße Turmspitze, die sich über der Bibliothek erhebt.

»Da kann man hoch?«, frage ich.

»Nur wenn man zufällig einen Schlüssel hat«, sagt Jake. »Was vielleicht möglich ist, wenn man – sagen wir mal – ihn vom Schlüsselring von Arschgesicht genommen hat, als dieser in den Ferien total besoffen war.«

Frederick lacht. »Ausgezeichnet. Lasst uns ein paar Regeln brechen. Das hab ich in der Schule ständig gemacht.«

»In der Woche für die Ehemaligen«, erklärt Jake, als wir den Hof überqueren, »gibt es eine Turmführung. Aber sonst ist es nicht erlaubt.« Er bleibt stehen. »Rach, ist das in Ordnung? Ich weiß, dass du nicht gerne gegen Regeln verstößt.«

Er hat natürlich recht. Aber ich glaube, ich habe die ganze Brave-Mädchen-Sache falsch eingeschätzt. Ich muss mehr auf mein Bauchgefühl hören und mir weniger Sorgen machen. »Na dann los.«

Sie lächeln mich beide an, und wir gehen in die Bibliothek.

Jake führt uns durch das Magazin bis in den sechsten Stock. Wir kommen an eine Metalltür mit der Aufschrift »Zutritt verboten«.

Jake dreht sich um und lächelt uns an. Dann dreht er den Knauf und schaut kurz hinein. Als die Luft rein ist, tritt er ein.

Ich folge ihm in einen schlecht beleuchteten Raum, in dem sich ein paar Putzutensilien und ein Haufen staubiger Leuchtstoffröhrenhüllen befinden. An der Wand hängt ein pfeilförmiges Schild, auf dem steht: »Zum Turm«. Wir gehen einen Flur entlang, bis wir an dessen Ende vor einer alten Holztür ankommen.

»Tja, jetzt werden wir herausfinden, ob der Schlüssel passt oder ob ich euch umsonst hierhergebracht habe.« Jake holt einen Schlüsselbund aus seiner Tasche und nimmt einen großen, flachen Messingschlüssel. Er steckt ihn ins Schlüsselloch und dreht ihn. Mit einem Klicken öffnet sich die Tür.

»Treffer«, sagt Frederick. »Und jetzt nach oben?«

»Genau«, sagt Jake und geht vor.

Ich folge ihm, und schon nach dem zweiten Treppenabsatz brennen mir die Beine. Im Treppenhaus ist es kalt, aber schon bald fange ich an zu schwitzen. Als ich anhalte, um Luft zu schnappen, pikst Frederick mir in den Po. Ich wirble herum, und er blinzelt mir zu. Da hat wohl jemand Spaß.

Nach jedem Absatz mit zehn Stufen biege ich nach links und sehe zehn weitere. Es handelt sich um steile Metalltreppen, und ein altes Rohr fungiert als Geländer. Mit jedem Absatz wird es ein wenig heller, und bald erkenne ich auch, warum. Die vier Zifferblätter der Turmuhren bestehen aus dickem, durchsichtigem Glas. Jedes hat bestimmt einen Durchmesser von zwei Meter fünfzig. Ich bewege mich am ersten vorbei, dann am zweiten, und die schön geformten Zeiger gehen auf Mittag zu.

Mir brennen die Beine, und ich habe Seitenstechen, aber die Treppen führen noch weiter. Gerade als ich glaube, nicht mehr zu können, enden die Treppen durch ein Loch in einer Balkendecke in einem mit Holz vertäfelten Raum. Jake lehnt sich erschöpft an die Wand. Er lächelt schüchtern, aber triumphierend.

»Cool«, sage ich, und er lächelt noch breiter. »Kommst du, alter Mann?«

Frederick taucht auf und greift sich in gespielter Erschöpfung an die Brust. Dann schaut er hoch. »Wow.«

Über uns hängen Dutzende riesiger alter Glocken, alle in

verschiedenen Größen. Einige sind so groß wie ich. Aber ganz am Ende sind einige wenige, die nur so groß sind wie ein Toaster. An der Wand vor uns befindet sich eine Reihe von Hebeln, die einer Orgeltastatur gleichen. Daneben stehen ein Notenständer und ein alter Holzhocker. Frederick beugt sich nach vorne, um die Hebel genauer zu betrachten.

»Wenn Sie eine Glocke läuten, sind wir total am Arsch«, sagt Jake.

»Verstanden«, antwortet mein Vater. Er zählt die Hebel. »Zweieinhalb Oktaven. Dieses Ding sieht wirklich *alt* aus.«

»Ein paar der Glocken sind aus den 1860ern. Aber ich glaube, die Hebel sind nicht ganz so alt. Die Leute, die darauf spielen, gehören einer Glockenspiel-Gilde an. Jeden Frühling veranstalten sie Wettbewerbe. Ein ziemlich elitärer Verein.«

In der Wand daneben befindet sich eine einzelne Tür. Jake schiebt den Riegel zurück und zieht sie nach innen auf. Ein uralter Metallhaken, der mit einer Kette an der Wand befestigt ist, sorgt dafür, dass sie nicht zufällt.

Ich folge Jake nach draußen, und mich erwartet ein beeindruckender Blick über das Tal des Connecticut River im Westen und die Vermonter Berge im Hintergrund. »Das ist ja völliger Wahnsinn.« Die Schüler auf dem Bürgersteig unter uns wirken winzig.

»Großartiger Ausblick«, bestätigt mein Vater und tritt nach draußen. »Was sehe ich denn hier? Sind das die Green Mountains?«

»Ja. Und das dort drüben ist der Smarts Mountain.« Jake zeigt Richtung Norden.

Wir drei gehen vorsichtig um den Turm herum und halten immer wieder an, um die verschiedenen Ausblicke zu genießen. Von hier oben sehen Clairbornes Backsteingebäude aus wie hübsche kleine Spielzeughäuschen.

Es ist windig, und die Kälte brennt in meinem Gesicht. Ich reibe die Hände aneinander und wünsche mir, ich hätte meine Handschuhe dabei. »Das ist der Mount Ascutney.« Jake deutet gen Süden. Er greift von hinten um mich herum, nimmt meine Hände in seine und reibt mir die kalten Finger. Er tut es beinahe gedankenverloren, als hätten wir uns nie gestritten, als wäre alles noch in Ordnung. Ich lehne mich an ihn und kämpfe gegen den Kloß im Hals.

Ich bemerke, wie Frederick uns beobachtet, und er zwinkert mir zu. Der Wind frischt wieder auf, und Frederick zieht sich die Kapuze seines Pullis über den Kopf und hält sie fest.

»Ich glaube, wir sollten wieder reingehen«, sagt Jake. Er geht zur Ecke des Turms, und ich folge ihm. Aber kurz bevor wir bei der Tür ankommen, gibt es einen Knall.

Jake rennt zur Tür und drückt auf die Klinke. Sie bewegt sich nicht. Als er mich ansieht, ist sein Gesicht vor Schreck verzerrt.

»Oh Gott«, sage ich.

Frederick schnaubt. »Das kann nicht sein.«

Jake starrt die Tür an. »Da ist noch nicht einmal ein Schloss dran«, sagt er. »Was soll der Scheiß?« Er lässt die Klinke los und drückt gegen die Tür. »Verdammt.« Frustriert tritt er dagegen.

Ich weiß nicht, was ich sagen soll. Aber gerade als langsam Angst in mir aufsteigt, öffnet sich die Tür plötzlich von innen, und ein schmales Gesicht schaut heraus. »Ich wollte euch nur ein bisschen verarschen«, sagt jemand.

Jake drückt die Tür auf und tritt schnell über die Schwelle. »Musste das sein?«

Im Inneren erkennen wir einen dünnen Jungen mit schwarzen Locken. Während Jake sich bloß wie ein Nerd stylt, ist das hier eine waschechte Version. Sein Adamsapfel hüpft nervös auf und ab, während er uns mustert. »Tut mir leid«, sagt er. »Aber ihr dürftet eigentlich gar nicht hier sein.«

Jake holt tief Luft. »Das stimmt. Aber du hast mir gerade ungefähr ein Jahr meines Lebens geklaut.«

Frederick lacht. »Guter Streich, Kleiner. Du hast uns ganz schön erschreckt.«

Der Typ mustert Frederick. »Kenne ich Sie? Sie kommen mir bekannt vor.«

»Das höre ich ziemlich oft«, sagt mein Vater.

Der dünne Junge schaut auf die Uhr. »Oh, ich habe nur noch eine Minute.« Er öffnet eine Mappe auf dem Notenständer und setzt sich auf den Hocker.

Es ist 11.59 Uhr. Ich hatte vergessen, dass das Glockenspiel jeden Mittag gespielt wird.

»Bekommen wir eine Strafe, wenn wir hierbleiben und zusehen?«, fragt Frederick.

Der Junge schüttelt den Kopf. »Nein. Schon gut. Aber das Stück dauert ungefähr fünf Minuten.«

Auf dem Notenblatt steht »Simple Gifts«. Um zwölf fängt er an, die Hebel zu bedienen, und über uns erklingt das Volkslied in ohrenbetäubender Lautstärke. Ich schaue hoch und sehe, dass die Glocken durch Metallseile, die hinter den Hebeln nach oben führen, nacheinander angeschlagen werden. Selbst als der Junge aufhört, die Hebel zu drücken, hängen die letzten Glockentöne noch in der Luft.

Frederick starrt zum Mechanismus hinauf. »Die Zeitverzögerung macht es dir bestimmt nicht leichter«, sagt er.

»Man lernt, es mit einzukalkulieren«, antwortet der Junge. Dann, als der Nachhall aufgehört hat, spielt er auswendig ein zweites Lied.

Jake und ich wenden uns einander zu. »Das ist …« Es liegt mir auf der Zunge.

»Duran Duran!« Frederick prustet. »Hungry Like the Wolf.«

»Das spiele ich gerne mittags«, sagt der Junge und haut den Refrain raus.

Jake legt einen Zehndollarschein auf den Tisch im Eingang des Speisesaals. »Wir haben einen Gast«, sagt er zu der netten alten Dame, die dort arbeitet.

»Das musst du nicht«, wendet Frederick ein, aber Jake ist schon auf dem Weg zur Schlange.

»Nimm besser nicht den Burrito«, warne ich. »Der schmeckt nicht wie in L. A.«

Frederick beugt sich zu mir. »Jake ist einer von den Guten«, flüstert er.

Ich schaue ihn an, und seine Augen blitzen. »Ich weiß.«

»Warum hast du ihn versteckt?«

»Das weiß ich auch nicht so genau.«

»Rutsch rein«, sage ich zu meinem Vater, als er sich auf der Bank niederlässt. Jake setzt sich uns gegenüber, auf seinem Tablett türmen sich zwei Sandwiches, Pommes und Salat.

»Das schmeckt ziemlich gut«, sagt mein Vater, nachdem er von seiner Muschelsuppe gekostet hat. »Ihr hättet den Fraß sehen sollen, den sie uns an der Highschool serviert haben.«

»Ich wette, die hat auch nicht dreißig Riesen im Jahr gekostet«, sagt Jake. Die Gläser im Speisesaal sind klein, deshalb hat er vorn auf seinem Tablett drei Milchgläser in Reih und Glied aufgestellt.

»Gutes Argument. Aber ich bin mir nicht sicher, ob Rachel so viel essen kann.«

»Das macht sie durch Bücher aus der Bibliothek wieder wett.«

Und jetzt bin ich verlegen.

»Danke für die Glockenturm-Tour. Das war ziemlich cool«, sagt mein Vater.

»Oh, gern geschehen.«

Mit einem Lächeln legt Frederick den Löffel hin. »Als die Tür zugefallen ist …« Er fängt an zu lachen. »Du hättest dein Gesicht sehen sollen.«

Ich sehe, wie Jake die Röte in die Wangen steigt. Er nimmt einen Schluck Milch, aber dann muss er lachen und presst sich die Hand vor den Mund.

Brüllend vor Lachen sinkt mein Vater an die Lehne der uralten Holzbank.

Jake erstickt fast und lacht dann noch mehr. Und dann ist es auch um mich geschehen. Ich frage mich, was Jake wohl getan hätte, wenn die Tür wirklich zugefallen wäre? Ich kichere, bis mir Tränen in die Augen steigen.

Wir schütteln uns immer noch vor Lachen, als Aurora vor unserem Tisch stehen bleibt. »Oh Gott«, sagt sie. »Was habe ich verpasst? Und wieso habe ich keine Einladung bekommen?« Sie stellt ihr Tablett neben das von Jake.

Frederick zieht Auroras Tablett zu uns herüber und wischt sich über die Augen. »Du kommst zu mir, Fräulein. Ich habe dich schon eine Weile nicht mehr gesehen.«

Aurora geht zum Ende der Bank, an dem ich sitze. Sie steigt hinter mir auf die Bank. »Rutsch mal ein Stück, Freddy.«

»Oh, ich habe den Kaffee vergessen«, sagt Aurora, nachdem sie mit dem Essen angefangen hat.

»Ich hole welchen.« Ich springe auf. »Sonst noch jemand?«

Als ich mit zwei Tassen in jeder Hand zurückkomme, hat auch Aurora einen Lachkrampf.

»Stell dir mal vor, wir hätten den Notruf gewählt«, sagt Frederick grinsend.

Ich setze mich nah zu meinem Vater und lausche dem tiefen

Klang seiner Stimme und Auroras Lachen. Ich bemerke Jakes beschämtes Grinsen.

Wie hat Hannah es einmal ausgedrückt? Sie hat gesagt, sie hoffe, dass ich bald wieder auf die Füße komme. Heute kann ich mir tatsächlich vorstellen, dass es irgendwann so weit ist.

Jake muss zuerst gehen, weil er für seinen Chemiekurs noch bis zum College laufen muss. Frederick schüttelt ihm über den Tisch hinweg die Hand. »Hat mich gefreut, dich kennenzulernen, Jake. Das können wir gern wiederholen.«

Jake und ich bringen gemeinsam unsere Tabletts weg und stellen sie auf das Förderband. Dann sehe ich ihn an. »Danke«, sage ich. »Das hat richtig Spaß gemacht. Es tut mir leid ...« Ich hole tief Luft. »Es tut mir leid, dass ich dich Frederick nicht schon eher vorgestellt habe. Das war dumm von mir.«

Er zuckt leicht mit den Schultern, was alles heißen kann. Es könnte bedeuten *Hey, kein Problem* oder *Du bist eine Idiotin.* Ich bin mir noch nicht ganz sicher, doch da beugt sich Jake zu meinem Ohr hinunter.

»Ich liebe dich, Rachel«, flüstert er. Dann dreht er sich um und verlässt den Speisesaal.

Als ich mich wieder gegenüber von Frederick und Aurora hinsetze, kann ich mich kaum auf ihr Gespräch konzentrieren. Jakes Worte sind wie ein Edelstein, den ich mit der Hand umklammere. Ich kann ihn nicht wirklich hochhalten und im Licht betrachten, solange ich nicht allein bin.

»Es ist auf der Choate Street«, sagt Frederick.

»Was ist dort?«, frage ich. Ich habe nicht mitbekommen, was er gerade erklärt.

»Dieses Haus, das zum Verkauf steht. Ich möchte, dass du mitkommst und es dir ansiehst.«

»Oh, okay«, sage ich und schüttle meine Zerstreutheit ab. »Ich könnte dieses Wochenende vorbeikommen.«

»Hast du jetzt nicht Spanisch?«, fragt Aurora.

»Ja. Ich muss los.«

Frederick schiebt sein Tablett an die Tischkante und steht auf. »Schön habt ihr's hier«, sagt er.

»Du bist jederzeit willkommen!« Aurora grinst.

Ich begleite meinen Vater nach draußen. »Nächste Woche Gitarre?«, fragt er.

»Auf jeden Fall.«

»Gut.« Er wuschelt mir durch die Haare und schlendert lächelnd davon.

29

Am nächsten Abend sitze ich allein auf dem Fenstersitz in unserem Zimmer und beobachte, wie sich der Himmel über Claiborne rosa färbt. Mein Telefon vibriert, und um danach zu greifen, muss ich mich vom Sonnenuntergang abwenden. Ich hoffe, dass die Nachricht von Jake ist. Ich denke schon den ganzen Tag an ihn.

Aber sie ist nicht von ihm.

Als ich sie öffne, sehe ich ein einzelnes Foto. Darauf ist das Handschuhfach von Haze' altem Auto zu sehen. Das Fach steht offen, und darin liegt mein Brief mit meiner Entschuldigung.

»Ach, Haze«, flüstere ich und streiche übers Display. Ich blicke wieder zum Himmel auf, aber die Farbe hat sich mittlerweile in Grau verwandelt. Ich stehe auf und gehe ins Schlafzimmer.

Die Fotos von meiner Mutter liegen auf der Kommode, und ich nehme sie in die Hand. Ich habe sie schon so oft angeschaut, mir alle Einzelheiten eingeprägt.

Zuerst waren sie schockierend. Die Jenny auf den Fotos ist so jung und verliebt, dass sie wie eine völlig andere Person wirkt.

Nun überlagern sich diese beiden Frauen in meiner Erinnerung. Vielleicht ruiniere ich sogar meine Fähigkeit, mich so an meine Mutter zu erinnern, wie ich sie kannte. Aber das ist mir egal. Ich stelle sie mir lieber als jemand vor, der offen für die Liebe ist und nicht verbittert.

Mom hatte sehr deutlich gemacht, dass sie sich für mich keine Wiederholung ihres eigenen gebrochenen Herzens wünschte. »Schließ das College ab, geh deinen eigenen Weg«, pflegte sie zu sagen. »So machen schlaue Mädchen das. Nur die dummen verschwenden ihre Zeit damit, einen Mann zu suchen.«

Aber ich weiß, dass auch das riskant ist. Fast ein ganzes Jahr habe ich versucht, weder Jake noch Frederick zu zeigen, wie viel sie mir bedeuten. Und nun sitze ich hier allein, während oben jemand wartet, der mich liebt.

Also schreibe ich Jake eine Nachricht und bitte ihn, herunterzukommen.

Er antwortet sofort, er sei gleich da.

Während ich auf ihn warte, räume ich mein Zimmer auf und zünde eine von Auroras Kerzen an. Mein Vater hat mir den Rat gegeben, auf mein Herz zu vertrauen und mit Jake über meine Ängste zu reden. Das hört sich nach einer hübschen Textzeile an. Mit ein bisschen Arbeit finden wir vielleicht sogar einen Reim darauf.

Scheiße, wahrscheinlich ist es sogar einfacher, einen mit Platin ausgezeichneten Hit zu schreiben, als Jake in die Augen zu schauen und ihm all das zu gestehen, was mir Angst macht.

Aber da ist er schon und klopft an unsere Tür.

»Ist offen«, rufe ich.

Einen Augenblick später schaut Jake zur Schlafzimmertür herein, seine Augen glänzen im Kerzenlicht. Er tritt ein. »Gemütlich hier.« Er setzt sich neben mich aufs Bett und legt mir eine Hand auf den unteren Rücken.

Selbst diese einfache Geste erfüllt mich mit Glück. Ich habe ihn so sehr vermisst.

Ich drehe mich zu ihm um und schlinge die Arme um ihn. »Ich habe den ganzen Nachmittag an dich gedacht.« Er fühlt sich warm und fest an.

Mit einem Finger schiebt er den Ausschnitt meines Tops beiseite und küsst mich auf die Schulter. »So geht's mir auch ständig. Ich hoffe, ich rassle dieses Semester nicht durch.«

Vor Jake brauche ich keine Angst zu haben, rufe ich mir in Erinnerung. Fest entschlossen umfasse ich sein Gesicht mit beiden Händen und küsse ihn, mache dort weiter, wo wir gestern Morgen an der Straßenecke aufgehört haben. Ein leises Geräusch kommt tief aus seiner Kehle, und mir läuft ein Schauer über den Rücken.

Seine Küsse sind süß und zärtlich. Aber nicht deswegen habe ich ihn hierher gebeten. Und wenn ich es geschehen lasse, wird es vermutlich bloß ein weiterer Ausflug nach Peinlichhausen.

Ich zwinge mich dazu, mich von ihm zu lösen. »Jake«, sage ich mit rasendem Herzen. »Ich darf auf keinen Fall schwanger werden.«

Mit glühend roten Wangen hebt er die Hand vors Gesicht wie ein Angeklagter auf dem Weg ins Gerichtsgebäude. »Ähm, okay?«

Das kam offensichtlich nicht so geschmeidig rüber wie geplant. »Ich meine … Ich weiß, wir haben noch nicht …« Ich räuspere mich. »Aber bestimmt möchtest du es. Und deshalb habe ich Panik. Ich war die Schwangerschaft, die meine Mutter ihre Collegeausbildung gekostet hat. Und danach ihr Sozialleben. Und nun ruiniere ich Fredericks Leben, und wenn ich nur daran denke, dass ich ihn allein dieses Jahr eine Million Dollar gekostet habe …« Ich blicke zu Jake auf, dem der Mund offen steht.

Er klappt ihn zu, streckt die Arme nach mir aus und zieht mich in eine Umarmung. »Mach mal etwas langsamer, damit ich dir folgen kann«, sagt er und streicht mir über den Rücken.

»Okay.« Er riecht nach frisch gewaschenem T-Shirt und Seife. Das hat mir so sehr gefehlt.

»Erst einmal: Ich bin wirklich froh, dass du das Leben deiner Mutter ruiniert hast und Fredericks, wenn das überhaupt stimmt«, sagt er.

»Oh, das stimmt«, murmle ich in die Baumwolle an seinem Hals.

Er nimmt mich fester in die Arme. »Wie auch immer, ich versteh das«, sagt er.

»Ja?«

»Ja. Ich wünschte nur, du hättest mir das schon früher erzählt. Dass du all diesen zusätzlichen Druck verspürst …«

»… die Geschichte nicht zu wiederholen«, füge ich hinzu.

Er drückt mich. »Dann machen wir das nicht.«

»Was machen wir nicht?« Ich hebe den Kopf, um ihn anzusehen.

Die roten Flecken auf seinen Wangen werden dunkler. »Das musst du mir sagen. Du gibst die Regeln vor, ich befolge sie.«

»Also … zunächst einmal … es müssen zwei … ähm … Verhütungsmethoden sein. Falls eine versagt.« Ich lege mein Kinn auf Jakes Schulter, damit ich ihm nicht in die Augen sehen muss.

»Absolut vernünftig«, flüstert er.

»Und ich habe bisher noch keine Vorkehrungen getroffen. Denn … das ist nicht so einfach. Man muss zum Arzt gehen, mit diesem fiesen Untersuchungsstuhl und den Instrumenten. Und dann muss man dem Arzt ins Gesicht sagen, dass man verhüten möchte. Ich würde wahrscheinlich sogar eine Zeugniskopie mitbringen, um zu beweisen, dass ich ein braves Mädchen bin.«

Ich spüre, wie Jakes Brust zu beben beginnt. »Ich war noch nie so froh, dass ich ein Kerl bin.«

»Ich bin auch ziemlich froh, dass du ein Kerl bist.«

»Nein, im Ernst«, sagt er. »Es gibt sogar Selbstbedienungskassen im Drogeriemarkt. Ich glaube, die wurden von einem Kerl erfunden, der Kondome kaufen wollte, ohne der Kassiererin ins Gesicht sehen zu müssen.«

Ich kichere an seinem Hals. »Du kannst sie auch einfach online bestellen. Echt, das ist doch nicht fair!«

»Ich hab's verstanden.« Er umfasst mein Gesicht und gibt mir einen raschen Kuss.

Eine Welle der Dankbarkeit überschwemmt mich, und ich küsse ihn zurück. Und noch einmal und noch einmal. Ich bin so glücklich, wieder in seinen Armen zu liegen, dass ich ihn küsse, als wollte ich ihn zum Abendessen verschlingen.

Bis Jake sich zurückzieht und mich ernst ansieht. »Du hast noch etwas Wichtiges vergessen.«

»Habe ich das?«

Er nickt. »Welche Regeln gelten *jetzt gerade?*«

»Oh. Wir können keinen richtigen Sex haben.« Komisch, wie einfach es auf einmal ist, es auszusprechen.

»Das habe ich verstanden. Aber ich möchte nicht noch mehr Missverständnisse. Also, was ist sonst noch vom Tisch?«

Das ist eine berechtigte Frage. »Ich glaube, sonst nichts.« Und dann, um es ihm zu beweisen, greife ich nach den Knöpfen an seinem Holzfällerhemd. Er blickt hinunter, beobachtet meine Finger mit ungläubigem Blick. Unter dem Hemd kommt das *Talk nerdy to me*-T-Shirt zum Vorschein. »Das hattest du auch an dem Tag an, als wir uns kennengelernt haben.«

Er lächelt schüchtern. »Das zieht die Frauen an wie Fliegen.«

Ganz sanft nehme ich ihm die große schwarze Brille ab und drehe sie in der Hand um. »Jake, warum versuchst du so krampfhaft, wie ein Nerd auszusehen?« Ich lege die Brille auf den Nachttisch. »Ich meine, manche Leute sind einfach so. Aber du musst ziemlich hart dafür arbeiten.« Ohne eine Antwort abzuwarten, packe ich sein T-Shirt und ziehe es ihm über den Kopf, lasse es auf den Boden fallen und lege die Hände auf seine nackte Brust. »Das ist eine ernst gemeinte Frage.«

Er blickt auf meine Hände hinunter, als versuchte er zu verstehen, wo die gerade hergekommen sind. »Na ja, durch diese Nerd-Sache wurde ich zu etwas, das Arschgesicht nicht ist. Und außerdem ...« Er unterbricht sich und streckt die Arme nach mir aus. Er drückt mir einen so zärtlichen Kuss auf die Wange, dass mir ein Schauer über den Rücken läuft. »Außerdem«, flüstert er, »wenn mich das hübsche Mädchen aus dem dritten Stock nicht anfassen will, dann weiß ich wenigstens, warum.«

Das verursacht mir einen kleinen Stich im Herzen. Ich ziehe Jakes hübsches Gesicht mit beiden Händen zu mir und küsse ihn auf eine Weise, die ihm hoffentlich ganz genau verrät, was ich für ihn empfinde. Und als er ein glückliches Seufzen ausstößt, spüre ich es bis hinab in die Zehenspitzen.

Und dann, mit der Vorsicht eines Bombenentschärfers, zieht Jake mir das Shirt über den Kopf und macht sich an der Rückseite meines BHs zu schaffen.

Aber das wird ihm nicht weiterhelfen, denn der Verschluss ist auf der Vorderseite.

»Und du behauptest, du wärst technisch so versiert«, flüstere ich und mache ihn eigenhändig auf.

Sein Gesicht zeigt Überraschung, aber er ist nicht zu schüchtern, um die Träger von meinen Schultern zu schieben. »Gott, ich liebe deinen Körper.«

Ich weiß nie, wie ich mit Komplimenten umgehen soll. Also greife ich stattdessen nach seinem Gürtel. Zur Antwort holt Jake scharf Luft. Berauscht von meinem eigenen Mut presche ich vor und öffne seine Jeans. Er zieht sich zurück, ein Ausdruck von Überraschung auf dem Gesicht. Aber dann steht er auf und streift sie ab.

Auf seinen Boxershorts sind kleine Terrier abgebildet.

Ich stehe auch auf. Vorsichtig streiche ich über die Vorderseite seiner Shorts, woraufhin Jake tief und schaudernd einatmet. Ich nähere mich mit den Lippen seinem Ohr.

»Das Mädchen aus dem dritten Stock möchte dich anfassen«, flüstere ich. »Wenn sie sich nur nicht selbst im Weg stehen würde.«

Er schließt die Augen. Dann fährt er mit den Händen über meine Schultern, seine Küsse sind sanft. Ein einzelner Finger wandert über meinen Bauch und unter den Bund meiner Jeans, und die Berührung schickt einen Stromstoß durch mich hindurch. Aber Jake nimmt die Hand weg. »Dieser Part macht mir immer Schwierigkeiten«, sagt er leise.

Traurig, aber wahr. Also ziehe ich den Reißverschluss selbst herunter und lasse meine Jeans auf den Boden fallen. Ehrfürchtig fährt Jake mit seinen warmen Händen über meine Hüfte.

Als er mich an sich zieht, schlägt mein Herz schneller.

Atme, befehle ich mir selbst.

Ich muss mich verkrampft haben, denn Jake legt mir sein Kinn auf die Schulter und schlingt seine Arme in einer schützenden Umarmung um mich.

»Rachel«, flüstert er und bedeutet mir, mich neben ihm aufs Bett zu setzen. »Leg dich einfach eine Weile hier zu mir.«

Was für eine ausgezeichnete Idee.

Wir legen uns zusammen hin, und ich bette meinen Kopf auf seine Brust, bereit, mich zu entspannen. Das Kerzenlicht tanzt an der Wand, und Jakes Daumen streichelt abwesend meine Schulter. Meine Gedanken beruhigen sich, während ich dem Klang seines Herzens lausche. »Jake? Warum hast du gesagt, dass du dir durch mich wie Arschgesicht vorgekommen bist?«

Seine Brust hebt und senkt sich mit einem Seufzer. »Er schlägt seine Freundinnen.«

Ruckartig hebe ich den Kopf. »Im Ernst?«

»Ja.« Er drückt meinen Kopf sanft wieder auf seine Brust und streicht mir die Haare aus dem Gesicht. »Zumindest glaube ich, dass er sie schlägt. Einmal wurde er sogar festgenommen. Aber später hat seine Freundin ihre Aussage zurückgezogen.«

»Aber du glaubst, dass er es getan hat?«

»Ich glaube ... Wenn er es nicht getan hat, sollte er wirklich mit dem Gerede aufhören. Wie er prahlt, wenn er betrunken ist, das ist wirklich ekelhaft. Und das hier ist eine Kleinstadt. Sagen wir mal so, ich bin nicht der Einzige, der ihm das zutrauen würde. Der Footballtrainer muss ständig einschreiten und sich für ihn entschuldigen.«

Oje. »Jake?«

»Ja?«

»So bist du nicht. Nicht im Geringsten.« Ich kuschle mich enger an ihn, und er küsst mich auf den Scheitel.

Ganz aus der Nähe bewundere ich seine glatte Haut, die feste Brust und den kräftigen Arm, den er mir auf den Rücken gelegt hat. Er ist schön und stark. Ich kann mich glücklich schätzen, ihn zu kennen.

»Weißt du was?« Ich räuspere mich. »Ich hatte vor dir noch nie einen Freund.«

Er senkt den Kopf, um mich anzusehen. »Wirklich? Wie geht das denn?«

»Vielleicht war ich an meiner alten Schule noch viel mehr Nerd als du.«

»Siehst du?« Er streicht mir mit der Hand über die Haare. »Ich wusste doch, dass du etwas Besonderes bist.«

»Hattest du letztes Schuljahr eine Freundin?«

»Ja. Wir waren zwei Jahre zusammen. Sie hat letztes Jahr ihren Abschluss gemacht. Und stell dir mal vor ...« Er lacht. »Sie hat mich direkt nach dem Abschlussball abserviert. Ein totales Desaster. In Claiborne gibt es diese Tradition, dass die Zwölfer bis zum Morgengrauen zusammen eingesperrt werden, um sie davon abzuhalten, auszugehen und sich zu betrinken. Und diese Leuchte macht mit mir Schluss, als wir im wahrsten Sinne des Wortes für sechs Stunden im gleichen Raum eingeschlossen sind.«

»Autsch.«

»Das kannst du laut sagen. Ich wünschte nur, ich hätte nicht diesen dämlichen Smoking geliehen. War an deiner alten Schule der Abschlussball eine große Sache?«

»Ja.« Mir schnürt sich die Kehle zu. »Letztes Jahr konnte ich nicht hingehen.«

Jake rollt sich auf die Seite, sodass er mich ansehen kann. »Warum nicht?«

Mein Blick trübt sich, die Kerze verschwimmt. »Das war der Abend, an dem meine Mutter gestorben ist.«

»Oh Scheiße«, flüstert Jake und zieht mich an sich. »Das tut mir leid.«

Er hält mich so fest, dass ich kaum meinen Arm freibekomme, um mir über die Augen zu wischen. »Ich möchte das nicht mehr«, sage ich mit zitternder Stimme.

»Was meinst du?«

»Ich möchte nicht mehr das Mädchen mit den tausend Problemen sein. Der Trauerkloß. Vor allem nicht heute.«

Er küsst mich auf die Augenbrauen und lockert seinen Griff. »So habe ich dich nie gesehen.«

»Nicht?«

Er schüttelt den Kopf. »Ich sehe dich als das hübsche Mädchen, das singen kann.« Er streichelt meinen Bauch. »Auch wenn du angezogen bist.« Sein Lächeln wird schüchtern. »Sagen wir einfach, du bist … kein Trauerkloß.«

Auch wenn ich immer noch die Tränen auf meinem Gesicht spüre, muss ich lächeln. Jake ist einfach so … *ehrlich.* Er schmeichelt nicht, sondern seine Komplimente sind immer aufrichtig.

Sein Lächeln kommt näher, und seine Lippen treffen auf meine.

Wir finden zueinander, und ich verliere mich in seinem hungrigen Kuss. Mein Puls beschleunigt sich – aber auf eine gute Art. Wir vertiefen unsere Küsse, und ich spüre, wie ich mich an Jake berausche. In der Vergangenheit hat mich dieses Gefühl immer in Panik versetzt, aber diesmal nicht, weil wir das Gespräch, das einen üblen Kater verhindert, bereits geführt haben.

Und seine Küsse … Wow. Wir liegen Haut an Haut, und es ist fantastisch.

Als ich mit den Fingern Jakes Oberkörper hinabwandere, stoße ich auf einen kleinen Pfad lockiger Haare, der unter seinem Bauchnabel beginnt und sich auf dem Weg bis in seine Boxershorts verbreitert.

Ich folge ihm.

Sein Körper ist unbekanntes Terrain für mich, und ich habe nur eine vage Vorstellung davon, wie ich ihn berühren soll. Aber falls der gigantische Laut, den er ausstößt, ein Hinweis ist, dann mache ich das nicht schlecht.

Doch auf einmal hält er meine Hand fest. »Warte mal«, keucht er. »Ich muss mal kurz an Mittelenglisch denken.«

»Was?« Er hasst diesen Kurs.

»Chaucers *Canterbury Tales*. Das ist das Langweiligste, was mir im Augenblick einfällt. Ich möchte nicht, dass das hier sofort vorbei ist.« Er atmet langsam aus. »Welches war noch mal der Text über die Geduld?«

»Die Erzählung des Gutsbesitzers«, plappere ich. Ich vergrabe das Gesicht an seinem Hals, um ihm nicht ins Gesicht zu lachen.

Er kuschelt sich an mich. »Jetzt hab ich die Stimmung vermiest, stimmt's?«

»Nein!« Ich schlinge fest die Arme um ihn. »Du bist perfekt. Du glaubst gar nicht, wie perfekt.« Tatsächlich hat das Lachen den letzten Rest Angst aus meinem Herzen vertrieben. Ich strecke die Hand nach Jake aus, und er zieht mich in einen Kuss, der kein Ende findet.

Ich vergesse meine Angst, höre auf zu denken und fühle nur noch.

Irgendwann flackert die Kerze und erlischt. Wir liegen nebeneinander, sein Körper mit meinem verschlungen. Jake döst, aber mir ist nicht nach schlafen.

Jedes Mal, wenn ich meine Position verändere, findet seine Hand eine neue Stelle zum Liegen, auf meiner Hüfte oder auf meinem Oberschenkel. Ich nehme alles in mich auf.

Aber ich muss eingeschlafen sein, denn als Nächstes höre ich, wie jemand in der Nähe im Stockdunklen stolpert und fällt.

»Jesús Cristo«, tönt Auroras Stimme, sie klingt schwerfällig. Ich höre dumpfes Schlurfen und dann ein Klirren. »Mierda!«

Als ich im Dunkeln blinzle, schließt Jake seine Hand um meine. Ich halte den Atem an, bis Aurora das Zimmer wieder verlassen hat. Die Wohnungstür geht auf, als meine Mitbewohnerin vermutlich ins Bad geht.

»Kommt sie immer um halb zwei morgens sturzbetrunken nach Hause?«, flüstert Jake.

»Nein, nie.«

Seine Hand wandert seitlich meine Hüfte hinauf. »Soll ich mich rausschleichen? Wenn es dir peinlich ist, gehe ich jetzt.«

»Nein«, flüstere ich. *Bitte nicht.*

Er küsst mir den Nacken. »Dann gib mir besser meine Shorts. Bevor sie zurückkommt.«

»Gute Idee.« Ich schlüpfe aus dem Bett, reiche Jake seine Unterwäsche und fische ein Nachthemd aus meiner Kommode. Ich habe es mir gerade über den Kopf gezogen, als die Wohnungstür wieder aufgeht. So leise ich kann, hüpfe ich wieder ins Bett.

Vor sich hin summend stolpert Aurora ins Schlafzimmer. Sie lässt geräuschvoll ihre Kulturtasche auf den Boden fallen und tapst zu ihrem Bett.

Dann fängt sie an zu singen. Die Worte sind verwaschenes Spanisch, aber die Melodie ist unverkennbar: »I Will Survive« von Gloria Gaynor.

Es ist ein ziemlicher Auftritt.

Ich spüre ein Kichern in meiner Brust aufsteigen, aber ich unterdrücke es. Zumindest versuche ich es, bis auch Jake vor unterdrücktem Lachen zu beben anfängt. Ich muss mir eine Hand auf den Mund pressen.

Auroras Gesang bricht ab, als sie mit ihren Bettlaken kämpft.

Dann wird es still im Raum, abgesehen vom Beben unterdrückten Lachens von zwei Personen in einem viel zu schmalen Bett.

Hinter mir schnaubt Jake und zwingt mich, mein Gesicht ins Kissen zu pressen, um mein Kichern zu ersticken.

»Pssst«, zischt Aurora von ihrem Ende des Zimmers. »Silencio!«

Aber das macht es nur noch witziger. Wir klammern uns aneinander und versuchen, lautlos zu lachen.

»Ihr zwei hattet vielleicht …« Aurora rülpst. »… einen schönen Abend. Aber meiner war grauenhaft. Schlaft jetzt.« Ihrer Stimme nach zu urteilen dreht sie sich zur Wand.

Jake holt tief Luft. »Gute Nacht, Aurora«, flüstert er.

»Nacht«, antwortet sie. Und obwohl Jake und ich immer noch im Dunkeln vor Lachen beben, fängt meine Mitbewohnerin schon kurz darauf zu schnarchen an.

Als der Lachkrampf schließlich abebbt, lege ich meinen Kopf auf Jakes Brust. »Gute Nacht«, flüstere ich.

Er streicht mir über die Haare. »Gute Nacht, meine Liebste.«

Ich liege noch eine Weile wach und frage mich, ob es wohl möglich ist, vor Glück zu sterben. Doch stattdessen schlafe ich ein.

30

Drei Tage später treffe ich mich mit Frederick vor einem großen Haus auf der Choate Street. Als ich näher komme, schließt er die Tür auf. »War der Schlüssel wirklich im Briefkasten?«, frage ich.

»Offensichtlich ist die Kriminalitätsrate in dieser Stadt nicht besonders hoch. Norah hat mir gesagt, ich solle dir das Haus ruhig zeigen. Es steht leer.«

Ich gehe hinein und sehe eine wunderschöne geschwungene Treppe vor mir. »Wow. Schick.«

»Mir gefällt es wirklich gut«, sagt er. »Ich möchte es gerne kaufen, aber Norah hat gesagt, dass ich es dir zeigen muss, bevor ich ein Angebot abgebe.«

»Ach ja?«

»Ja. Sie hat gesagt: ›Schön, dass dir das Haus gefällt, aber gib deiner Familie die Möglichkeit, sich an die Idee zu gewöhnen.‹«

»Gefällt es ihr nicht?«

»Doch, es gefällt ihr gut. Aber ihr gehört schon ein Haus, und sie hält mich für verschwenderisch. Aber wir werden bald mehr Platz brauchen.« Er führt mich durch ein riesiges Wohnzimmer in ein Esszimmer auf der Rückseite. »Schau mal aus dem Fenster«, sagt er. »Das kleine Gebäude da hinten ist im Moment ein Künstleratelier.«

»Interessant. Mit etwas hässlichem schwarzen Schaumstoff könntest du es schalldämmen.«

»Ganz genau. Meine Männerhöhle.«

Ich drehe mich um. »Tolle Küche.« Hier gibt es eine ewig lange glänzende Arbeitsplatte, ein paar Barhocker und sogar einen kleinen Kamin.

»Ist die nicht super? Die Vorbesitzer müssen ganz schön viel für die Renovierung ausgegeben haben. Sie haben einen richtig schönen Familientreffpunkt daraus gemacht.«

Vor meinem inneren Auge stelle ich mir Norah mit einem Baby vor. Am Küchentisch steht ein Hochstuhl, und auf dem Weg zu seinem Versteck im Garten winkt ihnen Frederick durchs Fenster zu.

Die perfekte kleine Familie, zu Hause in ihrer neuen Villa.

»Komm mit nach oben«, sagt er.

Am oberen Ende der Wendeltreppe befindet sich ein Flur, von dem vier Schlafzimmer abgehen. »Hier ist das Kinderzimmer.« Frederick geht über den glänzenden Holzboden und zeigt in ein kleines Zimmer. »Es ist mit dem Schlafzimmer verbunden.«

Als ich in die leeren Zimmer schaue, kann ich mir vorstellen, wie es aussehen könnte. Frederick steht über die Wiege gebeugt in dem gemütlichen Zimmer in seinem eleganten Haus. Er bereitet sich auf einen Neuanfang vor. Wenn er seinem zweiten Kind ein guter Vater ist, wiegt das die Vergangenheit auf, und er kann sich als geheilt bezeichnen. Er kann bei den Anonymen Arschlöchern austreten.

Ich spüre einen Stich in der Brust.

»Rachel, komm mal kurz her«, ruft er. »Die meisten Schlafzimmer sind miteinander verbunden. Aber hier hinter dieser Tür ist noch eins.«

Ich folge ihm durch einen engen kleinen Flur, bis wir in einem sehr hübschen Zimmer mit Gauben und breiten Fensterbänken stehen. Durch das Fenster kann ich die Knospen an den Bäumen im Garten sehen.

»Es ist zwar über der Garage und im Winter vielleicht etwas kalt«, sagt er. »Aber hier hättest du deine Privatsphäre und ein eigenes Badezimmer. Und es ist irgendwie hübsch. Ich musste sofort an ein Mädchenzimmer denken. Wenn ich dieses Haus kaufe, möchte ich, dass du es bekommst. Ich weiß, dass du den größten Teil des Jahres in einem College-Wohnheim verbringen wirst. Aber während der Sommer- und Winterferien brauchst du einen Platz zum Pennen.«

Ich drehe mich um und schaue mir alles an. Unter der Fensterbank sind eingebaute Bücherregale.

»Schau mal.« Er winkt mich zu sich. »Hier ist noch eine zweite Treppe, die direkt zum Eingang führt. Was meinst du?«

Das ist ein traumhaftes Mädchenzimmer. Als ich klein war, habe ich mir immer ein Zimmer wie dieses gewünscht.

Ich gehe zum Fenster und hocke mich auf eine der Fensterbänke. Das Zimmer ist zu schön für jemanden, der es nur in den Ferien braucht. Es wäre wirklich eine Verschwendung. Bei dieser Feststellung bricht ein Stück meines sowieso schon morschen Herzens ab.

»Gefällt es dir nicht?«, fragt Frederick.

»Natürlich gefällt es mir«, flüstere ich. »Aber …« Mir steigen die Tränen in die Augen, und ich schluchze ungewollt auf.

»Rachel, was ist denn los?« Auf Fredericks Gesicht spiegelt sich Panik – und die Frage: »Was habe ich falsch gemacht?«

»Es ist nur … WARUM? Warum jetzt?«

Zuerst glaube ich, dass er die Frage nicht versteht. Aber dann sehe ich, wie er schwer schluckt. »Mit ›Warum jetzt?‹ meinst du: ›Warum nicht schon vor langer Zeit?‹, nehme ich an?«

Ich kann nur nicken. Mir laufen die Tränen übers Gesicht.

»Oh, Süße.« Er dreht sich im Kreis und legt sich die Hände auf den Kopf. »Auf diese Frage wirst du nie eine Antwort bekommen, weil ich dir keine geben kann.«

»Aber was hast du die ganze Zeit gedacht?«, japse ich. »Und sag nicht, dass das schon so lange her ist oder dass du dich nicht erinnerst.« Ich hole ein Foto aus meiner Gesäßtasche und halte es hoch. Es ist das von meiner Mom am Schlagzeug.

Frederick zuckt zusammen, als wäre er geschlagen worden. Er setzt sich mitten im leeren Zimmer auf den Holzboden. »Habe ich jemals etwas Unfreundliches über deine Mutter gesagt?«

Ich schüttle den Kopf.

»Wir waren jung und dumm. Ich war dümmer als sie, glaub mir. Aber man braucht zwei Leute, um ein Baby zu bekommen.«

Ich lehne mich auf der Fensterbank zurück, um etwas mehr Abstand zwischen mich und Fredericks Geschichte zu bringen.

»Tatsächlich waren wir ein Traumpaar. Sie war schlau und lustig. Aber sie hatte auch ihre ganz eigene Meinung, was meine Karriere anging. Und ich war ein einundzwanzigjähriger Dummkopf, der keine Hilfe annehmen wollte.« Er hält inne und schluckt schwer. Die Sonne fällt durchs Fenster, und ein Strahl landet genau auf seinen Schultern. »Musik ist das Einzige, in dem ich jemals gut war. Und als die Produzenten schließlich mit Angeboten auftauchten, wollten sie nicht Wild City Blues. Sie sagten, Blues wäre nicht hip genug. Sie wollten die Solosachen, die ich nebenbei aufgenommen hatte. Sie haben mir einen Vertrag gegeben, und ich …« Er holt tief Luft und seufzt. »Ich habe ihn unterschrieben.«

»Und sie wollte das nicht?«

Er starrt auf den polierten Boden. »Sie dachte, wenn wir auf Tour gehen würden, würde sich das für uns beide auszahlen. Aber ich wollte nicht warten.«

Ich versuche mir vorzustellen, wie sich das für meine Mutter angefühlt haben muss. Aber weil ich sie nie als Musikerin kennengelernt habe, kann ich mir dieses Gefühl nicht vorstellen.

»Wir haben uns deswegen gestritten«, sagt mein Vater, und seine Stimme wird leise.

»Habt ihr euch deshalb getrennt?« Ich kann die glücklichen Bilder nicht aus dem Kopf bekommen – meine Mutter und Frederick mit so viel Liebe in ihren Blicken.

»Fast. Ich habe etwas Schreckliches getan, nur um zu beweisen, dass ich nicht ihr gehörte. Ich …« Sein Geständnis scheint an Kraft zu verlieren. »Eines Nachts bin ich nach einem Auftritt nicht nach Hause gekommen. Und dann hat sie es mir auf eine Art zurückgezahlt, die mich genauso verletzt hat. Und das war das Ende.«

Ich versuche, diese letzte Information zu entschlüsseln, aber es gelingt mir nicht. »Sie hat dich betrogen? Mit wem?« Es ist schwer genug, mir vorzustellen, dass meine Mutter sich für Frederick ausgezogen hat. Aber für jemand anderen?

Er sieht mich an und schüttelt den Kopf. »Sie war wirklich sauer auf mich. Und wahrscheinlich verängstigt. Ich glaube, dass sie da schon wusste, dass sie schwanger ist. Aber ich hatte keinen blassen Schimmer. Und dann bin ich auf Tour gegangen und habe sie zurückgelassen. Die Tour lief richtig gut, und im Grunde bin ich nie nach Claiborne zurückgekommen.«

Er starrt an die hübsche schräge Decke, als ob die Geschichte dort geschrieben stünde. »Auch nach der Geburt hat sie mir nichts von dir erzählt. Sie hat mich damit überrascht, als ich gerade nach L.A. gehen wollte.«

»Und was hast du gemacht?«

»Ich bin nach L.A. gegangen. Ich habe ihr gesagt, dass ich es für meine Karriere tun muss. Ich wollte nicht dazu gezwungen werden zurückzukommen.« Er stützt sich auf die Hände und sieht hoch zu den Staubkörnchen, die im Sonnenlicht schweben. »Ich kannte keine Babys, Rachel. Ich hatte keine Ahnung, was sie brauchen. Und deine Mutter war die kompetenteste Person, die ich je getroffen habe. Ich habe geglaubt, du brauchst mich nicht.«

»Aber du hast uns Geld geschickt.«

»Tja, sie hat nicht sofort gefragt, weil sie klug war und wusste, dass es sinnlos gewesen wäre. Das verstehe ich jetzt. Deshalb hat sie mich direkt nach meinem ersten Album gefragt. Aber ich hielt ihr Timing nicht für so schlau. Ich fühlte mich manipuliert.«

»Aber du hast gezahlt.«

»Habe ich. Und ich kam mir wahnsinnig großzügig vor. Der große Rockstar bleibt niemandem etwas schuldig. Irgendwann habe ich den Betrag sogar verdoppelt. Sie hat mich nicht mal darum gebeten. Ich habe jeden Monat einen Scheck geschickt, und sie hat ihn jeden Monat eingelöst. Und aus diesen Monaten wurden sehr schnell Jahre. Wenn man ein Kind hat, das man noch nie getroffen hat, wird es jedes Jahr ein bisschen einfacher, sich einzureden, dass das Kind ohne einen besser dran ist.«

»Aber das stimmte nicht!«

Er nickt. »Klar, aber sie hat mir sehr gern dabei geholfen, diesen Mythos aufrechtzuerhalten – dass meine Pflicht mit diesen Schecks erfüllt wäre. Sie hat mir nie einen Brief geschrieben, nie Fotos geschickt. Ich habe das Geld gesendet, und sie hat mich nur zu gern in völliger Unwissenheit gelassen. Das Problem war, dass ich nicht die leiseste Ahnung hatte, was ich verpasste.«

»Das hat sie aus Stolz getan«, schluchze ich.

»Glaubst du wirklich?« Seine Augen sind jetzt feucht. »Wenn ich nachts wach liege, habe ich wegen ihr ein schlechtes Gewissen. Bei dir habe ich noch Jahre, um es wiedergutzumachen. Aber ihre letzten Monate kann ich mir nicht vorstellen. Wenn ich auch nur die leiseste Ahnung gehabt hätte, hätte ich sie beruhigen können.«

Er wischt sich mit den Fingern über die Augen. »Nur einmal hätte ich fast das Richtige getan. Das ist ungefähr fünf oder sechs Jahre her.«

Frederick sieht mir nicht in die Augen, und mir verknotet sich der Magen. Vielleicht will ich gar nicht wissen, was er gleich sagt.

»Es war das einzige Mal, dass sie mich um etwas gebeten hat. Ich habe eine Nachricht in meinem Postfach gehabt, in der sie mich um zwei Karten für ein Konzert in Orlando bat.«

Mein Herz schlägt wie verrückt.

Zwei Tränen laufen ihm über die berühmten Wangenknochen. »Ich habe zwei Karten genommen und sie in einem Umschlag auf meinen Schreibtisch gelegt.« Er wischt sich mit dem Ärmel über das Gesicht. »Und dann habe ich es mir selbst ausgeredet.«

Ich presse mir die Hände vor den Mund und versuche, nicht an meinen Tränen zu ersticken.

»Ich wusste, ich könnte sie nicht einfach abschicken, ohne dich zu treffen. Deshalb habe ich mir eingeredet, dass es viel zu kompliziert wäre – es war eine lange Tour, nur in riesigen Hallen, jede Menge wichtige Leute. Ich würde mich total konzentrieren müssen ...« Ihm versagt die Stimme. »Ich habe sie nicht abgeschickt. Es tut mir so leid.«

Ich breche zusammen und weine, denn wenn er sie abgeschickt hätte, hätte alles so anders laufen können. Und meine Mom! Ich habe sie wegen der Tickets angefleht, und sie hat Nein gesagt. Aber dann ist sie über ihren Schatten gesprungen und hat ihn trotzdem gefragt. Und ist abgewiesen worden.

Er steht auf, kommt zu mir herüber und zieht mein nasses Gesicht an sein Shirt. »Es tut mir so leid, Süße. Das war wirklich schlimm.«

»Ich bin immer noch so wütend«, bringe ich heraus. Endlich habe ich es ausgesprochen. Ich habe es mit rotzverschmierter Nase gesagt. Aber ich habe es laut gesagt.

»Ich weiß«, sagt er. »Ich weiß. Und ich halte das aus. Ich gehe nirgendwohin.« Ich weine, und er hält mich fest.

CODA

Coda, italienisch für Schweif: ein angehängter, ausklingender Teil, der eine Komposition abschließt.

31

Ich verstehe wirklich nicht, warum sie das am ersten April machen«, grummelt Jake. »Das ist einfach gemein.«

Wir sitzen zusammen auf dem S.A.O., und ich habe die Beine auf seinen Schoß gelegt. Heute ist der Tag, an dem die Collegezulassungen bekannt gegeben werden, und wir haben beschlossen, die Website von Claiborne College gemeinsam zu checken. Jake ist völlig fertig.

»Soll ich für dich schauen? Macht es dir das einfacher?«

Wortlos reicht er mir seinen Laptop. Das Passwort ist bereits eingetippt. Er zögert nur noch, nachzuschauen.

Aber ich kann es kaum erwarten zu erfahren, ob er angenommen wurde. Er wünscht es sich so sehr. Ich klicke auf den Button.

Sechs Sekunden später leuchtet der Bildschirm grün.

HERZLICHEN GLÜCKWUNSCH, JAKE WILLIS. WILLKOMMEN AUF CLAIBORNE COLLEGE.

Ich muss wohl gequietscht haben, denn auf seinem Gesicht zeichnet sich Unglauben ab. Dann packt er mich an der Hüfte und zieht mich auf seinen Schoß, sodass er es mit eigenen Augen sehen kann. »Verdammt, das ist hoffentlich kein Aprilscherz.« Er grinst breit.

»Herzlichen Glückwunsch«, sage ich und umarme ihn.

»Jetzt müssen wir bei dir nachschauen.«

Okay. »Wenn du das sagst. Können wir uns nicht einfach noch eine Weile im Glanz deines Erfolgs sonnen?«

Jake tauscht unsere Laptops, stellt den einen auf den Couchtisch und zieht den anderen zu sich. »Los jetzt.«

Ich klicke auf den Link aus der E-Mail und gebe meinen Benutzernamen ein, während ich mir einzureden versuche, dass es okay wäre, wenn ich abgelehnt würde. Jake wünscht es sich viel mehr. Seine Eltern sind dort Professoren. Und ich bin bereits auf einer guten Uni in Kalifornien angenommen worden.

Aber, Gott, *bitte*.

Mir zittern die Finger, als ich den Button auf dem Bildschirm anklicke. Der Bildschirm wird grün, und Jake jubelt vor Freude.

»Wow«, keuche ich. »Ich bin drin.«

»So was von.« Er schlingt die Arme um mich und küsst mich.

Ich erwidere den Kuss, aber meine Gedanken rasen mit hundert Meilen pro Stunde.

»Ich kann's nicht glauben«, murmle ich an seinen Lippen. Das nächste Jahr ist gerade noch besser geworden. Jake und ich werden zusammen sein.

»Mmmm«, stimmt er zu, während seine Zunge meine liebkost. Dann löst er sich von mir. »Wenn du den Sommer über in Claiborne bleibst«, sagt Jake, »dann kann ich hierherkommen und dich besuchen.« Jake wird in den Ferien wieder in der Muschelbude in Cape Cod arbeiten.

»Das klingt gut. Aber wenn du am Strand arbeitest, dann sollte ich diejenige sein, die dich besucht. Nur habe ich kein Auto. Vielleicht kann ich mir eins leihen.«

»Super«, sagt er und küsst mich noch einmal.

Die Tür fliegt auf, und Aurora marschiert herein. »Sorry«, murmelt sie.

Jake und ich fahren auseinander. »Hi, Aurora«, sagt er mit lachenden Augen. In letzter Zeit sind wir nie allein.

»Wir sind beide in Claiborne angenommen worden«, sage ich als Erklärung. »Gerade eben.«

»Glückwunsch«, sagt sie, jetzt mit sanfterer Stimme. Aurora bewirbt sich dieses Jahr nicht für Colleges. Ihr Vater findet, dass sie ein Post-Graduate-Jahr einlegen sollte, um ihren Notendurchschnitt zu verbessern. »Ihr seid bestimmt total glücklich.«

»Ja.« Ich linse zu ihr hinüber. Sie ist unglücklich, und das schon seit einer ganzen Weile.

»Du solltest im Sommer mit Rachel an den Strand fahren«, sagt Jake im Versuch, sie einzubeziehen.

Sie lässt sich schwer auf den Fensterplatz sinken. Dort verbringt sie im Moment viel Zeit, starrt entweder aus dem Fenster oder in ihre Teetasse.

»Aurora«, versucht Jake es noch einmal. »Hast du mich gehört? Oder muss ich zu dir rüberkommen?«

»Sorry«, sagt sie und schaut uns an. »Ich bin bloß abgelenkt.«

»Das haben wir gemerkt«, sage ich und mustere sie. »Willst du uns nicht erzählen, was los ist?«

Aurora schüttelt den Kopf. Seit mehr als einer Woche ist sie schon still und traurig. Wir vermuten, dass sie eine Trennung hinter sich hat, aber bisher wollte sie nicht darüber reden.

»Okay.« Jake seufzt. »Aber nachher schleppen wir dich zum Abendessen, ja? Echte Freunde lassen Freunde nicht die Pasta-Party verpassen.«

Aurora lächelt. »Es tut mir leid, dass ich so schlecht drauf bin. Aber ich freue mich für euch beide. Und es ist schön, dass wir auch nächstes Jahr noch in der gleichen Stadt sind.«

»Das stimmt«, sagt er und streicht über meine nackten Knie. Er lehnt den Kopf zurück und schließt die Augen. Ich schiebe meine Finger zwischen die Sofalehne und Jakes Rücken und streichle die nackte Haut unter seinem T-Shirt.

Das plötzliche Aus von Auroras heimlicher Romanze hat leider zur Folge, dass wir kaum noch Privatsphäre haben. Aurora ist jetzt die ganze Zeit da und verlässt kaum die Wohnung, nicht einmal zum Unterricht. Jake und Aurora sind zwar gute Freunde, aber in letzter Zeit schaut er mich an wie ein Verhungernder das Büfett.

Zusammen stöbern Jake und ich auf der Website von Claiborne College herum. Zehn Minuten später steht Aurora auf und geht ins Bad.

Kaum ist die Tür hinter ihr zugefallen, lässt Jake den Laptop auf den Boden gleiten und klettert auf mich. Die Küsse, die ich von ihm bekomme, sind glühend heiß.

»Du weißt schon, dass sie jedem Moment wiederkommt«, lache ich.

»Psssst. Du vergeudest kostbare Nanosekunden«, erwidert er und küsst mich noch einmal. »Wie wäre es, wenn wir unsere Collegekurse in deinem Bett weiterbesprechen?«

»Das klingt nach 'nem Plan«, sagt Aurora, die gerade wieder hereinkommt.

Ich bin nicht cool genug, was das ganze Rummachen angeht, um mich auf eine so offensichtliche Weise zurückzuziehen. Ich gebe Jake einen sanften Schubs. »Na los, zurück in eine aufrechte Position.«

»Ich bin immer in aufrechter Position«, sagt er und seufzt.

Mein Handy plärrt mit Fredericks Klingelton los.

»Hi, Rachel«, brummt er mir ins Ohr, als ich abnehme.

Selbst jetzt noch – nach fast einem Jahr – kann er mich überraschen, indem er einfach meinen Namen sagt. »Was gibt's?«

»Nächstes Wochenende ist wieder ein Konzert, diesmal in Massachusetts. Bring diesmal Aurora mit.«

»Cool. Kann Jake auch mitkommen? Wir feiern. Wir haben beide Zusagen von Claiborne.«

»Schön. Aber es war mir klar, dass du angenommen wirst.«

»Aber *mir* nicht. Also, kann Jake mitkommen?«

»Lass mich mal nachfragen, ob wir noch Platz in unserem Hotel haben.«

»Er kann sich doch ein Zimmer mit Henry teilen«, schlage ich vor.

Frederick lacht mir ins Ohr. »Nein, kann er nicht, denn das würde auf andere Weise teuer für mich werden. Ich sage Henry, er soll ein Hotelzimmer mehr buchen. Aber diesmal betrinkt sich niemand.«

»Wir beschränken uns auf Drogen.«

»Du kannst diesen Comedykurs, den du belegst, jetzt gern wieder aufgeben«, sagt Frederick.

»Selber, Alter.« Ich höre ihn lachen, als wir auflegen.

Für Jake wird ein Hotelzimmer organisiert, und am Tag des Konzerts treffen Jake und ich uns mit der Band bei *Wheelock's*. Als wir hineingehen, stellen wir fest, dass Henry einen großen Bereich im Hintergrund eingenommen hat. Ich winke Ernie zu, der seine Freundin mitgebracht hat. Sie sitzen mit den anderen Musikern auf Sofas und knabbern an Kleinigkeiten. Mein Vater und Norah diskutieren in einer Ecke.

Darcy, die Kellnerin, kommt zu mir. »Was kann ich dir bringen, Süße?«

»Eine Cola Light? Danke.«

»Ist das dein Freund? Was für ein hübscher Kerl.« Sie reibt Jake über den Bizeps, und er sieht erschrocken aus. »Was möchtest du trinken?«

»Eine Cola wäre schön, danke.«

»Kommt sofort.«

Ich sehe zu, wie Darcy die Runde macht. Sie ist in ihrem Element, füllt Getränke nach und streichelt die Musiker mit ihren glänzenden Fingernägeln. Und ich bin nicht die Einzige, die das ein wenig befremdlich findet. Durch den ganzen Raum kann ich Norahs Augen gereizt funkeln sehen.

Mein Vater kommt zu uns und legt mir einen Arm um die Schultern. »Wenn es für dich immer noch in Ordnung ist, werde ich das Haus in der Choate Street kaufen.«

Wir blicken uns einen Moment lang in die Augen. Ich werde nicht so schnell vergessen, wie ich in diesem leeren Haus zusammengebrochen bin. Aber man kann sich die großen Augenblicke im Leben nicht aussuchen. »Du solltest es kaufen«, sage ich. »Guter Plan.«

»Danke«, sagt er, und wir wissen beide, dass wir hier über weit mehr als nur einen Immobilienkauf sprechen. Er küsst mich auf den Kopf.

»Jetzt muss ich nur noch Norah überzeugen.«

»Will sie das Haus nicht?«

Bevor er antworten kann, kommt sie zu uns herüber und gibt Jake die Hand. »Hi, ich bin Norah.«

»Schön, dich kennenzulernen«, sagt er. Heute steht auf seinem T-Shirt *Darwin is my Homeboy.*

»Sie *sagt*, dass ihr das Haus gefällt«, klagt Frederick. »Aber sie braucht ewig, um den Kaufpreis auszuhandeln.«

»Beruhige dich, ja? Das Haus ist überteuert«, sagt Norah. »Sie werden der niedrigeren Summe zustimmen. Sie warten nur noch eine Weile, um das Gesicht zu wahren.«

»Sag ihnen, dass ich den Preis bezahle.«

»Nein!«, widerspricht sie.

Aus einer der Sitzecken ertönt Jubel. »Go Norah. Go Norah«, skandiert Henry. »Ich freue mich immer, wenn jemand anders als ich Freddy herumkommandiert.«

Mein Vater wirft einen Blick auf seine Uhr. »Aber wir müssen jetzt los.«

»Das Haus steht seit sechs Monaten zum Verkauf. Es läuft uns nicht weg.« In diesem Augenblick klingelt ihr Telefon. Sie liest den Namen des Anrufers auf dem Display und zwinkert Frederick zu. »Hallo? Hi, Debbie … Oh, was Sie nicht sagen!«

Norah zeigt Frederick den hochgereckten Daumen. »Das sind wirklich gute Neuigkeiten. Ich werde es ihm ausrichten.«

»Ich kann nicht glauben, dass du das geschafft hast«, murmelt Frederick.

»Möchten Sie heute noch unterschreiben? Nun, ich glaube, der Käufer ist noch ein paar Minuten bei *Wheelock's*, bevor er fürs Wochenende die Stadt verlässt. Ich kann Sie dort treffen.«

Als sie auflegt, hebt Frederick Norah hoch und küsst sie.

»Wie viel Geld hast du mir gerade gespart?«, fragt er sie.

»Ein paar Semester am Claiborne College«, antwortet sie. »Jetzt lass mich los, damit ich wenigstens so tun kann, als wäre ich professionell.« Sie streicht sich die Bluse glatt. Norah hat ihre Schwangerschaft vor Kurzem öffentlich gemacht, und die ganze Zeit werfe ich verstohlene Blicke auf ihren wachsenden Bauch. »Debbie will, dass du einen Vorvertrag unterschreibst. Es ist nur eine Seite.«

Zwei Minuten später stakst eine ältere Frau mit toupierten grauen Haaren auf unpraktischen Absätzen ins Restaurant. Ich sehe Norahs Gesicht ganz aus der Nähe, als sie sich nähert. »Guten Tag, Debbie.« Offensichtlich sind sie keine Freundinnen.

»Norah.« Debbie nickt und gibt ihr ein Blatt.

»Danke.« Norah überfliegt es. »Vorbehaltlich der Besichtigung … gut. Okay.« Sie übergibt Frederick das Blatt.

Debbie blickt strahlend zu meinem Vater auf. »Es ist mir ein Vergnügen, mit Ihnen Geschäfte zu machen, Mr Ricks.«

»Das Vergnügen ist ganz auf meiner Seite, Debbie«, sagt mein Vater, und Norah verdreht die Augen.

Frederick zieht seinen Autogrammstift aus der Tasche. »Dreh dich mal um, Jake.« Mein Vater drückt das Blatt Papier gegen Jakes Rücken und unterschreibt.

Debbie schenkt ihm ein weiteres Megawatt-Lächeln. »Norah, wir werden Ihnen Anfang nächster Woche einen Vertrag zukommen lassen.« Sie will sich gerade abwenden, da erstirbt ihr Lächeln. »Was, Norah? Sie sind ja schwanger! Haben Sie etwa geheiratet, und ich habe es nicht mitbekommen?«

Es entsteht eine dramatische Stille, als wäre die Nadel von einer Schallplatte gerissen worden. Das einzige Geräusch kommt von meinem Vater, der tief Luft holt.

»*Himmel*, Debbie!« Köpfe werden gedreht, um Norahs Verteidigerin auszumachen, und ich bin erschrocken, als ich feststelle, dass es Darcy ist, das Serviertablett in die Hüfte gestemmt hat. Sie starrt die Maklerin an. »Wer sagt denn so etwas? Wir haben nicht mehr 1957.« Mit empörtem Gesicht reicht mir Darcy zwei Cola. »Und überhaupt: Was für ein hübsches und talentiertes Kind das sein wird.«

Darcy tätschelt Frederick die Brust und stürmt zurück in die Küche.

Debbie blickt langsam von Norah zu Frederick und wieder zurück. Nachdem sie drei verschiedene Rottöne angenommen hat, nimmt sie das unterschriebene Papier und verlässt das Restaurant. Alle schweigen verblüfft, und Frederick legt Norah eine Hand auf die Schulter. »Gott, es tut mir so leid. Worauf hast du dich mit mir nur eingelassen?«

Sie seufzt. »Eigentlich weiß ich ganz genau, worauf ich mich eingelassen habe.«

Bei ihrer Antwort zucke ich zusammen. Vor neunzehn Jahren musste sich meine Mutter das sicher auch anhören, wenn nicht Schlimmeres. Mom hatte nie einen Ring am Finger oder einen Mann an ihrer Seite.

Wenn sie länger gelebt hätte, wäre sie vielleicht über ihren Ärger hinweggekommen. Ich hoffe es sehr.

Als Darcy das nächste Mal aus der Küche kommt, wird sie von Standing Ovations begrüßt. Aber sie wischt den Applaus mit einem lapidaren »Das musste einfach mal gesagt werden« weg.

»Langsam wird sie mir sympathisch«, flüstert Norah mir zu, als Darcy weggeht.

»Verstehe ich«, antworte ich. Inzwischen geht es mir mit Norah genauso. Fast.

Sie rührt mit dem Strohhalm in ihrem Mineralwasser herum. »Frederick, du weißt, dass ich nicht genug Möbel für dieses Haus habe. Es wird eine Weile entsetzlich kahl sein.«

Er zuckt mit den Achseln. »Ich habe Möbel.«

Ich ziehe die Augenbrauen hoch, und Norah bemerkt es. »Nicht so viele?«, fragt sie mich.

»Die wenigen, die er besitzt, passen eher in eine Junggesellenbude.«

»Oje«, sagt Norah.

Frederick blickt von Norah zu mir. »Ich kriege heute ganz schön viel Gegenwind«, bemerkt er. Dann leert er sein Bier in einem Zug.

Henry wedelt mit den Händen in der Luft herum. »Los geht's, Leute. Zeit, aufzubrechen.«

Leider ist Aurora immer noch nicht da. Ich laufe nach draußen, um die Main Street hinunterzuschauen. Dort steht ein gecharterter Bus, dessen Türen aufschwingen. »Hola, Rachel«, sagt der Fahrer.

»Carlos!«, rufe ich. »Ich wusste gar nicht, dass du auch mitkommst.«

»Vamos a Massachusetts?«

»Momentito.« Wo bleibt bloß Aurora?

Einer nach dem anderen kommt aus der Bar und steigt in den Bus. Aber ich laufe auf dem Bürgersteig auf und ab und starre mein Handy an. Als es endlich klingelt, gehe ich sofort ran. »Aurora, wo steckst du?«

»Kann ich noch jemanden mitbringen?«

»Na ja …« Diese Frage auf den letzten Drücker nervt mich. Aber wenn es schon ein zusätzliches Hotelzimmer für Jake gibt, können wir ihren Freund dort auch noch unterbringen. »Aber nur, wenn ihr beiden in drei Minuten hier seid.« Mir fällt auf, dass ich ein wenig schroff klinge. »Ich freue mich darauf, ihn endlich kennenzulernen«, füge ich hinzu.

»Alles klar. Du wirst dich wundern.«

»Was auch immer, Aurora. Macht, dass ihr herkommt. Wir müssen los.«

Ich renne zurück zum Bus, um Frederick Bescheid zu sagen. Aber er und Jake sind mitten in eine Diskussion vertieft.

»Das Problem an Beanes Analysemodell ist nicht, dass es fehlerhaft wäre, sondern dass es zu populär wurde«, erklärt Jake. »Mit jeder weiteren Adaption wurde der Effekt verwässert.«

Mein Vater sieht verwirrt aus.

»Worüber redet ihr?«, muss ich fragen.

»Baseball. Glaube ich jedenfalls«, antwortet Frederick.

»Entschuldigt, wenn ich euch unterbreche, aber darf Aurora ihren Freund mitbringen? Sie hat gerade angerufen.«

Mein Vater schaut neugierig drein. »Ihren Freund?«

»Er kann sich doch mit Jake ein Zimmer teilen, oder? Weitermachen.« Ich flitze in den vorderen Bereich des Busses, um auf Aurora zu warten.

Doch als sie endlich einsteigt, bin ich tatsächlich überrascht. Denn die Person, mit der sie Händchen hält, ist Jessica.

»Sorry, dass wir zu spät kommen«, sagt Aurora und lächelt nervös.

Ich versuche mit aller Macht, meine Reaktion zu kontrollieren. »Schön, dass ihr es geschafft habt.«

»Dios mio, Rachel! Dein Gesicht.« Aurora läuft rot an.

»Ich lass euch mal eine Minute allein«, sagt Jessica und lässt sich auf den Sitz hinter Carlos fallen.

Er schließt die Tür, und der Bus rollt los. In den hinteren Reihen wird gejubelt, und ich höre Korken knallen.

»Ich habe doch gesagt, du wirst dich wundern.« Aurora sieht gequält aus.

»Gib mir einfach ein paar Sekunden, um mich an den Gedanken zu gewöhnen.« Ich atme tief ein und wieder aus. »Okay. Alles gut.«

Meine Mitbewohnerin sieht immer noch besorgt aus. »Es tut mir so leid, dass ich es dir nicht erzählt habe. Ich wusste nicht, wie.«

Unerklärlicherweise spüre ich, wie mir Tränen in die Augen steigen. »Eigentlich hätte ich von selbst darauf kommen müssen. Was für ein egoistisches Arschloch übersieht denn so was?«

»Nein, Süße. Ich habe alles darangesetzt, es vor dir geheim zu halten. Aber es war anstrengend, und es hat Jessica wütend gemacht.« Ihre Lippen zittern. »Ich hatte Angst, du möchtest keine Mitbewohnerin, die auf Mädchen steht.«

Ich schüttle den Kopf. »Das ist mir egal, Aurora. Es wäre nur ein Problem, wenn du nicht mehr meine Mitbewohnerin sein wolltest.«

»Nein. Wenn ich nächstes Jahr auch aufs College komme, dann wohnen wir wieder zusammen. Ich kann es kaum erwarten.« Aurora breitet die Arme aus und umarmt mich fest.

Als ich eine Minute später zurück in den hinteren Bereich des Busses gehe, reicht mir mein Vater einen fingerhutgroßen Becher Champagner. Jake hat bereits einen in der Hand. »Man beachte die Portionsgröße«, sagt er.

»Dad!«

Frederick lacht leise. »Warum bringst du Aurora und ihrem Freund nicht auch einen?«

Ich blicke von Frederick zu Jake. »Hätte einer von euch beiden das geahnt?«

Sie wechseln einen wissenden Blick.

»Du hattest eine ganze Menge um die Ohren«, sagt Jake versöhnlich.

»Möchte mir sonst noch jemand irgendetwas erzählen?«, frage ich und trinke meinen winzigen Schluck Champagner aus.

»Hier.« Frederick reicht mir zwei weitere Becher. »Und die sind nicht für dich.«

»Werdet ihr mir diesen Abend jetzt bis in alle Ewigkeit vorhalten?«, frage ich.

Er zuckt mit den Schultern. »Auf eine Dummheit von dir kommen zehn von mir. An dieser einen muss ich mich festhalten.«

Ich bringe die beiden kleinen Becher zu meinen Freundinnen. »Prost«, sage ich und reiche sie Aurora und Jessica. »Ich freue mich, dass ihr da seid.«

»Danke«, sagt Jessica. Immerhin muss ich mich nun nicht mehr über Jessicas frostiges Verhalten mir gegenüber wundern. Ich hoffe, das ändert sich jetzt.

»Ich hole Jake. Wir setzen uns zu euch«, schlage ich vor.

Auf dem Weg in den hinteren Bereich des Busses hält Norah mich an der Hand fest. Als ich stehen bleibe, nickt sie mit dem Kinn über ihre Schulter in Richtung Jake und streckt mir die hochgereckten Daumen entgegen. »Er ist bezaubernd.«

Ich lächle sie an. »Finde ich auch.«

Ich nehme Jakes Hand und bitte ihn, sich mit mir nach vorn zu setzen.

»Klar«, sagt er.

»Hey, Rachel?«, sagt mein Vater.

»Ja?«

»Erinnerst du dich noch an die Melodie, die ich dir letzte Woche vorgespielt habe?«

»Ja.« Ich lasse Jakes Hand los, damit ich mich an der Haltestange festhalten kann, als der Bus in eine Kurve fährt. »Warum?«

Die Finger meines Vaters streichen träge über die Saiten seiner Akustikgitarre. An diesen Klang habe ich mich inzwischen gewöhnt. Ich höre ihn ständig. »Ich würde gern ein Duett daraus machen. Nur so zum Spaß, weißt du? Wenn ich am College irgendeine Gesangskabine ergattere, singst du es dann mit mir ein?«

»Ähm, ja ... Können wir das später besprechen?«

Er lacht. »Gut. Dann geh schon!«

Und das tue ich.

32

Der Soundcheck für Fredericks Konzert dauert ewig. Aber das macht uns nichts aus. Meine Freunde und ich vertreiben uns die Zeit auf einer alten Couch hinter der Bühne.

»Genau wie zu Hause«, sagt Aurora. Ich gewöhne mich langsam an den Anblick meiner Mitbewohnerin zusammen mit Jessica. Und was noch besser ist: Aurora bläst nicht länger Trübsal.

Ich hocke mich auf die Sofalehne, während die drei anderen sich auf der Sitzfläche niederlassen. »Wahrscheinlich ist unser S.A.O. jetzt nicht mehr groß genug.«

Jake greift nach meinen Hüften und zieht mich auf seinen Schoß. »Aber sicher doch. Siehst du?«

»Sagt der Mann, der uns nicht dabei helfen will, noch eins die Treppe hochzuschleppen.«

Mit einem Umschlag in den Händen kommt Henry zum Sofa gerannt und bremst abrupt. »Halle oder backstage?«, fragt er. »Ich habe Karten für die dritte Reihe auf der linken Seite.«

»Ich möchte gern in die Halle«, antworte ich. Der heutige Abend soll sich von meinem letzten Konzert in jeder nur möglichen Hinsicht unterscheiden.

Henry zählt vier Tickets ab und reicht sie mir. »Oh, und das hier.« Er gibt mir zwei Hotel-Schlüsselmäppchen.

Ich starre sie in meiner Hand an.

»Gibt's ein Problem?«, fragt Henry.

»Na ja … die Raumaufteilung ist irgendwie schwieriger geworden.« Wäre es wirklich sinnvoll, wenn sich Jessica und Jake ein Zimmer teilten? Das wäre doch total bescheuert.

Henry schnaubt. »Rachel, das ist einer der Momente, in denen du dich fragen solltest: ›Was würde Freddy tun?‹ Löse das Problem auf diese Art. So mache ich das auch immer.« Vor sich hin pfeifend schlendert er davon.

Das ist der perfekte Ratschlag. Also löse ich das Problem, indem ich Aurora und Jessica einen Schlüssel für das eine Zimmer gebe und mit Jake im anderen ein Schaumbad nehme. Und diese Lösung gefällt allen Beteiligten.

Vor der Show essen wir alle gemeinsam in der schwach beleuchteten Hotelbar zu Abend und reichen Teller mit Meeresfrüchten und Pasta herum. Jake hält unter dem Tisch meine Hand, Jessica befragt den Schlagzeuger nach Percussion-Instrumenten, und Ernie und seine Freundin erzählen eine lange Geschichte darüber, wie sie am Flughafen ihren Schlüssel im Auto eingeschlossen haben.

»Du hättest das Cabrio fahren sollen«, sage ich.

Nur Frederick fehlt, weil er vor Konzerten nie etwas isst. Als Ernies Freundin aufsteht, um sich für das Konzert fertig zu machen, gehe ich um den Tisch herum, weil ich mich neben Ernie setzen möchte.

Er zieht einen Stuhl für mich hervor. »Wie geht es dir, Kleine? Warst du Ski fahren, seit wir uns das letzte Mal getroffen haben?«

»Nö«, sage ich. »Aber nächstes Jahr habe ich die Möglichkeit.« Mit Jake Ski fahren zu gehen ist nur eine Sache, auf die ich mich freue.

»Davon habe ich gehört.« Ernie nippt an einer Cola Light, weil keiner der Musiker vor dem Konzert Alkohol trinkt. »Ich habe auch gehört, dass du wieder ›Stop Motion‹ gesungen hast. Freddy hat erzählt, dass du den Saal gerockt hast.«

»Er ist voreingenommen.« Aber mir gefällt die Vorstellung, wie mein Vater genau wie alle anderen Eltern damit vor Ernie prahlt. Ich beuge mich auf meinem Stuhl vor. »Letzten Monat habe ich einen Haufen Fotos gefunden, die du gemacht hast. Es gibt nicht viele Bilder von ihr, also … vielen Dank.«

Ernies Miene verdüstert sich. Er rutscht unbehaglich auf seinem Stuhl herum. »Ich wusste nicht, dass es die noch gibt.«

Ich mustere sein Gesicht und sehe dort etwas, das mir noch nie vorher aufgefallen ist. Bedauern. Es ist, als würde ich ein weiteres Puzzleteil finden, und in diesem Moment verstehe ich ein bisschen besser, was vor all diesen Jahren passiert ist.

Ernie hat sie auch geliebt.

Traurig stützt er das Kinn in die Hand. Wenn ich nicht falschliege, war er vor all diesen Jahren an der Trennung meiner Eltern nicht ganz unbeteiligt.

Mein Herz hört kurz auf zu schlagen. Aber ich weiß, dass Ernie einer von den Guten ist. Genau wie Frederick. Und meine Mutter war auch ein guter Mensch. Trotzdem gab es so viele Scherben zwischen ihnen, ein Chaos, das nie aufgeräumt worden ist.

Wie tragisch!

»Sie war so unglücklich«, sage ich und klinge fast wie Aurora.

Ernie nickt. »Das stimmt, und das hat sich auch auf dich ausgewirkt.« Sein Blick ist auf die Tischplatte gerichtet.

Ich lasse das flackernde Kerzenlicht und den Anblick meiner Freunde, die mir gegenübersitzen, auf mich wirken. »Weißt du was, Ernie? Im Moment bin ich überhaupt nicht unglücklich.« Warte, ich habe gerade eine doppelte Verneinung benutzt. »Eigentlich bin ich sogar glücklich.«

Ernie legt mir einen Arm um die Schultern. »Das macht

mich glücklicher, als du dir vorstellen kannst, Kleine.« Sanft stößt er sein Colaglas gegen meins und nimmt noch einen Schluck.

Der Show meines Vaters im Publikum zuzusehen ist eine völlig neue Erfahrung.

Von dem Moment an, als er die Bühne betritt, spüre ich, wie sich die Menge um mich herum wie eine einzige freundliche Kreatur bewegt. Als hätten fünftausend Leute einen Pakt gegenseitiger Zuneigung geschlossen.

Er gibt alles, seine Finger rasen so schnell über das Griffbrett, dass man sie nur verschwommen sieht. Und die Zuhörer, die hundert Dollar pro Kopf bezahlt haben, bringen ihm all ihre Liebe entgegen. Jedes Mal, wenn er einen neuen Song anspielt, tobt die Menge.

Die Songs hören sich ganz anders an als die Studioversionen, die ich mein ganzes Leben in der Tasche mit mir herumgetragen habe.

Die Akustik des Konzerts ist laut und wild, ohne die sorgfältig herausgearbeitete Balance, die von einer Armada von Tontechnikern abgemischt wurde. Ich kann die Störgeräusche von Ernies Bass hören und wie mein Vater ab und zu ins Mikrofon atmet. Ich sehe all den Schweiß und die Anstrengung und die heruntergefallenen Plektren, die Teil des echten Lebens sind.

Und es ist trotzdem perfekt. Perfekt, laut, chaotisch und echt. Die Menge steht auf und wogt um mich herum. Jake legt mir die Arme um die Taille und küsst mich aufs Ohr. Der Puls der Subwoofer vermischt sich mit dem warmen Schlag seines Herzens.

Über mir spielt mein Vater mit gerunzelter Stirn die Licks von »Much of Me«. Er steht buchstäblich auf einem Sockel, einige Meter über uns. Wie irre muss es sein, dort oben zu stehen und zu hören, wie die Leute deinen Namen rufen. Das muss eine Erfahrung sein, die man nie mehr vergisst. Ein Mann kann in seinem Leben viele bescheuerte Entscheidungen treffen, und die Leute schreien trotzdem seinen Namen und werfen ihm Blumen auf die Bühne.

Schon komisch.

Nach dem letzten Song im Set verlangen die Leute stampfend nach einer Zugabe. Die Lichter im Saal bleiben aus, und ich stelle mir vor, wie mein Vater sich hinter der Bühne den Kopf mit einem Handtuch abrubbelt und darüber nachdenkt, was er als Zugabe spielt. Vielleicht nimmt er sich einen Moment Zeit und gibt Norah einen Kuss. Er hat ja nur einundvierzig Jahre gebraucht, bis er einer Frau genug vertraute, um bei ihr zu bleiben, also nehme ich an, das wäre ein gut investierter Moment.

Als er wieder auf die Bühne kommt, tritt er allein vor den Vorhang. Ein Techniker bringt ihm einen Stuhl und ein Mikrofon. Frederick setzt sich ganz nah an den Bühnenrand, und ein einzelner Scheinwerfer wirft einen Lichtkegel auf den Vorhang hinter ihm.

Während er spricht und in die Menge schaut, zupft er auf der Gitarre. Schweigend hört ihm das Publikum zu. »Ich weiß nicht, ob ihr das schon wisst«, sagt er. »Aber ich habe eine wunderschöne Tochter. Ihr Name ist Rachel, und sie ist die mutigste Person, die ich kenne.«

Ich keuche auf.

»Oh!«, sagt Aurora und nimmt meine Hand. Jake drückt meine andere.

»Natürlich ist sie ein Genie«, sagt er, und die Menge lacht.

»Vor Kurzem hat sie etwas so Cleveres und Wahres gesagt, dass ich es nicht mehr aus dem Kopf bekam. Deshalb habe ich dieses Lied für sie geschrieben. Ich werde es ›Double Negative‹ nennen. Es ist ein Song, der sie um Geduld bittet. Ich hoffe, dass ich die Sache mit dem Vatersein hinkriege, bis sie dreißig ist.« Er schließt die Augen und beginnt, einen bluesartigen Rhythmus auf der Gitarre zu spielen.

I can't not love you,
And I can't not care
I won't take no for an answer,
And I won't bow to despair.

I don't stop hoping,
But I won't forget to say
That you're not wrong in anger,
And I can't wish that away.

You don't believe that I am true
It took far too long for me to come through.

But I am your double negative
Where everything wrong turns right.

You might say that I am trite
But don't fight me, girl, on this tonight.

I am your double negative
Where everything wrong turns right.

Als der Song endet, muss ich mich hinsetzen. Ich breche auf meinem Platz zusammen und vergrabe das Gesicht in den Händen. Irgendwann leert sich der Saal, und nur wir vier in der dritten Reihe sind noch da.

Aurora kramt in ihrer Handtasche nach Taschentüchern. »Hier, Süße.«

»Danke«, hickse ich.

»Ihr zwei! Ihr drückt ja beide ganz schön auf die Tränendrüse«, sagt Aurora. »Versteh mich nicht falsch, aber ich glaube, Frederick hat gewonnen.«

»Er kann den Pokal ruhig haben«, schniefe ich. Ich hole mein Handy aus der Tasche. *Rache ist süß*, schreibe ich ihm.

»Und was passiert jetzt?«, fragt Jake.

Das frage ich mich schon seit einem Jahr. Aber in letzter Zeit fällt mir die Antwort leichter. Ich lege den Kopf auf seine Schulter. »Wenn sie eingepackt haben, gibt es irgendwo eine Party. Vielleicht im Hotel. Wir können gleich mal Henry fragen.«

Als wir aufstehen, vibriert mein Handy mit einer Antwort. Dort steht nur: *Ich liebe dich, Rachel.*

Danksagung

Zuallererst muss ich James Di Salvio für die Erlaubnis danken, eine Textzeile von Bran Van 3000 zu zitieren! Es ist mir eine Ehre, denn ich liebe deine Musik.

Ich danke Mollie Glick für die Hilfe bei diesem Projekt, schon vor so langer Zeit. Was für ein steiniger Weg das war! Und Patricia Nelson, die einfach unbezahlbar ist.

Dank geht auch an Rosemary DiBattista und Sarah Stewart Taylor und Jess Lahey und K. J. Dell'Antonia, die mich gestützt haben, als alles schieflief.

Vielen Dank, Edie Danford, für dein weises Lektorat, und Jo Pettibone, für deine scharfen Augen. Ich danke meinen Testleserinnen: Becky Munsterer Sabky, Natasha Sinel Cohen, Sarah Mayberry, Tiffany Ing und Jenn Gaffney. Und Miranda Kenneally und Ginger Scott für eure Unterstützung!

Leseprobe

SARINA BOWEN

The Ivy Years

Bevor wir fallen

Corey

»Sieht doch vielversprechend aus«, sagte meine Mutter, als sie die mit Efeu überwucherte Fassade des Studentenwohnheims betrachtete. Ich hörte die großen Erwartungen, die in ihrem Tonfall mitschwangen. »Probier mal deinen Kartenschlüssel aus.«

Überall auf dem Campus hörte man die Ahs und Ohs der Eltern der Erstsemesterstudenten am Harkness College. Den Reiseführern konnte man entnehmen, dass drei der letzten sechs Präsidenten mindestens einen Abschluss an diesem dreihundert Jahre alten College gemacht hatten; und dass zweimal täglich Studenten der Carillon Guide die einhundertvierundvierzig Stufen des Beaumont-Towers hinaufstiegen, um den Campus mit einem Ständchen zu beglücken, das von den Glocken herrührte, von denen jede mindestens eine Tonne wog.

Allerdings interessierte sich meine Mutter leider weder aus historischen noch aus architektonischen Gründen für das

Wohnheim. Es war die Rampe für Rollstuhlfahrer, die es ihr angetan hatte.

Ich rollte vorwärts und hielt meine glänzende neue Harkness-ID vor den Kartenleser. Dann drückte ich die blaue Taste mit dem Rollstuhl darauf und hielt die Luft an, bis die schön gewölbte Tür langsam aufschwang. Nach allem, was ich im vergangenen Jahr durchgemacht hatte, konnte ich kaum glauben, dass dies hier tatsächlich geschah. Ich war drin.

Nachdem ich die Rampe hoch und in das schmale Gebäude gerollt war, zählte ich zwei Schlafräume – einen links, einen rechts des Gangs – mit breiten Türen, die von den barrierefreien Zimmern dahinter kündeten. Vor mir sah ich eine Treppe mit einem hübschen Geländer aus Eiche. Wie die meisten Wohnheime am Harkness College hatte auch dieses keinen Aufzug. Einem der oberen Räume würde ich mit meinem Rollstuhl also gewiss keinen Besuch abstatten.

»Der Boden ist *absolut* ebenerdig«, stellte meine Mutter beifällig fest. »Als man uns mitgeteilt hat, dass das Gebäude acht Jahre alt ist, hatte ich da meine Zweifel.«

Und das war noch vorsichtig ausgedrückt.

Der Umstand, dass meine Eltern mich förmlich angefleht hatten, nicht hierherzukommen, war nur das Tüpfelchen auf dem i der bitteren Ironie, die mich verfolgte. Während andere Eltern in solchen Momenten praktisch Konfetti über ihren Nachwuchs regnen ließen, hatten meine pro Kopf zwei Herzattacken erlitten, weil ihre Kleine sich für ein College entschieden hatte, das mehr als tausend Kilometer von zu Hause entfernt lag, was bedeutete, dass sie nicht alle halbe Stunde nach ihr sehen konnten.

Gott sei Dank.

Nach dem Unfall hatten sie mich auf Knien angefleht, noch ein Jahr zu warten. Aber wer hatte schon Lust, ein Jahr herumzuhängen und keinen anderen Zeitvertreib zu haben als zusätzliche Stunden Physiotherapie. Als ich auf den sprichwörtlichen Tisch schlug, um endlich mit dem College beginnen zu können, änderten meine Eltern ihre Taktik und versuchten, mich dazu zu überreden, lieber in Wisconsin zu bleiben und dort eine Uni zu besuchen. Anschließend musste ich mir jede Menge besorgter Vorträge zu den Themen »Warum ausgerechnet Connecticut?« und »Du musst niemandem etwas beweisen!« anhören.

Doch ich wollte es so. Ich wollte die Chance, dieselbe Eliteuniversität zu besuchen wie mein Bruder. Ich wollte die Unabhängigkeit, ich wollte einen Tapetenwechsel, und *vor allem* wollte ich mir den Geschmack des vergangenen Jahres aus dem Mund spülen.

In diesem Moment öffnete sich die Tür links von mir und ein hübsches Mädchen mit dunklen Locken streckte den Kopf heraus.

»Corey!«, rief sie mit einem Strahlen im Gesicht. »Ich bin Dana!«

Als ich die Nachricht, mit wem ich zusammenwohnen würde, aus unserem Briefkasten in Wisconsin gefischt hatte, hatte ich nicht recht gewusst, was ich von Dana halten sollte. Doch in den vergangenen Monaten hatten wir einige E-Mails hin- und hergeschrieben und ich hatte sie ein wenig besser kennengelernt.

Sie stammte aus Kalifornien, hatte aber eine Highschool in Tokio besucht, weil ihr Vater dort seit Jahren geschäftlich zu tun hatte. Über meine körperlichen Macken wusste sie Bescheid. Ich hatte ihr erklärt, dass ich in meinem rechten Fuß und meinem ganzen linken Bein kein Gefühl mehr hatte. Und ich hatte sie vorgewarnt, dass ich die meiste Zeit im Rollstuhl saß. Auch wenn ich mit unförmigen Beinschienen und auf Unterarmstützen manchmal eine armselige Imitation des aufrechten Gangs hinlegte. Außerdem hatte ich mich bei ihr dafür entschuldigt, dass man ihr mit mir eine äußerst seltsame Mitbewohnerin zugewiesen hatte und dass sie für den Rest des Erstsemesters mit »der Behinderten« in einem anderen Wohnheim als die anderen Studenten leben musste.

Nachdem Dana mir sofort geantwortet hatte, das mache ihr nichts aus, begann mir eine kleine Hoffnungsfee auf meiner Schulter aufmunternd ins Ohr zu flüstern. Das kleine gefiederte Ding schwirrte wochenlang um mich herum und hauchte seine Ermutigungen. Als ich Dana nun zum ersten Mal in Fleisch und Blut vor mir stehen sah, schlug die Hoffnungsfee auf meiner Schulter begeistert ein Rad.

Ich breitete die Arme aus und schloss den Rollstuhl in meine Geste mit ein. »Wie hast du mich erkannt?«

Ihre Augen funkelten, bevor sie genau richtig reagierte: »Facebook, du Dussel!« Dann riss sie die Tür auf, und ich rollte hinein.

»Unser Zimmer ist sagenhaft!«, rief Dana schon zum dritten Mal. »Wir haben mindestens doppelt so viel Platz wie alle anderen. Das ist super für Partys.«

Gut, dass ich mit Dana eine Mitbewohnerin hatte, für die das Bierglas immer halb voll war.

Unser Zimmer war wirklich schön. Direkt hinter der Tür lag etwas, das Harkness-Studenten einen »Gemeinschaftsraum« nannten, was für den Rest der Welt aber einfach ein Wohnzimmer war. Daran grenzten zwei Schlafzimmer, die beide groß genug waren, um darin mit einem Rollstuhl manövrieren zu können. Was die Möbel anbetraf, so verfügte jede von uns über einen Schreibtisch und – überraschenderweise – ein Doppelbett.

»Ich habe Laken für ein schmales Bett mitgebracht«, sagte ich irritiert.

»Ich auch«, lachte Dana. »Vielleicht haben barrierefreie Zimmer immer Doppelbetten. Egal, dann müssen wir eben shoppen gehen – wie schrecklich!« Ihre Augen blitzten.

In dem Moment kam, unter der Last eines meiner Koffer schnaufend, meine Mutter ins Zimmer. »Shoppen? Wozu?«

»Bettwäsche«, antwortete ich. »Wir haben Doppelbetten.«

Sie klatschte in die Hände. »Dann bringen wir euch Mädels zu Target, bevor wir zurückfahren.«

Ich wäre meine Eltern lieber gerne schnell wieder losgeworden, doch Dana stimmte begeistert zu.

»Aber ich schau mich erst noch mal um. Vielleicht brauchst du ja noch mehr Sachen«, sagte meine Mutter und marschierte in *unser* Badezimmer.

Das Bad war geräumig und hatte eine barrierefreie Dusche.

»Perfekt«, rief sie. »Lass uns schon mal ein paar Sachen von dir einräumen und sehen, wo du deine Katheter trocknen kannst.«

»Mutter!«, zischte ich. Ich hatte wirklich keine Lust, gleich als Erstes meine abgefahrenen Rituale vor meiner Mitbewohnerin zu erörtern.

»Wenn wir zu Target fahren«, ließ sich Dana aus dem Gemeinschaftsraum vernehmen, »sollten wir uns auch nach Teppichen umsehen. Hier drin hallt es.«

Meine Mutter kam aus dem Bad gelaufen, um mich noch tiefer zu demütigen. »Oh, solange Corey noch laufen übt, ist ihr ein Teppich bloß im Weg. Sie könnte stolpern. Aber sagt doch mal, wo Frank euren Fernseher aufhängen soll«, fügte sie hinzu, während sie sich im Kreis drehte.

Ich nahm die Gelegenheit wahr, das Thema zu wechseln.

»Mein Vater hat einen Flachbildfernseher und einen Kabelvertrag für uns besorgt«, erklärte ich Dana. »Das heißt, falls du nichts dagegen hast, es steht ja nicht jeder auf Fernsehen.«

Dana wog nachdenklich den Kopf hin und her. »Ich bin auch nicht so der Fernsehjunkie …« Ihre Augen blitzten. »Aber vielleicht versammeln sich ja gewisse, äh, *Leute* in unserem Zimmer, um hier Sport zu gucken.«

Meine Mutter lachte. »Was für Leute?«

»Habt ihr unseren Nachbarn noch nicht gesehen? Er ist im dritten Studienjahr.« Meine neue Mitbewohnerin blickte vielsagend Richtung Gang.

»Gegenüber?«, fragte ich. »In dem zweiten barrierefreien Schlafraum?« Nicht gerade der erste Ort, an dem ich nach einem heißen Typen suchen würde.

Sie nickte. »Wart's ab. Du wirst schon sehen.«

Unsere Einkaufstour dauerte viel länger, als ich gehofft hatte. Meine Mutter bestand mit dem Hinweis, dass die speziellen Betten unsere Schuld seien, darauf, für Danas neue Laken zu bezahlen.

Sie entschied sich für eine Daunendecke mit einer riesigen toten Blume in der Mitte. Ich nahm Punkte.

»Sehr fröhlich«, kommentierte Mom anerkennend.

Meine Mutter hatte immer schon auf fröhlich gestanden. Aber nach den Monaten, die wir hinter uns hatten, klammerte sie sich an den Begriff wie an einen Rettungsring.

»Und jetzt die passenden Kopfkissen, meine Damen. Und …« Sie bog in den nächsten Gang ein. »… für jede ein Extrakissen. Sonst sehen die Betten nicht *richtig* aus.«

»Sie muss das nicht tun«, flüsterte Dana mir zu.

»Lass sie«, gab ich zurück und bedeutete ihr, sich zu mir herunterzubeugen, damit ich etwas Vertrauliches hinzufügen konnte. »Guck mal nach Teppichen. Wenn du was Gutes entdeckst, kommen wir ein andermal noch mal her.«

Sie sah mich stirnrunzelnd an. »Aber ich dachte …«

Ich verdrehte die Augen. »Sie hat eine Meise.«

Dana verschwand mit einem Zwinkern zwischen den Teppichen.

Als wir zurückkamen, stand mein Vater mitten in unserem leeren Zimmer und zappte durch die Kanäle auf dem inzwischen an der Wand befestigten Fernseher.

»Voller Erfolg!«, rief er.

»Danke, Dad.«

Sein Lächeln verriet seine Müdigkeit. »Keine Ursache.«

Während meine Mutter mir im vergangenen Jahr vor allem auf den Geist gegangen war, gestaltete sich das Verhältnis zu meinem Vater noch beträchtlich schwieriger. Früher hatten wir den lieben langen Tag nur über Eishockey geredet. Unsere gemeinsame Leidenschaft und das, womit er seinen Lebensunterhalt verdiente. Doch nach dem Unfall hatte sich ein unbehagliches Schweigen zwischen uns breitgemacht. Dass ich nicht mehr eislaufen konnte, machte ihn fix und fertig. Er war seitdem um mindestens zehn Jahre gealtert. Ich hoffte sehr, er würde, sobald ich aus dem Haus war, wieder zu seinem alten Ich zurückfinden.

Es war höchste Zeit, meine Eltern hinauszukomplimentieren. »Leute, auf der Wiese gibt es ein Barbecue für die Erstsemester. Dana und ich wollen dahin. *Sofort.*«

Meine Mutter rang die Hände. »Warte! Ich hab deine Nachttischlampe noch nicht installiert.«

Sie flitzte ins Schlafzimmer, während ich mir einen wütenden Kommentar verkniff. Echt jetzt? Ich besaß seit meinem siebten Lebensjahr keine Nachttischlampe mehr. Und als mein

Bruder vor vier Jahren am Harkness angefangen hatte, hatte es auch keine derartigen Handreichungen gegeben. Damien hatte nicht mehr als ein Flugticket und ein gut gemeintes Klopfen auf die Schulter bekommen.

»Sie kann nicht anders«, sagte mein Vater, der meine Miene richtig deutete. Dann hob er seinen Werkzeugkasten vom Boden auf und wandte sich der Tür zu.

»Alles wird gut«, sagte ich, während ich ihm hinterherrollte.

»Ich weiß, Corey.« Er legte mir eine Hand auf den Kopf, nahm sie aber gleich wieder weg.

»Dad? Ich hoffe, du hast eine tolle Spielzeit.«

Sein Blick war schwermütig. »Danke, Schatz.«

Unter anderen Umständen hätte er mir bestimmt dasselbe gewünscht. Er hätte meine Schulterpolster gecheckt, und wir hätten uns im Zimmer nach einem Platz für meine Hockeytasche umgesehen. Und später hätte er einen Flug gebucht, um herzukommen und mich spielen zu sehen. Doch nun würde nichts dergleichen passieren. Stattdessen standen beziehungsweise saßen wir uns schweigend im Flur gegenüber.

Doch schon im nächsten Moment wurde mein Tagtraum jäh vom Anblick eines Typen beendet, der gerade an der Wand neben seiner Zimmertür ein Whiteboard aufhängte. Zuerst fiel mein Blick auf einen äußerst straffen Rücken und muskulöse Oberarme. Er versuchte, einen Nagel in die Wand zu bekommen, ohne dass dabei seine Krücken auf den Boden polterten.

»Verdammt«, fluchte er leise, als trotzdem eine umfiel.

Als er sich zu uns umdrehte, war es, als würde sich nach einem Regentag doch noch die Sonne blicken lassen. Sein Gesicht war so schön wie das eines Filmstars, mit strahlenden braunen Augen und dichten Wimpern. Sein dickes braunes Haar war ein bisschen zerzaust, als wäre er gerade mit den Fingern hindurchgefahren. Außerdem war er groß, und er sah stark aus, ohne dabei gleich wie ein Muskelprotz zu wirken. Nicht gerade der Körper eines Linebackers, aber definitiv athletisch. Definitiv.

Wow!

»Hey«, grüßte er und offenbarte dabei ein Grübchen.

Hallo auch, Süßer, antwortete mein Hirn unwillkürlich. Mein Mund blieb jedoch leider stumm. Einen Pulsschlag später ging mir auf, dass ich die ganze Zeit wie ein Reh ins Scheinwerferlicht auf seinen schönen Mund starrte.

»Hey«, brachte ich unter allergrößter Anstrengung quiekend hervor.

Mein Vater bückte sich, um die Krücke aufzuheben, die diesem hübschen Geschöpf entglitten war. »Das nenne ich mal einen Gipsverband, mein Sohn.«

Ich sah genauer hin und spürte, dass ich rot wurde. Seinen Gips zu betrachten, bedeutete, ihn praktisch von oben bis unten zu mustern. Am Ende meiner gründlichen Prüfung blieb ich mit dem Blick an einem äußerst muskulösen Bein hängen. Das Gegenstück steckte in einem weißen Gips.

»Ja, wunderschön, oder?« Seine Stimme war auf eine so männliche Weise rau, dass ich eine Gänsehaut bekam. »An zwei Stellen gebrochen.« Damit streckte er meinem Vater die Hand hin. »Adam Hartley.«

»Autsch, Adam Hartley«, sagte Dad und schüttelte ihm die Hand. »Frank Callahan.«

Adam Hartley blickte an seinem Bein hinunter. »Tja, Mr Callahan, da sollten Sie erst den anderen Burschen sehen.«

Die Miene meines Vaters erstarrte.

Doch dann verzog mein Nachbar seinen Mund erneut zu einem extrabreiten Grinsen. »Keine Sorge, Sir, Ihre Tochter muss nicht Tür an Tür mit einem Schläger wohnen. In Wahrheit bin ich gestürzt.«

Das Gesicht, das mein Vater darauf machte, war so unbezahlbar, dass ich zu sabbern aufhörte und stattdessen lachen musste.

Als mein hinreißender neuer Nachbar mir die Hand reichte, musste ich ein Stück vorrollen, um sie zu ergreifen.

»Netter Schachzug«, kommentierte ich seine Schlagfertigkeit. »Ich bin Corey Callahan.«

»Freut mich«, sagte er, als er mit seiner Riesenhand zupackte. Als seine hellbraunen Augen aufleuchteten, bemerkte ich, dass jede Iris von einem dunkleren Ring eingefasst war. Ich fühlte mich mit einem Mal befangen, als er sich über mich beugte, um mir die Hand zu schütteln. Und war es hier drinnen nicht plötzlich viel zu warm?

Im nächsten Moment wurde der Bann von einer schrillen weiblichen Stimme gebrochen, die aus seinem Zimmer drang.

»Haaartleeey! Du musst das Foto aufhängen, damit du mich nicht vergisst, solange ich in Frankreich bin! Ich kann mich bloß nicht entscheiden, wo es am besten aussieht.«

Hartley verdrehte ein kleines bisschen die Augen. »Mach noch drei Abzüge, Schatz«, rief er. »Dann hast du eines für jede Wand.«

Mein Vater reichte Hartley grinsend seine Krücke.

»Liebling?«, ließ sich die Stimme aufs Neue vernehmen. »Hast du meine Mascara gesehen?«

»Die brauchst du doch gar nicht, Schönste«, antwortete er, während er sich beide Krücken unter die Arme klemmte.

»Hartley! Hilf mir suchen!«

»Tja, das klappt nie«, sagte er augenzwinkernd. Dann wies er mit einem Nicken auf seine offene Zimmertür. »Hat mich sehr gefreut, aber jetzt muss ich dringend die große Make-up-Krise lösen.«

Er verschwand im selben Moment, in dem meine Mutter mit angespannter Miene aus meinem Zimmer trat. »Bist du dir *sicher*, dass wir nichts mehr für dich tun können?«, fragte sie mit von Furcht erfülltem Blick.

Sei nett, redete ich mir gut zu. Jetzt ist endlich Schluss mit dem Welpenschutz.

»Danke für eure Hilfe. Aber ich glaube, ich habe alles.«

Der Ausdruck in den Augen meiner Mutter wurde noch trauriger. »Pass gut auf dich auf, Kleines«, sagte sie mit kratziger Stimme. Dann beugte sie sich vor und schloss mich in die Arme, wobei sie meinen Kopf fast an ihrer Brust zerquetschte.

»Mache ich, Mom«, gab ich mit gedämpfter Stimme zurück.

Sie schien tief durchzuatmen und sich zusammenzureißen. »Ruf an, wenn du uns brauchst«, sagte sie noch, bevor sie Richtung Ausgang ging.

»Aber wir geraten auch nicht gleich in Panik, wenn du mal ein paar Tage nicht anrufst«, ergänzte mein Vater, und bevor die Tür hinter ihm zufiel, legte er kurz salutierend eine Hand an die Stirn.

Dann waren sie fort.

Ich stieß einen Seufzer purer Erleichterung aus.

Eine halbe Stunde später brachen Dana und ich zum Barbecue auf. Sie ging auf der Straße, während ich auf dem Gehweg neben ihr herrollte.

Die Studenten am Harkness College verteilten sich auf zwölf Häuser. Ganz wie auf Hogwarts, nur viel größer und ohne die verschiedenen Hüte. Dana und ich gehörten zum Beaumont House, wo wir ab dem zweiten Studienjahr wohnen würden. Die Erstsemester waren alle zusammen in den Gebäuden rings um den riesigen Freshman Court untergebracht. Alle Erstsemester außer uns. Aber wenigstens lag unser Wohnheim gleich auf der anderen Straßenseite. Mein Bruder hatte mir gesagt, dass McHerrin House allen möglichen Zwecken diente. So wurden dort unter anderem Studenten untergebracht, deren Wohnheim gerade renoviert wurde, oder solche aus dem Ausland, die nur ein Semester lang blieben. Und offenbar Behinderte wie ich.

Dana und ich folgten dem Duft von Grillhähnchen durch eine Reihe von Marmortorbögen. Dahinter lag der Freshman Court, wo die Gebäude einander an Eleganz und Alter zu übertrumpfen schienen. Jedes von ihnen protzte mit steilen steinernen Stufen, die zu geschnitzten Holztüren hinaufführten. Obwohl ich jetzt selbst hier studierte, bestaunte ich die Schmuckfassaden wie ein Tourist. Da war ich also – am Harkness College mit all seinen steinernen Wasserspeiern und seiner dreihundertjährigen Geschichte. Und es war ebenso fantastisch wie barrierefrei.

»Ich wollte dir noch sagen, wie leid es mir tut, dass wir nicht mit den anderen am Fresh Court wohnen«, sagte ich im Jargon der Erstsemester, den ich meinem Bruder abgelauscht hatte. »Es ist irgendwie nicht fair, dass du mit mir im McHerrin festsitzt.«

»Hör auf, dich zu entschuldigen, Corey«, entgegnete Dana mit Nachdruck. »Wir werden jede Menge Leute kennenlernen. Und unser Zimmer ist doch großartig. Also alles kein Thema.«

Wir näherten uns der Mitte der Rasenfläche, wo ein Zelt aufgestellt war. Die warme Brise trug Gitarrenakkorde herüber, und der Geruch von Holzkohle stieg uns in die Nase.

Ich hätte mir niemals träumen lassen, ausgerechnet in einem Rollstuhl im College aufzuschlagen. Manche Menschen behaupteten, das Leben nach einem so einschneidenden Erlebnis mehr schätzen gelernt zu haben. Dass sie seitdem nichts mehr für selbstverständlich gehalten hätten. Manchmal hätte ich solchen Menschen am liebsten eine reingehauen. Heute aber verstand ich sie. Die Septembersonne schien warm, und meine Mitbewohnerin erwies sich als genauso nett wie in ihren E-Mails. Und ich war am Leben. Es wurde Zeit, dass ich diesem Umstand allmählich mehr abgewann.

Die Liebe kann dich heilen ...

aber auch zerstören.

Sarina Bowen
THE IVY YEARS –
BEVOR WIR FALLEN
Aus dem amerikanischen
Englisch von
Ralf Schmitz
320 Seiten
ISBN 978-3-7363-0786-5

Seit einem Sportunfall ist Corey Callahan auf den Rollstuhl angewiesen, doch ihren Platz am renommierten Harkness College will sie auf keinen Fall aufgeben! Im Wohnheim trifft sie auf Adam Hartley – aus dem Zimmer direkt gegenüber. Corey weiß augenblicklich, dass sie das in Schwierigkeiten bringen wird: Denn auch wenn Corey sich von niemandem besser verstanden fühlt als von Adam und sie sich sicher ist, dass es ihm genauso geht – für sie beide gibt es keine Chance ...

»Ich liebe Sarina Bowens Geschichten! Ich werde alles von ihr lesen.« COLLEEN HOOVER

LYX